午前零時の公爵夫人

ロレイン・ヒース
さとう史緒 訳

THE DUCHESS IN HIS BED
by Lorraine Heath
Translation by Shio Sato

THE DUCHESS IN HIS BED

by Lorraine Heath

Published by K.K. HarperCollins Japan, 2021

思いやりと寛大な心を持つ
愛らしいロザリン・ローゼンタールに。

謝辞

イギリスの爵位および限嗣相続制度は知れば知るほど興味深いものですが、複雑で頭がこんがらがることもあります。世継ぎとなる男子がおらず爵位が消滅する場合、この込み入ったシステムがどのように作用するかを、私に根気強く教えてくださった紋章院記録官のミスター・グラント・バヴィスターに心から感謝いたします。同時に、彼は男子の相続人がいなかった場合、限嗣不動産がどう配分されるかについての知識も詳しく教えてくださいました。彼に教わった情報はすべて、とても価値のある貴重なものです。もしそれらの情報の理解や解釈に間違いがあったとすれば、その責任はすべて私にあります。あるいは、創作上許される範囲内でひねりを加えた結果とお考えください。

午前零時の公爵夫人

おもな登場人物

セレーナ・シェフィールド――ラシング公爵夫人
コンスタンス、フローレンス――セレーナの妹。双子
アリス――セレーナの妹
ウィンスロー――セレーナの兄。キャンバリー伯爵
アーサー――セレーナの亡き夫。ラシング公爵
キットリッジ子爵――アーサーの友人
エイデン・トゥルーラヴ――秘密クラブの経営者
ミック・トゥルーラヴ――エイデンの兄
ジリー・トゥルーラヴ――エイデンの姉
フィン・トゥルーラヴ――エイデンの弟
ビースト・トゥルーラヴ――エイデンの弟
ファンシー・トゥルーラヴ――エイデンの妹
エティ・トゥルーラヴ――エイデンの母親
エルヴァートン伯爵――エイデンとフィンの父親

プロローグ

一八四〇年　ロンドン

エルヴァートン伯爵は、真っ赤な顔をした裸の赤ん坊をにらみつけた。わたしの庶子だ。またひとり、生まれてしまった。助産婦はその赤ん坊を、エジプトかポンペイの遺跡から発掘された宝物であるかのように高々と掲げている。そのとき、ふと思った。この赤ん坊を妻に与え、〝こいつに乳を含ませ、産んだのは自分だと大声で宣言するんだ〟と言うべきだろうか？

なぜ肝心の伯爵夫人を妊娠させることができないんだ？　妻以外の女とあちこちでベッドをともにするたびに、こうして望みもしない子どもができるというのに？　もう少し妻を抱くことに熱心になれたらいいのだが――。

しかし妻はあまりにもぱっとせず、おとなしい。父から侯爵の娘である彼女と結婚させられたのは、エルヴァートンが十九歳のときだった。どこからどう見ても、男の情熱をかき立てる女ではない。だがどうにか自分を奮い立たせ、彼女を抱いている。それなのに結婚してから十年経っても、妻は一度も妊娠しない。

そろそろ妻との縁を断ち切るべきかもしれない。階段を転げ落ちたり、手漕ぎボートから深い水底へ沈んだり、馬から落下したり――そういった事故はいくらでも演出できるものだ。前にも一度、先に伯爵の爵位を相続するはずだった兄に対して実行したことがある。あれは兄とともにライチョウ狩りへ出かけたときの事故だった。誰も驚きはしなかった。兄は武器の扱いがうまくなく、誰が見ても銃の達人とは言えなかったのだ。〝兄上はつまずいたんだ。運悪く、ちょうど引き金に指をかけていたせいで、つまずいたはずみで銃が暴発してしまった〟エルヴァートンの言葉を疑う者はいなかった。引き金に指をかけていたのはエルヴァートン自身ではないか、兄が死んだ責任は弟にあるのではないかと考える者はひとりもいなかったのだ。当然だろう。エルヴァートンは泣きじゃくりながら、状況を説明したのだ。弟は被害者であり、みんながそんな彼を慰めようとした。不器用な兄の死を目撃してしまった恐怖を、今後ずっと抱えて生きていかなければならないなんて、と。まったく、愚かなやつらばかりだ。

エルヴァートンは泣き叫んでいる赤ん坊から、出産の苦痛から解放されてベッドの上に横たわり、相手の決断を待ちながらこちらを見つめている女に視線を移した。もしこの庶子を正式な世継ぎとして認めるならば、目の前の女を黙らせるためにテムズ川の底に沈めなければならないだろう。だが、そういった悪事はばれる危険がある。今ベッドの上で髪をくしゃくしゃにさせている汗ばんだ女には見るべき価値もないが、最高の装いをさせると彼女は本当に美しくなる。今まで体を重ねてきたなかでも、情熱を最高にかき立てる相手だ。おまけに、この女のふっくらとした唇ときたら。あの唇で欲望の証を愛撫されると、とてつもない快感が走るのだ。その場面を想像しただけで、エルヴァートンは脚のあいだがこわばるのを感じた。

「産着を着せろ」彼は助産婦に命じた。

「わたしにその子を育てさせてはくれないの？」お気に入りの愛人が尋ねた。

エルヴァートンはあたりをちらりと見回した。彼が愛人のために借りている瀟洒なタウンハウスには、贅を凝らした家具が並べられている。「この赤ん坊を手元に置けば、路頭に迷うことになるぞ。庶子は何かと厄介だ。わたしはそんな重荷を背負いたくない」

「でも、この子がたっぷりの愛情と思いやりに恵まれて育つようにしてくれるわよね？」

頭のなかの計画を変えるつもりはさらさらない。だがここでささやかな嘘をつくのはかまわないだろう。その嘘をつくことで、彼女は今後もわたしに向かって熱心に脚を開いてくれるのだから。

エルヴァートンは愛人を安心させるような笑みを浮かべた。日頃から練習している笑みだ。「ああ、きみのためならなんだってするさ」

そのときが来れば、今の妻の代わりにこの愛人をめとってもいい。もし伯爵夫人がずっと妊娠しなければ。

エルヴァートンは助産婦から男の子を受け取ると、部屋をあとにした。庶子たちを片づける――養育請負（ベビー・ファーミング）をする女たちに金を払い、実質上は殺させる――ためだ。そういう金と引き換えに子どもの養育を請け負う女たち（ベビー・ファーマー）がもっと増えてほしい。用心のため、何度も同じ女を使わないようにしており、使ってもせいぜい二、三度が限度だ。

つい最近、新しいベビー・ファーマーの名前を知った。エティ・トゥルーラヴ。まだ彼女の家は一度も訪れたことがない。今回はその女に必要な料金を支払おう。この赤ん坊に二度とわずらわされることがないように。

1

一八七二年三月上旬　ロンドン

彼女は男を求めていた。

しかも、男ならば誰でもいいというわけではない。心のなかに具体的に思い浮かべているのは、ひとりの男だけだ。

ラシング公爵夫人セレーナ・シェフィールドは、レディ専用の賭博場〈エリュシオン〉の薄暗い隅に立ち、その男が長い脚を動かしながらフロアを大股で行き来するのを見つめていた。彼はこのクラブの所有者だ。しなやかな身のこなしは、獲物をつけ狙う危険なライオンをほうふつとさせる。黒い上着は体にぴったりのデザインで、幅広い肩が強調されていた。あのがっちりした肩にどれだけ多くのレディたちが頭をもたせかけたのだろう？同じく黒いブロケード織りのベストが、たくましい上半身をいっそう引き立てている。複雑な結び方をしたクラヴァットとシャツの白さが、彼の浅黒い肌の色となんとも対照的だ。

とても一日じゅう室内で過ごしている男には見えない。

彼の姿を初めて見たのは、昨年の夏に行われたレディ・アスリン・ヘイスティングズの結婚式だった。亡きイームズ伯爵の娘である彼女は、ヘドリー公爵の庶子であるミック・トゥルーラヴを夫に選んだのだ。その日までセレーナはトゥルーラヴ家の人間のことをまったく知らなかったが、結婚式会場のあちこちで、〝庶子ばかりが集まった恥ずべき一家〟と人びとがささやいているのが耳に入ってきた。

そのあと、ソーンリー公爵がジリー・トゥルーラヴ――よりにもよって酒場の所有者だという――と結婚した頃から、一家をあからさまに非難する者はほとんどいなくなった。そしてつい最近、トゥルーラヴきょうだいのひとりが、コリンズワース伯爵の妹レディ・ラヴィニア・ケントを妻にすると、一家にまつわる噂は〝チンギス・ハン一族のように英国社交界という牙城を切り崩しつつある〟〝庶子の集まり〟のいずれかになった。

そんな彼らの魔力を前にしても自分は動じないはずだと、セレーナは考えていた。でも認めざるを得ない。あの結婚式の日、祭壇の脇に立っていたエイデン・トゥルーラヴを見て、たちまち心を奪われた。彼は兄である新郎ミックとはまるで似ていなかった。当然だろう。ミックと同じく、エイデンも親が誰かわからない庶子なのだ。それなのにエイデンの髭が生えた顎や、すっと高い鼻、形のいい唇を目にした瞬間、どうしても彼から目が離せなくなってしまった。

エイデンは結婚式そのものを面白がっている様子だった。あの日の信徒席は、悪い噂にまみれた一家の男とレディが結婚する姿を見物しようという貴族たちでいっぱいだった。エイデンはそんな彼らを肩越しにちらりと見るときも、面と向かったりするときも、いつも半眼のままだった。まるで、そうすることで貴族たちの人となりを見きわめるいっぽう、自身の辛辣な本音を見せたくないと考えているかのように。

だが、レディ・アスリンが通路を歩いてきたときだけは違った。エイデンは彼女に心からの温かな笑みを向けたのだ。家族の一員として彼女を喜んで受け入れるという気持ちの表れだろう。その瞬間だけ、エイデンは優しいだけでなく、とても気さくな人物に思えた。

今セレーナが求めているのは、まさにそのどちらの特徴も兼ね備えている男——波立つ神経を優しくなだめ、相手の罪悪感も和らげてくれる男だ。そう、わたしは本来いるべきではない場所にいる。濃紺のドレスに同じ色の仮面を合わせ、賭博場の壁に背中を押し当てて立っている。ここはエイデン・トゥルーラヴが、女たちのためにありとあらゆる罪や秘密を提供する場所。ただし、女性客全員が仮面をかぶっているわけではない。大胆にも顔を隠さなくてもいいと考えるレディたちや、すでに失うものが何もないレディたちは堂々と顔をさらしている。この賭博場へ仮面をかぶらないまま、まっすぐ入ってこられる自由を手にしたら、どんな感じがするものなのだろう？　なんの恐れも持たず、いっさいの束縛から解放されるのはどんな気分なのだろうか？　でもこのいかがわしい場所にわたしがやってきていることは、誰にも気づかれるわけにはいかない。

エイデンは女たちに天国の扉を開け放ってくれた。これまでは男性しか知ることのできなかった賭博場を開放し、そこに秘められた謎をすべて見せてくれたのだ。このクラブの噂は女たちのあいだだけでささやかれ、父親も兄弟も夫も場所すら知らない。だからこの店では女たちがルールを決め、好きなように振る舞える。エイデンはロンドンの目立たない場所に、女たちだけの天国を与えてくれた。そんなことができたのは、彼がわたしたちの望みや欲望を知っているからだろう。実際このクラブでは、そのすべてが提供される。すべてを一から創り出した男、エイデン・トゥルーラヴ。さぞ女性の気持ちを深く理解し、彼女たちが心から求めているお楽しみを熟知しているに違いない。もちろん、女たちに勝手な判断を下すこともないはずだ。そうでなければ、レディたちが他人の目を気にせず罪深い行為を楽しめる、これほど安全な隠れ場を提供できるわけがない。

セレーナが見守るなか、エイデンはひとりのレディの耳元に何かささやき、彼女を笑わせた。レディは彼の言葉に頭を軽くかしげ、頬を真っ赤に染めながら内気そうな笑みを浮かべている。エイデンはほかの女たちにもうなずいたり、含み笑いをしたりしていた。ゆっくりと唇を持ちあげながら浮かべる笑みはとびきり蠱惑(こわく)的だ。まるで〝この部屋にいるなかで俺が本当に気にかけているのはきみしかいない〟と訴えているかのよう。エイデンは、賭けテーブルの中央に大量の木製チップを置こうとしていたレディの腕にそっと手をかけて制すると、魅力的なウインクをして彼女に息をのませ、チップを一枚だけテーブルの山めがけて放り投げた。それから大股でフロアを回り始め――。

いいえ、彼はフロアを回り始めたのではない。こちらに向かってきている。まっすぐわたしのほうへ。

たちまちセレーナの心臓は早鐘を打ち始めた。手袋をはめた手のひらが湿っている。ガス灯シャンデリアから放たれる黄金色の光のなかから、一歩を踏み出す心の準備がまだできていない。近づいてくる彼と面と向かい合ったり、自分を救ってくれるかもしれない彼と言葉を交わす覚悟も。もっと勇気を奮い起こせたらいいのに。

ハンサムな顔立ち以上に落ち着かない気分にさせるのは、その身のこなしだ。エイデン自身は周囲からの注目を極力集めたくないと考えている様子だが、体の動きの一つ一つに目が引きつけられてしまう。しかも彼は何一つ見逃すまいとばかりに、常に周囲を熱心に観察している。この男ならどんな謎も探り当て、見事に読み解いてしまいそう。彼を選んだのは大きな間違いだったのかもしれない。なぜなら、わたしは一生胸に秘めておかなければならない秘密を抱えているから。賢明な女性なら、今すぐ体の向きを変えてこの場から逃げ出すだろう。とはいえ、今の八方ふさがりの状態を打開するためには、やはりここで逃げ出すことはできない。たとえ、すべてを見通すような瞳に見つめられ、これ以上ないほど心をかき乱されていてもだ。これまで男性からこんな目で見つめられたことはない。

まるでわたしがとびきりおいしいお菓子で、これからじっくり味わうのが楽しみでしかたがないと言いたげなまなざしだ。

エイデンは照明の届いている場所から離れて薄暗い場所へ移ると、濃い赤紫色と明るいバラ色をした渦巻き模様の壁に、片方の肩をゆっくりともたせかけた。あたりが暗いせいで、エイデンの瞳が正確には何色なのかよくわからない。ただ彼がひどく熱心にこちらを見ているのはわかる。片方だけ持ち上げた唇からもその熱心さが伝わってくる。

「初めて見る顔だね」

エイデンの言葉遣いは、想像していたより洗練されていた。貴族の言葉遣いと完全に同じというわけではないが、それに近い。もしかして彼の父親がそういう教育を受けさせたのだろうか? けれど、エイデンがどういう教育を受けていようと関係ない。どのみち、わたしがここへやってきた目的は変わらないのだから。たとえ、その目的を今すぐ放り出したくなっていたとしても。

ありったけの勇気を振りしぼり、どうにか答えた。「仮面をかぶっているんだもの、あなたにわかるわけがないわ」

「仮面をかぶっていてもいなくても、俺はレディを見分けられる。もちろん、見分ける手がかりになるのは顔つきだけじゃない」彼はゆっくりとセレーナの全身に視線をはわせた。そうされても、侮辱されたような感じがしない。いやらしい感じも。瞳に浮かぶ賞賛の色に、肌がほてり出している。もっと彼のそばに近づきたい。そのとき、エイデンはふたたび視線を合わせた。「きみの名前は、可愛い人？」

誰かの〝可愛い人〟になりたいと思えたのは、いつ以来だろう？　さっぱり思い出せない。「レナよ」

本名を短くした、一度も使ったことのない呼び名だ。ここで正体に気づかれるわけにはいかない。

エイデンは頭を少し傾け、もう一度セレーナの全身を見つめると、かぶりを振った。

「いや、違うね。賭けてもいい。謎めいた女性につけるには簡単すぎる名前だ。きっときみの名前はヘレンだ。あのギリシア神話の美女、トロイのヘレンから名づけられたんだろう。もしくは、もっと上品で美しい名前かもしれない」

セレーナは唇をなめながら、あたりをちらりと見回した。すでに数人のレディたちがこちらに注目している。仮面をしていないレディが誰かはすぐにわかった。きっと、仮面をかぶっているレディたちも知り合いなのだろう。もしわたしがここに来ていることがばれたら、どれほどきまり悪い思いをするか。

「ほかの人たちに名前を聞かれたくないの」

「なら、俺たちだけの秘密にしよう」エイデンは答えた。誘いかけるような低い声を聞き、全身がふいに燃えるように熱くなる。できることなら彼の何もかもを信じたい。そんな気持ちがあふれてきたが、実際にそうするほど愚かではない。

「セレーナよ」同じく低い声でささやいたが、エイデンにはかなわない。彼が口にすると、どんな言葉もとびきり官能的に聞こえる。

「セレーナ」彼はさらに低い声で繰り返した。ベルベットのように柔らかな声に、思わず近づいてしまいそうになる。うっとりするような言葉を紡ぎ出す彼の唇に触れてみたい。

「俺はエイデンだ」

「ええ、知っているわ」どうしてだろう？　突然こんなに息も絶え絶えの声しか出せなくなるなんて。「このお店の経営者ね。本当に驚くべき場所だわ」

「どうしてわかる？　きみはさっきからこの戸口に立っているだけだ」

観察力が鋭すぎる。やはり彼を選んだのは失敗だったかもしれない。もう一言も話さず、深く息を吸い込んで、すぐにここから立ち去ったほうがいい。頭のなかでそう考えていても、体は思うように動かなかった。エイデンにじっと見つめられているせいだ。「ここからでも部屋全体がよく見えるわ」

「なるほど。だがここは、俺のクラブのほんの一部にすぎない」エイデンは片手を差し出した。手袋をはめていない、大きくてごつごつとした手だ。この手なら、わたしの片方の胸の膨らみをすっぽり包み込めるだろう。一瞬、その様子を脳裏にありありと思い浮かべることができた。夫のほかには一度も触れさせたことのない膨らみを、彼の長い指でもみしだかれているイメージを。

「さあ、お嬢様（マイ・レディ）、店のなかを案内させてほしい」

〝わたしはお嬢様（マイ・レディ）ではなく公爵夫人（ユア・グレイス）よ〟危うくそう訂正するところだった。でもエイデンに素性を詳しく知られないほうがいい。それにこちらを見つめる様子から察するに、彼はわたしのことを〝俺のレディ〟と宣言したようにも感じられる。いいえ、なんてばかげた考えなの。彼の呼びかけをいちいち気にするなんて。エイデンがわたしを気にかけているかどうかも、わたしが彼を気にかけているかどうかもどうだっていい。それに、今夜のささやかな冒険が何日、何年経（た）っても、繰り返し思い出さずにはいられない甘やかな記憶になるかどうかも重要ではない。

セレーナは大きく息を吸い込み、手袋をはめた手を彼の腕にかけた。シルクの生地の上からでも、体の熱が伝わってくることに驚いてしまう。

エイデンは自分の肘のくぼみにセレーナの腕をかけると、薄暗がりから一歩踏み出した。

「きみに罪の楽しさを教えてあげるのが、今から楽しみだ」

エイデン・トゥルーラヴは、そのレディがもっとよく見える場所へといざなった。自分の濃い色の髪とは対照的に、彼女の髪は淡い金色で、わずかに赤い色が交じっている。子どもの頃からずっとイチゴを食べていて、その色が髪の一部になったかのようだ。だがエイデンの注意をいちばん引いたのは、彼女の瞳だった。暖炉の火明かりを受け、青い炎が燃えさかっているように見える。一緒にいるだけでやけどするのではないかと心配になるほどだ。

おい、いったい何を考えている？　俺はレディと特別な関係になったりしない。若い頃、弟があるレディに熱を上げたせいで破滅寸前まで追い込まれるのを目の当たりにした。そのとき固く心に誓ったのだ、俺は絶対に女に心を奪われたりしないと。もちろん女たちとは楽しむし、一緒にいるあいだは彼女たちもたっぷり楽しませている自信がある。だがその関係がベッドで戯れる以上の、より親密なものに変わりそうな気配を感じたら、すぐに立ち去るようにしている。

クラブに入ってきたときから、このレディには気づいていた。もちろん、店に出入りする者たち全員に目配りを欠かしたことはない。初めてこのクラブにやってきた女が、少し恥ずかしげな様子で、部屋の隅をうろうろしているのは珍しくなかった。そのまま店に足を踏み入れ、俺が提供するお楽しみの数々をためらわずに享受するようになるまでには少し時間がかかるものだ。ところがこのレディは違った。恥ずかしげな様子もなければ、部屋の隅でためらっている様子もない。彼女はただひたすら観察していた。とはいえその対象は、サイコロやカードゲームやルーレットではない。店内を歩き回り、レディたちにシャンパンやブランデー、ワインを提供している身なりのいい男たちでもない。それに、レディの肩越しにゲームのコツやお世辞をささやいている若い男たちでもない。そう、彼女の注意を引き、好奇心をかき立てていたのは、この俺自身だ。

　全身に彼女の視線がはうのを感じ、もっとめかし込みたい気分になった。だが元々、自分をよりよく見せたいたちではない。彼女がこうして黙って肘のくぼみに手をかけていることから察するに、きっと気に入ってくれたのだろう。

　このレディが仮面を外したところを見てみたい。見えるのは口元と顎だけだ。顎はハート形の下部分のように繊細で可愛らしい形をしている。神の手によるすばらしい造形だ。

　それに、実に蠱惑的な唇の持ち主でもある。唇の色は赤ではなく、バラのようなピンク色だ。体のほかの部分も、これほど美しいピンク色をしているのだろうか？——エイデンは即座にその考えを振り払い、目の前の仕事に集中しようとした。まだ出会ったばかりなのに、こんなことを考えるなんてどうかしている。それに脚の付け根をこわばらせたままで、店のなかを歩き回りたくない。このクラブにやってくるレディたちに紹介しているのは、あくまで罪深い行為をする楽しみだ。退廃的な悦びではない。

　エイデンはレディに尋ねた。「ゲームに興味はあるかな？」

「いいえ、やったことがないから」

「きみは自分の知っていることにしか興味がないのか？　冒険してみようという気にはならないと？」

「あら、わたしはこうしてここにいるでしょう？　そのこと自体が、並々ならぬ冒険心の持ち主だという証拠だわ」

「だがきみは完全にくつろいではいない。それに、ここへやってくるだけの勇気があるようにも見えない」

「仮面をしているからそう思われたのかもしれないけれど、そんなことはないわ。ただし、ここへ本当にやってきたいかどうか、何度か自分の心に問いかける必要はあったけれどね」

「このクラブでは、きみが起きてほしくないと思うことは何も起きない。ここはそういう場所だ」

彼女はブルーの瞳を少しいたずらっぽく輝かせ、エイデンを見あげた。「だったら、わたしがゲームのテーブルについても、お金を失うことはないのかしら？」

エイデンは笑い声をあげ、にやりとしてみせた。「これは一本取られた」

彼女はほんの一瞬、唇の隅を少しだけ持ち上げた。これでほほ笑んだつもりなのかもしれない。エイデンはふと考えた。目の前の相手が満面の笑みを浮かべ、喜んでいる姿を見てみたい。彼女が漂わせているそこはかとない悲しみに、保護本能をどうしようもなくすぐられている。そんな自分が腹立たしかった。この保護本能のせいで、今までどれだけ大きな代償を払ってきたことか。このクラブを所有している理由もそこにある。この店は弟フィンからの贈り物だ。かつて弟を救うために、うじ虫のような父親に頭を下げたことがある。こちらがいくら固辞しても、フィンはお返しとしてこのクラブをもらってほしいと言って聞かなかったのだ。そして今、このレディを前にして〝守ってやりたい〟という思いをかつてないほどかき立てられている。どう考えてもばかげた話だ。そもそも俺はこの女について何一つ知らない。しかもこれほど魅力的なレディには、すでに守ってくれる男がいるはずだ。

彼女は貴族に違いない。ドレスが最新のデザインだし、高級な糸で仕立てられているのがいい証拠だ。だが貴族だと確信したいちばんの理由は、言葉遣いと物腰だ。普段から、周囲の人びとを意のままに動かすことに慣れているのがよくわかる。そういう鼻持ちならない貴族は好きになれなかった。ただし、貴族たちが落としてくれる金は除いて。十九歳のとき、自分の賭博場〈ケルベロス・クラブ〉を開いたのは、できるかぎり多くの貴族から金を搾り取り、その金でさらにいい暮らしをしようと考えたからだ。賭博場を訪れるのは当然、やや金銭面で困っている貴族たちだ。こと金に関することとなると、エイデンは貴族に対する偏見を捨てられる。だからそういう貴族の息子や兄弟、夫たちを客として迎え、彼らから搾り取れるだけ搾り取ってきた。そして今、この〈エリュシオン〉で貴族の娘や姉妹、妻たちを相手にし、彼女たちからも搾り取っている。

このクラブのアイデアを思いついたのはフィンだったが、弟は愛する女性を見つけたせいで店の経営に興味を失った。フィンは今ロンドン郊外で最愛の妻とともに暮らし、念願だった馬の飼育をしている。フィンから引き継いだとき、〈エリュシオン〉を訪れる女性客は毎晩せいぜい十数人程度で、知る人ぞ知る雰囲気のクラブだった。だがそこからエイデンは少し手を加え、レディたちの隠れた欲望に訴えかけるような店作りを心がけたのだ。

女性客たちが仮面をかぶれるようにしたのも自分のアイデアだ。クラブに興味津々だが顔を見せるのはためらわれる、という女性心理がわかっていたからだ。ここへやってきた客たちは店内で見聞きしたことを口外しないと誓わなければならないが、そういう誓いはあってないようなもの。いつ破られてもおかしくはない。だからこそ、身元を隠さなければならない女性客を守るための手段が必要だと考えた。実際に、仮面をかぶらせるというエイデンの試みは見事に当たった。結果的に、他人の目を気にすることがなくなった女性客たちがより楽しめるようになり、客が増えたことで売り上げを増やせたのだ。

セレーナをいざなって足を踏み入れたのはゲーム室だった。このフロアは、フィンから受け継いだときとほぼ同じ状態で残してある。ここでは、ありとあらゆる種類のゲームが楽しめ、エイデンに巨額の収益をもたらしていた。

「男性もゲームをしているとは思わなかったわ」彼女がぽつりと言った。

「彼らはパートナーの女性たちにゲームのやり方を教えているんだ。ああいったゲームは、普段レディたちが午後の時間にお茶を飲みながらするものではないからね。きみにも指南役の男性を紹介しようか？」もはや習慣になっているため、すらすらとそう説明したものの、誰かがこの小さくて美しい耳たぶにアドバイスをささやいている場面を想像しただけで、胃がきりきりした。

「カードゲームには興味がないの」

それならば彼女はいったい何に興味があるのだろう？　だがそれを突き止めて何が楽しいというんだ？　それよりも、あともう少し彼女をそばに引き止めておきたい。このレディについてもっとよく知りたい。彼女が持つありとあらゆる面を一つ残らず見つけ出したい。「きっと、あっちのほうがきみももっと興味を持つはずだ」

エイデンは彼女を連れて別の部屋へ足を踏み入れた。元々はフィンが優雅な食事を楽しめる場所にしたいと考案した部屋で、以前は白いリネンがかけられたテーブルの上にキャンドルが灯されていた。だがエイデンは、ここをただの食堂にしては意味がないと考えた。せっかく冒険を求めにやってきた女たちがそれで満足するわけがない。だから揺らめくキャンドルはそのままにしたが、テーブルの上ではなく背の高い柱に掲げるようにし、柱のあいだに長椅子と枕の山を用意して、薄明かりのなかレディたちがくつろげるようにした。女性客はこの部屋にいる男たちから、ブドウを食べさせてもらったり、グラスからワインを飲ませてもらったりする。おまけに若い男たちがひざまずき、彼女たちが満足いくまでおいしい料理をのせた大皿を掲げ続けてくれるのだ。一緒に食べようと男たちを誘う者もいれば、ひたすら奉仕させる者もいる。どのようなやり方であっても、ここにいる紳士たちは女性客を喜ばせるために雇われているのだ。

「きみは飢えを満たしたいのか？」エイデンは含みのある言い方をした。「それとも喉の渇きを癒(いや)したい？」

「食べ物にもワインにも興味はないの。ただ、ここの退廃的な雰囲気には惹(ひ)かれるわ」

彼女が目を合わせてきた。瞳には青い炎が燃えている。エイデンはその炎のなかに頭から飛び込みたくなった。そうしないためには、ありったけの意志の力をかき集めなければならなかった。どうして彼女にこれほど惹かれてしまうのだろう？　なぜこれほど魅力たっぷりな女性が、普段は壁の花に甘んじている女たちのためのクラブにやってきたのか？

「この部屋のなかで、女性たちは自分が女神になったように感じられるのね」

それこそがこの部屋に隠された目的だった。彼女が瞬時に理解してくれたことに気をよくして、にやりとしながら答える。「ああ、それでこの部屋は〈女神の客間〉と呼ばれている」

「この場所を設計するとき、女性に協力してもらったの？」

エイデンはとっさに思った。今、彼女の声にわずかだが嫉妬が混じっていなかっただろうか？　いや、ありえない。そんな激しい感情を抱き合うほど、俺たちは互いのことを知っているわけではない。ただ、セレーナがこの部屋でくつろぎたいと言い出したら、近づこうとする男全員を追い払ってしまいそうだ。彼女のイチゴの香りを、ほかの男たちにかがせたくない。

「俺の義理の女きょうだいが教えてくれたんだ。レディは自分が特別だと感じられるのを喜ぶものだとね」

「どっちの女きょうだいかしら？　レディ・アスリン？　レディ・ラヴィニア？」

間違いない。この女は貴族だ。ふたりの名前を親しげに口にした。あの口や舌でほかにどんなことができるのか知りたい――エイデンは慌ててその考えを振り払った。

「ラヴィニアだ。彼女はもう自分の名前の前に〝レディ〟とはつけていないけどね」ただし彼女が、未婚の母や庶子たちがいかに社会から不当に扱われているかという痛烈な批判記事を書くときだけは例外だ。そういう場合、ラヴィニアは社交界での自分の立場を精いっぱい利用しようとする。「きみは俺についてずいぶんよく知っているようだな」

「あなたの一家は貴族の噂のまとだもの」

「噂のまとは俺の家族だ。俺じゃない」

「もちろん、あなたもその対象よ。わたしがこの場所を知ったのも、あなたの噂を聞いたから。どうしてあなたは女性たちのためにこんな場所を開いたの？」

「俺は男たち専用の賭博場を経営している。別に豪華なクラブじゃない。カード専門の賭博場だ。だがときどき、そこへ女性がプレイしに来ることがある。そこで考えたんだ。なぜ女性たちにも楽しめる、女性専用の場所がないんだろう？　どうして毎晩、刺繍(ししゅう)をして過ごさなければいけないんだ？」

「それが正しいことだからよ」

「だったら、きみも正しいことをしているのか？」

「ええ。かつてはそうだった」

「今は？」

「そうとは言えないわ」

どこか自責の念が感じられる声だ。というか、恥辱感さえ聞き取れる。だがそういった感情は、時が経つにつれて薄らぐものだ。そうなれば、彼女も俺が提供しているサービスに夢中になれるかもしれない。秘密のクラブにやってきたこのレディを歓迎したい。まだ彼女を帰したくない。

「きみはワインを必要としていないかもしれない。だが少なくとも、もう少しこの客間の雰囲気を楽しむべきだ」

2

エイデンが部屋の奥にある巨大な背もたれのない長椅子(オットマン)に向かって歩き出したとき、セレーナは異を唱えようとした。でもこの計画は、エイデンの興味を引き続けられるかどうかにかかっている。おまけにあのオットマンに座れば、彼と一緒にいても、もう少しくつろいだ気分になれるに違いない。ベルベットで覆われたオットマンは今まで見たなかでもいちばん大きな代物で、どんなにあられもない座り方をしても許されるデザインだ。エイデンにうながされて長椅子の隅に背を伸ばしたまま腰かけたところ、片脚をそっと持ち上げられた。たちまち体がふんわり浮き上がったと思ったら、次の瞬間にはオットマンの枕の山に寝そべっていた。夫以外の誰かと一緒のときに、これほどだらしない姿勢になったことはない。

「椅子を汚してしまうわ」

「汚れたら拭けばいい。きみの靴を脱がすこともできる」

こちらとは違い、エイデンは淀(よど)みない口調だ。同じ言葉を数えきれないほど口にしてきたかのように。

言われてみれば、周囲にいる女たちは、まさにエイデンの言葉どおりに靴を脱いでいる。ドレスのスカートからむき出しのつま先が見えているし、ストッキングを穿いた片脚を男の手のなかに預けている者もいた。「だったら自分で靴を脱ぐわ」きっとこの部屋にそれほど長くいることもないだろう。

エイデンは従者に何か話しかけると、オットマンの隣に腰をおろした。腰が密着するほどの至近距離だ。びくりとした自分がいやでたまらない。彼の前ではもっと洗練された振る舞いをしたいのに。

「緊張しているんだね。肩をもんであげようか？」

セレーナは不安に駆られながら、大きな手と男らしい指に視線を走らせた。「いいえ、結構よ」

「どうしてそんなに緊張しているんだ、スイートハート？」

またしても違う呼び方だ。彼はこういう愛情表現をどれだけ知っているのだろう？　そのすべてをわたしに使うつもり？　彼はそのすべてを、ここに来るレディたち全員に使っているの？　そのなかの一つでいいから、わたしだけのために取っておいてほしい……。

いいえ、そんなことを考えるなんてばかげている。エイデンにとって、これはあくまで仕事。

「本当の答えを知りたい？」

「いつだって嘘をつくよりも正直に答えるほうが簡単だ。また同じ話題になったときに嘘がばれることもない」エイデンは片肘を突いて体をそらせると、空いたほうの手をセレーナのふくらはぎに優しく滑らせた。

そのときようやく気づいた。本来ならドレスの裾が足首まで覆っているはずなのに、ふくらはぎがむき出しになっている。とっさに、ふくらはぎにかけられた手を払い、つま先を丸めてスカートの下に引っ込めようとした。そうすれば、さすがにもう脚には触れてこないだろう。とはいえ、エイデンにはこの夜が終わるまでに、わたしの体のあちこちにもっと触れてもらわなければならない。

ストッキングの上から、ごく優しい指の感触が伝わってくる。肌と肌が触れ合う、驚くほど親密な感触だ。なんて気持ちいいんだろう。セレーナは息をのみ、必死でわれを失うまいとした。人目があるところでは常に冷静に振る舞わなければならない。いかなる不適切な行動も許されない。たとえ、本当はわれを失いそうになっていても。

「緊張しているのは、こんなにお行儀の悪いことを一度もしたことがないからよ」

エイデンはむき出しのふくらはぎから視線を外し、しっかり目を合わせてきた。「だったら、なぜ今夜はこうしている？」

セレーナがあいまいにかぶりを振ったそのとき、ありがたいことに、トレイを持った従者が現れ、会話が途切れた。トレイにのせられていたのは一脚のグラス。赤ワインが注がれている。背筋をまっすぐにしてトレイに手を伸ばしたエイデンからグラスを手渡され、とりあえず飲むことにした。先ほどワインに興味はないと言ったばかりだけれど、一口か二口すれば神経の高ぶりを静められるだろう。「あなたも一緒に飲まない?」

「俺はここの経営者だ。酔っ払うわけにはいかない」

「わたしだって酔っ払うつもりはないわ」そう答えつつも、ワインを飲んで笑みを浮かべた。喉から温かさが滑り落ちていくのが心地いい。なじみのある感覚だ。「年代物ね」

「姉のジリーが酒場を経営している。もしここで俺が最高級の酒を出さなければ、ジリーからこっぴどく叱られる」

「彼女はソーンリー公爵と結婚したのよね」

「またずいぶんと詳しいな」

「さっきも言ったように、あなたたち一家は噂のまとなのよ」

エイデンは肘を伸ばした。「俺はどう考えても不利だ。きみについてはわずかなことしか知らない」

「あなたはわたしについて何も知らないはずよ」

「いや、きみが誰かの妻だと知っている」

セレーナはにわかに体をこわばらせた。だがふくらはぎにふたたび手が滑り始めると、全身から力が抜けていった。「当てずっぽうでしょう」

「いや、きみは手袋をはめているが、その上からでも左手に指輪をはめているのがわかる。ここへやってくる前に外しておくべきだったな」

たしかに外すべきだった。でも七年近くずっと身につけてきた指輪だ。外したほうがいいなんて思いつきもしなかった。正体を見破られないよう細心の注意を払わなければいけないはずなのに、そんなささいなことにも気づかなかったなんて。たちまち不安に駆られ、もう一度ワインを口にした。

「夫は公爵に違いない」

むせそうになり、セレーナは咳(せき)をして口元を押さえた。手にしていたワイングラスをエイデンに取られたのにも気づかなかった。きっと赤ワインで喉を詰まらせないようにしてくれたのだろう。現に、彼はこちらの背中を優しく叩(たた)いている。ようやく落ち着きを取り戻すと、彼の手からグラスを取り、注意深くワインを口にした。どうにか普段の自分を取り戻したい。「どうしてそう思うの？」

「きみの振る舞い方のせいだ。すべてが自分の思いどおりになって当然というような態度を取っている。相手に、自分より下の取るに足らない、興味に値しない存在だという印象を植えつけるんだ。今一緒にいるのは、自分の靴を磨く価値もないような男だという印象をね」

「それはあなたの思い違いよ、ミスター・トゥルーラヴ。貴族に対するご自分の偏見をわたしに当てはめているだけではないかしら？　とはいえ、あなたを非難するつもりはないわ。本当かどうかわからないけれど、噂によれば、あなたのお父様は貴族なんですってね」

突然パンチを見舞われたかのように、エイデンは一瞬、ふくらはぎを愛撫していた指に力を込めた。「父の話はしないことにしている」

ということは、噂は本当なのだ。この男には貴族の血が流れている。それはこちらの計画にとって、ありがたいことだった。「わたしも公私問わず、自分の立場について話すつもりはないわ」やや皮肉っぽい口調でつけ足す。「わたしたちはある意味、似た者同士みたいね」

エイデンはもう一度体をそらせると、ふたたびセレーナの脚に手を滑らせ始めた。ただし今回は愛撫するたびに、指先をふくらはぎよりも上にどんどん移動させている。ほとんど膝に届きそうだ。なんて不適切なことを。けれど、なんとなくわかっている。エイデンはこうやってわたしを試しているのだろう。〝もうやめて〟といつ言い出すのか確かめているに違いない。もしくはただ、こうして女性の脚を愛撫するのが好きなのかもしれない。

「もし俺がきみの両脇にあるろうそくの炎を吹き消し、完全な暗闇に包まれたら、きみはその仮面を取ることができる」

「いいえ、完全な暗闇なんてありえないわ。この部屋で仮面を外すつもりなんてない。レディたちが驚くほど熱心にこっちを見ているし」

エイデンはしばしセレーナを見つめると、靴のボタンを外し出した。

「靴は自分で脱ぐと言ったはずよ」そう警告し、片方の足首に巻きつけられたエイデンの手を蹴り飛ばそうとした。しかし、彼が足首を押さえつけるほうが少しだけ早かった。

「俺に任せて」エイデンは半眼のままセレーナをちらりと見た。あの結婚式の日、教会に集まった貴族たちを眺めていたのと同じ目つきだ。

ふいにわけのわからない感情に襲われる。エイデンには欠点をさらしたくない。臆病者だと思われたくない。

「きみがいちばん最近、裸足（はだし）になったのはいつ？」

不思議なことに覚えていた。「九歳のときよ。一面クローバーが生えている場所で、どうしても裸足になりたかったの」まるでベルベットの上を歩いているみたいな感触だった。

「当時の家庭教師と一緒に、靴を脱いで駆け回ったわ」

でもその日、母からこっぴどく叱られた。もう大人なのだからそんなばかなまねはしないでちょうだいと説教されたのだ。それ以来、どんなときも靴を脱いだことはない。両親をはじめとする大人たちをがっかりさせると、いつだって罪悪感でいっぱいになった。

セレーナが最後の一口を飲み干してワインを空にすると、従者がお代わりを持ってきた。

そのグラスを傾けながら、エイデンのことを観察してみる。片脚だけ床におろした不自然な姿勢で座っているにもかかわらず、すっかりくつろいでいる様子だ。心のなかで想像せずにはいられない。もしわたしがエイデンにオットマンの上に両脚をのせるよう命じてブーツを脱がせたら、彼はどんな反応を示すのだろう？——こんなことを考えるのはワインを飲んだせい。酔いが回って大胆な気分になっているのだろう。ただし、実際そうする勇気が出せるほどではないけれど。わずかにうなずいてみせると、エイデンはふたたび靴を脱がせる仕事に取りかかった。

彼は脱がせた靴を、どこからか姿を現した別の従者に手渡した。エイデンは特別な合図をしなくても、必要なときに使用人を呼び寄せることができるらしい。「この靴をアンジーに渡して、俺の名前で保管しておくように言ってくれ」

「はい、かしこまりました」

従者が早足でその場を去ると、エイデンは言った。「このクラブから出るとき、あの靴を玄関広間で履けるようにしておく」

そういえばこのクラブに入る前に、羽織物を受付に預けた。カウンターの奥の小部屋にはたくさんの上着が保管されていたが、受付にいた少女はこちらに名前も尋ねず、ただ番号札を手渡しただけだった。あの小部屋のほかにも、レディたちの私物を保管する特別な場所があるのだろうか？ もしそうだとしたら、そこに保管されるのはレディたちのどんな私物なのだろう?

　突然セレーナは何も考えられなくなった。両手で片脚を包まれ、足の甲に親指の腹を滑らせられて、足裏を優しくもまれたのだ。なんていい気持ち。クローバーの大地を踏みしめたときよりもはるかに心地いい。ストッキングを穿いていなければもっとよかったのに――そう考えたとたん、エイデンの愛撫でこれほどの喜びを感じている自分に罪悪感を覚えた。

「あなたはどこで教育を受けたの?」彼の指の動きから気をそらすべく、セレーナは尋ねた。

「路地裏だ」

　セレーナはかぶりを振った。「いいえ、どこかで学んでいるはずだわ。あなたの話し方を聞いていればわかるもの」

「だとしたら、ジリーのおかげだ。ジリーは、ひとかどの者になりたければ、きちんとした言葉遣いをしなければならないと信じているんだ。俺たちがもっと若い頃、ジリーはある人物のために仕事をしていて、その人から労働者階級の訛り(コックニーなま)が出ないような話し方を教わったんだ。それで、俺たちきょうだい全員にその話し方を教えてくれたんだよ」

「もしあれほど噂になっている一家の一員でなければ、誰もあなたが路地裏育ちだとわからないはずだわ」セレーナは褒めたつもりだったが、彼は肩をすくめただけだ。まるで、周囲からどう思われようと気にしないと言いたげな態度。そんな彼が羨ましい。わたしもそんなふうに考えられたらいいけれど、社交界での立場がそれを許さない。いつだって自分の評判を気にかけ、家族にきまりの悪い思いをさせないように努めてきた。

「どうして賭博場を始めようと思ったの？」セレーナは本気で知りたかった。足裏をこれ以上ないほど優しくマッサージしてくれるいっぽうで、半眼のまなざしをかたときも自分から離そうとしないこの男性のことを。

「今宵（こよい）はきみのための夜なんだよ、愛（いと）しい人。俺のための夜じゃない」

その言葉にセレーナはとろけそうになった。足裏に感じる親指の感触と同じくらい心地いい。誰かにこれほど気にかけてもらったのはいつ以来だろう？　もう思い出せない。自分のことよりもわたしが求めているものや必要としているものを優先し、わたしを喜ばせることを第一に考えてくれる人がそばにいてくれたことは？

「もしその言葉が本当なら、あなたの話を聞かせて。それがわたしの望みだから」

エイデンの男らしくて蠱惑的な笑みを見て、セレーナは突然恐ろしくなった。このまま彼の瞳に溺れてしまいそう。

「ちょっと込み入った理由なんだ」もう一度肩をすくめると、エイデンは首をかしげてセレーナをじっと見つめた。「きみは豆隠しゲーム（シェルゲーム）をやったことはある？」

「いいえ、ないわ」

「そのゲームではおしゃべり――ゲームの最中ずっとしゃべくっているからこう呼ばれるんだ――が机の上にコップを三つ用意して、最初に客たちの前で、そのうちの一つに豆を入れてみせる。それからパタラーはしゃべり続けながら、三つのコップをすばやく移動させ、最後に豆が隠されているのがどのコップか、客たちに賭けさせるんだ。もしきみが見事当てたら、パタラーがきみに金を支払う。もしきみがはずしたら、きみがパタラーに金を支払う。といっても、そんな大金じゃない。三ペンスとか六ペンスとかだ。ただ客が集まるほど、賭け金は大きくなる」

「それで、あなたはいつもどのコップの下に豆があるのか、見事に当てることができたのね」

エイデンがまたしてもにやりとする。誘うような笑みに、セレーナはふいに息苦しさを感じた。うまく息ができない。

「いいや、俺がパタラーで、豆がどこにあるか常に正確に把握していたんだ。実は、豆はいつも俺の手のひらのなかにあった。だから客がどのコップを答えても、はずれということになる。客が答えたコップを持ち上げる直前に、それとは別のコップの下に豆を滑り込ませてこう言うんだ。〝残念だったな。豆はここにある〟――つまり、賭け金はすべて俺のものになるというからくりだ」

「みんなをだましたのね」セレーナはショックを受けた。でももっと衝撃だったのは、エイデンの戦略と指遣いの巧みさについ感心してしまったことだ。

彼は悪(わる)っぽい笑みを浮かべた。「ああ、そうなんだ」

「あなたは商売を始めるために、そうやってお金を稼いできたの？　不正なやり方で？」

笑みをさらに深めたことから察するに、どうやらエイデンはこの話題を楽しんでいるらしい。「それが違うんだ。俺は小さながたがたの机を持ち歩いて、いつもあちこち移動しながらシェルゲームをやっていた。あとはコップ三つと豆さえあればよかったからね。ある日、みんなが集まってきたところへ、身なりのいいやつ(ブローク)がひとりやってきた。今でも思い出せるほど印象的な、赤いブロケード織りのベストを着ていた。俺はそのベストを見て、こいつは金持ちに違いないと確信したんだ。当時十一歳だった俺はシェルゲームで負けなしだったせいで、うぬぼれていた。だから、いかにも金を持っていそうなその男に、一ギニー金貨で賭けを持ちかけた。こちらの条件を言ったら、男はあっさりのんだんだ。

俺は張りきっていつもの手順を繰り返した。男の前で一つのコップの下に豆を入れるのを見せて、そっとその豆を手のひらに隠すと、三つのコップをすばやくシャッフルし始め、けしかけるように男にこう言い続けたんだ。〝豆はどこに？〟〝豆はどこに？〟とね。そして手を止めて最後に叫んだ。〝さあ、旦那(ガヴ)、豆はどこに？〟そうしたら男が一つのコップを持ち上げた。くそっ(ダムド)、なんと、その下にあるはずのない豆があったんだ」

エイデンの口汚い言葉に不意を突かれ、セレーナは思わず笑い声をあげた。これまで自分の前でこんなののしり言葉を使った者は誰もいない。それにエイデンが浮かべている表情にも、くすっとさせられた。まるで、貴族のレディにこんな言葉を使っている自分自身をあざ笑うかのような表情だ。「その男性も詐欺師だったのね？」

エイデンはうなずいた。「彼は路地裏育ちで、ゲームについて知り尽くしていた。自分の豆を持ってきていて、俺が最後にコップを持ち上げる直前、その豆を滑り込ませていたんだ。だが俺には、彼を詐欺師呼ばわりすることはできなかった。そんなことをすれば、俺自身がいかさまをしようとしたことがばれるからね」

「だったら、あなたは彼に一ギニー金貨を支払わなければならなかったのね？」

エイデンは首を振った。「彼は俺にこう言っただけだ。〝コップを持ち上げる瞬間、絶対に注意を怠らないようにしろ〟とね。前に何度か俺のゲームを見ていたに違いない。そして男はジャック・ドジャーと名乗った」

セレーナは目を見開いた。「まさか、あの、あのジャック・ドジャーじゃないわよね？　ロンドンで、いいえ、イギリスのなかでもいちばん裕福だと言われている――」

エイデンはうなずいた。「それが、そうだったんだ。それから俺は彼の賭博場〈ドジャーの休憩室〉で仕事をするようになり、本当のゲームとは何かを学ばせてもらい、結局その店での最年少記録を塗り替えてディーラーにまでのし上がった。でも俺はフロアに立つより、上にあるバルコニーから自分の店を見おろしたかった。だから十九歳のとき、独立したんだ。ただ、すごく世話になったドジャーの店と客を奪い合うのは道理に反していると思ったから、ホワイトチャペルに〈ケルベロス・クラブ〉を開いた。場所柄、客として想定したのは、上流階級よりもむしろ人間のくずみたいなやつらだ。だが、そういうやつらは小金を持っている。しかも、貴族全員が上品な賭博場で歓迎されているとも限らない」

「それで今度は、女性もこういう場所を必要としていると考えてここを開いたのね」

「いや、最初に思いついたのは俺じゃない。弟だ。だが弟は本気でこの商売をやりたいとは思っていなかった。だからこの店を俺に譲ってくれたんだ」

「譲った？　一銭も受け取らずに？　なぜそんなことを？」

「弟は俺に恩義を感じていたんだ」

「どうして？」

「ああ、愛しい人、それはまた別の話だ」セレーナの脚から手を離すと、エイデンは背筋を伸ばして前かがみになり、体を寄せてきた。「さあ、今度はきみが話す番だ。今夜はなんでここへ来た？」

「馬車よ」

セレーナのすばやい答えを聞き、エイデンは低い笑い声をあげた。こちらの質問を聞き、彼女はわざと勘違いしたふりをして答えたのだ。今夜の店の売り上げを全額賭けてもいい。この女は秘密だらけだ。彼女の何が、これほどまでに自分の注意を引くのだろう？　どうして彼女のそばから離れられないんだ？　普通なら、こんなふうにひとりのレディの相手だけすることはない。女性客たちの嫉妬心をあおりたくないからだ。とかく嫉妬という感情は、商売の邪魔になる。だがどういうわけか、セレーナから離れることができない。きっと、この女の瞳に宿る悲しみのせいだろう。あるいは、彼女が居心地悪そうにしているせいかもしれない。ほとんどの女はここにやってくると、傍目にわかるほどはしゃいだ様子を見せるものだ。だがセレーナは違う。この場所には一つも興味がないのに、しかたなくここにいるような様子だ。きっと彼女は何かを探し求めていて、ここにそれがあると考えてやってきたのだろう。だがもしそうなら、彼女にきっぱりとこう答えられる。いくら探しても、このクラブのなかにそれほど貴重で大切なものは一つも見当たらない、と。この店で提供されるのは、ひとときの現実逃避だけだ。現実を忘れられること自体には価値があるが、そういうはかない瞬間は消え去るもの。結局、人びとは自分の家に戻っていき、ここでの楽しみを持ち帰ることはできない。このクラブから一歩出るとすぐに、そういう楽しさは消え去ってしまう。

だからこそ、この商売は儲かる。またお楽しみを求めて、彼らが必ず戻ってくるからだ。

従者がやってきて、セレーナのワイングラスにお代わりを注ぐと、静かに立ち去っていった。抵抗しなかったところを見ると、彼女もようやく体の力が抜けてきたのかもしれない。エイデンは空いたほうの彼女の腕に手を伸ばし、手袋を肘の下へずらし始めた。なぜレディは両腕をむき出しにするドレスを身につけておきながら、それを隠す手袋をはめるのだろう？

「何をしているの？」セレーナが尋ねる。やや警戒するような声だ。

「手袋は邪魔だ」

彼女は指を丸め、こぶしを握ろうとした。そんなことをしても無駄なのに。「手袋は外さないで」

彼女は結婚指輪のせいで客たちに身元がばれるのを恐れているのかもしれない。「きみの指輪は外した手袋のなかに入れたままにしておけばいい。この店は安全だ。泥棒などひとりもいない。あるいは、指輪は俺のポケットのなかにしまっておいてもいい」

セレーナは首を振った。この女の指に結婚指輪をはめたのはどんな男なのだろう？　彼女に指輪を外すことをこんなにためらわせる男とは？　もし彼女がそれほどその男を愛しているなら、なぜここにいるんだ？　いや、あんなに夫ミックを愛しているにもかかわらず、レディ・アスリンもたまにこのクラブへやってくる。レディにもしばし現実逃避して気晴らしをする時間が必要なのだろう。

エイデンは手袋を元に戻し、腕の内側の柔らかな肌を指先でたどり始めた。手袋が覆いきれない部分だ。「俺はさっきから待っているんだよ、可愛い人。きみが自分の話をしてくれるのをね」

　セレーナはワイングラスを唇に当てたまま答えようとしない。その姿を見ていると、彼女と一緒にワインを楽しめないのが残念に思えてくる。とはいえ、エイデンはこれまでずっと〝客とは親しくなりすぎない〟というルールを守ってきた。特定の客と親しくなるのは、商売のためにならないからだ。ほかのきょうだいたちと同じで、エイデンにもはっきりとわかっている。今手にしている富は、自分の事業が軌道に乗っているからこそ得られているものなのだと。そうでなくても、スキャンダルにまみれた一家の一員として生まれ、いまだによからぬ噂がついてまわる。たしかに、ときには不適切な行為をすることもあるが、この店の客と深い仲になったことはない。ただの一度もだ。それなのに、ほかの女性客とは違い、この女になすすべもなく惹かれてしまう。

　セレーナは唇を舌先で湿すと、薄暗がりに視線を落とした。「クローバーの話をしたわ」

「もっと面白い話があるはずだ」

　彼女はエイデンに視線を戻した。「ないわ。だからわたしはここにいるのよ」

　セレーナがそんな退屈な女であるはずがない。そう確信していたものの、エイデンは無理強いすべきではないときをきちんとわきまえていた。「さあ、ワインを飲んで。ほかの部屋へ案内しよう」

セレーナがワインを飲むあいだ、エイデンは繊細な喉元の動きを目で楽しんだ。とにかく見飽きることがない。彼女のありとあらゆる点に惹きつけられる。もしこのまま彼女を薄暗がりへ連れていったらどうなるだろう？　彼女は仮面を外し、美しい顔立ちをこの指先でたどるのを許してくれるだろうか？　指先の器用さには自信がある。もしセレーナの顔に指をはわせることができたら、その心までとろかせるだろう。

セレーナが最後の一滴を飲み干すと同時に、ハンサムな若者が現れた。このクラブで雇っている男たちは全員ハンサムだが。〝この店内の至るところに見栄えのいい男性たちがいたら、レディは絶対に喜ぶはず〟というラヴィニアからの忠告を守ってのことだ。今も二十歳そこそこのジャスパーが、空になったセレーナのグラスを受け取り、お代わりを注いでいる。

「ここはもういい」ジャスパーに告げた瞬間、不機嫌そうな声が出たことに自分でも驚いた。

ジャスパーもさぞ驚いたのだろう。目をまん丸くすると、慌ててお辞儀をして走り去っていった。

エイデンはセレーナの物問いたげな視線を痛いほど感じていた。とっさに彼女に、そしてジャスパーに謝りたくなった。だが謝るのには慣れていない。それにここで謝れば、ジャスパーがセレーナの機嫌を取ろうとしていたのが気に入らなかったと認めることになる

――そもそも、そのために彼らに多額の給料を支払っているというのに。そう、彼らの仕事はレディを特別な気分にさせることだ。その特別な気分をまた味わいたくて、レディたちはこのクラブへ戻ってくることになる。

「靴が必要だわ」セレーナは言った。先のエイデンのぶっきらぼうな態度については何も言おうとしない。そのことに少なからず驚いた。

「うちの床はきれいだから靴を履く必要などない。せっかくだから素足の感触を楽しんではどうだろう?」

エイデンはセレーナの手を取り、彼女が立ち上がる手助けをした。靴を脱いだままだと、頭の先がちょうどエイデンの肩に来る。できることならその頬に手を当て、柔らかな曲線をたどってみたい。その衝動をこらえるにはありったけの意志の力が必要だった。思えば不思議な話だ。今までどんな女に対しても、近くに引き寄せたいと思ったことは一度もないのに。もちろん、女たちと過ごすのは好きだし、一緒にいるのは楽しい。だがこれまではいくら必要とされても、自分から彼女たちを抱擁したことはない。女たちが涙を見せると、とたんに逃げ出したくなる。とにかく、女たちとはとびきり楽しい時間を過ごしたいだけなのだ。

だが今夜の俺はどうかしている。セレーナのそばから離れようとせず、ほかの男たちを寄せつけずに彼女の関心をひとりじめしようとしている。きっと彼女が謎めいているからだろう。だが、ほかにも仮面をかぶっている女性客はいるのに、彼女たちについて詳しく知りたいという気にはならない。そろそろほかの男たちにセレーナの世話を任せるべきなのかもしれない。だが、任せた相手のあら探しをしそうな自分が怖かった。その男がどれだけセレーナの関心を集められるかをいちいち確認し、もしじゅうぶんな関心が得られていない場合は彼に腹を立てるだろう。反対に、もし彼がセレーナの興味をじゅうぶんかき立てていても、そうできなかった自分に腹を立ててしまいそうだ。

エイデンの鬱々とした物思いに気づいていたとしても、セレーナはそんなそぶりをこれっぽっちも見せず、ごく自然にこの肘のくぼみに手をかけている。ワインのおかげだろう。体の力を抜いてくつろいでいる様子だ。俺のほうがにわかに神経過敏になっているなんて。

エイデンはゆっくりと時間をかけて次の部屋へセレーナを導いた。ラヴィニアから〝レディたちの心に訴えかけるようにするべきだ〟と忠告された部屋だ。エイデンはひそかにこの部屋を〈壁の花の客間〉と呼んでいるが、女性客にとってはただの舞踏室にしか見えないだろう。彼女たちが前にも訪れたことのある舞踏室と同じ造りだ。ただし、このクラブの舞踏室では、どんなレディも魅力的な男性とワルツが踊れる。従業員には貧しい者たちをなるべく多く雇うようにしているが、それでもやはりレディたちをもてなす才能のある男たちを雇う必要があった。洗練された話し方ができ、上着やベスト、クラヴァットの感じのいい身につけ方を知っている男たちだ。このクラブの表舞台に立つ男性従業員は、上流階級の屋敷で従者として勤められるほどの教育を受けさせた者たちばかりだ。彼らはここで、通常の二倍の給料を稼いでいる。

「ダンスはしないの」セレーナは低くつぶやいた。

舞踏場の隅ではレディ数人が並び、踊る順番を待っている。彼女たちは次が自分たちの踊る番であることを知っているのだ。この舞踏室では、どんな女性客も絶対に壁の花にはならない。

「ワルツならいいだろう？」エイデンは女性客と一緒にダンスをしたことがない。だが今は両腕にセレーナを抱き、磨き込まれた寄せ木細工の床へと彼女をいざないたい。実は、生まれてこのかたワルツを踊ったこともないのだが、その事実でさえ、セレーナと踊りたいという衝動を抑えることはできない。

前にラヴィニアから基本のステップを教わったことはある。〝いつか女性客のひとりと踊りたくなったときに役に立つから〟と言われたのだ。結局ラヴィニアが正しかったことになるが、それを認めるのはどうにも悔しい。今は弟フィンと結婚して義理の妹になっているが、過去に彼女のせいで弟が辛酸をなめさせられたせいで、いまだに完全にはラヴィニアを許せずにいる。

そのときセレーナが首を振った。「わたしはここに、ダンスをするためにやってきたわけじゃない」

「きみはゲームにも、食事にも、ダンスにも興味を示さない。だったら、なぜここにやってきたんだ？」

ややかたくなで、どこか大胆そうな表情を浮かべると、セレーナは彼の目をまっすぐに見て答えた。

「ここにやってきたのは、ベッドをともにするためよ」

3

生まれ育った路地裏で、エイデンは自分の感情をけっして表に出さないすべを教わってきた。何があっても頬の筋肉一つ、ぴくりと動かさない自信がある。だがセレーナの言葉には完全に不意を突かれた。それに大胆な発言などしていないかのように、こちらを見つめ続けている彼女の様子にもだ。今すぐあの仮面をはぎ取り、セレーナが赤面していないかどうか確かめたい。もし赤くなっていたとしても、それは頬だけだろうが。こうして見るかぎり、彼女の顎は雪花石膏(せっかせっこう)のように青白いままだ。薄ピンク色にすら染まっていない。

セレーナが俺のクラブにやってきた目的が、その一つだけというのがどうにも気に入らなかった。なんという皮肉だろう。俺自身、これまで悪さを楽しみ、人びとに不道徳な行為をもたらす役割を楽しんできた。どう考えても、そんな自分が天国に行けるとは思えない。だから、このまま地獄に堕(お)ちるまでの道のりをめいっぱい楽しんでやるつもりでいた。俺にわかっているのは、人は誰しも衝動を持つ生き物だということ。同時に、どうしてもわからなかったのは、なぜそういう衝動を満たそうとする人びとが——結婚していようといまいと――非難のまとになるのかということだ。

それなのに今この瞬間は、セレーナに早まってほしくない。一時の衝動に流されず、自分の欲望をもっとよく見きわめてほしい。彼女には〝ベッドをともにする〟という行為だけに興味を持ってほしくない。特別な誰かに――俺に、頭がおかしくなるほど心惹かれるのがどういう状態なのか、興味を抱いてほしいのだ。

おい、何を考えている？　いったい俺はどうしたんだ？

「よく見ると、男たちのなかに、左側の襟に赤いボタンを留めている者がいるのがわかるはずだ。彼らがきみのためにそういう奉仕をしてくれる」さりげなく答えたものの、どうしても全身がこわばってしまう。今にも不満がマグマのように噴き出しそうだ。

「あの人たちに興味はないの。興味があるのはあなたよ、ミスター・トゥルーラヴ。わたしが求めているのは……あなたなの」

「残念だが、仕事と個人的なお楽しみは混同しない主義なんだ」必死の思いでそう答えた。

「すべて仕事だと考えて」

「いや、店の客と個人的に関わるつもりはない」

「わたしと個人的に関わってと頼んでいるわけじゃない。わたしとベッドをともにしてと頼んでいるの」

女から追いかけられるのには慣れていない。それだけに、エイデンはセレーナの大胆さに感心せずにはいられなかった。正直、あまりの大胆さを目の当たりにしてたじろいだのも事実だ。もちろん、セレーナと体を重ねたくないわけではない。ただ、いったい彼女はどんな理由でこんなことを言い出したのだろう？　もしかすると、俺がこれまで追いかけてきた女たちも、こんな不安な気持ちだったのだろうか？　後悔することになるのでは、と心配を募らせていたのか？

個人的に関わることなく、彼女とベッドをともにする？　そもそもそんなことが可能なのか？　当然ながら、これまで性欲を満たすためだけに女たちと寝たことはある。だがセレーナはレディだ。そういう女たちとは違う。

彼女は本当にわかっているのだろうか？　体は深く満たされても、心がまったく満たされないとき、人がどれほど寂しい思いをするものかを。奇妙なことに、まだ会ったばかりのセレーナとベッドをともにして、彼女との関係を終わらせたくない。もう少し、セレーナがどういう女なのか探るための時間がほしい。

「ここで突っ立ったままでもいいが、ワルツを踊りながらでも話し合える」彼女に向かってわずかにお辞儀をしたあと、舞踏場を指し示し、そっけなく言った。「踊ろうか？」

「靴を履いていないわ」

「そのほうがもっといい」

これまでダンスの最中、靴を脱ぎ捨ててしまいたいと何度思っただろう? スカートの下が裸足(はだし)でも、誰にもわからないに違いないと。わたしは靴が大嫌いだ。足全体を締めつけられているような、あの感覚がどうにもいやでたまらない。特につま先がつねられているように痛くなってしまう。だからエイデンにいざなわれて、よく磨かれた床へ裸足のまま踏み出したとたん、まさに想像どおりの、なんともいえない自由を感じた。これ以上ないほどの喜びが込み上げてくる。

目の前にいるハンサムな男性が、こちらからかたときも目を離そうとしないままでも、この解放感が損なわれることはない。

「あんな大胆なことを言い出して、さぞあなたもあきれたでしょうね」セレーナ本人が自分にあきれている。あんなふうに本音をずばりと言うつもりはなかった。必要としていることを、さりげなく伝えるつもりだったのに。

「あきれてはいない。驚いているだけだ。もちろん、普段許されない罪を求めてここへやってきた女性は、きみが初めてじゃない。不幸な結婚生活を送る妻たちや、孤独に耐えている未亡人たち、婚期を過ぎた未婚女性たち。彼女たちが、ここにいる悪魔と一緒に踊る夜があったってどうってことないだろう?」

「その悪魔がわたしの誘いを断るなんて信じられない」

「俺はこれまで数多くの誘惑や不道徳な行為、依存症なんかを目の当たりにしてきた。だから自分の店ではギャンブルをやらない。店の酒も飲まない。店にあるオットマンに足を伸ばして座ることもない。今このときまで、フロアでワルツを踊ったこともなかったんだ」

セレーナはためらいながら笑みを向けた。「それなら、あなたは例外を認める気になったのね」

「どうやらそうらしい」

セレーナは笑い声をあげた。こんなふうに心から笑ったのはずいぶん久しぶりだ。「そんなに不満そうに言わなくても」

「きみに興味を引かれてしまったせいだ。きみは本当に美しいからね。ちなみに、今までそう言われたことはある？」

「ええ、何度も。その言葉を言われても何も思わなくなるほどね。周囲の人たちはわたしの外見しか見てくれないの」

「だったらきみは恋愛結婚？」

「違うわ」

「夫が夜、満足させてくれないのか？」

「女性って満足できるものなの？」

「ああ、正しい手順を踏めばね。ベッドをともにする正しいやり方は、誘惑から始まる」

エイデンはセレーナの腰に当てていた手に少し力を込め、さりげなく引き寄せた。

　彼の脚がドレスのスカートをかすめ、ブーツにつま先が当たりそうになったものの、セレーナは動じなかった。エイデンを信頼しているから。彼ならつま先を思いきり踏んづけたりしないだろう。足を引きずりながら屋敷へ戻るはめにもならないはずだ。

「部屋の隅に立っていたわたしに近づいてきたときから、あなたはずっとわたしを誘惑していたわ」

　エイデンは口の片方だけ持ち上げた。「いや、賭けてもいい。その前からだ」

　セレーナは満面の笑みを浮かべた。そうせずにはいられなかった。「ゲーム室を気取って歩いていたときから？　あれはわたしに見せつけるためだったの？」

「ということは、きみは俺に気づいていたんだな？」エイデンは苦笑しながらかぶりを振った。「きみのせいで、俺は今までのルールをすべて破ってしまいそうだ」

「わたしには、あなたがルールにこだわるタイプに見えないわ」

「心を入れ替えようとしているところなんだ。周囲から尊敬されるようにね」

「周囲からの敬意なんて当てにならない」

「それを知っているのは、きみの評判が悪いから？」

「わたしが評判の悪い女になろうとしているからよ。これまでずっと非の打ちどころのない人生を送ってきた。もううんざりなの」

「俺にはもう一つルールがあるんだ、可愛い人。結婚している女とは絶対に寝ない。これは今まで一度も破ったことがない」

「だったらわたしは運がいいのね。だって今、わたしは未亡人なんだもの」

もしわたしが未亡人でなかったら、ここにはいなかっただろうけれど。エイデンを捜し出したりもしなかったはずだ。本当は自分の結婚歴について、彼に打ち明けるつもりはなかった。新聞でラシング公爵の死亡記事を目にしていたとしても、エイデンが公爵とわたしを関連づけて考えるとは思えない。ましてや、夫を亡くして三日しか経っていない未亡人が、こんな罪深い場所へやってくるとは夢にも思わないだろう。ともかくエイデンには詳しい情報をほとんど与えないほうがいい。それなのに、口にすべきではないことをなぜ打ち明けたのか……。この世に生まれ落ちた瞬間から、自分の考えは胸にしまっておいたほうがいいと教え込まれ、本当の意見や感情をずっとひた隠しにしてきた。それなのに、ここでは無駄口を叩いている。ぺらぺらとしゃべったら、その報いが返ってくることになるのに。

でもいっぽうで、自分の話をしてなんの害があるのかとも思う。たとえ正体を見抜かれたとしても、エイデンにはわたしの計画に影響を与えない。そのうえ、わたしは物事を自分の思いどおりに進めることに慣れているし、実際たいていのことはそうしてきた。それがこの爵位の特権と言っていい。しかも自分がエイデンに何を求めているか、今のわたしにはははっきりとわかっている。それなのに、なぜ彼はわたしの誘いにすぐに乗ってこないのだろう？　これまでの経験上、男とは本能に支配されるものだとわかっている。彼らにとって、性的な欲求以上に強烈な本能はないはずだ。エイデンがすぐにわたしの誘いに応じようとしないのはどうして？　なぜわたしを薄暗い部屋へいざない、ドレスのスカートをめくろうとしないの？　わたしに興味を持とうとしないエイデンが腹立たしい。いや、それよりもいらだたしいのは、褐色の瞳の奥に宿る思いやりの色だ。

「結婚生活はどれくらいだった？」エイデンが尋ねる。

「どうでもいいことでしょう」

「彼が恋しい？」

エイデンに黙っていてほしかった。彼はわたしを質問責めにして、正体を見きわめようとしている。「あなたはわたしとベッドをともにすることに興味がないの？」声にいらだちが混じった。ここにやってきたのは目的があるからだ。エイデンはその達成を遅らせようとしている。

彼はセレーナの背中にかけていた長い指を広げ、指先にさらに力を込めて、マナーに反するほど近くに体を引き寄せた。今では彼の太ももが脚のあいだに食い込んでいる。エイデンにドレスの裾を踏まれたらどうしよう？　一瞬不安になったが、軽快なステップから察するに、きっとそんな恥ずべき事態は起こらない。明らかに、エイデンはきちんと自分の動きをコントロールしている。どこまでなら体を近づけてもダンス中に転倒することがないか、ちゃんと計算しているのだ。そんなふうに思うのは、今ダンスをしているわたしたちが完全に一つになっているからかもしれない。なんだか不思議。踊っているだけなのに、今こうしていることが、夫とベッドをともにしてきた以上の親密な体験のように思えるなんて。

「ただ寝るだけなんてありえない。きみはもっとすばらしい思いをして当然だ」彼の低い声が、ありとあらゆる神経の末端にまで響き渡る。「きみは噂のまとになるような、徹底的な誘惑に値する女性だ」

エイデンが目を合わせてきた。何かを約束するようなまなざしだ。でも、わたしにその約束を受け取る勇気があるかどうかわからない。なんだかうまく息ができなくなった。突然、ここにやってきたのが信じられないほど向こう見ずな冒険に思えてくる。胸が高鳴っている。重ねた指先を通じて、エイデンにもそれが伝わっているに違いない。それなのに、彼から体を引きはがし、ここから立ち去ることができない。今まで二十五年間生きてきたなかで、男性から徹底的に誘惑されたことは一度もない。というか、わずかな誘惑さえされたことがないのだ。

音楽が終わると、夜気に漂う花の香りが感じられた。ふたりはダンスをやめたが、エイデンはセレーナの体を離そうとはしなかった。

「あなたはわたしのことなんて知らないくせに」かすれ声になった。こんな声を出したのが自分だなんて信じられない。「わたしが何に値する存在なのか、あなたにわかるはずがない」

「女は誰でも、ベッドをともにする以上のことに値する存在だ。どんな女も誘惑されて当然なんだ。俺は、きみが考えている以上にきみのことをよくわかっているのかもしれない」

仮面をしているおかげで、今の言葉に対する反応を見られなくてよかった。エイデンに気づかれるわけにはいかない。〝誰かに本当の自分を知ってほしい。自分の思いや夢に気づいてほしい〟と心から切望していることを。

「さっき、きみと寝ることに興味がないのかと尋ねていたね。安心してくれ。これ以上ないほど興味がある。興味がありすぎて、もしここできみの注意がほかの男にそれたら、そいつの命を奪ってしまうかもしれないくらいだ」

わたしのせいで、エイデンがほかの男性に嫉妬する――そう聞かされ、自分でもとまどうほどの満足感を覚えた。

次の曲が始まると、エイデンはふたたびセレーナを舞踏場へいざなった。ことワルツに関して言えば、彼よりもずっと洗練された完璧なステップを踏む紳士たちと数多く踊ってきた。でも紳士たちは正しいステップをきちんと守っていただけだと、今夜気づかされた。

エイデンの踊り方はもっと野性味にあふれ、荒けずりで、女心をくすぐる。いっときでもわたしから目を離すと勝負に負けるかのように、こちらを見つめたままだ。ふたりはマナーに反するほど体を近づけているが、ここでは問題にならないだろう。舞踏室にいるどのカップルも、洗練こそされていないが、より素朴で原始的なダンスを楽しんでいる。セレーナは視界の片隅で、目の前のパートナーを熱心に見つめている紳士たちの様子をとらえていた。彼らはまるで、相手の女性が完璧で最高のパートナーであるかのようなまなざしをしている。

だがそのなかでもエイデン・トゥルーラヴのまなざしは、完全に相手に心奪われている男のそれだった。たとえ一瞬だけ、ダンスをしているあいだだけでも、〝宝物のように大事にされている〟と女性に思わせる。実際セレーナがそうだ。今夜、まさかこれほど甘やかな気分が味わえるとは思ってもいなかった。でも、わたしにはどうしてもやらなければいけないことがある。それをやり遂げるには、気持ちを強く持たなければならない。

「不思議なのは、きみがいまだに手袋を取ろうとしないことだ。だって、きみは俺の両手で全身くまなく愛撫されるためにここへやってきたんだろう？　そう考えると、むき出しの腕を愛撫されるのをかたくなに拒絶する理由がわからない」エイデンは静かな口調で言った。「想像してごらん。俺たちを隔てるシルクの布地がなくなったら、どれだけ心地いいか」

突然その感触が鮮やかに思い浮かび、恐ろしくなった。ただでさえ心臓の鼓動が乱れっぱなしなのに、この調子では、今夜が終わる前に、わたしの心臓は止まってしまうのでは？　今ここでわたしが死んでも誰のためにもならない。ただ、天使たちに連れていかれる先が天国だったとしたら、罪悪感を抱かないまま行ける望みはまだある。でも今夜大胆な行動を取ったあとなら、間違いなく天使たちから地獄へ突き落とされるだろう。つい一時間前は、そうなることをひどく恐れていた。でも今はどうだろう。地獄に行くことに慰めを見いだしている。エイデンが必ず地獄行きになるはずだから。あちらの世界で、エイデンが周囲を見回して高笑いをし、あの手この手で悪魔の気をそらそうとしている姿さえ想像できる。そのすべてをこの目で確かめたい。

「服を全部脱がなくてもベッドはともにできるわ」セレーナはできるだけ高慢な口調で言った。そういう行為に慣れているように聞こえていればいいのだけれど。ラシングから服をすべてはぎ取られたことは一度もない。だからよくわからないのだ。エイデン・トゥルーラヴはどうやってわたしの全身をくまなく愛撫するつもりだろう？　彼は今、片方の手でわたしの手をこわれもののようにそっと握り、もう一方の手を腰に優しく当てている。

エイデンは大胆でいたずらっぽい笑みを浮かべた。「そんな行為のどこが楽しいんだ？」

〝だったら、ベッドをともにする行為のどこが楽しいの？〟危うくそう尋ねるところだった。セレーナにしてみれば、そういう行為は義務でしかない。結婚の条件の一つであり、妻として果たすべき仕事のようなものだ。ここにそれ以上の何かを期待してやってきたけれど、〝それ以上の何か〟がどういうものなのか、自分でもよくわからない。むき出しの肌を愛撫されることなのだろうか？　〝むき出しの〟〝肌を〟〝愛撫される〟――その三つの言葉が頭のなかでぐるぐると回っている。まるでメリーゴーランドみたいに。

エイデンの手はごつごつした働き者の手だ。どういう種類の労働かはわからないけれど。とはいえ、清潔だし、きちんと手入れされている。人差し指の脇から手の甲にかけては傷があった。すでに白くなった薄い傷だ。ずっと前のものだろう。その傷はどういういきさつで負ったのだろうか？

エイデンは女性を誘惑するとき、そんな個人的な話をしたりするの？　きっとそうだ。というか、そうであってほしい。

音楽がふたたび終わった。パートナーを換える合図だ。それなのにエイデンはセレーナを離そうとはしない。ふたたび音楽が始まるのをじっと待っている。本来、舞踏室では同じ殿方と二曲以上ダンスをしたら、たちまち噂になってしまうものだ。でもここではそういうことがない。セレーナももはや自分の評判を心配していなかった。

「あと何回踊るつもり？」

「これが最後だ」

「そのあとは？」

「きみにキスをする。脚に力が入らなくなって倒れるまでね」

セレーナがわずかに瞳を輝かせて唇を開くのを見て、エイデンは脚のあいだがたちまちこわばるのを感じた。まるで彼女が欲望の証(あかし)全体に指先を滑らせたかのようだ。くそっ、いったい俺はどうしたんだ？　女たちと一緒に過ごすのは楽しいが、ひとりの女に夢中になったことは一度もない。だがセレーナの何かが、根源的な欲求をかき立てる。まるで原始人のように〝この女は俺のものだ。俺が守る〟と主張して回り、ほかの男たちが彼女に指一本でも触れようものなら、そいつを容赦なく殴り倒しそうだ。

今まで嫉妬とは無縁の人生を送ってきた。それがどうだ。セレーナといると、紛れもない嫉妬心に駆られる。それがどうにも気に入らない。セレーナが言うとおり、俺は彼女について何も知らないのに。そんな相手に単なる好奇心以上の感情を抱くなんて、どう考えてもばかげている。

このクラブで、仮面をつけている女ならほかにもいる。一度も外そうとしない女もまだ数人いる。だが彼女たちには心惹かれない。惹かれるのはただひとり。セレーナだけだ。それもなすすべもなく強烈に、信じられないほど猛烈に。彼女のすべてが知りたい。それが俺の望みだ。

いや、そうじゃない。俺の望みは、セレーナを誘惑してベッドをともにし、彼女をさっさと忘れること。セレーナがこの俺を簡単に忘れられると考えているのは明らかだ。そんな彼女に負けないほどあっさりとセレーナのことを忘れたい。だからこそ、最初にどうしても誘惑が欠かせないのだ。

セレーナに、もう一度俺に会いたいと乞い願わせたい。俺のあとに何人の紳士とつき合おうが、セレーナが最後の息を引き取る瞬間、思い出す男が俺であってほしい。

ベッドをともにしたいとセレーナは言ったが、あの言い方からはいっさい情熱が感じられなかった。まるで自分がそう言えば、俺が喜んで提案に飛びつくと考えているかのようだった。そのことに好奇心と怒りをかき立てられた。エイデン・トゥルーラヴはこれまで貴族の意に屈したことがない。生みの母親のように、貴族たちのお楽しみのために利用されるつもりはさらさらなかった。貴族の女に喜びを与えても、それはあくまで俺のやり方でだ。

俺は自分の母親について何も知らないが、父親がどういう人物かわかるにつれ、きっと哀れな母は横暴な父の言いなりになり、体を重ねるしかなかったのだろうと思うようになった。だが俺は父親とは違う。常に男としての責任を忘れることなく、きちんと自己管理をし、絶対に子どもができないように心がけている。

この世に生まれたとき、実の両親がした仕打ちに対して、赤ん坊だった俺はどうすることもできなかった。だが今はすべてを意のままにできる。自分の行動は誰にも支配させない。

エイデンはふと考えた。目の前に立つこの女も、かつては選択肢を選べなかったのだろうか？　もしかすると、ここにいる理由はそこから来ているのかもしれない。未亡人になった今、セレーナは運命や行動を自分自身で決められる力を手に入れたのだろう。だからこれまで一度も得たことがないものを探しにやってきた――そう、情熱を。

この女が求めているのは、感情抜きの体だけの関係ではない。それ以上のものだ。

「わたしの膝は丈夫にできているの」しばしの沈黙のあと、セレーナがようやく答えた。にやりとせずにいられない。先ほどの俺の言葉が、よほど衝撃を与えたのだろう。彼女が落ち着きを取り戻し、言い返すまでにこれだけ時間がかかったのだ。

「だったら、その膝をジャムみたいにとろとろにしてやる」

彼女はピンク色の舌先で下唇をなめた。このあとすぐに味わい尽くそうと考えている唇だ。

「あなたって本当にうぬぼれやなのね」

「それこそ、きみが俺を選んだ理由だろう」

「ええ、あなたに魅力を感じたから」

「前に会ったことがあったかな？」そうは思えない。もし前に会っていたら、この印象的な唇を覚えているはずだ。下唇がふっくらと突き出されているいっぽう、上唇は弧を描くように形がよく、下唇の半分くらいの厚みだ。キスをしたら、唇をごく柔らかく心地よく受け止めてくれそうな形をしている。

「いいえ、ないわ。だけど遠くからあなたを見かけたことはある。それに噂を聞いたことも。あなたが……すごい能力の持ち主だって」

「誰かとキスはしても絶対に口外しないというのが、俺の方針なんだ。レディたちもそういう話は秘密にするものだと思っていた。特に相手が俺みたいな平民ならなおさらだ」

「秘密をもらさない人なんてひとりもいない。あなたの名前がいつだってため息まじりにささやかれているのがいい証拠よ。わたしもいろいろな噂を聞かされて、あなたにはそういう隠れた才能があると信じるようになったの。もちろん、このクラブもあなたの才能の表れね。これほど退廃的な場所を作り上げたのに、なぜ自分は参加しようとしないの？」

「きっと、物陰からただ見ているほうが好きなんだろう」

「見物人みたいに？」セレーナはかぶりを振った。「いいえ、どう見てもあなたは見物人にはなれないわ。だってあまりに男らしすぎるもの」

　今セレーナに向けられているのは、まさにその男らしさだった。欲望にけぶるまなざしで熱っぽく見つめられ、踊っていてもつまずきそうだ。男性とたわいもない冗談を言い合ったりすることはあるけれど、こんなふうに半眼の瞳で、じっと見つめられるのには慣れていない。全身の毛穴から汗が噴き出し、肌がうずき、胸が重たくなっている。それに脚のあいだのひそやかな場所を何かに、彼にこすりつけたくてたまらない。彼の手に、彼の太ももに、彼の脚のあいだに。

なんてこと。こんなふしだらなことを考えるなんて。

そんな心の叫びが、目の表情に浮かんでしまったのかもしれない。エイデンはセレーナの腰に置いていた手をさらに下へずらし、ヒップぎりぎりのところで止めると、手のひらに少し力を込めた。その一瞬、偶然かすかに触れた感じでわかった。わたしの体と同じように、エイデンの体もまたわたしを求めて反応している。

これで先ほどのわたしの質問に対する、エイデンの答えははっきりとわかった。彼はわたしとベッドをともにすることに興味がある。というか、興味津々だ。脚のあいだがこんなに硬くなっているのが何よりの証拠だろう。

でもそのあと、エイデンはすぐに体を離した。いったいどうして？　彼はただわたしをからかっただけなのだろうか？　それとも、暗に〝きみは俺のものだ〟と態度で示したかっただけ？　きっと前者だ。使用人たちがうろうろしている場所で、彼が自分の欲望をあらわにするとは思えない。

音楽がとうとう鳴りやむと、ふたりもダンスを終えた。今回は次の曲が始まるのをじっと待ったりしなかった。エイデンは肘のくぼみにセレーナの指をしっかりかけさせると、舞踏室から出た。薄暗い通路を進み、たくさんの部屋や廊下や通路を通り過ぎていく。まるで迷路のなかを歩いているようなのに、エイデンは確固たる足取りだ。明かりさえ必要としていない。奇妙なことに、セレーナはためらいもせず、そんな彼のあとをついていった。それも彼と同じくらい揺るぎない足取りで。つくづく不思議だ。ほとんど知り合ったばかりの他人なのに、こうして全面的に信頼しているなんて。

　これまでずっと、周囲の人たちが何を考えているか、顔色をうかがう人生を送ってきた。でも、エイデンが考えていることはすぐにわかる。彼は悪の巣窟を束ねているかもしれないが、その事実を隠そうとしない。それに、今から自分がしようとしていることも正直に口にしている。彼は裏表がない人だ。

　わたし自身にも同じことが言えたらいいのに。

　金属がこすれる音があたりに響き、現実に引き戻された。エイデンが扉を開けている。彼は扉を脇へ押しやると、その先へセレーナを促した。扉の向こう側に続いていたのは薄暗い廊下だ。その扉について尋ねる隙さえ与えず、エイデンはセレーナの手を取って階段をのぼり始めた。あちこちに突き出し燭台（しょくだい）が飾られ、階段をぼんやりと照らし出している。

　階段の踊り場に立つと、その先にも階段が数段見えた。だがエイデンはのぼり続けようとはせず、横にある開かれた戸口を通り、廊下をまっすぐに進むと、セレーナをある部屋へといざなった。部屋には赤いベルベットの背もたれが片側に寄った長椅子(フェインティング・カウチ)が置かれていた。エイデンが体を離したため、セレーナはさらに部屋のなかへ足を踏み入れた。壁には絵画が数枚飾られている。すべてモデルはヌードだ。全裸の女性ひとりが描かれた作品もあれば、男性ひとり、恋人たち、男女それぞれ数人が描かれた作品もある。部屋の隅には、やはり裸で抱擁したりキスしたりしている恋人たちをかたどった、意味ありげな小像が並べられていた。

　扉が閉まるかちりという音が聞こえ、セレーナは振り返った。胸の前で両腕を組んだエイデンが扉にもたれ、こちらを見つめて待っている。

　セレーナは長椅子に注意を戻した。どういうわけか、ふたりはきっと大きなベッドの上に寝転ぶに違いないと考えていた。とはいえ、寝転んだあとどうなるのか、さっぱり想像できない。ただ、この長椅子はそういう目的に使うにはふじゅうぶんな大きさに思える。長椅子の上でそういう行為をしても〝ベッドをともにした〟と言えるのだろうか？　それとも〝長椅子をともにした〟とでも言うのだろうか？

　体を重ねる行為に関してエイデンは達人だ。かたや結婚生活を七年送ってきたにもかかわらず、わたしは素人同然。

「思っていたのとは違うわ」エイデンに向き合うと、セレーナは正直に言った。

「膝に力が入らなくなったら、きみはこの長椅子に感謝するはずだ」

「さっきも言ったけれど、わたしの膝は丈夫にできているの」

エイデンは男らしい笑みを浮かべた。「俺を挑発しないほうがいい、可愛い人。さもないと大変なことになる。さあ、仮面を外すんだ」

「いやよ」セレーナはきっぱりと断った。

「ここには誰もいない。きみの正体がばれることもない」

いいえ、エイデンがいる。顔を見ても、彼はわたしが何者かわからないだろう。それでも、どうしても匿名の存在のままでいたい。仮面を外したら、自分が弱くなったように感じ、さらし者にされた気分になるはずだ。今からわたしがやろうとしているのは、多くの点において間違ったことにほかならない。だからこそ可能なかぎり、秘密の存在でいたい。

「そんなことはできないわ」

そう言ったものの、〝きみの望みのものを得たいなら、その仮面を取るんだ〟と結局は要求されるものだと思っていた。でも彼はそうしようとせず、扉から離れ、こちらへ向かってきている。濃い色の瞳に決然たる光をたたえながら。

突然セレーナは長椅子にへたり込みたくなった。彼の瞳に浮かぶ欲望を目の当たりにし、すでに脚に力が入らなくなっている。

エイデンはセレーナの顎を両手でそっと挟み込むと、両方の親指を顎の下のくぼみにかけ、顔を上向かせた。たちまち心臓がひっくり返りそうになる。こんなときに仮面をつけ続けているのが愚かなのは百も承知だ。でも仮面を外さないことで、自分が主導権を握っているような気になる。現実はまるで違うけれど。さっきエイデンが近づいてきたときから、わたしは主導権など握っていなかった。いいえ、その前から——最初に賭博場でエイデンがつかつかと歩み寄ってきた瞬間から、彼の存在感や力強さ、全身から放たれる魅力に圧倒されていた。自分の思いのままに主導権を握り続けていたのは、エイデンのほうだったのだ。

そう思い至っただけで、たちまち膝に力が入らなくなった。このうえなく威圧感たっぷりな男がこれほど近くにいるなんて、今まで生きてきたなかで初めてのことだ。でもわたしの心をエイデンに与えるつもりはない。わたしが彼に許すのは、この体を利用することだけ。その代わりに、わたしも彼を利用するのだ。

セレーナの目を見つめたまま、エイデンはわずかに頭を下げた。高まる期待に胸が震え、息が止まりそうになり、思わず舌で唇をなめた。たちまちエイデンが欲望に瞳をけぶらせたのを見て、大きな満足感を覚える。なんだか不思議。彼が瞳をけぶらせただけで、自分が強くなり、主導権を握ったように思うなんて。

しかしエイデンに唇を重ねられた瞬間、すべてが幻だと気づかされた。いかなるものであれ、わたしは主導権など握ってはいなかったのだ。理性も、計画も、目的も吹き飛んだ。ひたすら唇や舌、吐息とため息を重ね合わせる。その繰り返しから生まれるのは純然たる悦びだけ。キスをする合間も、彼は指先で何度もこちらの顎の線をたどっている。あたかも顎の感触を、手のひらに永遠に刻みつけるかのように。そしてその目標を達成すると、今度は手を喉から肩へ、さらに背中へとはわせ、両腕のなかにわたしを抱きしめた。その腰に両腕を巻きつけ、両手を広げて幅広い背中に当てながら思う。エイデンが上着を着たままなのがつくづく残念だ。こんな上着がなければ、引きしまった筋肉の感触をじかに楽しめるのに。でもその機会はすぐに訪れるだろう。エイデンはわたしを完全に自分のものにする前に、少なくとも上着くらいは脱ぐはずだ。

けれど、それはまだ先のこと。今はただ、エイデンのゆっくりと誘惑するような、それでいて完全にわたしを味わい尽くそうとするキスに溺れていたい。先ほど言った言葉とは裏腹に、今にもへなへなとくずおれそうになっている。この男性は女の唇の味わい方を完全に知り尽くしている。探りを入れ、刺激を与え、相手の興奮を高めてさらにキスを深めるすべを。もしかすると、エイデンは頭のなかで、わたしの口の内側がどうなっているのかを正確に描けるかもしれない。口のなかのごくわずかな部分さえ見逃そうとせず、舌で味わおうとする。エイデンはわたしにも自身の口の感触を自由に味わわせてくれた。硬い部分があるかと思えば、柔らかな部分もある。ざらざらとした感触が感じられるいっぽう、シルクのような柔らかさも感じられた。舌と舌を重ね合わせるたびに悦びが高まっていく。古といっても、戦場で力を誇示し合うかのように、舌と舌を戦わせているわけではない。古代から脈々と受け継がれている儀式を熱心に行っているよう。こうして唇を重ねることでふたりが対等であることを証明し、そこから先の旅を始めようとしているかのようだ。

エイデンの愛撫によって、わたしの魂が揺り動かされている。これまで目覚めさせないようにしてきた人生への希望や憧れが、どんどんわき起こってくる。そういった気持ちが自分のなかにもあることはわかっていた。でも必死に抑えつけ、あえてまどろんだ状態のままにしておいたのだ。夜の静かな時間に襲ってくる、そんな切ない憧れをほんの少しでも見せれば、夫の気分を害してしまうのではないかと恐れていた。だから夫が寝室から去ったあと、ひとり寝のベッドで静かに涙を流していた。

セレーナはよろめいた。悔しいことに、もう脚にまったく力が入らない。唇をかたときも離さないまま、エイデンは腕のなかに軽々とセレーナを抱きかかえて長椅子に横たえると、すぐそばの床にひざまずき、口づけを続けた。彼のもらす低いうめきが唇を通じて体の奥底まで伝わり、全身に響き渡っている。彼は片腕を背中に回してきて、胸と胸がくっつくように抱きかかえると、もう片方の手で頭を支え、自分の思いどおりの角度にずらし始めた。この流れるような完璧な動きを身につけるまでに、いったいどれほど多くの女性とキスを交わしたのだろう？　そんな答えは知りたくもないけれど。

わたしが求めているのはただ一つ。このキスを精いっぱい楽しむことだけ。

常々、キスは形式的なあいさつとしか考えていなかった。朝起きたときのおはようのキスや、夜寝室に戻るときのおやすみなさいのキス。それ以上の意味はないのだと。でもエイデンのキスはまるで違う。感覚すべてに、全身のありとあらゆる部分に訴えかけてくる。もはや力が入らない膝や、唇だけではない。丸めたつま先、熱く濡れた脚のあいだ、千々に乱れた心にもだ。

エイデンは仮面に覆われていない顎や額にキスの雨を降らせ、さらに唇で喉元から鎖骨へたどっていった。どうしようもなく張りつめた胸の頂に歯を立てられ、なすすべもなくあえいでしまう。もはや全身がとろけそうだ。

しかしエイデンは突然動きを止めてしまった。微動だにしていない。といっても、彼が息をしているのはわかる。胸の頂のあたりの生地を通じて、吐息の温かさが伝わってくる。彼は体を離すと、もう一度セレーナの顔を両手で挟み込み、しっかりと目を合わせた。

「さあ、そろそろ帰る時間だ、可愛い人」

セレーナはかぶりを振った。「でも、まだあなたとベッドをともにしていないわ」

「なんて欲張りなんだ」

「だって、ここはそういう目的のための部屋じゃないの？　赤いボタンを目印につけた男たちがレディを連れてベッドをともにするための部屋」

「ここは彼らが、身も心もとろけるような口づけを求めているレディたちを連れてくる部屋だ。愛撫を心から求めているレディたちを連れてくるためのね」

「だったら、彼らと寝ることを望むレディたちを連れてくる部屋でもあるのでしょう?」

「そのための部屋なら別にある」

「だったらわたしをそこへ連れていって。今すぐに」

「だめだ」

「でも、わたしはベッドをともにしたいの。さっきも話したでしょう?」

「可愛い人、きみはそうしたがっているのかもしれないが、本当の意味で欲望を募らせてはいない。そういう気持ちになるまで、俺はきみをベッドに連れていくつもりはない」

4

それからエイデンはあっさり、セレーナを彼女の馬車へとエスコートした。馬車には家紋が入っていない。亡き夫が正体や身分を知られたくない場所へ行くときに使っていたものだ。馬車の前にたどり着くまで、エイデンは腕をセレーナの体に巻きつけたままで、セレーナも体をぴたりとエイデンに寄り添わせていた。

なんだか彼はわたしを手放したくないみたい。そう考えると嬉しくなる。

エイデンはもう一度キスをした。今度は手袋をはめた手の甲にだ。それから手助けをして馬車へ乗り込ませ、座り心地のいい座席へ落ち着かせた。亡き夫ラシングは、こと心地よさに関してこだわりのある人だったのだ。

エイデンは馬車の入り口にもたれ、こちらをじっと見つめている。もしかすると、本当はわたしを引き戻す方法を探しているのかもしれない。でも、実際にそう口にするのはプライドが許さないのかも。

「明日になっても、まだきみの気が変わらないなら、ここへ戻ってきてくれ」

まるで先ほどのわたしの申し出が、単なるお遊びだったような言い草だ。またここへやってこようと思っていたが、今の言葉を聞いて気が変わった。「自分の魅力にずいぶん自信があるのね。でも自信過剰にもほどがあるわ、ミスター・トゥルーラヴ。あなたはわたしの提案をはねつけた。のこのこ戻ってきたりはしないわ」

エイデンはまたいたずらっぽい笑みを浮かべた。なんて腹立たしい。たとえ、その笑みを向けられてどれほど心がときめいていたとしても。

「きみは今夜俺の夢を見るだろう。明日、きみがどんな気持ちになっているか楽しみだ」

そう言うと、エイデンは馬車の扉を閉め、大声で御者に出すよう命じた。

馬たちが前へ進み始める。できることなら窓の外に頭を出して振り返り、エイデンの姿が遠ざかって、やがて見えなくなるまで見つめていたい。そうしないためには、ありったけの意志の力をかき集めなければならなかった。

屋敷へたどり着いたあとも、セレーナは心ここにあらずの状態だった。エイデン・トゥルーラヴの熱烈なキスのせいだ。ぼうっとしたまま小さな手提げ袋（レティキュール）から鍵を取り出し、正面玄関を開けた。屋敷の周囲は広々とした庭園やれんがの壁、生け垣や木々に囲まれているため、近隣の人びとの詮索好きな目にさらされる心配はない。というか、真夜中のこんな時間に、窓から外の様子をうかがっている者などひとりもいないだろう。今夜外出したことを知っているのは、身支度を手伝わせた侍女のベイリーと、あの悪名高いクラブへ彼女を連れていった御者だけ。どちらも信頼できる人物だ。女主人の秘密を守ってくれるだろう。

仮面を結んでいたレースの紐(ひも)に手をかけながら、階段をのぼり始めた。そのあいだも、エイデンの腕に抱かれていた息詰まる瞬間を思い返さずにはいられない。キスがあれほどすてきなものだったなんて、今まで知りもしなかった。

ラシングともキスをしてきたはずなのに、その最中に夫に対して唇を開いたことは一度もない。夫が口のなかに舌を差し入れてきて、この女は自分のものだとばかりに、すべてを要求するようなキスをしたことも。あんなに自由で激しいキスをするのは、エイデンが平民だから？　わたしのように高位の立場にある貴族たちは洗練されすぎているせいで、ああいった原始的なやり方に応えられないのだろうか？

寝室の扉を閉めて、どっしりとしたマホガニー材に寄りかかる。そのとき、エイデンが同じことをしていた様子をありありと思い出した。机に一つだけ灯(とも)されたランプの明かりのなか、ベッドがぼんやりと浮かび上がっている。ため息をつきながら、ふと気づいた。これからベッドに入っても、すぐには眠れそうにない。心を落ち着かせるひとときが必要だ。先ほどこうして扉にもたれかかっていたとき、エイデンは何を期待していたのだろう？　たぶん、わたしのすべてを奪おうとは考えていなかった。セレーナはかすかな笑みを浮かべた。あれほどの欲望を感じたことは一度もない。自分でも信じられないくらいに——。

「誰かと寝ることはできたのか？」

セレーナは小さな悲鳴をあげ、寝室の暗い隅を見つめた。ベッドに兄が座っているが、ここからは長い両脚が見えるだけだ。勝手に寝室に忍び込まれた不快感をあえて隠そうとせず、早足で化粧台へ向かうと仮面を置き、手袋を取ろうと引っ張り始めた。「ここでいったい何をしているの？」

キャンバリー伯爵はゆっくりと立ち上がった。二十七歳になる兄は背が高いほうではないが、相手を威圧する能力を父親から受け継いでいる。とはいえ、その力はエイデン・トゥルーラヴの足元にも及ばない。

「おまえが自分の義務を果たしたかどうか確認したかったんだ」

夫の死を誰よりも悲しんでいるのは兄ウィンスローではないだろうか？　ラシング公爵が息を引き取る瞬間、ウィンスローはそのベッドの足元に立ち、妹を見おろしてぽつりとつぶやいたのだ。〝頼むから公爵の子どもを身ごもっていると言ってくれ。さもないと僕ら一族は破滅だ〟

兄の望んでいた返事を口にすることはできなかった。この七年間、夫はときどき寝室にやってきたにもかかわらず、セレーナは一度も妊娠しないままだった。限嗣相続制度があるため、男子の相続人がいないと公爵の爵位は消滅し、不動産をはじめとする財産もすべて女王陛下の大蔵省のものになってしまう。夫も、夫の数少ない親戚も、子作りと長生きが得意だったとは言いがたい。ミスター・トゥルーラヴのように見るからに精力的な男性のほうが、セレーナが必要としているものを与えてくれる可能性が高いのかもしれない。兄が伯爵という爵位を受け継いでいるものの、セレーナの実家は金に困っている。そのせいで、ごく短期間で子どもを授かる必要に迫られているのだ。亡き夫の死後数週間以内なら、身ごもった赤ん坊はラシング公爵の子どもだと主張することができるだろう。ときに出産のタイミングがずれ込む場合もある。でも、一定の期間が過ぎたあとは……。

仮に生まれた子が娘だった場合、爵位は消滅するものの、彼女が公爵の財産をすべて相続することになる。というのも、公爵の直系の血を引いていた場合、女の子であっても全財産の相続が許されることになっているからだ。もし今わたしが妊娠したら、世間はラシングの子どもだと信じるに違いない。

頭のなかにあるのは、周囲をだます計画だ。どう考えても名誉ある行為とは言えない。それでも、英国女王はラシングの領地を必要としていないが、わたしは喉から手が出るほど必要としている。もしもラシングが自分の所有する全財産を大蔵省に渡してもいいと考えていたなら、最初から結婚などしなかっただろう。わたしとのあいだに子どもを作ろうともしなかったはずだ。ラシングは生前、相続した領地や財産が英国一すばらしいものになるよう努力を重ねていた。あの世に召された今も、遺産が子孫に受け継がれるのを望んでいるはずだ。生まれてくる赤ちゃんが彼の子どもだと世間に信じ込ませることの、何がいけないというのだろう?

セレーナは常に貞淑でよき妻だった。所有する沼地に身も凍るほど冷たい風が吹き荒れ、雪が降って夫が寝込むときは、つきっきりで彼を看病した。額から汗を拭き取り、寝汗をかくたびに寝間着を着替えさせ、声がかれるまで本を読み聞かせてあげた。だから、夫の死を心から悲しむと同時に、罪悪感を覚えずにはいられない。夫が妻であるわたしに望んでいた、ただ一つのもの――世継ぎを彼に与えられなかったからだ。

セレーナは座り心地のいい長椅子に腰をおろし、髪からピンを引き抜きながら、鏡に映る兄をにらみつけた。「自分の義務ならよくわかっているわ。わたしのようにお兄様も自分の義務をきちんと果たしていたら、わたしたち全員、もう少しましな人生を送れていたのに」

「たしかにおまえはよくやっている」兄は扉のほうへ向かった。

「お兄様?」

兄はつと立ち止まったが、振り返ろうとはしなかった。元はと言えば、一族が貧しさにあえぐようになったのはふたりの父親のせいだ。父は才能もないのに投資を繰り返し、浪費癖もギャンブル癖も治そうとはしないうえに酒癖まで悪かった。対照的なのはラシングだ。うなるほどのお金持ちではあるが、質素な倹約家でもあった。ラシングが資産のほとんどを貯金に回していたのはセレーナのせいだろう。妻の実家を金銭的に助けたいとある程度は考えていたものの、いくら金を注ぎ込んでも足りないだろうという事実も見抜いていたのだ。

セレーナが世継ぎを身ごもった事実が明らかになるまで、受け取れる資産は限られている。明らかに、法的にはセレーナのものとは言えない財産を持ち逃げされるのを恐れての措置だろう。

「もしこのことが誰かに知られたら――」

「誰にもわかるわけがない」兄はもどかしそうにさえぎった。「今おまえが妊娠していない事実を知っているのは、僕とおまえだけだ。その現実をこれからの数週間で修正する計画を知っているのも、僕とおまえだけだ。ただし、それはおまえの愛人に、おまえが今身ごもっていない事実を知られなかった場合の話だ。もしその愛人に疑われたら、彼と僕らの主張が食い違うことになるだろう。とはいえ、たかが平民の言うことを、誰が信用などするものか。おまえは今夜どこかの平民と一緒にいたんだろう？」

セレーナはうなずいた。ただ残念ながら、わたしが選んだ〝どこかの平民〟はとびきり頭がよくて抜け目がなかったけれど。

「おまえがあまり不愉快な思いをしないことを祈るばかりだ。わかっていると思うが、一度きりでどうにかなるわけじゃないからな」

「ええ、よくわかっているわ」

ウィンスローは突然きまり悪そうな顔になった。兄がこの大胆な計画をひねり出して以来、初めてのことだ。「僕たちがこんなことをしているのは、あの子たちのためだ。そう考えて頑張ってくれ」

セレーナには妹が三人いる。上の妹はふたごでどちらも十八歳だ。下の妹アリスはまだ十六歳になったばかり。妹たちには、自分ができなかった選択――恋愛結婚をしてほしい。それがセレーナの願いだ。

何気なく膝上に視線を落としたとき、いつの間にかこぶしを強く握りしめていたのに気づいて驚いた。

「もしわたしが子どものできない体だったら？」消え入りそうな声で問いかけてみる。実は、もう何年もその恐れにさいなまれている。歳月が経っても妻が身ごもる気配を見せなかったため、夫が寝室を訪れる機会もしだいに減っていた。最後の数カ月は一度もやってくることがなかった。

「母上はそうじゃなかった。六人も子どもを産んだんだ」

ただし、そのうちのふたりは幼い頃に亡くなった。セレーナが生まれたあと、ふたごの妹が生まれるまで何年もあいだが空いているのはそのせいだ。「子どもが産める体質が遺伝するかどうかはわからないものよ」

「赤ん坊ができない原因が、おまえの夫にある可能性もある。ラシングの一族は、少なくとも彼の父方の一族を見るかぎり、子孫に恵まれているとは言えない。そもそもおまえが今、すべてを失うかどうかの瀬戸際に立たされているのはそのせいじゃないか」

夫以外の男との赤ん坊を夫の子と偽って周囲の目をあざむくことに、まだ完全に納得しているわけではない。とはいえ、自分と兄にできることはあまりに限られている。

「トリーが言っていたとおり、あのクラブは退廃的な雰囲気だったのか？」

兄が突然話題を変えたことに、セレーナは面食らった。それに、あのクラブがどんな場所なのか本気で知りたがっている様子にもだ。その証拠に、兄は声のうわずりを隠そうともしていない。兄にクラブの話を聞かせたのは、兄の愛人トリーだった。兄が郊外にある領地を訪れているあいだに、トリーはクラブを訪れたに違いない。

この兄ウィンスローこそ、セレーナに〈エリュシオン〉を訪れてはどうかと提案した張本人だ。でも兄には、どの男性に目をつけたのかまでは明かしていない。「想像以上だったわ。この問題にどうにか片がついたら、あの店に通うことになりそう」

「セレーナ、僕たちは今から英国女王をあざむこうとしているんだ。もし真相がばれたら、間違いなく絞首刑になるだろう。どこかの誰かの種が根づいたら、おまえはもうあのクラブにはもちろんロンドンにも戻れないし、真相が明るみに出るような危険を冒すことはいっさい許されない。郊外の領地に引きこもり、亡き夫の死を悼む未亡人として暮らすんだ。女王がアルバート公の死を悼んでずっと喪に服されているように。さあ、もうぐっすり眠るといい」

まるでわたしがぐっすり眠ることができるような言い方だ。セレーナはヘアブラシを手に取り、力いっぱい兄の後ろ姿に向かって投げつけた。だが、ウィンスローはすでに大股で寝室から出ていったあとだった。

絶望と怒りがとめどなくわき起こってくる。いつだって実家を救うという重荷を背負わされるのはこのわたしだ。最初は結婚、そしてお次はこんなに罪深い行為を通じて。

それ以上誰とも話す気分になれなかったため、侍女を呼ぶのをやめ、自分で寝る支度を調えることにした。髪から梳かしつけ、三つ編みにする。大変な思いをしながらどうにかドレスを脱いで、柔らかなフランネルのネグリジェに着替えた。

ベッドへ向かうにつれ、とてつもない悲しみと孤独が襲ってきた。公爵の寝室に通じる扉を肩越しにちらりと見て、震える吐息をつきながらその扉を開け、戸口に立ってみる。ロンドンに滞在しているあいだ、夫はいつもこの寝室で眠っていたのだ。

つま先立ち、夫のベッドへそろそろと近づいていく。この部屋に忍び込んでいるところを誰かに見つかったら大変なことになってしまうかのように。思えば、夫がセレーナの寝室にやってこない夜、こちらから勇気を出して夫のベッドのなかへもぐり込んだことは一度もない。でも今夜は、夫以外の男を求めて出かけた自分に罪悪感を覚えている。あれはどう考えても自分らしくない行為だった。しかも、エイデン・トゥルーラヴは途中でわたしに興味を失って……。

ここにいるのは不思議な気分だけれど、亡き夫のかすかな香りに気づき、心が慰められた。昨年の八月、カウズで行われたヨット競技をふたりで観戦した頃に戻れるわけではないけれど。夫のベッドによじのぼると、セレーナは体を丸めた。

舌で唇を湿すと、まだエイデン・トゥルーラヴの味わいが感じられる。オークやたばこ、ウィスキーが入り混じった罪深い香り。男性の唇があれほど味わい深いものだなんて、今の今まで知らなかった。

なぜラシングは一度も唇を開いてキスしてくれなかったのだろう？　どうしてわたしに〝この人はわたしを味わい尽くしたがっている〟と思わせてくれなかったの？

夫のキスはいつだって礼儀正しく、敬意に満ちた、実に紳士的なものだった。新婚初夜、いざその瞬間を迎えたラシングは、妻の耳元で〝すまない〟とささやきさえしたものだ。これまでずっと、初めて一つになる体の痛みを妻に感じさせることに対して謝っていたのだと思っていた。でも今は違う。もしかして、ラシングは妻に対して罪悪感を覚えていたのではないだろうか？　わたしとは情熱のかけらもない、冷えきったおざなりの行為しかできないことを知っていたから。妻と体を重ね合わせることが一種の義務としか思えなかったから。

ラシングはよくわたしのことを美しいと褒めてくれていた。夫に嫌われているのではないか、わたしのことが好きになれないのではないかと心配になったことは一度もない。でも同時に、夫は今夜のエイデン・トゥルーラヴのように、飢えたような目つきでわたしを見たことも一度もなかった。

セレーナは目を閉じ、まどろみ始めた。すると、あのクラブの経営者の予言どおりのことが起きた。夢のなかにエイデン・トゥルーラヴが登場したのだ。

自分のクラブの屋根裏部屋で、エイデンはたくさんのランプに囲まれていた。窓が一つしかないため、夜明け前のいちばん薄暗い時間帯には、窓から差し込む明かりだけではふじゅうぶんなのだ。部屋はごちゃごちゃとしているが、不思議とここにいると落ち着く。キャンバスに描いたばかりの顔をじっと見つめてみる。いや、実際は〝顔〟とは言えない。彼女の顎と頬、そしてふっくらとした唇を描いた絵だ。それらの感触がいまだに忘れられずにいる。彼女の味わいも、必死でこちらを求めてきた様子もだ。キスの最中、セレーナはこちらと同じ熱心さで、俺の口のなかを探っていた。まるで目の前に解かなければいけない、まったく新しい謎が出現したかのように。特別何かをしたわけではなく、ただ普通にキスをしただけなのに。セレーナの夫が彼女に、口づけする悦び(よろこび)を味わわせていないのは火を見るよりも明らかだ。

セレーナの瞳を軽くスケッチしてみたが、形が違う。きちんと描くためには、あの仮面を外させる必要がある。ほかの作品とは違い、この作品ではセレーナの面影を完璧に表現したい。

油絵を描く前はいつも、こうして事前にモデルのスケッチをするようにしている。エイデンに絵の才能があることを知る者はほとんどいない。作品に自分の署名をしないからだ。毎回淡い色を使って、ただ〝エティ〟という単語を残すようにしている。エティ・トゥルーラヴ。実の父親に捨てられた赤ん坊の俺を引き取り、こんな俺でも生きる価値があると信じさせてくれたかけがえのない女性だ。

エイデンは美しくスキャンダラスな作品を生み出すことに情熱を傾けている。モデルたちは服を着ておらず、生まれたままの姿でいることがほとんどだ。そうやって、一糸まとわぬ姿の、流れるような体の線を描くのが好きだ。といっても、体の線をはっきりとは描かず、むしろ陰影をつけてぼんやりと描き、見る者の想像力に訴えかけることがほとんどだが。エイデンは幻を生み出し、実際にそれをどうとらえるかは鑑賞者にゆだねる。愛人を待っている女、報われない愛に懊悩（おうのう）する男、口づけや抱擁を交わしながら密通を犯す男女――人はエイデンの作品を通して自分が必要としているものを見る。心の奥底で自分が抱いている感情を見ることになるのだ。これはエイデンの持つ一種の才能だった。暗闇の奥に隠れている秘密や欲望を引き出し、そこに光を与えてそれらの存在を認めさせ、花開かせる才能だ。

そのとき扉を叩く音が聞こえた。もし五分前ならば、いらだっていたところだ。ちょうど五分かけて、この目と指先に残された記憶をすべてキャンバスに描ききったところだった。描いたばかりの顎の線を両手で挟み込んだら、セレーナの顔の輪郭も肌の柔らかさも、手のひらにありありと感じられるだろう。あの繊細な肌のきめ細やかさを守るためならば、化粧水やクリームにどれだけ金を注ぎ込んでも構わない。太陽の光を直接浴びて日焼けしないよう、ボンネットを何個でも買ってやりたい。彼女は甘やかされるべき存在だ。

またしても扉を叩く音が聞こえた。

「入れ」

扉が開かれても、エイデンはキャンバスから目を離そうとしなかった。空気の流れで、兄弟のひとりであるビーストだとわかったからだ。がっちりとしてとびきりの長身であるにもかかわらず、ビーストは信じられないほど優雅な身のこなしをする。空間や空気の流れといった、周囲のあらゆる要素を意のままにしているかのような。その優美さを目の当たりにした者はたちまち、王に屈するごとく、ビーストに服従せざるを得なくなるのだ。

「ずいぶんと斬新な表現方法だな」ビーストは低い声で言った。上物のウィスキーのごとくなめらかな口調だ。「誰かを描くには実に奇妙なやり方だ。女性の顔の真ん中の部分がないとはな」

エイデンは木炭を脇へ置いて腕組みをし、キャンバスを一瞥した。まだ満足のいく作品とは言いがたい。自分が望んでいるようにも、自分が必要としているようにも描けていない。「彼女は仮面をかぶっていたんだ」

「ということは、このクラブにひんぱんにやってくる女たちのひとりだな」

「ひんぱんに、というわけじゃない。彼女がここにやってきたのは一度だけだ」だがセレーナとは今後ももっと会いたい。一度俺と寝たら、彼女はこのクラブに戻ってこないかもしれないが。ただし、俺が彼女に〝どうしても戻ってきたい〟と思わせる理由を与えられたら話は別だ。〝もうこれなしでは生きていけない〟というほどセレーナに男女の睦み合いのすばらしさを気づかせられたら、彼女は俺の元へ戻ってくるだろう。

エイデンは両手をぴしゃりと叩き、セレーナにまつわる物思いを振り払うと、意識をビーストに集中させるようにした。いったいなんの用があってやってきたのだろう？　大切な用がないかぎり、ビーストがここを訪ねてくることはめったにない。「何か飲むか？」

エイデンはウィスキーのデカンタがのせられた小さなテーブルの前へ移った。

「ああ、ダブルで頼む」

エイデンはタンブラー二つに琥珀色の液体を注ぐと、一つをビーストに手渡した。「それで、いったいなんの用だ？」

「最近、おまえと会ってなかったな」

「ああ、ずっと忙しかったんだ。ミックがどうして鉄を溶鉱炉に入れる工程にまで立ち会えるのか、本当に不思議だよ」

最初にエティ・トゥルーラヴの元へ届けられたため、ミックはきょうだいの長男と考えられている。今ミックはロンドンの荒廃した地域の建物を取り壊し、新しい建物を次々と建てている最中だ。数多くのプロジェクトを同時進行させているため、そのすべてを自分で把握するのは至難の業のはず。とはいえ、ミックはそうやって骨身を惜しまず働いて金持ちになり、ミック自身が常に望んでいた名声と名誉を手に入れた。

「兄貴は相変わらず忙しくしているよ。だが成功したいという兄貴の野心が消えることはない」

「それは俺たち全員に言えることだ」

ビーストはうなずくと、ウィスキーをすすった。「あのファンシーでさえもな」

ファンシーはきょうだい全員が可愛がっている妹で、母エティの血を引くただひとりの子どもでもある。かつてエティ・トゥルーラヴが毎週の家賃を支払えなくなったとき、好色な大家から賃料代わりに性行為を強要された結果、できた子どもだ。ファンシーが生まれたとき、エイデンは十四歳で、自分たちに雨露をしのぐ生活をさせるため、母親がどれほど大きな代償を支払わされているかを初めて知った。まだたった十四歳ではあったが、体も大きく腕っぷしも強かったし、加勢してくれるきょうだいは四人もいた。彼らはその大家の顎の骨が折れるまでパンチを見舞い、二度と母親につけ込むことがないように警告をした。いや、母親だけではなくほかの女性にも、金銭と引き換えに性的な行為を強要することがないようお灸をすえたのだ。それからもずっときょうだいは大家から目を離さず、警戒し続けた。その結果、大家はとうとうミックに自分の土地を売却することにしたのだ。

「今度の木曜日、ファンシーの店の開業を手伝うためにみんなで集まることになったんだ」ビーストは言った。「おまえも予定を空けて、ぜひ来てほしい」

ファンシーはもうすぐ十八歳になろうとしている。きょうだいは全員ファンシーを甘やかしてきたが、なかでもいちばんひどいのがミックだ。ファンシーが本屋を開きたいと言ったら、つい最近本屋を開くための建物を一棟丸ごと与えてしまった。

「手伝いを頼むなら、ファンシーが直接ここに来ることだってできたはずだ」

「さあ、どうかな。母さんがファンシーを、おまえの経営するこのクラブに行かせたがるとは思えない」

「ほかの場所よりも、ここのほうがずっと安全だ。俺がファンシーを見張っていられるからな。あの子もそろそろ、なんにでも興味を持つ年頃になる。だが母さんは、あの子がどこかで行儀の悪いことをするだなんてこれっぽっちも考えていないに違いない」

「本屋を開けば、ファンシーも忙しくてそれどころじゃなくなるはずだ。それにミックが認めれば、来年社交界にデビューする。どこかの貴族と結婚する日も近い」

「ファンシーには無垢なままでいてほしい。それが俺たちきょうだい全員の願いだ――」

エイデンはふとセレーナのことを考えた。「だが結局、あの子も何かと反抗するようになるだろう。そのときは、神が俺たちを手助けしてくれるさ。ファンシーの反抗が静かで穏やかであるのを祈るばかりだ」

そう、静かで穏やかな反抗。あのレディの仮面の下に隠されているのは、まさにそういう一面だ。

5

午前六時半、顎と手首がすべて隠れた黒いボンバジン生地のドレス姿で、セリーナは階下へおりて客間へ向かった。あちこちにあるくつろぎの空間には、いつもよりも椅子が数多く並べられている。今日の午前中から夕方にかけて、亡きラシング公爵アーサー・ジェームズ・シェフィールドの通夜が執り行われるからだ。ラシングは金曜日の未明に領地で息を引き取った。ラシングの柩を領地からここロンドンの屋敷へ列車でようやく運び終えたのが、昨日の日曜日だったのだ。領主館シェフィールド・ホールの使用人たちは車道に一列に並び、ロンドンへ向かうラシングに最後まで敬意を表した。村人たちも列車の駅まで続く道の端に集まり、領主の最後の旅を見送った。亡きラシング公爵は本当に多くの人びとに愛されていたのだ。

だから今、公爵の柩が置かれた高座のそばにある椅子にキットリッジ子爵が座っているのを見ても、セレーナは少しも驚かなかった。高座には金色のサテン地の布がかけられていて、スペイン産のマホガニー材でできた柩は独創的なデザインだ。柩のところどころに銀がちりばめられており、公爵家の紋章がくっきりと刻まれている。夫が自分用にこの棺を買ったのはしばらく前のこと。だが病気になり、それまでにないほど高い熱を出したある日、夫は寝室にこの棺を運び込むよう命じた。永遠の家となる棺を常に見ていたいという、たっての希望だった。部屋の隅にまっすぐ立てられた棺を見るたびに、セレーナは内心ぞっとしていた。まるでラシングがベッドから出て自分からなかに入ろうとするのを、棺がじっと待っているような錯覚を覚えたのだ。けれども、今こうして棺のなかにいても、亡き夫は居心地の悪さを感じてはいないだろう。棺の内側はサテンの柔らかな布地で完全に裏打ちされていて、上蓋の内側のシルクの布地には家紋が刺繍されている。棺のなかに横たわるラシングからちゃんと見え、安心できるようにという配慮からだ。ラシングの友人の多くと同じく、セレーナの亡き夫も生前から、気味が悪くなるほど死に魅了されていた。

　ドレスの衣ずれの音を聞き、子爵は立ち上がった。顔がひどく青ざめて見えるし、目の下には濃いくまが出ている。夫と同じように、子爵も病気に命を奪われなければいいのだけれど。セレーナは祈るような気持ちだった。

「朝早くからいらしてくれたのね、キット」子爵に近づきながら静かに話しかけた。

　彼は重々しいため息をついた。「ほかの弔問客が到着する前に、彼には僕なりの敬意を払いたかったんだ」黒い手袋をはめたセレーナの手を取り、手の甲にキスをしながら、相手の様子を熱心に確認して尋ねる。「よく眠れているのかな?」

「そうでもないの」セレーナは正直に認めた。子爵は、こちらの目の下に出ている薄青いくまが夫の死を嘆いているせいだろうと考えたに違いない。実際のところ、昨夜眠れずにいたのはエイデン・トゥルーラヴのせいなのだけれど。彼はセレーナの夢に登場し、あの官能的な唇を唇に押し当て、味わい尽くそうとした。だから目覚めるたびに罪悪感でいっぱいになった。本来ならば、亡くなったばかりの夫のことだけを考えるべきなのに。

キットは手を差し伸べ、セレーナを椅子に座らせると、隣の椅子に腰かけた。「彼がもうこの世にいないなんて信じられない」

キットとラシングはイートン校の同窓生だった幼い頃から、ずっと親友同士だった。結婚後も三人でたびたび旅行に出かけたものだ。さまざまな場所へ連れていってくれた夫には、心から感謝しなければならないだろう。彼との結婚生活を通じて、自分は曲がりなりにも世界を知ることができたのだ。

セレーナが子爵の手に手を重ねると、彼は手の向きを変えて指を絡めてきた。「今日から葬儀が終わるまで、さぞつらい二日間になると思うの」

キットはセレーナに頭を近づけた。「だから、今朝早い時間にやってきたんだ。ラシングは貴族たちのあいだで尊敬と好意を一身に集めていた。彼ら全員が哀悼の意を表しにここへやってくるに違いない」

亡き公爵の棺は明日の朝までこの客間に置かれ、それから黒塗りの霊柩車(れいきゅうしゃ)にのせられ、黒いダチョウの羽根飾りをつけた六頭の黒馬に引かれて、埋葬先であるアビンドン・パークまで運ばれることになる。ラシングがふたりのための埋葬地を購入した墓園だ。まさか夫がこれほど早くその墓に入ることになろうとは、セレーナも思いもしなかった。そんなラシングが最後にかけてくれたのは、妻をあらゆる義務から解放して安堵(あんど)させるための言葉だった。〝愛がすべてだ。きみにふさわしい相手を見つけてくれ〟

まるでラシングがわたしにふさわしくなかったかのような言葉だ。実際その言葉の意味をあれこれ考えすぎたせいで、深く傷ついている。

まだ三十七歳だったというのに、ラシングは自分の葬儀の詳細を生前に決めていた。彼の計画に従い、セレーナは明日の葬式には出席しない。〝そんな悲しみに満ちた重々しい儀式に参列するには、妻は繊細すぎる〟という理由からだ。セレーナは人前で悲嘆に暮れる姿をさらすことなく、屋敷にこもったまま、亡き夫をひとりで悼むことになる。

「夫は何から何まで、それこそ自分に送られる追悼の言葉に至るまで、彼自身で計画していたの。毎年クリスマスイブになると自分のためにブランデーを注ぎ、どんな人生を送ったのかみんなによりうまく伝わるようにと、追悼の言葉を練り直していたものよ。まだ若かったのに、どうして自分が死んだあとのことをあれほど気にかけていたのかしら？」

「ラシングにはきょうだいが三人いたが、誰も二十歳まで生きられなかった。特に父方の一族はみんな、病気や事故にたたられて早死にだった。だから、彼には父方の親戚がひとりもいない。かつてラシングは僕に、自分は唯一の生存者なんだと言ったことがある。そのせいで、将来を厳しい目でしかとらえられなかったんじゃないだろうか。彼は常に自分のまわりに漂う死のひんやりとした気配を感じていたんだ。だがそのいっぽうで、与えられた毎日に感謝を忘れずに生きてもいた。よりいい一日にしようと精いっぱい努力していたんだ」

「夫はわたしを裏切ったことがなかったのかしら?」そう口にしたとたん、セレーナは目をぎゅっとつぶり、かぶりを振った。できることなら、今の言葉を取り消したい。でも昨夜あれほど激しく情熱的な思いを味わい、どうしても考えてしまう。ラシングもわたしのように、どこか別の場所で激しい情熱を求めたりしなかったのだろうか? わたしが夫の人生ではかき立てることのできなかった、炎のような思いを?

セレーナは目を開け、キットにはにかむような笑みを向けた。頬が真っ赤に染まっているのが自分でもわかる。「どうしてこんな質問をしたのか、自分でもわからないの。答えないでね」

子爵の青い瞳に浮かんでいるのは同情と理解の色だ。「きみと結婚する前、ラシングにはつき合っている人がいた。だがきみと結婚の誓いを交わしてからは、誰ともつき合ったことがなかった」

「夫はその女性を愛していたの？　どうして彼女と結婚しなかったのかしら？」

「公爵が愛のために結婚を許されることはそう多くない」

「夫がお父様と仲たがいしていたのは、その女性が原因なの？」

キットは少しためらったあと、とうとううなずいた。「ラシングの父親は息子が心に決めた相手を認めようとはしなかった。もしも長子相続制と限嗣相続の条件がなかったら、ためらいなくラシングとの縁を切ったと思う。彼の父親はそれほど激怒し、息子を許そうとはしなかった。あの法律があったからこそ、ラシングは公爵領を相続できたんだ」

ラシングはキットと長年厚い友情を育み、実の父親から忌み嫌われて以来は特に、ラシングの試練の歳月を支えていた。それは誰もが知る事実だ。ガンに冒されて死の床についてもなお、ラシングの父親はたったひとりの息子が最後のお別れを告げるために屋敷の敷居をまたぐのを頑として拒み続けた。

「ラシングがお父様に反抗して、その女性と結婚しなかったのが驚きだわ」もしラシングが父親の怒りを買うほど相手の女性を愛していたなら、どうして彼女を妻にしなかったのだろう？

「ふたりの関係は複雑だったんだ。その相手との関係が公になっても、ラシングにとっていいことは一つもなかっただろう」

　セレーナはふと思った。もしかして、相手のレディは既婚者だったのだろうか？　あるいは使用人で、ラシングの妻になるのにふさわしい教育を受けていない女性だった可能性がある。あるいは庶子の可能性も。

キットは温かな笑みを浮かべた。「そのうえ、ラシングはきみを気に入っていた。きみは彼をとても幸せな気分にしていたんだよ」

夫との夜には情熱が欠けていたが、ラシングが自分に愛情をかけてくれていることは露ほども疑ったことがない。昨夜まで、夫が自分だけを愛していたことになんの疑問も持たずにいたのだ。

「だから、もしきみのお腹にいるのが男の子なら、ラシングは今頃天国でほほ笑んでいるはずだ」

突然セレーナは胃が引きつり、息ができなくなった。一日も早く妊娠しなければ。すでにキットにはそれとなく妊娠をほのめかしてあるのだ。彼がラシングのいちばんの親友であるのは周知の事実。お腹の子どもの父親はラシングだとキットが請け合ってくれたら、周囲は彼の言葉を信じるだろう。「月のものが遅れている理由は、ほかにもいろいろ考えられるわ」実際のところ、生理は遅れてなどいない。たった五日前に終わったばかりだ。

「いちばん喜ばしい理由であることを祈るばかりだ。ラシングはおたふく風邪のせいで、自分は子どもができない体質ではないかと心配し始めていたんだ」

結婚三年目に、ラシングはその心配をセレーナにも打ち明けていた。十九歳のとき、夫は頬だけでなく睾丸まで腫れるほどひどいおたふく風邪にかかっていた。その話を打ち明けたとき、ラシングは妻を見ようとはしなかった。それでセレーナも気づいたのだ。夫にとってはそれが、信じられないほど個人的な秘密であり、打ち明けること自体が恥ずかしいことなのだと。いっぽうでセレーナは、子どもができないのは、ベッドでの夫婦の行為が堅苦しいせいで胎内が縮こまり、夫の種を受けつけないせいではないかと考えていた。

「どうかもう少し時間が経つまで、わたしが妊娠しているかもしれないことは誰にも話さないでね。万が一何かあったらいやだから」

「ああ。きみの秘密はしっかりと守るよ」

　振り返って棺を見たキットを見つめながら、セレーナはふと考えた。夫ラシングはキットにどんな秘密を打ち明けていたのだろう？　そのなかには、わたしが知りたくない秘密もあるのでは？　キットには、エイデン・トゥルーラヴのことも、今夜また〈エリユシオン〉を訪ねようと考えていることも話すつもりはない。今回は口づけだけで我慢する気はなかった。たとえ彼とふたたび唇を重ねることを考えるだけで、へなへなとくずおれそうになっているとしても。そう、今夜こそあの男性とベッドをともにするつもりだ。でなければ、こちらの誘いにすばやく応じてくれる誰かを探すしかない。

　わたしにはもうあまり時間が残されていないのだから。

昨夜と同じように、セレーナは軽やかな足取りでクラブの戸口に姿を現した。同じ紺色のドレスを身にまとっている。このクラブを秘密裏に訪れるためだけに買ったドレスに違いない。普段の彼女ならけっして身につけることのないドレス。このクラブにいるほかのレディたちに自分だと気づかれないように――特に、夫の喪中だというのにこんな場所に出入りしている事実を知られないようにするためだ。その可能性を思いついたのは、セレーナの顔立ちの特徴をスケッチしている最中だった。自分の正体がばれるのを彼女があれほど恐れているのは、こんな罪深い場所にやってきているからというよりもむしろ、ここへやってきた時期のせいに違いない。夫の喪に服するためにどれほどの期間が必要なのか、エイデンは知らなかった。マナーに関する本を読んでも、すぐわかるような簡潔な説明が書かれていない。そういったたぐいの本を読んでいると人前で認めるつもりはさらさらないが、適切な振る舞いがどういうものかについては常に興味を持っている。言うまでもなく、少年の頃から心の奥底で、実の父に正式な息子として認められた場合に備えておきたいと考えてきたからだ。父にきまり悪い思いをさせたくない。たとえ庶子として生まれ、これまで恥ずかしい存在と見なされてきたとしても。

あの公爵未亡人は、まだ喪に服している最中なのだろう。今夜の店の売上金すべてを賭けてもいい。ここ二年のあいだにどの公爵が死んだか調べれば、彼女の正体を突き止められるはずだ。だが奇妙なことに、そうしようという気になれない。元々は顧客に関するあらゆる情報を把握しておきたいたちだ。しかも、顧客本人でさえ知らない情報まで見つけ出すのが得意と来ている。家族の誰かに借金があったり、私生児がいたり、女物の下着をつける趣味がある遠縁のおじがいたり、かつて有名芸術家に裸体画を描かせたことのあるおばがいたり、道ならぬ恋愛をした過去を封印するためシスターになった女きょうだいがいたり……。ところが相手がセレーナの場合、彼女の秘密を探りたくない。彼女自身の口からすべて告白させたい。サテンのシーツにくるまりながら、俺の耳元でささやかせたい。

今夜は彼女を待たせるつもりはなかった。たとえ、セレーナと一緒にいたいという熱い想(おも)いを募らせるほど、彼女を優位に立たせることになるとわかっていてもだ。どうにかして形勢を逆転する方法を見つけられるだろう。セレーナの望みになすすべもなく屈するつもりはない。彼女に対して欲望を抱くのが危険で無謀なことだとわかっているからなおさらだ。

このクラブを訪れるレディたちと戯れることはあっても、自分から誘惑したことは一度もないが、セレーナが相手なら徹底的に誘惑してみたい。ふたりとも焦(じ)れるほどゆっくりと時間をかけて。ただ、この切羽詰まった欲望が、これまでのあらゆる常識をくつがえしてしまうのが不思議だった。きっと、セレーナが最初から〝ベッドをともにしたい〟とはっきり意思表示しているせいだろう。だからこそ恐ろしいのだ。もしベッドをともにすれば、彼女はここに姿を現したときと同じく、突然こちらの人生から姿を消すのではないだろうか？　セレーナとはたった一度の関係だけでは満足できない。関係を持つ前からわかっている。数えきれないほど体を重ね合いたい。歳をとって白髪になり、肌にしわが寄っても、ずっとそういう関係を続けたい。

いや、なんてばかなことを考えているんだ。そんなに長くなくていい。残りの一生をセレーナに縛りつけられたまま生きるつもりはない。これからの数年間でさえもだ。彼女とは何回か関係を結びたいと考えているだけだ。どれくらい長いこと彼女とつき合い、どの程度体を重ねるかは、あとから考えればいい。

セレーナに近づくにつれ、手袋をはめた左手の薬指に小さなかたまりが見えないことに気づいた。彼女はみずから、自分がほかの男と結婚していることを象徴する指輪を外してきたのだ。いい兆候だ。あの手袋を彼女の手から外すときには、このうえない喜びが込み上げてくるだろう。

エイデンが近づいても、セレーナはにこりともしなかった。嬉しそうなそぶりすら見せない。狩猟者の弓がまっすぐ向けられているのを察知した鹿のようだ。ほんのわずかでも動いたら弓を放たれると知っていて、警戒している。それでもなお、セレーナは両脚をしっかりと踏みしめ、わずかに反抗するような目つきでこちらの視線を受け止めた。そう、公爵夫人である彼女は、日頃から他人を自分の思いどおりに動かすことに慣れているのだ。

まるで、向かい風になすすべもなく屈する一本の木になったような気分。いや、そんなことを考えるなんてばかばかしい。俺はいつだって、自分がどの程度利益を生み出せているか、今後はどれくらい生み出せそうかを意識している。だからこそ、弟フィンが無実の罪を着せられ、オーストラリアへ島流しにされそうになったときも、稼ぎの大半を実の父親に支払うことを条件に弟を救うことができた。もし実父である伯爵がさらに多額の金を要求してきても、喜んで言われたとおりの額を支払っただろう。家族を救うためなら、今与えられるものをすべて手放す。それが俺の流儀だ。とはいえ、そのことを自慢するつもりはない。それが自分のささやかな欠点とも言えるからだ。

エイデンはセレーナに手を伸ばし、かたときも目を離さないまま、その手を取って唇に押し当てた。「俺と同じように、きみも昨夜は不道徳な夢を見たのか?」

セレーナは目をそらし、首元から喉、顎にかけての部分をピンク色に染めた。

くそっ、あの仮面がなければいいのに。いまいましい仮面さえなければ、頬がバラ色に染まる様子をこの目で確かめられたはずだ。とはいえ、セレーナが自分の夢を見たのだと考えると嬉しい。「どんな夢だったか、あとで聞かせてくれ」

彼女はふたたび視線を合わせた。「さあ、それはどうかしら」

「俺は一度こうしたいと決めたら、必ずやり遂げる」

「わたしがここに来た理由は変わらない。でももしあなたにその気がないなら――」

「その気はある。すべてが終わったら、きみは俺に感謝することになるだろう」

彼女はふっくらとした唇をわずかに開き、息をのんだ。首元が先ほどよりも濃いピンク色に染まっている。

エイデンは彼女の手を自分の肘にかけさせた。こんなに独占欲むき出しのそぶりをするとは、われながら驚きだ。「さあ、こっちへ。昨夜とは違う部屋へ案内する」

そのまま歩き出しても、セレーナは抵抗しなかった。ゲーム室の中央を突っ切るのではなく、フロアを大きく回り込むように進んでいく。この場にいるほかのレディたちの関心を引きたくない。それに、彼女を誘惑するという目的から気をそらされたくもない。先ほどセレーナから、こちらにその気がないならここから立ち去るとほのめかされたからなおさらだ。まるで最後通牒を突きつけられたような気分だ。セレーナの挑戦的な態度は気に入ったが、困惑もしている。こちらとしては、ただセレーナの要求どおりに彼女の体をベッドにどさりと放り投げ、スカートをまくり上げて、欲望の証を突き立てるつもりではないからだ。だがこれまでも、そうやってやや手荒に扱われたがる女たちを相手にしたことがある。

きっとセレーナも同じことを求めているのだろう。誰かに両脚を大きく広げられ、上からのしかかられるような体験を。それなのになぜ俺は、セレーナが求めているのはセックスという体験ではなく俺自身だと証明したがっているのか？　どうして戯れるだけではふじゅうぶんなんだ？　なぜセレーナの要求に応えるだけではなく、彼女にとって意味のある体験にしたいと望んでいる？

　くそっ、思いきり悪態をつきたい。セレーナにも、自分にも。だがやはり、彼女にはいい加減な気持ちで、俺に抱かれてほしくない。

　エイデンはセレーナを舞踏室へ案内した。昨夜と同じ扉を開け、同じ階段をのぼって同じ通路に出たが、長椅子が置かれた部屋は通り過ぎ、通路のいちばん先にある部屋の前まで進んだ。その部屋の外には従者をひとり立たせてある。普段の夜ならば、レディたちが望むものをなんでも提供しているが、今夜は見張り役になる。この部屋に入ろうとする者がいたら、今夜は使用できないと感じよく伝えるよう命じているのだ。

　エイデンに気づくと、従者は短くお辞儀をしてあとずさり、部屋の扉を開けた。そのままセレーナをエスコートしてなかに入り、後ろ手で鍵をかける。鍵が閉まるかすかな音がしたとたん、室内の空気がはるかに濃密になった気がした。

「ビリヤード室？」セレーナは尋ねた。明らかに驚いている様子だ。エイデンから体を離し、緑色のビリヤード台のほうへ近づいていく。

　エイデンはずばりと口にした。「仮面を外すんだ」

　彼女はため息をついて振り返った。「言ったでしょう？　わたしにはできないわ」

　エイデンは大股で彼女に詰め寄った。体が触れ合いそうなほどの至近距離だ。「だったら俺が外してあげよう」

今回セレーナはさらに長いため息をついた。言い返すつもりなのは明らかだ。

「あなたっていらいらさせる人ね。言いたいのはそういう意味じゃない。あなただって本当はわかっているはずよ」

「部屋の外に部下を立たせている。だから、ここには俺たち以外の誰も入ってこない。誰かに邪魔される可能性は万に一つもないんだ。もしきみが自分のすべてを俺に見せることができないというなら、きみと寝るつもりはない」

「あなたは謎めいたものを好む男性かと思っていたわ。仮面で隠していたほうが、あなたの好きなようにわたしの顔を思い描けるのに」

「きみは自分の外見に自信がないのか？」

「もしそうだとしたら、あなたにとってそれは重要なこと？」

「いいや」エイデンはためらうことなく即答した。

嘘ではない。俺が惹(ひ)かれているのは、セレーナという存在だ。これまで俺の前でセレーナが見せてきた〝彼女そのもの〟に魅了されている。

「だったら、なぜあなたはわたしに仮面を外せとしつこく迫るの？」

「なぜきみは仮面をつけることにそんなにこだわっているんだ？」

「盾のような役割を果たしてくれるからよ。今からわたしがやろうとしているのは、すべきではないこと。でも仮面をしていると、それがしやすくなるの」

「その考え方が問題なんだよ、愛しい人。きみはすでに、自分が未亡人だと打ち明けてくれた。別に、きみは今から夫を裏切ろうとしているわけじゃない。せっかく目の前にお楽しみがあるのに、きみがそれを受け取ってはいけない理由なんて一つもないんだ」エイデンはセレーナの顎に指先を滑らせたあと、仮面の上から鼻筋をたどった。「俺はきみのすべてに触れたい。きみもそうされることのすばらしさを実感できるはずだ。おまけに、俺はその羽根飾りが好きじゃない」

セレーナの仮面の両端には青い羽根飾りがついている。いっそのこと、秒読みでもしてやろうか？　一瞬そんな衝動に駆られたがなんとか無視し、ただ時の流れに身を任せてひたすら待つことにした。いっぽうのセレーナは探るような目でこちらの顔を見つめ、唇を引き結んでいる。

「俺を信じてくれ」エイデンはとうとうそう口にした。切羽詰まったかすれ声が出たことに自分でも驚きを隠せない。まるで今まで生きてきたなかで、水を一滴も口にしたことがないかのようなざらついた声。そんな必死な声が出たことがいやでたまらなかった。セレーナが声の必死さに気づかなかったことを祈るばかりだ。たとえ彼女が顔を隠し続けたとしても、気にするべきではないのだろう。ほかの女がそうしていたら、自分もまったく気にしないはずだ。仮面は必ずしも、その人物のすべてを隠し続けられるものではない。

セレーナが短く二度うなずいたとき、みぞおちにすばやくパンチを二発見舞われたような気分になった。突然胃のあたりがきりきりとし始め、紛れもない痛みを感じている。だがそれは、今から彼女の顔を見ようとしているせいではない。セレーナの二度のうなずきに、こちらを思いやる優しさを感じ取ったせいだ。この女は俺に、肉体の交わり以上のものを求めている。俺を喜ばせたいと願っている。ただし、俺が彼女を喜ばせたいと思う気持ちにはかなわない。かなうはずがない。

今、ふたりのあいだの何かが確実に進展しようとしている。互いを求める欲望以上の何かが。

エイデンはかすかに震える両手を持ち上げ、セレーナの頭のうしろに回した。仮面のリボンに指をかけて引っ張り、結び目を解いて、仮面をそのまま取り去った。

仮面の下から現れたのは、息をのむほど美しい顔だった。頬骨は高く、顔にくっきりとした陰影がつくほどだ。ブルーの瞳とピンク色の唇のあいだをつなぐ鼻は細く、鼻筋がすっと通っている。仮面がないと、彼女の顔のすべてがより鮮やかに、いきいきと見えた。

「前に恋愛結婚ではないと言っていたが、きみは美しすぎる。夫がきみを愛さなかったはずがない」

セレーナはこれまでずっと、自分の価値は美しさにしかないと考えてきた。でもどういうわけか、エイデンにはわたしのことをそういう尺度だけでとらえてほしくない。そのせいもあって、これだけ長いこと仮面をつけることにこだわってきたのだ。でもエイデンとのあいだに障壁を作るのにはもううんざり。絶対に明かせない秘密がすでに一つあるというのに、これ以上仮面について言い争いたくない。その先に進む必要がある。それにいまいましいことに、エイデンの指先を頬に滑らせてほしい。わたしのすべてを愛撫してほしい。

この部屋を見て、わたしの外見にはこだわらないというエイデンの言葉を信じられた。彼は女性のことを本当によく理解し、外見の美しさとは違うものに価値を置いている。とはいえ、この部屋が美しくないというわけではない。男性の趣味が反映され、男性が心底くつろげる空間になっている。エイデンはこの部屋を通じて女たちに、男の世界を垣間見させているのだろう。ビリヤード台だけではなく、黄色を帯びた深緑色の壁もいかにも男性好みだ。

今セレーナのすぐ近くにある壁は一面本棚になっていて、書物がびっしりと並んでいる。本棚のあちこちには全裸の男女を表現した小さな像が飾られている。みだらなポーズを取っている小さな像が、ずらりと本が並んだ書棚に飾られているのは興味深い対比と言えるだろう。

「このたくさんの本は本棚を飾るためのもの？」

「いや、左側にあるのはすでに読んだ本で、右側にあるのはこれから読む本だ」

セレーナは肩越しに彼を見た。「本気で読むつもりがあるような言い方ね」

「ああ、本気だ」

セレーナは書棚の左側へ行き、エイデンの本の好みを確認した。ほとんどが伝記で、旅行に関する本も少しある。

「スコッチとブランデー、どっちがいい？」彼は尋ねた。

「ブランデーをお願い」

デカンタとグラスが触れ合う音が聞こえる。この部屋に入ったときから、マホガニー材の戸棚がついた大理石のサイドボードがあることに気づいていた。戸棚のなかには、さまざまな種類の飲み物が取り揃えられている。座ってくつろぐための空間もある。誰かがゲームをしているのを見物するための席だろう。あたりに漂っているのはたばこの香りだ。

仮面を外した今、心の平穏を取り戻すために何かが必要だ。セレーナは頭のなかで、レディたちがここにある椅子に座っている光景を思い浮かべてみた。彼女たちはたばこをふかしながらスコッチをすすり、フラシ天の長椅子にゆったりとくつろいで脚を組んでいる。本来なら女性には許されない反抗的な態度を取るのを楽しんでいるのだ。そして彼女たちは考える。いつもディナーのあとに男たちだけで集まるとき、彼らはこうやってを楽しんでいるのだろう、と。

エイデンはこの部屋に、薄いピンク色のふんわりとしたカーテンをかけることもできたはずだ。それに緑色の観葉植物の代わりに、色とりどりの花々を飾ることも。それなのに彼はあえて、ここをレディたちが男と対等だと感じられる部屋にしたのだ。きっとエイデンは寝室でも、女を対等に扱ってくれるのだろう。

仮面を外した本当の理由はそれかもしれない。彼とは社会的地位も爵位もまったく関係なく、できるだけ対等の立場に立ちたかった。わたしが公爵夫人であることを知っていながら、エイデンはちっとも臆する様子を見せない。この英国社会の階層において、わたしはほぼ天井近くの高い位置にいて、かたやエイデンはいくら叫んでもわたしには聞こえないくらい低い位置にいるというのに。

天井と言えば、このビリヤード室の天井には狩猟の場面が描かれている。猟犬やキツネ、木々とともに、乗馬用ズボンに赤い上着を合わせて颯爽(さっそう)と馬に乗っているレディたちの姿もある。こういった室内装飾に至るまで、エイデンは女たちを公平に扱おうとしている。男性には珍しい進歩的な考えの持ち主と言えるだろう。

あれこれ考えていたせいで、エイデンが近づいてきたのにも気づかなかったが、突然目の前にブランデーの入ったグラスが差し出された。片方の手でグラスを受け取り、一口すすってみる。喉を滑りおりていく焼けつくような感じがたまらない。セレーナは『種の起源』の本の背表紙を指でたどりながら口を開いた。「あなたはノンフィクションが好きみたいね」

「正しいことや本当のことを教えてくれる本が好きなんだ」

「物語だってそうだわ」セレーナは横目でエイデンをちらりと見た。「というか、わたしの妹ならそう反論するでしょうね。あの子は本当に本の虫だから」

「きみには妹がいるのか？」

　セレーナはふいに嬉しくなった。エイデンがこちらの発言に――しかも家族について興味を示し、質問してくれたことが好ましく思える。たとえ、彼がわたしの家族に興味を抱くことそのものが危険だとわかっていてもだ。結婚前に言葉を交わした男性たちはみんな、自分のことしか話そうとしなかった。もしくは結婚した場合に、彼らの人生においてセレーナが果たすはずの役割について説明するだけだったのだ。

「ええ、三人いるの。いちばん下の妹アリスは十六歳で、八年前に両親が亡くなってから本をたくさん読むようになったわ。あの子は物語の世界に没頭することで、現実を忘れようとしているのかもしれない」

「きみの両親はどうして亡くなったんだ？」

「苦しんでいる人を助けようとして亡くなったの。治めている村にいた靴職人が乱暴な男で、いつも奥さんに手を上げていた。それを知った父は、彼女に荷造りをさせて別の場所へ行かせたの」正確には、一族の領地キャンバリー・グレンへだ。でも、そこまで詳しい情報を教えるつもりはない。「ある日、母は父と一緒にその場所へ向かった。すべて大丈夫だからと奥さんを慰めるためにね。でもちっとも大丈夫なんかじゃなかった。どうして大丈手に入れたのかはわからないけれど、靴職人はトランター・リボルバーを持っていて、その拳銃でわたしの両親を撃ったの。即死だった。それから妻を撃ち殺し、最後に自分を撃って自殺したわ」

兄ウィンスローは昔から武器について詳しい。兄を通じてセレーナは、トランターが五連発式のリボルバーであることを知った。アメリカでの戦争やクリミア戦争が勃発するなか、より効率的な銃器の開発が盛んになり、そういったリボルバーも生まれたのだ。もっとも、発砲するたびに再装填することなく五回連続で人を殺せる状態が〝効率的〟と言えるかどうかは疑問だけれど。

「父は自分のことを無敵だと考えていた。ちゃんとした武器で装備さえ固めていれば、自分の爵位は守られるものだとね。でも皮肉なことに、そのときだけは武器を持っていなかったの」

「気の毒に」エイデンの声には紛れもない思いやりが聞き取れた。「俺は近しい誰かに死なれたことが一度もないんだ。死はきみにまとわりついて、悩ませているようだね」

セレーナはややぎこちない笑みを浮かべた。当時の記憶が次々とよみがえり、あふれ返りそうだ。妹アリスは読書することで現実逃避をするいっぽう、セレーナは恐ろしい現実を振り払うための手段として、両親の死から一年後に結婚した。というか、結婚という選択をしたのは自分自身のためだけではない。遺(のこ)されたきょうだいたちが伯爵家の一員として恥ずかしくない暮らしを維持するために、セレーナが犠牲になる必要があったのだ。

「ええ、そうみたい。もしあなたが賢い人なら、わたしたちの関係をすぐに切り上げるはずだわ」

「俺はいつだって楽しむことに重きを置いている。そんな俺を愚かだと非難するやつはいないはずだ。さあ、ビリヤードをやろう。もっとこの場の雰囲気を楽しむんだ。基本的なやり方は俺が教えるよ」

「わたしはここにビリヤードをしに来たんじゃない。わたしがやってきたのは――」

「ベッドをともにするため。ああ、わかっている。きみはそのためだけにやってきたんだろう?」

そう。もう時間がない。「ミスター・トゥルーラヴ――」

「きみにプレイのやり方を教えているあいだに、俺はいつでもきみと寝られる状態になれる」エイデンは体をかがめた。良質のスコッチの香りがあたりに漂う。「ビリヤードのスティックでボールを突く行為は、もう一つ別のものを使って突く行為とそう変わらない。その瞬間をほんの少し延ばせば期待が高まり、さらにすばらしい思いをすることになる。いちばん簡単なやり方でゲームを一回だけやろう。先に八点取ったほうが勝ちだ。敗者は今夜これからずっと、勝者のどんな欲望も満たさなければならない」

エイデンはその大胆な提案を低く熱っぽい声でつぶやいた。しかも自信たっぷりにだ。

彼はこの勝負に勝つだろう。命令をするのは彼だ。そしてわたしはその命令に従うことになる。セレーナはビリヤード台をちらりと眺め、彼に命じられてその台の上に横たわっているる自分の姿を想像してみた。緑色のけばだった生地が背中に当たると、どんな感触がするものなのだろう？　もしエイデンがわたしとベッドをともにするのではなく、あの台でわたしを自分のものにしたら、そういう行為はなんと表現するのだろう？〝ビリヤードのテーブルをともにした〟とでも言うのだろうか？

「もしわたしが勝ったら、わたしの好きなことをあなたに命じられるのね？」

「ああ、どんなことでも命じられるよ、愛しい人」

「わかったわ。それならあなたの挑戦を受けて立つ」

でもエイデンがとっさににやりとしたのを見て、セレーナは遅まきながら気づいた。この勝負、彼には負けるつもりなどないのだろう。これっぽっちも。

セレーナはビリヤード台にゆったりともたれ、心のなかでつぶやいた。今夜もうじき、わたしはこの台の上でエイデンのものになるのだろう。ブランデーを口に含み、彼が上着を脱ぐ姿をじっと見つめた。エイデンはこちらに背中を向けている。だから両肩のうねるような筋肉の動きを思うぞんぶん目で楽しんだ。なんて男らしい体つきだろう。この世のものとは思えない。

エイデンはふかふかの椅子の上に上着を放り投げると、セレーナのほうを向き、シャツの袖口をまくり上げた。毛で覆われた腕は、彫刻のごとく引きしまっている。腕から手のひらにかけての筋肉が波打つ様子から、どうしても目が離せない。波のようななめらかな動きであると同時に、力強さも感じられる。あの両手をわたしの肌にじかにはわせたら、どんな感じがするのだろう？　少しずつ胸に近づけられ、膨らみを手のひらですっぽりと覆われたら？　ざらざらした手のひらで胸の頂を刺激されたら？　なんてこと。部屋の温度がいっきに上がった気がする。窓を開けて外のひんやりした空気を入れてほしいと、エイデンに頼むべきかもしれない。

「さあ、こっちへ」彼が優しい口調で言う。命令ではなく、紛れもない誘惑だ。その証拠に、セレーナはすぐ彼のそばに行きたくなった。まるでエイデンから手足に紐をつけられ、引っ張られているみたい。もう体が言うことを聞いてくれない。

これまでいかなる男性にもこうなったことはないのに、なぜエイデンが相手だとこんなに勝手が違うのだろう？　エイデンは巧みな誘惑の技術を駆使して自分だけの帝国を支配し、成功をおさめ続けている。でも、どうにかして抵抗したい。あくまで淡々とした態度を貫きたい。

「テーブルはこっちでしょう？」

エイデンは片手を上げて指を一本だけ立てると、曲げたり伸ばしたりを何回か繰り返した。「いいや、こっちだ」
「あなたはまだ勝負に勝ったわけじゃない。わたしに命令することはできないわ」
本当は一刻も早くエイデンのそばに行きたくてたまらない。自分がかたくなになってい
る理由はわかっている。一度命令に屈すれば、エイデンから何を命じられてもあっさり屈
することになるからだ。
「頼むよ」
ああ、エイデンがこんなも切ない声を出すなんて。まるで今すぐ近づかなければ死んで
しまいそうな声だ。だから彼のほうへ歩き出した。とはいえ、時間をかけてゆっくりと。
わたしと同じように、エイデンも両膝の力が抜けそうになっているのだろうか？　どうし
て彼はわたしにこれほど大きな影響を及ぼせるの？
ほんの数歩近づいただけで足を止め、頭を傾けてエイデンを見た。「これでいい？」
エイデンはセレーナにいつもの含み笑いをした。かつていんちき賭博をやっていたとき
も、エイデンは終始この笑みを絶やすことがなかったのだろう。彼は、ブランデーグラス
を持っていないほうのセレーナの手を取ると、ゆっくりと挑発するかのように手袋を取り
去り始めた。少しずつあらわになっていく肌に指先を滑らせる。
「何をしているの？」
なんて愚かな質問だろう。ちゃんと見えているのにこんなことを尋ねるなんて。エイデ

ンのごく軽い愛撫に、肌がうずいている。

「きみだってスティックをしっかり握りたいはずだ。シルクの手袋をしていると、それができない。肌をじかに当てて握ったほうが、自分の思いどおりにしやすくなる。一突きの効果を最大にすることができるんだ」

エイデンが言っているのはビリヤードのスティックのこと？　それとも……思わず彼の脚のあいだに視線を落としてしまった。ブランデーの残りをいっきにあおったが、早く飲み干しすぎたせいで、たちまちむせそうになった。

セレーナがなすすべもなく見守るなか、手袋はゆっくりと外され、手首から指にかけてあらわになる。エイデンが焦らすように一瞬手を止め、セレーナの手のひらをひっくり返して親指を滑らせた。それから手袋を、先ほど放り投げた上着の上にそっと置く。ひどく親密に思える光景だ。ふたりの衣類が重なり合っている。

セレーナの手からブランデーグラスを取ると、エイデンはそれを小さなテーブルの上に置き、今度はもう片方の手袋に意識を戻した。

「このままでもできるわ」先ほど飲み干したブランデーが喉に引っかかっているような気がして、どうにか喉を潤そうとする。

「だが、きみは俺からお楽しみを奪うことはできない。そうだろう？　きみにとっては、手袋を取るのは当たり前の何気ない行為だ。だが俺にとっては、このうえなく贅沢(ぜいたく)な行為にほかならない。誰かに気をそらされることもなく、急かされることもないこの空間で、きみの素肌をほんの少しずつあらわにできるんだ。これ以上すばらしいことがあるだろうか」

エイデンの暗くけぶった瞳に見つめられ、セレーナはふいに恐ろしくなった。このままだと体が自然発火しそうだ。ようやく気づき始めている。わたしは間違っていたのかもしれない。どう考えても、自分のペースを乱され、主導権を失いつつある。こうして一緒にいるだけで、エイデンはわたしのなかにあるありとあらゆる情熱と、燃えるような思いをかき立てる。どうしてそんな感情を振り払うことができるだろう？　理性などすべて消し去ってしまうほどの激しい欲望と願望がわき起こっているのに、どうすれば無視し続けられる？　一度でいいから、激しい感情に思いきって身を任せてみたい。今ここで、やってみる価値があるのではないだろうか？

エイデンは視線を落とし、セレーナの腕の肌が少しずつむき出しになっていくのを見つめている。彼の両手の動きにうっとりせずにはいられない。なんて滑らかな手の動きだろう。もたつくことなど一度もない。少年時代のエイデンがすばやい手つきで、コップと豆を操る様子がありありと想像できる。今のセレーナは、彼の手のいかなる細やかな動きも見逃すことなく、ほんのわずかな指先の愛撫も感じ取ることができるのだ。あらゆる動きにエイデンの意図が感じられる。いつの間にか胸が重たくなっていたのに気づいた。ドレスの布地を突き破りそうなくらい、頂が硬くなっている。この場所に触れてほしいと言わんばかりに。

もどかしいほどゆっくりと、エイデンはもう一方の手袋を外していった。手、さらに指先があらわになる。セレーナの手を支えようと人差し指を手のひらに当てたとき、エイデンは親指を左手の薬指にそっとはわせた。昨日の夜、結婚指輪をはめていた場所だ。結婚式の日に、聖ジョージ教会で亡き夫からはめてもらって以来、ずっとそこに結婚指輪はあった。ただ、ラシングと自分を結びつけるものを身につけたままで、エイデン・トゥルーラヴを脚のあいだに迎えるのは間違ったことに思えて外したのだ。昨夜この大胆な冒険を始めたときは、そんなことにまで気が回らなかった。はっきりと気づかせてくれたのはエイデンだ。ラシングの思い出を心や記憶のなかから消し去るつもりはさらさらない。けれど亡き夫の存在を感じながら、ベッドでエイデンに抱かれるなんてできない。

エイデンはセレーナの左手を掲げ、ちょうど結婚指輪の跡がついている部分に優しく唇を押し当てた。ふいに目頭が熱くなる。今この瞬間、こんなに思いやりにあふれたことをするエイデンが嫌いになってしまいそう。わたしはそんな思いやりを受けるに値しない女なのに。

体を離すと、彼は最初の手袋の上に二枚目を重ねた。「さあ、ビリヤードを教えよう」

でも、もう彼から大切なことを教わったも同然だ。エイデン・トゥルーラヴは中途半端な気持ちのままでは何もやろうとしない。わたしとベッドをともにするとしたら、彼はその行為に全身全霊を捧げようとするだろう。そう考えるとたまらない気持ちに襲われる。

そして、同じくらい大きな不安にも。

6

くそっ。エイデンは心のなかで悪態をついた。セレーナの手袋を外すだけで、脚のあいだがこわばっている。壁際まで歩いて専用ラックからキューを一本取り出せたのが不思議なほどだ。チョークを手に取り、キューの先端にこすりつける。だがそのとたん、自分が下半身をセレーナにこすりつけている場面が脳裏に浮かび、こわばりがさらにひどくなった。

「球を選んでくれ」

「赤で」セレーナは答えた。

意外な答えを聞き、目を上げて彼女の姿を見た。どういうわけか、脚のこわばりがややおさまっている。ビリヤード台のそばに立つセレーナが、何も知らない純粋無垢(むく)な存在に見えたからだ。両手を体の前で重ねている姿からは、エイデンがこれから教えようとしているレッスンへの熱心さが感じられる。ただエイデンからしてみれば、教えたいのはビリヤードだけではない。彼女が最初からこちらに望んでいること――ベッドをともにするためのレッスンをしたい。

　だが、今こうして我慢を重ねてふたりが苦しい思いをするほど、最後に味わえる悦びがより大きなものになる。

「きみはビリヤードについて何も知らないのか？」

　とたんに顔を赤らめたセレーナの姿を目の当たりにして、エイデンはつくづく思った。仮面を外して本当によかった。こうして彼女の顔がゆっくりとピンク色に染まっていくのを見られるのだから。

「もちろん、うちの屋敷にもビリヤード室はあるわ。招待客を招いたときはいつも、殿方だけ最終的にその部屋に引きこもるの。レディたちは一歩も入るのを許されないのよ。殿方たちはそこで葉巻を吸って、スコッチを楽しむみたい。でもわたしはそれだけじゃないはずだと考えているの。殿方はビリヤード室で、レディの前では口にできない話題を話しているんじゃないかしら？」

「ああ、それは言えている」

　ふたりのあいだにも、まだ口にできない話題がある。セレーナは自分のきょうだいについて話したが、子どもについては何も話していない。だが彼女に子どもがいるのは明らかだ。世継ぎを産むことこそ、公爵の妻として最優先すべき仕事にほかならない。エイデンの父親は、ふたり目の妻とでようやく正式な世継ぎを授かった。セレーナなら結婚の誓い子どもを産んでいるはずだ。夫のために世継ぎを産んでいるはずだ。ただ、今夜はもうもう子どもやほかの家族について尋ねるつもりはない。ふたりきりの世界に浸りたいからだ。エイデンはキューの先端でビリヤード台を軽く叩いた。すぐそばに三つの球が置かれている。

「ビリヤードでは、この赤い球を狙うんだ。真っ白な球か、小さな点がついた白い球を選んで」

「点がついたほうにするわ」

「それならこれがきみの球になる。真っ白な球は俺のだ。本来なら球を突いて足し算やら引き算やらをしながら、得点を重ねて勝負を決める。だが今夜はそういった複雑なルールはやめて、もっとわかりやすくて簡単なルールにしようと思う。きみが自分の球をこのスティックで突き、ビリヤード台の両側に残っている球にも当てるようにする。当たる順番はどうでもいい。両側の球に当てるたびに、きみは一ポイント稼ぎ、次のプレイを続けられる。もし一個の球にしか当たらなかったり、完全に外したりしたら、俺がプレイする順番になる」エイデンはビリヤード台の隅に赤い球を置き、反対側の隅に白い球を数個置くと、自分の球をキューで突いた。その球が横に流れていくつかの球に当たり、さらに反対側へ転がり、またいくつかの球に当たったあと、赤い球に当たった。赤い球が小さな点のついた球に軽い音をたててぶつかり、少しだけ離れた場所で完全に止まった。

「あなたってとても上手だわ」セレーナがためらいがちに言った。

「すべては幾何学にのっとっている。自分の球をどこに打てばいいか、どれくらいの力で突けばいいか、両側のどのあたりに流れるようにすればいいか。球の軌道を頭のなかで思い描き、球の道筋を決めるんだ」

「あなたはその知識を本を読んで学んだのね」

エイデンはセレーナのその答えが気に入った。彼女は俺がまぬけではないことを理解したらしい。「俺はずっと数字や数学に心惹かれてきた。賭博場の経営に興味を抱いた理由の一つもそれだ。統計や確率論はすばらしいものだよ」

「どう考えてもわたしは不利ね」

「だったらきみに有利なルールに変更しよう。きみが自分の球をほかの球に一つでも当てたら、一ポイント入るようにすればいい」

セレーナは勝ち気に顎をぐっと上げた。「いいえ、勝負するなら正々堂々と戦いたいわ。ふたりとも同じルールにするべきよ」

これで彼女は、こちらに求められることはなんでもやると同意したも同然だ。俺の頭のなかはすでに、このゲームのあとセレーナにさせたいことがたくさん思い浮かんでいる。この勝負で俺が勝ったことを、彼女に心から感謝させたい。

頭を片方に傾けてセレーナをうながす。「さあ、こっちへ。キューの構え方を教えよう。球を打つ方法だ」

「キューって？」

「この長い棒のことだ。正式名はキュー・スティックという。ほとんどの人はキューと呼ぶんだ」

「さっき、そのキューをこすっていたのは何？」

こする。その一言にエイデンの体が反応しそうになった。だがようやく脚のあいだのこわばりがおさまったところだ。ここでわざわざ、俺に体をこすりつけているセレーナの姿を想像することはない。「チョークだ。キューの先端部分にチョークを塗ると滑り止めの効果がある。しっかり塗っておかないと滑ってしまい、球が前に進まず、ミスにつながるんだ」

「なるほど。よくわかったわ」セレーナが脇に立った。

エイデンはキューを手渡して握り方を説明すると、彼女の体をキューの上に覆いかぶさるようにさせ、片手をビリヤード台に休めさせた。セレーナのヒップに脚のあいだがこすれないよう、苦心惨憺しながら。

今夜はセレーナを背後から攻めたてることになるだろう。それはまさにこの部屋かもしれない。

エイデンは両腕をセレーナの体に回し、立ち位置を調整した。そのとき、彼女の香りが鼻腔をかすめた。イチゴの香りだ。光の当たる角度によってわずかに赤い筋がきらきらと輝いて見える、金色の髪の香りだろうか？　このビリヤード室にやってくるあいだも、照明の加減によってセレーナの髪がさまざまな色に変化する様子を目で楽しんでいた。できることなら今すぐピンをすべて引き抜き、両手で豊かな髪をほぐして顔を埋め、シルクのような柔らかさを楽しみたい。

そうする代わりに、首から華奢な肩にかけての肌に唇を押し当てた。はっと息をのむ音が聞こえ、大いに満足せずにいられない。セレーナの肌は赤らみ、今にも燃え上がりそうだ。体を重ねれば、あっという間に火がつくに違いない。

「ここにある球をこうやって突くと左に行く」エイデンは彼女の両手を取り、キューの新たな使い方を教えた。「こうすると右に行く。突き方によって球の道筋が決まるんだ」

セレーナがキューに指先を滑らせるのを見て、つい彼女の体の奥深くに欲望の証を突き入れている自分の姿を想像してしまった。大きく息を吸い込み、ビリヤード台だけに意識を集中しようとする。完全に集中できたところで、セレーナを導き、点のついた球をキューで突かせた。赤い球にぶつかり、緑の球の横をかすめ、エイデンの球に見事ぶつかる。

エイデンは一歩うしろに下がった。「ほら、簡単だろう。きみの球はまだ台に残ったままだ。次はきみひとりでやってごらん」

ビリヤード台の脇に移動したおかげで、セレーナのことがよく見えるようになった。今彼女は驚くべき集中力を発揮している。まるでこの一打に生きるか死ぬかがかかっているかのようだ。彼女は上唇を舌で湿すと、ふっくらとした下唇を軽く噛んだ。

くそっ。今この瞬間にも燃え上がりそうになっているのは、俺のほうじゃないか。

セレーナはキューをすばやく突いた。

カン！　球は台の片方の隅へ転がると跳ね返り、反対側へ転がってまた跳ね返ると、赤い球の数センチ手前で止まった。

セレーナががっかりしたような顔になる。「もう一度やってもいいかしら？」

「ああ、もちろんだ。これはあくまで練習だから」

次の一打は反対側の隅に跳ね返り、そのまま止まってしまった。セレーナがため息をつく。「あなたのようにうまくプレイするにはもっと練習が必要みたい」

三度目は運命がセレーナに味方した。彼女の一打がエイデンの白球に当たったのだ。セレーナは期待するような表情でこちらを見つめ、ためらいがちな笑みを浮かべた。「さっきあなたが言ったルールに変えるべきかもしれないわ。もしそうしたら、この場合、わたしの得点になるのよね？」

「ああ、一ポイントだ」

「しかもわたしは次もプレイできて、あなたにキューを渡す必要がないのかしら？」

「そのとおり。もっとルールを変えてもいい」

「信じられないほどスポーツマンらしい態度ね。だったら、わたしから最初にプレイするのも許してくれるのかしら？」

「先攻後攻を決めるには正式なやり方があるんだ。俺たちふたりがビリヤード台の反対側をめがけて自分の球を突き、返ってきた球が——」エイデンはかぶりを振った。これはお楽しみのためのゲームだ。この勝負にかかっているのは金でもなければ、プライドでもない。「ああ、いや、俺のお客様だから、きみが最初でいい」

「ありがとう。わたしたちのルールも少し変えてもいいかしら？」

エイデンはビリヤード台の片側に軽く腰かけ、胸の前で腕組みをした。「どんなふうに？」

「一ポイント取ったほうが、相手に一つ質問するの。その質問には正直に答えなければならない。もし正直に答えなければ没収、というのはどう？」

「没収、とは何をだ？」

セレーナはまたしても下唇を噛んだ。ああ、俺があの下唇を軽く噛む瞬間が待ち遠しい。

「ポイントを取ったほうが決めたものならなんでも取り上げられるというのはどう？　何を奪われるかわからないほうがどきどきするんじゃないかしら？」

彼女に神の祝福を！　先ほどの一打で、運命はセレーナの味方をした。今後も何度かそういうショットに恵まれるかもしれない。だがエイデンには、ひとたびキューを手にしたら連続で八ポイントを獲得する自信がある。一も二もなくうなずいた。「よし、わかった」

セレーナは輝くような笑みを浮かべた。「よかった。だったら正式にゲームを始めましょうか？」

エイデンは赤球を反対側に置き、自分たちのいる側に白球を置いた。

セレーナは目を閉じ、大きく息を吸い込むと、ゆっくり吐き出した。目を開いてビリヤード台にかがみ込み、エイデンに教わったとおりにキューを構え、手の力を抜くと、自分の球をじっと見つめた。獲物を狙う捕食動物のごとく目がきらきらと輝いている。

カンという音が室内に響き渡った。球は赤球にぶつかったあと、転がり続けてエイデンの白球を振り落とした。勝ち誇ったような笑みを浮かべながら、セレーナはキューの先端を床に置き、しっかりと手に持った。まるで敵方の城を陥落させたあと、君主の旗を掲げる騎士のようだ。でも、今のは信じられないほど運のいいショットだった。

「わたしがポイントを取ったから、あなたに質問するわ。女の子との初めての体験について聞かせて」

なるほど。セレーナはそういう方面に関して質問をしたかったのか。エイデンは内心ほくそ笑んだ。そういう遠慮のない質問は大歓迎だ。自分の番になったら、全力で仕返しができる。

「それは質問じゃない。命令だ」

「たしかにそうね。だったらそのとき、あなたは何歳だったの？」

「十六歳だ」

セレーナは少し目を見開いたが短くうなずくと、ビリヤード台を回り込んで脇に立った。一方から台の長さを確かめ、もう一方からも確かめると、二歩右へ移動し、キューを構えて――。

カン！　球は三度壁に跳ね返り、赤球に当たると、もう一度跳ね返り、エイデンの白球にぶつかった。白球はゆっくりと転がって止まった。セレーナがチョークを手に取り、キューの先端に塗り始める。「相手の女性を愛していた？」

エイデンは驚いた。もう一つ、質問に答えなければいけないことになるとは。「いいや」

セレーナが片眉をつり上げる。ちゃんと質問には答えたのに、その答えではふじゅうぶんだと言いたげな表情だ。

「俺は女が好きだ。一緒にいられる時間を心ゆくまで楽しむ。だが彼女たちを愛したことはない。そう聞いたら、きっときみも安心するだろう。俺はしつこい愛人にはならない」

「あなたは一度も女性を愛したことがないの？」

エイデンはにやりとした。「きみにはまだその質問をする権利がない」今後セレーナがその権利を得られるかどうかは疑問だが。彼女の運ももう尽きただろう。

「そうね」セレーナはチョークを脇に置き、ビリヤード台を回り込むと、エイデンの正面に立った。「脇へどいてくれる？」

「いや、反対側から狙ったほうがいいショットが打てる」

セレーナは目を細めると、ビリヤード台の向こう側を見た。「そうかもしれない。でもわたしはここから試したいの」鋭い一瞥をくれると、顎をしゃくって脇を指し示した。

エイデンは台の上座――セレーナのいる位置からいちばん離れた角に移動した。ここからならもっとよく彼女を観察できる。セレーナはまたしても目の覚めるようなショットを決めた。

「最後に女性と寝たのはいつ？」

くそっ。どうしてセレーナはこんなに見事なショットを打ち続けているんだ？　これではまた彼女がプレイすることになるじゃないか。

「ミスター・トゥルーラヴ？」セレーナは答えをうながした。

これは厄介な質問だ。もうどれくらい女と寝ていないだろう？　自分の店〈ケルベロス・クラブ〉を経営しながらこの店を開く準備に忙殺され、そのあとも常連客を獲得して店を軌道に乗せるのに必死だったのだ。「少なくとも三カ月以上前だ。きみが男と最後に寝たのはいつなんだ？」

夫を亡くしてから、セレーナは誰とも寝ていないのか？

彼女は悲しげな笑みを浮かべ、少しふくれっ面をした。「ぼんやりしているわたしにだって、あなたには質問する権利がないことくらいわかるわ。だって、まだプレイもしていないんだもの」

セレーナは三歩右に移ってショットを繰り出し、またしてもポイントを得た。生意気そうな笑みを浮かべている。エイデンは今すぐそんな彼女を腕のなかに抱きしめたくなった。

「あなたはお金を払ってそういうことを楽しむの？」

エイデンは彼女をまじまじと見つめた。セレーナの全身に自信がみなぎっている。完璧なショットを四回も連続で決めるとは。彼女は初心者なのに――。

ふいにエイデンはすべてを理解した。苦々しい気持ちと愉快さが心のなかに広がっていく。四回じゃない。練習も含めて七回だ。そう、どれも、セレーナがビリヤードの初心者だと俺に信じ込ませるための完璧なショットだった。しかも彼女は間違った球を選んだり、道具に関する無知な質問をしたりして、この策略をさらに完璧なものにした。

エイデンは大声で笑い出した。「まったく、メギツネ（ミンクス）め。すっかりだまされたよ。きみは前にもビリヤードをやったことがあるんだな」

エイデンはむっつりしたり、すねたりするかもしれない。もしかすると怒り出して、もうビリヤードなど中止だと言い出すかも。セレーナはそう覚悟していた。それでも、どうしても彼が本当はどういうたぐいの男性なのか知りたかった。なぜか、エイデンと体を重ねるときが近づくにつれ、それを知るのがとても大切なことに思えてきたのだ。彼に熱っぽい目で見つめられるにつれ、〝本当にこんな大芝居をやり遂げられるのだろうか？〟という疑問を感じずにはいられなかった。真相がわかったときに、エイデンが示すであろう反応は一つ残らず想定していたつもりだ。

　でもまさか、大声で笑い出すなんて想像もしなかった。今は、彼がこんなに笑わなければいいのにとすら思っている。あまりに愉快そうに大声で笑っているエイデンにつられて、こちらまで笑いたくなっているからだ。もう何カ月も、いいえ、何年も心から笑ったことはない。ましてや、目から涙を流すほど大笑いをしたのがいつかなんて思い出せない。それなのにエイデンは突然にやりとすると、わたしが王冠をかぶった女王であるかのような、尊敬のまなざしを向けてきた。まるで自分がからかわれていたのを楽しんでいるみたい。もしくは、まんまとわたしにだまされたというこの状況を面白がっているのかもしれない。

「きみは前にもビリヤードをやったことがあるんだな」エイデンは繰り返した。

「あなたにはまだ質問する権利がないはずよ。でも、今のは質問というよりも、あなたの感想に聞こえたわ。だから答えるけれど、ええ、わたしはビリヤードをやったことがある。何度もね。うちにはビリヤード室があると話したでしょう？　前もってヒントをあげたのに」

「殿方だけその部屋に引きこもって、レディたちは一歩も入るのを許されないの」エイデンはわざと裏声を使って、先のセレーナの答えをまねた。

からかうような口調に、思わず笑みが浮かぶ。「お客様を迎えたときにプレイしていたの。そうでないときでも、夫や、兄や妹たちと一緒にやっていたわ。球を支配するのが楽しくてしかたがなかった」ビリヤード以外のすべてに関して、自分はなんの支配力もないのだと感じさせられていたからなおさらだ。「でも男の人のなかには、わたしにまんまと負かされて気分を悪くした人もいるはずよ」

「俺は違う。むしろきみの賢さに拍手喝采を送りたい。少年時代、俺は豆を操る詐欺師だった。きみの巧みなちょろまかしには感心したよ」

「ドッジ?」

「何かを得るために思いがけない方法を使ったり、嘘をついたりすることを、路地裏ではそう呼ぶんだ」

「わたしは嘘なんかついていないわ」セレーナはすばやく指摘した。「ただ本当のことを省略しただけよ」ビリヤード台の上でキューを軽く振ってみせた。「さあ、このままゲームを続ける?」

「ああ、ぜひとも」エイデンは壁に向かって歩き、ぶ厚いカーテンが両脇にかけられた大きな二枚の窓のあいだにもたれかかった。長い脚を組み、胸の前で腕組みして、すっかりくつろいでいる様子だ。「だが愛しい人、これだけはわかっておいてくれ。もしきみがミスショットをしたら、俺は絶対に容赦しない。きみのつま先から生え際まで真っ赤にさせるような質問をするつもりだ」

セレーナは不思議に思った。いったいどうして、エイデンのほうがわたしよりも刺激的な質問をしてくるはずだなどと期待しているのだろう？　それにどうして、わざと次のショットをミスしたい気持ちになっているの？

「あなたはまだわたしの質問に答えていないわ。あなたはお金を払ってそういうことを楽しむの？」

「いや、まわりのレディたちが俺を放っておかないからね」

セレーナは片眉をつり上げた。「でも、この三カ月は違った？」

「そうじゃない。俺はずっと仕事で忙しくしていたんだ。特に、この店を軌道に乗せるためにね」

「これから数週間のうちに社交シーズンが始まれば、間違いなくこのクラブに対する興味も高まるし、売り上げも増えるはずよ」

二月に議会が開かれ、ほとんどの貴族がすでにロンドンに滞在している。しかももうすぐ、社交シーズンが本格的に始まろうとしているのだ。

エイデンは顎をしゃくってビリヤード台を示した。「さあ、きみがどれだけ長いこと、このいい流れを維持できるか、お手並み拝見だ」

何時間でも維持できる。セレーナにはその自信があった。真夜中、ひとり寝のベッドで目覚めてふたたび眠る気にならなかったとき、気分を晴らすために、たったひとりでビリヤードをしたものだ。ミスショットをせず、どれだけ長く続けられるか腕試しするのを楽しんでいた。意識を現実に戻し、キューを構えて次のショットを放つと、見事に成功した。エイデンをちらりと見ながら尋ねる。「自分の父親が誰かは知っている？」

「少し個人的な質問になってきたな」彼はさりげなく言ったが、声にかすかな不快感がにじんでいる。

それでもセレーナは笑みを浮かべながら尋ねた。「あなたの愛人について尋ねるのは、個人的な質問ではないと？」

エイデンはしばしセレーナを見つめ、答えた。「ああ、誰が父親かは知っている」

セレーナはまたしてもショットに成功した。「それは誰？」

エイデンはゆっくりとかぶりを振った。「すまないが、俺はここで降参しなければならない。昨夜話したとおり、自分の父親について話すつもりはない」

セレーナははっとした。実の父親に捨てられたと知ったとき、エイデンはさぞ傷ついたに違いない。「ごめんなさい。詮索すべきではなかったわね。今の質問は配慮に欠けていたわ。それでは、あなたの好きな色は何かしら？」

エイデンは片方の口角を持ち上げた。「可愛い人、きみは俺になんでも好きなことを尋ねていい。とはいえ、俺がきみの質問に絶対に答えるというわけではない。そういう好奇心たっぷりの質問に気分を害するとも限らない。実際のところ、きみがそれほど俺のことを知りたがっていることに、いたく感動しているんだ。きみは俺のペニスだけじゃなく、それ以上のものを見たいという気になってきたんだな。ベッドをともにするにはいい流れだ」

そう、いい流れなのだろう。ただし、それはわたしの顔から火が出そうになっていなければの話だ。なんてこと。エイデンは〝ペニス〟という言葉をあっさり口にした。まるで〝木〟とか〝バター〟とか〝おはよう〟と口にするかのように。

「さあ、俺は何を没収されることになる？　言ってくれ」

セレーナはキューを床に直立させると、体重をかけた。もしこの条件をエイデンが受け入れたら、わたしはこの場でくずおれてしまうのでは？

「ベストを脱いで、クラヴァットを外して」

エイデンは瞳を欲望にけぶらせると、セレーナをじっと見つめた。まるで目をそらさずにいられるかどうか、挑戦するように。実際目をそらさないままでいられるかどうか、セレーナ自身よくわからなかった。だがそのとき、彼は壁から体を離すと、クラヴァットの結び目に指をかけた。クラヴァットを外すために残りの一生をかけるつもりかと思わせるような、ゆっくりとした手の動きだ。彼の指さばきにどうしても魅せられてしまう。セレーナはいつしか、その指先で背中のボタンを外され、両肩からなめらかにドレスを脱がされるところを思い描いていた。突然喉がからからになる。エイデンがクラヴァットを外し終えたら、ブランデーのお代わりを頼もう。グラスでなく、ボトル一本頼んだほうがいいかもしれない。あるいは、この体が欲望で自然発火する前に、近くの身も凍るような湖に投げ込んでもらったほうがいいかもしれない。

エイデンは純白のクラヴァットを首から外し、片端を強く引っ張ってまっすぐにすると、別の椅子めがけて放り投げた。セレーナがじっと見守るなか、クラヴァットは軽々と宙を飛んで椅子にぽとりと落下した。エイデンの腕に抱きかかえられマットレスの上に投げ出されるのは、きっとあんな感じなのだろう。

どういうわけか、クラヴァットを外したエイデンの首元を見て、心臓が大きく打った。今すぐ首元のうねるような筋肉に沿って唇をはわせたい。

次にエイデンはベストのボタンを外し始めた。セレーナは、男性が自分で服を脱ぐ姿をこれまで一度も見たことがない。ましてや、エイデン・トゥルーラヴのようにセクシーな男性ならなおさらのこと。腕や首の盛り上がった筋肉に、いくつもの筋がくっきりと浮き出ている。エイデンはわたしをみだらな女に変えてしまう。その証拠に、今も彼の衣服をもっとはぎ取りたくなっている。

ボタンを外し終えると、がっちりとした両肩の筋肉をうねらせながらベストを脱いだ。その動きを見ているだけで、息がうまくできなくなる。エイデンはベストも脇へ放り投げると、シャツのボタンを上から三つ外し、喉から鎖骨にかけてのくぼみをあらわにした。思わず舌先で上唇をなめる。あのくぼみの味わいを確かめたくてたまらない。

エイデンはふたたび壁にもたれると、男らしい胸の前で筋肉が盛り上がった両腕を組み、笑みを浮かべた。いたずらっぽくて、どこか誘いかけるような笑みだ。「俺の番が来たら、きみから何を没収しようか？　そればかり考えているんだ」

そのときがやってくることはないだろう。自信があるいっぽう、セレーナは大胆なことも考えていた。彼がわたしから取り上げるものを確かめるために、わざとミスショットをしようか？　その先に待ち受けているのは、一度も体験したことがないようなめくるめく誘惑の世界だろう。ふいに指先から力が抜けそうになった。まだ試合の最中だというのによくない兆候だ。気を引きしめてキューを握り直し、心をどうにか落ち着けてそっけなく答えた。「好きなだけ考えてちょうだい。でもそんなことをしてもなんの意味もないわ。ミスショットをするつもりはないから」

その言葉どおりに、セレーナは次のショットも決めた。

「お母様については何か知っているの？」

「きみが言っているのはエティ・トゥルーラヴではなく、生みの母親のことなんだろうな」エイデンの声には、実の父親について話していたときのような皮肉っぽい調子が感じられない。けれど、悲しみや憂い、後悔とも取れる複雑な感情が伝わってきた。「生みの母については何も知らない。おそらく父の愛人だったんだろう。だがそれは俺の一方的な想像だ」

「想像もできないわ。自分の過去がまるでわからないというのは、さぞつらいことなんでしょうね」

「自分の生まれについては、とっくの昔に受け入れている。そんなことは人生に影響を与えないと、エティ・トゥルーラヴが教えてくれたんだ」

「本当にすばらしい人だわ」

　少年だった頃のエイデンが、自分の手ではどうにもできなかった状況のせいで打ちひしがれたり、いじけたりはしてほしくなかった。世の中が、庶子として生まれた者たちに必ずしも思いやり深く接するとは限らないことは百も承知だ。これから実行しようとしている計画によって、わたしはそういう立場の子どもを産むことになる。いいえ、最悪の場合、真実が明るみに出たら、わが子は庶子というレッテルを貼られることになるのだ。

　深呼吸をすると、セレーナは最後の構えに入った。エイデンをちらりと見てみる。全身から力を抜き、すっかりくつろいでいる様子だ。まるでオークの木の下に横たわり、雲が流れる青空を見あげているかのように。

「あなたはすっかりリラックスしているみたい。このままだとわたしのどんな要求にも応えなければいけなくなるのに、そんな瀬戸際に立たされているようには見えないわ」

エイデンは片方の肩をさりげなくすくめた。「俺はきみのために勝つつもりでいた。だがもし負けたら、自分が何を奪われるか楽しみでもある」

セレーナはなんと答えていいのかわからなかった。ということは、エイデンはどのみち、わたしが望むものを与えるつもりで、こちらのプレイを見守り続けていたことになる。この男性に、自分より相手を大切にする一面があるなんて思いもしなかった。「そう聞かされて嬉しい驚きだわ」

「そうだろうとも、愛しい人」

〝愛しい人〟という呼びかけがやけに胸にしみた。だけどわたしがここにやってきたのは、エイデンとベッドをともにするため。複雑な感情にとらわれるためじゃない。このゲームを早いこと終わらせて、そろそろ計画に取りかからなくては。

セレーナは最後のショットを放ち、見事に勝利した。その瞬間、感じたのは勝利の喜びだけではない。この勝負が終わったことへの一抹の寂しさもあった。振り返ってみると、エイデンはただこちらを見つめたまま、ひたすら待っている。

そうするのはひどく難しかったが、エイデンの視線から目をそらさないまま口を開いた。

「最後の質問よ。あなたはわたしがほしい？」

「ああ、何よりもきみがほしい」エイデンは壁から離れ、ビリヤード台に近づいた。今やふたりを隔てているのは、狭い緑色の台だけだ。エイデンは台に両手を突くと、セレーナのほうへ前かがみになった。「この勝負はきみの勝ちだ。さあ、俺のレディ、どんなお楽しみをお望みかな?」

「未亡人だということを完全に忘れるまで、わたしを楽しませて」

7

セレーナの言葉を聞いて、エイデンの胸に喜びがあふれた。彼女が単に〝ベッドをともにしたい〟という言い方をしなかったからだ。もちろん表現は違っても、セレーナが求めているものに変わりはない。とはいえ、彼女にはこれまで体験したことがないようなレッスンをしたい。この世にはおざなりな交わり以上のものが存在すると、身をもって示したいのだ。

若い頃は、ただ女を抱いてすばやく快感を得られれば満足だった。だが年上の女を相手にしたとき、時間をかけて体を重ねる悦(よろこ)びを教えられた。今目の前にいる公爵夫人には、そういう悦びの高め方を教えてあげたい。きっと彼女はそんな悦びを一度も体験したことがないだろう。男がみんな、ベッドで愛し合う技術に長(た)けているわけではない。しかも、ほとんどが肉欲の罪に対する嫌悪感を抱いているものだ。男にはどうしても一時的な欲求のはけ口が必要なため、彼らはなるべく早くそういった行為を済ませようとする。まるで長い時間をかけるよりも短く済ませるほうが、地獄行きを免れられると考えているかのように。だが、もし庶子として生まれた者が地獄に堕ちる運命にあるならば、俺はそういう快楽をめいっぱい味わってから地獄に堕ちたい。

エイデンはゆっくりと時間をかけてビリヤード台を回り込んだ。近づくにつれ、セレーナの胸が上下する動きが速まっていき、呼吸がどんどん浅くなり、まばたきの回数が減っていく。セレーナの手からキューを取り、彼女が握っていた部分に手をかけてみると、ほんの少し湿っていた。彼女が緊張している証拠だ。それがわかって喜んでいいものか、不安になるべきなのか、自分でもよくわからない。セレーナにはこれから起こることに対して恐れを抱いてほしくない。今すぐ彼女を慰めたくて、手にしたキューを部屋の隅に放り投げたい衝動に一瞬駆られた。だが騒々しい音がすれば、今まで苦労して作り上げてきたせっかくの雰囲気が台無しになるだろう。

高まる緊張と期待を感じつつも、ゆっくりと専用ラックの前まで歩き、キューを元の場所に戻した。振り返ってみると、セレーナは先ほどから一ミリも動いていない。もし〝ベッドをともにしたい〟と申し出たことを少しでも後悔するそぶりを見せていたら、これからさらに時間をかけて、彼女の美しさを褒めたたえるつもりでいた。だがそんなそぶりは見えない。だからゆっくりと近づいてセレーナの指に指を絡めると、ビリヤード台の隅へといざなった。

「ここでそうするつもり?」彼女が息も絶え絶えに尋ねる。普段よりも少しうわずった声だ。

　エイデンは口の片隅を持ち上げて、あたりを一瞥した。「ここは何をするにもいい場所だ」

「ベッドのほうがよくないかしら？」

「今から俺がやろうとしていることに限れば、そうとは言えない。それに、忘れられない思い出を作るのに、場所は特に大切だ。きみはこれまでベッドで数えきれないほどそういう行為をしてきたに違いない。だからこそ、俺はきみに今までとはまったく違う、一度も味わったことがない体験をさせたいんだ」

　セレーナは繊細で柔らかそうな喉を上下させて息をのんだあと、舌で唇を湿しながらうなずいた。

　ほっそりとした腰の両脇に手をかけると、エイデンはセレーナの体を持ち上げ、ビリヤード台の上に優しく座らせて、両脚が台の縁からぶら下がるようにした。それから彼女を熱っぽく見つめると、両手を腰から太ももの外側へと滑らせ――いっきに両脚を大きく開かせた。セレーナが驚きに目を見開き、唇を開いて大きく息を吸い込む。脚のあいだに進み出て、腰の両脇に彼女の脚を巻きつけ、さらに体を引き寄せると、秘めたる部分――今夜これからさんざん責め立てようと考えている、熱く濡れた部分――を下半身へ強く押しつけた。これでセレーナにもわかったはずだ。どれだけこちらが彼女をほしいと考え、爆発寸前になっているかが。

セレーナはさらに目を大きく見開き、さらにエイデンのシャツの胸元をつかんだ。あたかも、底の知れない深い穴に落ちるのを怖がっているかのように。だがその穴に飛び込むことこそ、エイデンが彼女に望んでいることにほかならない。そうすれば、セレーナも何ものにも拘束されることなく、自由になれる。

エイデンは時間をかけて、セレーナのすべてを記憶に刻みつけるつもりでいた。彼女と一緒にいるかけがえのないひとときを、慌てて済ませたくない。だからごくゆっくりとセレーナの髪からピンを引き抜き、ビリヤード台の片隅に放り投げていった。こうすればあとで髪を整えるときに、ピンを見つけやすいだろう。

エイデンはこのすべてにおいて完璧を目指そうと考えていた。彼女にはその後のことまで絶対に考えてほしくない。完全にわれを忘れてほしい。

長くて豊かな巻き毛のかたまりがほどけ、両肩にどさりと落ちた。ピンでまとめているときよりも、イチゴ色の髪の筋が目立って見える。その様子に見とれながら、エイデンは彼女の髪に鼻を埋め、イチゴの香りを胸いっぱいに吸い込んだ。

「きみは子どもの頃からイチゴを食べてきたのか?」

「ええ、今もそうよ。イチゴが大好きなの。特にふっくらと膨らんだのが好き。口に含んで、口のなかいっぱいに果汁が広がると、舌ですくい取ろうと必死になってしまう。果汁が口の外へ流れ出さないように」

エイデンは低くうなった。「いい加減にしてくれ。きみは俺を殺す気か」

「どうして？」先の思わせぶりな言葉とは裏腹に、彼女は無垢そのものの声で尋ねた。

エイデンはセレーナの髪から手を離した。彼女の肩のまわりで、風に揺れるシルクのカーテンのように豊かな巻き毛が跳ねている。セレーナと目を合わせながらゆっくりと答えた。「わかっているくせに」

「わたしをメギツネ（ミンクス）なんて呼んだのは、あなたが初めてよ。だって、そう呼ばれるにはそれなりのことをしなければいけないはずだもの」

エイデンは親指をセレーナの顎に当てると、形のいい下唇の中心から輪郭をたどり出した。「いつかきみに、信じられないほどふっくらと膨らんだイチゴを食べさせてあげよう。そしてきみの口から果汁が一滴も流れ出さないようになめ取ってやる」

「約束する？」

「ああ、約束だ」

台の上に座らせているにもかかわらず、セレーナの唇にキスするために、エイデンは身をかがめなければならなかった。彼女は想像どおり、先ほど口にしていたブランデーよりもイチゴの味わいがした。今夜は前回よりも恥ずかしがっていない。それにぎこちなくもない。エイデンの舌を喜んで迎え入れ、その口の味わいを楽しもうとしている。エイデンの両脚のあいだはたちまちこわばり出した。

くそっ、セレーナは飲み込みが早い。興奮をかき立てるキスの仕方をこんなに早く覚えるとは。今すぐドレスのスカートをまくり上げ、欲望の証を差し入れたい。深く突き入れ、引き出して、何度も何度も楽しみたい。いつしか舌で官能的なその動きを繰り返していた。ベルベットやシルクのように柔らかな彼女の口のなかで、舌を縦横無尽に動かしていく。

セレーナがもらした吐息がエイデンの全身に響き渡り、彼女の低いあえぎが魂に刻みつけられて、高らかな交響曲のごときリズムを生み出していく。息を引き取るそのときまで、俺はセレーナがもらしている声やあえぎを忘れることがないだろう。まるでこの手で、彼女自身の世界を広げたかのようだ。

ああ、そうだったらどんなにいいだろう。傲慢かもしれないが、セレーナにはほかの誰も与えたことがないようなものを与えたい。永遠の眠りにつく瞬間、俺の名前を口にしてほしい。身勝手なのは百も承知だ。自分がこれから与える体験が、彼女にとって一生に一度の忘れられないものになってほしいと望むなんて。

だが、俺もすでにわかっている――これからどんな女に出会ったとしても、セレーナに比べたら色褪せて見えるに違いないと。

なぜセレーナはほかの女たちと違うのだろう？　彼女と一緒にいると、どうして自分のルールを破ってしまうのか？　なぜ昨夜は興奮を高めたままでセレーナを帰し、ふたたび会おうとしたのか？　結局セレーナも俺から離れるはずなのに……。

きょうだいたちは幸運にも、自分を心から愛してくれる貴族と巡り会って結ばれているが、俺は知っている。貴族の多くは、身分の違う相手との戯れをどんなに楽しんでも、やがて飽きるものだ。そう考えると、ここへやってきた目的を包み隠さず明らかにしたセレーナは正直だ。今夜俺がめくるめくような体験を与えたら、セレーナはここへ戻ってくるかもしれないが、彼女の人生において俺の存在は一時的なものにすぎない。そのことがわかっているからこそ、よけいにセレーナにとって今夜を忘れがたい一夜にしたい。

エイデンはキスをやめると、セレーナの顎の線から真っ白い喉元へ、さらに鎖骨へキスの雨を降らせ、今度は首から肩にかけての華奢な曲線をたどり始めた。曲線に沿って唇をさまよわせ、軽く吸ってみたり唇を押し当ててたりしてみる。セレーナは頭をのけぞらせ、さらにあえぎをあげると、シャツを強くつかんだ。

なんとなめらかでシルクのような肌だろう。舌先に感じるのは、これ以上ないほど熱くなった雪花石膏だ。こんな極上の感触なら、毎晩でも楽しみたい。しかもたっぷりと時間をかけて。

脚のあいだのこわばりはひどくなるばかりだが。

エイデンは体を離すと、セレーナの暗くなった瞳を見つめ、満足感を覚えた。これと同じ表情を浮かべた瞳なら、今までも数えきれないほど見てきた。といっても、それは彼らが酩酊したせいで、一時的な忘我の状態に陥っていただけにすぎない。だがセレーナは彼らとは決定的に違う。彼女が今浮かべている恍惚の表情は、アルコールのせいで生み出されたものではないからだ。

「俺のシャツのボタンを外すんだ」荒々しい欲望に襲われながら、エイデンはかすれ声で命じた。

エイデンから何かを命じられることはないだろう――そのときまでセレーナはそう考えていた。両手の甲が白くなるほどきつく引っ張っていたことを考えると、彼のシャツの生地がまだ破れていないのが驚きだ。エイデンのキスのせいで、理性的に考えられなくなっている。今の自分にできるのは、ただ感じることだけ――エイデンの唇の柔らかさや舌のざらついた感じ、無精髭のちくちくとした感触を。朝になれば、無精髭がこすれた肌が赤くなって少し荒れているかもしれない。でもそんなことは気にならない。今感じているあらゆる感触によって、全身に信じられないほどの快感がかき立てられている。

欲望にけぶったエイデンの瞳に熱っぽく見つめられ、快感は深まるばかりだ。まるで今まさに最高潮に達しようとしているオペラの独唱曲のように。

シャツのボタンを外そうとしたとき、自分の指が震えているのに気づいた。指だけでなく、体のどこもかしこも小刻みに震えている。不安からではなく、募るいっぽうの興奮のせいだ。エイデンの忍耐強くゆっくりとしたやり方をまねる気にはなれない。すばやく指を動かし、シャツのボタンを次々と外していく。V字型に開かれていくシャツの前部分から、毛に覆われた胸板があらわになった。もし勇気が出せれば、この指先でその場所をたどってみたい。

でもシャツのボタンをまだ三つしか外し終えていないのに、エイデンは突然両腕でシャツをいっきに頭から脱ぎ捨て、脇へ放り投げた。彼の素肌を目の当たりにし、興奮はいや増すばかりだ。シャツは、ほかの衣類をかけた椅子の背にほんの少し届かず、床にはらりと落ちた。

何も考えず、ただ本能のおもむくまま、胸板に手のひらを滑らせていた。なんて温かくてがっちりしているのだろう。固くなった彼の胸の頂を指先で刺激してみる。エイデンは低くうめくとこちらのヒップをつかみ、脚のあいだに欲望の証をさらに強く押しつけてきた。先ほど押しつけられたときはひどく硬くなっていることに衝撃を受け、エイデンの準備はすでに整っているのだと思い知らされた。でも今は、先ほど以上に彼の準備が整っているように思える。

エイデンがふたたび激しく唇を重ねてきた。口づけられるたびに、持てるすべてを彼が与えてくれているように思えるのに、先ほどよりもさらに熱烈になっている。応えるかのように両手を胸板にはいのぼらせ、彼の首に触れ、豊かな髪に差し入れた。両膝をエイデンの腰にさらに強く押しつけ――彼の低いうめき声が聞こえ、さらに力を得たような気がした――今度は思いきって両脚を彼の腰に強く巻きつけ、近くに引き寄せてみた。幾重ものシルクやサテンの生地で隔てられていても、エイデンの力強さと熱っぽさがじかに伝わってくる。このままだとわたしの体は燃えてしまうだろう。こんなに生々しい欲望が自分にもあったなんて、今の今まで知らずにいた。エイデンとこうしていると、すべてがいきいきと感じられる。

ふと気づくと、エイデンの両手が背中に回されていた。長くて器用な指先で、ボディスの結び目は簡単にほどかれ、緩んだボディスが前に落ちかかっている。エイデンは体を引くと指先でゆっくりとボディスの縁をたどり、両肩からドレスを脱がせると瞳を輝かせた。見ているだけでくらくらするような、興奮をいやおうなくかき立てる目の輝きだ。ずっとこんなふうに彼の視線にさらされるのを夢見てきた。その瞳に生々しい欲望が宿るのを自分の目で確かめたかった。

「ランプは消さないの?」ささやくような、ごく小さな声で尋ねた。

エイデンの愛撫(あいぶ)にもう夢中だ。大きな声で尋ねて、彼が与えてくれる悦びをわずかでも邪魔したくない。

「ああ」

なんて簡潔な、それでいて重みのある一言だろう。全身にたちまち震えが走った。こんなに体が繊細で敏感になっているのに、いまだに呼吸できているのが奇跡に思えてしかたがない。

そのときエイデンが浮かべた賞賛の表情を見て、心を揺さぶられた。ボディスが体から滑り落ちると、彼はさらに熱っぽく瞳を光らせ、浅い呼吸になった。傷がある指の腹を使って、シュミーズの輪郭をたどり始める。ざらざらとした指先が、胸の柔らかな肌にこすれて互いの快感をさらに高めていく。

「こうしてきみの肌に触れているとシルクを思い出す。きみの肌のほうが柔らかいが」

それからエイデンは唇で自分の指先のあとをたどり出した。体のあらゆる部分が気だるく重たくなっていく。もしエイデンがそこに立っていなければ、もし両脚を彼の腰に巻きつけていなければ、このままビリヤード台の上からずるずると滑り落ちていたかもしれない。そうならないようエイデンの腕をしっかりとつかみ、必死にしがみつこうとする。エイデンの頭のてっぺんを見つめているうちに、豊かな茶色の巻き毛のなかに、琥珀色の筋がいくつか交じっているのに気づいた。愛おしさがどうしようもなく募る。彼の顎の下に片手を滑らせて、あの形のいい唇を持ち上げてキスしようか？　それともこのまま愛撫を続けてもらおうか？　心が千々に乱れている。

そんな気持ちが通じたのか、エイデンが代わりに選択を下してくれた。といっても、二つの選択肢のうち、どちらかを選んだのではない。体を離すと、リボンをほどいてコルセットを緩め、シュミーズを引きはがして胸をむき出しにしたのだ。エイデンは暗くなった瞳で、あらわになった胸を凝視している。これほど強烈な視線にさらされて、体がまだ燃え上がらないのが驚きだ。

「美しい」ため息まじりにエイデンはぽつりと言った。

彼は二つの胸の膨らみを手で覆うと、手のひらでそっと包み込んだ。先ほどわたしからされたように、両方の親指で硬く尖った頂を刺激する。なんていい気持ち。エイデンが頭をさげて、焦らすように頂のまわりに舌をはわせ始めると、悦びにあえがずにはいられなかった。太もものあいだの秘められた部分が自然と引き絞られてしまう。全身に——それこそ頭の先からつま先まで——切羽詰まったような欲望の高まりを覚えている。

エイデンは両手を背中に戻すと、セレーナの体を少し弓なりにさせてから胸の愛撫を始めた。まるでそれがこの世の中でいちばんのごちそうであるかのように。ああ、彼のごちそうの味わい方ときたら……ゆっくりとなめたり、情熱的に唇を押し当てたり、すばやく軽く噛んだり。強くしゃぶったと思えば、今度はまったく別の場所を舌先で優しく慰めるようにする。

セレーナは片手をうしろに突き、もう片方の手をエイデンの髪に差し入れ、首から肩へと滑らせた。これほど徹底的な愛撫を体験するのは生まれて初めてだ。こんなにめくるめく快感があったなんて。いつも夫婦のベッドでは物足りない気分だったけれど、それは自分にふしだらな部分があるせいだと片づけ、深く考えたりしなかった。もしかして、エイデンの愛撫でこれだけ快感を覚えるのは、彼が紳士ではないからかもしれない。貴族ではなくて、平民だからなのかも。もしそうだとしたら、女たちがよく〝男は少し荒っぽいほうがいい〟とささやいている理由がわかった気がする。エイデンのうめきもあえぎもどこか動物的で、洗練されているとは言えない。だけど、飼いならされていない野獣のような彼に心から感謝したい気分だ。自由奔放な愛撫を繰り返し、まだ触れていない部分がないか探るように、さらに念入りにわたしの体を探索していることにも。もしかすると、エイデンはもうわたしの全身の地図が描けるかもしれない。

獣じみたうなりをあげながら、エイデンはセレーナにふたたび口づけた。なんだか恐くなってくる。今後もし再婚することがあったとしても、エイデンほどわたしを満足させられる夫はひとりもいないだろう。彼のキスはそれほど雄弁に語りかけてくる。彼の手は魂の奥底まで届き、くまなく触れてくる。キスに夢中になっていたせいで、いつの間にかビリヤード台に寝かされていたことにしばらく気づかなかった。ようやく気づいたのは、背中に緑色のベーズ生地のちくちくした感触を感じたからだ。その合間も、エイデンは容赦なくキスの雨を降らせ続けている。顎から喉元へ、さらに胸へ――。

エイデンは両手でセレーナの足首をつかみ、脚を高く掲げると、スカートを腰までいっきにめくり上げた。恥ずかしさのあまりセレーナが思わずあえぐと、エイデンは完全に動きを止めた。目を合わせながらぽつりと尋ねる。「ここでやめてほしいか？」

そんなことは耐えられない。これからしようとしていることこそ、わたしが心から求めていること。エイデンが与えてくれるものなら、どんなものでも受け取りたい。

大きく息を吸い込みながら、セレーナはゆっくりとかぶりを振った。「いいえ、わたしがあなたに求めているのは、自分が誰か、完全に忘れさせてくれることよ」

エイデンはにやりとした。約束に満ちた笑みだ。「すべて終わったら、きみは自分の名前さえ思い出せないはずだ」

エイデンがスカートとペチコートの山の背後に姿を消したかと思ったら、すぐに太ももに指先が滑らされるのを感じた。それから手のひらでセレーナの両脚を大きく開き、下着の股当ての部分にある細い切れ目を開くと、長い指で秘められた部分を下から上へなぞった。

「もうこんなに濡れている」彼の声は低くかすれていた。「果汁たっぷりの、ふっくらとしたイチゴみたいだ」

こうされている今は、もっとずっと濡れているはずだ。

エイデンはセレーナの片脚をビリヤード台の周囲に置かれたクッションへもたせかけた。さらに脚のあいだが大きく開かれ、こちらにも自分の膝頭が見えている。ひどく恥ずかしい。今すぐ両脚をきつく閉じてしまいたい。でも同時に、もっと脚を広げたいという強い衝動も覚えている。

　脚のあいだの茂みに、エイデンの息が吹きかけられるのがわかった。欲望の芯をゆっくりと舌先で刺激され、思わずビリヤード台の上に起き上がりそうになる。こぶしを強く握りしめ、エイデンのほうへ手を伸ばすと、彼は指を絡めてくれた。

　さらに舌先で脚のあいだを下から上になめあげられ、今度は左から右へと舌で刺激された。まるでスカートが揺れているような軽やかな動きだ。エイデンは舌で巧みに弧を描きながら、脚のあいだの愛撫を続けている。自分でもよくわからない何かを切実に求め、腰を突き出さずにはいられない。彼の甘やかな唇に少しでも近くなるように。

　エイデンは低く含み笑いをした。「自分が求めているものが何か、わかっているみたいだな？」

「いいえ」セレーナは息も絶え絶えに答えた。「それが何かわかるのが怖いの。でも、何かわからないのも怖いわ」

「痛い思いをするわけじゃない。抗わないでくれ、愛しい人。そのときが来たら、それにきみの体を預けるようにするだけでいい」

　それって何？　そう尋ねそうになったが、すでに腫れ上がったようになっている敏感な部分に唇が押し当てられたのを感じ、あまりの快感に小さく叫んだ。敏感な芯を舌先でなめられ、口で吸われ、唇を押し当てられるたびに、なんとも言えない快感が高まり、彼の手をぎゅっと握りしめてしまう。全身のありとあらゆる部分がエイデンを、彼が与えてくれるものを求めている。エイデンは太もものあいだにいるのに、どういうわけか全身を刺激されているようだ。とにかく体のありとあらゆる部分が、唇の愛撫をこれ以上ないほど意識している。

まるで体じゅうの神経から火花が飛び散っているみたい。この状態をどうにかしなければ……。とっさにそう考えたものの、先ほどのエイデンの言葉に従い、抗わずに体を預けることにした――高まるいっぽうの情熱に、どうしようもない衝動に、罪深い行為に。結婚もしていないこの男性に、これほど親密な愛撫を許すなんて、まさに罪としか思えない。女としていちばん大切な部分を開き、こちらが彼の所有物であるかのようにその部分を支配させ、好きなように愛撫させるなんて。

でもエイデンにそうさせるのは当然だ。わたしは賭けに勝ち、その褒美をこうしてもらっている。とはいえ、あの時点でどうして知ることができただろう？　結局はこの体をエイデンに完全に支配されることになるなんて。

それでも一片の後悔もしていない。感じているのは悦びだけ。しかも悦びは容赦なく高まるいっぽうだ。自分の名前さえ忘れるほどに。そう、すべてを忘れられるほどに。もう悦び以外何も感じられない。純粋な悦びに全身を貫かれた瞬間、いっきに快感の極致へ押し上げられた。大きな波に全身がのみこまれ、なすすべもなく体を預ける。まるで天国へ舞い上がるかのよう。ふと気づくと叫び声をあげていた。

それからセレーナはわっと泣き出した。

8

セレーナの頭のなかに、すべてがいっきに押し寄せてきたかのようだった。まず思い浮かんだのは、これまで重ねてきた何年もの歳月の記憶だ。今までずっと、真の情熱とはどのようなものなのだろうと憧れを募らせてきた。まさか、これほど奥深くてすばらしいものだったなんて。想像をはるかに超えていた。次に思い浮かんだのは、ラシングを失った悲しみだ。亡き夫はそういった真の情熱を与えてくれたわけではない。でも今ならよくわかる。彼はそのほかの多くをわたしに与えてくれていたのだ。その証拠に夫亡き今、公爵領を失わずに済む手立てが見つからないままで妹たちに今後の幸せを約束しなければならないという、とんでもない重荷を背負わされている。しかも、兄ウィンスローに名誉をどうにか回復させるという重荷もだ。まさに断崖絶壁に立たされた気分。この場所からわたしが飛びおりたら、すべてが破滅を迎えることになるだろう。それだけに、ラシングの子どもをこの腕に抱けなかったことにどうしようもない絶望を感じている。子どもができない原因はラシングではなくわたしにあって、この努力はすべて水の泡になるのではないかという恐れも。

エイデンをあざむいている自分も怖かった。仮にエイデンとのあいだに子どもができたとしても、彼に息子――あるいは娘――がいるという事実を伝えることは一生ない。男の子であれ、女の子であれ、生まれてきたその赤ん坊はラシングの子どもだと、世間に信じ込ませる必要があるからだ。もしそうしなければ、わたしだけでなく、その子の命運も尽きてしまう。

「可愛い人、大丈夫だよ」エイデンはセレーナを腕に抱きしめ、あやすように言った。

〝優しくしないで〟そう大声で叫び出したくなる。〝わたしはあなたの優しさに値するような女じゃない〟

でも実際は口を開くこともできなかった。できたのは、ただ泣きじゃくることだけ。そのあいだにエイデンはこちらの体を抱きかかえ、まず自分が椅子に座ると、膝の上にわたしを座らせて服の乱れを直し、どうにか外見を整えてくれた。

そのせいで、目からさらに涙があふれ出した。本来なら、わたしのような地位にある女性は、こんなみっともない泣き方はしないものだ。それでも優しく背中をさすってくれるエイデンの首に手を巻きつけ、顔を首元に埋め、ひたすら泣き続けた。

「きみの夫はこういう体験を一度も与えてくれなかったのか？」

エイデンにどう説明すればいいのだろう？　今さっき彼が与えてくれたすべてが、わたしにとっては生まれて初めての体験だったことを。あれほど親密な行為も、圧倒的な恍惚感（こうこつかん）も、今まで一度も味わったことがない。かぶりを振ってすすり泣きながらも、どうにか落ち着きを取り戻そうとする。ここで思い出してはならない——亡き夫ラシングとベッドで過ごしたのは、いつも変わりばえのしない、情熱のかけらすら感じられない時間ばかりだったことを。ラシングは本当の意味でわたしを求めたことがあったのだろうか？

エイデンはセレーナをさらにきつく抱きしめた。「きみがここにやってきたのはそれが理由なのか？　情熱を求めて？」

　本当の理由を彼に明かすわけにはいかない。でも嘘はつきたくなかった。

「自分でも何を探しにここへやってきたのかよくわからないの。これほどすばらしくて、すべてを忘れられるような体験をしたことが一度もなかったから。ベッドで男女が過ごす場合、こういうふうになるのが普通なのかしら？」

「いや、必ずしもそうじゃない。男のなかには、妻に肉体的な悦（よろこ）びを与えるのをためらう者もいる。そういう男たちは……自分の動物的な一面を、妻の前で見せることにきまり悪さを覚えるんだ」

　セレーナは涙が頬をゆっくり伝っているのに気づいた。体が重たく、ひどく疲れている。

「わたしがたった今感じたのは……生々しさだったわ。自分がこれほど弱々しく感じられることがあるなんて、想像もしなかった」脳裏に突然恐ろしい考えが浮かんだ。「まさか、このことを誰かに――」

「きみとのことは黙っている。ふたりで過ごした時間は、俺たちのあいだだけの秘密だ」

セレーナは震える吐息をついた。「夫が恋しい」ふと気づくと、そう口にしていた。またしても涙があふれてくる。「彼は優しい人だったの」

「昨夜、きみは恋愛結婚ではないと言っていたが、彼を愛していなかったという意味ではなかったんだね？」

ためらうことなくうなずいた。「でも、夫とは情熱的な愛情で結ばれていたわけじゃない。恋愛小説に描かれているような関係ではなかったの」

「俺は恋愛小説なんて読まない」

セレーナは笑みを浮かべた。侮辱されたと憤慨するようなエイデンの口調を聞いて、声を立てて笑いそうになった。「わたしはよく読むわ。わたしと夫は、いつまでも変わらない深い愛情で結ばれていたわけじゃなかったけれど。ベッド以外の点でも、夫との関係に情熱がまるで感じられなかったのはそのせいなのかもしれない」

「愛がなくても情熱的な関係は築ける」

そう、わずか数分前にエイデン・トゥルーラヴが身をもってそう証明してくれた。でもそういう情熱がなければ本当の恋愛は生まれないのではないだろうか？　もし、先ほどわたしが体験したようなことを、わたしのことを何より大切に思ってくれる誰かと体験できたら、はるかに大きな満足感を得られるのでは？

「若くして未亡人になるのは簡単なことじゃないんだろうな」エイデンは優しい口調で言い、別の話題に切り替えた。

「歳をとってからのほうが、未亡人になったという現実を簡単に受け入れられるものなのかしら？　わたしには想像もつかないわ。これまでずっと決まりきった毎日を送ってきた。夫はそういう毎日にいるのが当然の存在で、たとえばディナーのために着替えて図書室へおりていくと、いつも夫がそこにいてくれたの。でも今は違う。タンブラーを片手に暖炉の前にいた夫が振り向いて、笑みを向けてくることはもう二度とない。本を読んで心が震えたとき、前は顔を上げたら夫が反対側に座っていた。今は、その椅子で小説を読みふけっている夫の姿はないの。夫が亡くなってから、一日に何度も姿を捜して、もうこの世にはいないのだと気づかされることになる。そのたびに心が傷つくの」セレーナは背筋を伸ばし、エイデンの視線を受け止めた。「いつになったら心が傷つかなくなるのか、わたしにはわからないわ」

　セレーナの頬に指先を滑らせ、美しい髪を手で梳きながら、エイデンは残念でならなかった。彼女の心の痛みを癒すような言葉をかけられたらいいのだが。でもエイデン自身、大切な誰かを亡くすのがどういうことなのかわからない。それに、この一夜がこんなふうに展開するとは予想もしていなかった。今夜セレーナがどんな反応を見せるか、ありとあらゆる場面を想像していたが、まさか大泣きするとは思いもしなかったのだ。

誰かを慰めるのは苦手だ。いくら頑張っても、うまくいかないだろう。あえて言葉をかけず、セレーナにただ優しく口づけたのはそのせいだ。これほど不幸せそうな彼女の姿を見ていられない。鋭い針で突かれたような痛みが胸に走っている。それがどうにも気に入らなかった。こと女に関して、俺は噂に事欠かないし、彼女たちと一緒に過ごす時間はめいっぱい楽しむことにしている。だが、そのあいだには常に一線を画すようにして、個人的な感情をまじえないように注意を払ってきた。

俺は女に与えられるものがほとんどない。まわりへの影響力も、高い地位もだ。それに、もし正直に認めるとすれば――堂々と彼女たちの隣に立てる男だという自信もない。俺は賭博場の経営者。ありとあらゆる悪徳をこの世に届けている。それでいて、怪しげな事業をしていることや庶子であることを周囲から見過ごしてもらえるほど巨万の富を築いているわけでもない。つい最近まで店の売り上げのほとんどを、がめつい実の父親に吸い取られていたせいだ。だが、たとえ大金持ちになっていたとしても、常に庶子というレッテルを貼られる自分のような男が、女性から愛されるのを望んでもいいものだろうか？　庶子という汚名は、けっしてそそぐことができない。生まれてくるであろう子どもたちに、俺と同じ重荷を背負わせたくない。それではあまりに無責任すぎる。

　だからこそ、知り合ったばかりだというのに、セレーナのことを大切に思ってしまうのが気に入らない。特に、俺に求めているのはただ一つ、ベッドをともにすることだけだと彼女がはっきり口にしているからなおさらだ。最終的にセレーナの望みに屈して、彼女の願うものをすべて与えたあとは、二度と会えなくなるかもしれない。

　きっとこれからずっと思い出すことになるのだろう。俺の首元を濡らしたセレーナの涙のしずくを。この両腕に感じた彼女の温もりを。舌先の彼女の味わいを。

　体を引くと、セレーナが笑みを向けてきた。胸の痛みがさらにひどくなる。

「あなたと一緒にいると、いろいろな問題を忘れられるわ」セレーナの瞳に浮かんでいるのは感謝の色だ。

「きみが問題を忘れる必要があるときはいつでも言ってくれ」

　セレーナは半分だけ笑みを浮かべた。青白い頬がバラ色に染まるのを見て、エイデンはふいに思いついた。壁紙をこの色に塗り替えよう。いつでもセレーナのことを思い出せるように。

　しばし彼女は無言でエイデンを見つめたままだった。エイデンもだ。もはやふたりに言葉は必要ないかのように。

　最初に目をそらしたのはセレーナだった。「そろそろ帰らなくては」

　ここにいてくれ。もう少しでそう頼むところだった。今夜はずっと俺のベッドで過ごしてほしい、と。でも、自分にはセレーナを抱くこと以外何もできない。彼女を完全に俺のものにしたくてたまらないが、セレーナが決心を固めているとは思えない。

だからセレーナの体を離し、彼女が立ち上がるのを手伝った。シャツに手早く袖を通し、セレーナが身なりを整えるのをじっと見つめ、最後に背中の紐を締めてやる。

セレーナは髪をそのままにして、ふたたび仮面だけつけた。身元がわからないようにするためだ。それでもエイデンは彼女をエスコートして通路に出ると、専用階段を通って玄関広間へ向かった。こうすればゲーム室を横切る必要もない。玄関広間の受付係からセレーナの羽織りものを受け取り、彼女の両肩へかけて外へ出ると、馬車までエスコートした。

馬車の前にやってくると、セレーナはエイデンに向き直った。「今夜は恥ずかしいところを見せてごめんなさい」

「謝る必要なんかないよ、愛しい人。涙を流したことをきまり悪く思うせいで、ここへ戻ってくるのをためらわないでほしい。それが俺の心からの願いだ」

セレーナは背伸びをして、指先をエイデンの顎に沿って滑らせた。今ではもう無精髭が濃くなっているのだろう。彼女の指先にたどられ、音を立てるのが聞こえる。「また明日」

エイデンはセレーナが馬車へ乗る手伝いをすると、扉を閉めた。騒々しい音を立てながら馬車が通りを走り去っていく。馬車を見送りながら、心のなかでひとりごちた。俺はセレーナに完全に魅せられている。せめて彼女の半分でもいいから、俺もセレーナを魅了したい。そのためには、いったいどうすればいいだろう?

自分の寝室の扉の前に立ち、セレーナは一瞬ためらった。今夜は兄ウィンスローの相手をしたくない。でも兄は昨夜のように、この寝室にひそんでいるかもしれない。顔を合わせれば、今夜わたしの身に起きたことを見抜かれる可能性はじゅうぶんにある。ああして不名誉な涙を流したけれど、エイデンにたっぷりと愛された悦びの残滓がまだ感じられる。今夜はそれを胸に抱きしめたまま、床につきたい。

どこか別の寝室で休もうか? この屋敷には、寝室が少なくとも三十はある。でも結局、いちばん慣れ親しんだ自分の寝室で寝ようと決め、足を踏み入れた。兄の姿はどこにも見えない。その代わりに、三人の妹たちがベッドを陣取っていた。ふたごはすっかり寝入っている様子だが、末のアリスは枕の山にもたれ、読書に没頭している。その姿を見て、ふいにエイデンのことを思い出した。今夜彼はすぐに眠りにつくのだろうか? それともなかなか寝つけずに、棚にずらりと並べた本のなかから一冊を引き抜いて気をそらそうとするの? わたしのことを考えなくても済むように。

ばかね。こうして立ち去ったあとも、エイデンがわたしのことを忘れられずにいると考えるなんて。もし気をそらしたいなら、あのクラブにいるたくさんの女性たちが喜んで彼の要求に応じるはず。そう考えた瞬間心のなかで嫉妬の炎がかっと燃え上がったけれど、その事実を認めたくない。わたしがエイデンの前にいるあいだ、彼にはわたし以外の女性に注目しないでいてほしいなんて。

アリスは膝の上に本を置いてセレーナを見あげた。心配そうな顔をしている。「どこへ行っていたの？　わたしたち、とっても心配していたのよ」

「そうみたいね。さあ、ふたりを起こして。そうすれば三人とも自分の寝室へ戻って休めるわ」

だが起こすまでもなく、コンスタンスとフローレンスは身じろぎをしてセレーナをぼんやりと見ると、突然起き上がった。「戻ったのね」ふたり同時に言う。

「ええ、そうよ」

「どこへ行っていたの？」フローレンスは尋ねた。

セレーナはスカートの襞（ひだ）のあいだに仮面を忍ばせ、ゆっくりとした足取りで化粧室へ向かうと、そこにあった凝った装飾の小物入れの背後に仮面をそっと隠した。かつてラシングからプレゼントされた小物入れだ。手袋を外そうとしたとき、手袋をしないまま帰宅したことに気づいた。エイデンの部屋へ置き忘れたのだ。幸い、ほかにも手袋はあるけれど、明日忘れずに手袋を取りに行かなくては。できるだけ物音を立てないようにしながら、小さな宝石箱の上蓋を持ちあげて結婚指輪を取り出すと、左手の薬指に戻した。「しばらくひとりきりで外へ出る必要があったの。心を落ち着かせるためにね。ところで、あなたたちはここで何をしているの？」

「屋敷に死体が置いてあるせいで眠れないの」アリスが言う。「客間に柩を置きっぱなしなんてぞっとする」

「そういうしきたりなのよ、アリス」

「彼が廊下をずるずるとはっている音が聞こえたの」そう言ったのはコンスタンスだ。

「ラシングのことをそんなふうに言ってはいけないわ」セレーナは座り心地のいい、花柄模様の長椅子に腰かけた。「でも、たとえ幽霊になったとしても、ラシングは化けて出たりしないわ。彼はあなたたちを心から愛していたんだもの。それはあなたたちだってわかっているはずよ」

「ねえ、一緒に寝たいわ」アリスが言う。「昔、お父様とお母様が不慮の死を迎えたときのように」

不慮の死。亡くなった両親について話すとき、アリスはいつもその言葉を口にする。本当は死ぬ時期が決まっていて、誰もがそのときに合わせてぴたりと死ぬかのように。だからこそ思うのだ。末の妹アリスは、両親の悲劇的な死にいちばん大きな影響を受けたに違いないと。セレーナは立ち上がると、解いたままの髪を片方の肩へ払った。頭のうしろに留めてあるピンはそのまま残っている。「さあ、わたしのレース紐をほどいて。そうすれば、わざわざベイリーを呼ぶ必要もないから」侍女のベイリーは寝ているところを起こされると不機嫌になることが多いのだ。

アリスは読みさしの本を脇に置いてベッドから抜け出すと、駆け寄ってきて、ドレスのレース紐をほどき始めた。指をすばやく動かし、軽快に紐を解いていく。「ここにあるあざはどうしたの？　なんだか痛そう」

セレーナはどきっとしながら、体を傾けて鏡を見た。首の下あたり、肩につながる部分の肌に小さくて青い点のようなものが浮かんでいる。あざに似ているがそうではない。つい先ほどエイデンの唇で吸われ、舌をはわせられた場所だ。その小さな点がどうやってつけられたかを思い返したとたん、体がぽっと温かくなった。彼は〝この女は自分のものだ〟と主張するかのようにキスマークを残したのだ。結局は消えるものだとしても。

「なんでもないわ」

「痛くないの？　とっても痛そう」

全然痛くなんてない。「大丈夫」

「どうしてあざがついたの？」フローレンスはベッドの上に両膝を突き、もっとよく見ようと体を乗り出して尋ねた。

何か適当な理由を答えなければ、この話題が永遠に続くことになるだろう。「髪を整えているときに、ベイリーがブラシを落としたの。それが変な角度でわたしに当たっただけよ」

「もし彼女がそんなに不注意なら、辞めさせるべきよ」コンスタンスが言った。

「ベイリーを手放すつもりはないわ。ブラシを落としたのはただの偶然だもの。くれぐれもこのことは彼女に言わないでね。ほかの誰にも話してはだめよ。さっきも言ったようになんでもないんだから」顎まで隠れる喪服を着たら、誰もキスマークには気づかないだろう。

「ねえ、どうして舞踏会用のドレスを着ているの？」コンスタンスはベッドの足元に腹ばいになり、頬杖（ほおづえ）を突きながら尋ねた。

「黒い喪服を着ているのに飽きたの。この時間なら見られる心配もない。何を着ても問題ないでしょう？」

「驚いたわ。喪服に飽きるのがちょっと早すぎやしない？　これから二年間も着なくてはいけないのよ」コンスタンスは〝二年間〟という部分を、死刑判決を読み上げる判事のように強調した。「わたしたちが喪に服するのがたった三カ月で済むのは本当にありがたいわ。でもわたしの悲しみは三カ月が過ぎても消えないと思う。セレーナが言うとおり、ラシングはとてもいい人だったから。よくわたしを笑わせてくれたの」

「ええ。ラシングはわたしたちみんなを笑わせてくれたわ」フローレンスは言葉を継いだ。

「ねえセレーナ、今夜はどこへ出かけたの？」

「この辺をぶらぶらしていたのよ。さあ、みんな、わたしのベッドで一緒に眠りたいなら、そろそろ質問をやめてちょうだい」

セレーナが寝間着に着替えると、アリスが姉の髪を三つ編みにすると申し出た。鏡に映るアリスの表情は真剣そのものだ。ブラシを取り落として姉にまたあざを作るのを恐れるかのように、ブラシをしっかり握りしめている。キスマークがついたのを侍女のせいにすべきではなかったのだろう。でもこの寝室に入ったときは、まさかそんな質問をされるなんて予想もしなかったのだ。

「アリスは、侍女になるときに備えて練習をしているの」フローレンスが重々しいため息をついた。「わたしたち全員、どこかのお屋敷に奉公しなければいけなくなるのね。誰もいいご縁には恵まれないはずよ。だって、それを約束してくれていたラシングがもうこの世にいないんだもの」

「わたしはお金持ちの未亡人の話し相手になって、世界じゅうを旅しよう」コンスタンスが言う。

「奉公したり、誰かの話し相手になったりする必要なんてないわ」セレーナは三人に請け合った。「あなたたちはみんな、ちゃんとした結婚をすることになるのだから」

「財産がほとんど英国女王のものになるのに、どうやったらいい結婚なんてできるの？」

「今はあまり先のことまで心配してはだめよ」すでに三人の妹のことは、セレーナがじゅうぶんすぎるほど心配している。「すべてうまくいくから」自分にもそう言い聞かせた。

アリスが編んだ三つ編みは最悪の出来栄えだった。あまりに緩すぎて、あちこちから髪の毛が突き出ている。

「アリス、ありがとう、とても助かったわ」

今夜は妹たちに数多くの嘘をついてしまった。そんな自分がいやでたまらない。でもほかにどうすればよかったのだろう？　妹たちに本当の話を打ち明けるわけにはいかない。いえ、妹たち以外にもだ。わたしは残りの人生を、嘘とともに生きることになるのだろう。

「さあ、ベッドに入りましょう。明日はひどく長い一日になるはずよ」明日はラシングを埋葬する日なのだ。セレーナは妹たちの真ん中に横たわった。左側にはふたごが、右側にはアリスがいる。アリスがランプの明かりを消すと、あたりは暗闇に包まれた。

「ラシングが恋しいわ」アリスがひっそりと言う。

「そうよね、アリス。わたしも同じよ」セレーナは答えた。

「わたしたち、最初の社交シーズンを迎える前に嫁き遅れになるかも」コンスタンスがぽつりと言った。

「将来のことを心配するのはやめて」アリスが答える。

「今年フローレンスとわたしは社交界へデビューするはずだったのに。セレーナが喪に服しているから、自由に外出することもできないわ。付き添い役として、絶対お姉様が必要だもの。ウィンスローを付き添い役にすると、わたしたちまでみじめに見える。なんだか不公平よね」

「ラシングはわざとこのタイミングで死んだわけじゃないわ」アリスがたしなめるように言った。「わたしたち、セレーナのことを慰めてあげるべきよ」

「こうしてくっついて眠ってくれるだけで、じゅうぶん慰められているわ」セレーナは妹たちを安心させるように言った。

「これからどこに住むことになるのかしら？」そう尋ねたのはフローレンスだ。

「葬儀の翌日、事務弁護士がラシングの遺言状を読み上げることになっているの。ラシングはわたしたちが日々の暮らしに困らないよう、気にかけてくれているはずよ。それにいつだって事態が思わぬ方向に進むことはあるものだし」

「思わぬ方向？」ベッドが揺れた。コンスタンスが質問しながら体を起こしたに違いない。

「セレーナ、なんの話をしているの？」

「子どもができていた場合の話よ」フローレンスが答えた。「もしその子が男の子なら、ラシングの世継ぎということになる。そうすれば、今と何も変わらないはず。わたしたちが今シーズンに社交界デビューしても、何も問題ないわ。名門公爵家の身内のままでいられるから、殿方がわたしたちめがけて群がってくるはずよ」

セレーナはやるせない気分になった。殿方たちは、むしろ妹たちの人となりを見きわめて群がってくるべきなのに。三人とも頭がいいし、ウィットにも富んでいるし、機転がきく。それぞれに才能と、興味を持つ物事がある。なぜ爵位の高さや住んでいる屋敷の立派さで、彼女たちに対する見方が変わるのだろう?

エイデン・トゥルーラヴは捨て子として、一文なしの状態から人生を始めなければならなかった。それなのにひとかどの者になるべく懸命に働いて、周囲から尊敬される人物になろうと努力している。心優しくて、楽しむことが何より好きな男性だ。それにエイデンの笑い声ときたら……どんなに険悪な雰囲気も一瞬で明るくするような笑い声だ。親に捨てられた庶子だというのに、その事実さえも笑い飛ばしてしまう。今夜はほんのわずかな時間だったが、エイデンはわたしに未亡人であることを忘れさせてくれた。しかも、今日お悔やみにやってきたどの弔問客よりも誠意ある態度で、わたしを慰めてくれたのだ。明日葬儀に訪れる参列者の口からは、きっと型どおりのお悔やみの言葉しか聞けないだろう。

「ねえ、お腹に赤ちゃんがいるの?」アリスがひそひそ声で尋ねてきた。大声で尋ねると、その可能性が消えてしまうかのように。

「可能性はあるわ。でもまだはっきりとはわからないの」

「もしそうなら、ラシングはさぞ喜ぶでしょうね」

「喜ぶのは男の子の場合だけよ」コンスタンスが口を開いた。「社交界って世継ぎのことしか気にかけないいんだもの」

「わたしは女の子たちのことも大事よ」セレーナは答えた。「あなたたち三人のことを気にかけているし、心から愛しているわ」

本当のことだ。だからこそ、なんだってやるつもり。妹たちがこれからも幸せに暮らせるために必要なら、どんなことでも。

9

〈人魚と一角獣〉にやってくると、いつもわが家に戻ってきたような気分になる。それはとりもなおさず、この酒場を経営する姉ジリーが生み出すくつろいだ雰囲気のおかげだろう。ジリーは懸命な努力の末、この店を聖域に仕立て上げた。ここにはいつも、つらい現実に直面したり、長時間きつい仕事をこなしたりして、ひとときの慰めを必要としている客たちが集まってくる。店には四人がけの小さなテーブルから、十人以上も座れる長テーブルまでが取り揃えられ、長椅子やひとりがけの椅子はどれも座り心地がよく、労働でくたびれた体につかのまの休息を与えてくれる。テーブルが空いていない場合でも、ずらりと並んだビール樽の前にあるカウンター席に座ればいい。ここは格好の隠れ家だ。カウンターの背後にはジリーがいて、問題を抱えた客の泣き言にも、いいことがあった客があげる歓声にも、温かく耳を傾けてくれる。

だが今日は、一杯のビールと昼食を求めて客がひっきりなしに出入りする時間は過ぎている。だからエイデンも、人びとをかき分けながら、客の姿が映るほど磨き込まれた床を進んでカウンターへ近づく必要がない。店で働く女の子のひとりがエイデンに笑みを向け、ウインクをした。もし普通の客ならば、女の子も〝いらっしゃい。ご注文は？〟と声をかけてきただろう。だが彼女はエイデンが何者かよく知っているし、ジリーがすでに弟のためにビールを注いでいるのもわかっているのだ。案の定、エイデンがカウンターにたどり着くと、すでにビールが待っていた。

「しばらくぶりね」ジリーは変わった様子はないか確かめるようにエイデンをしげしげと見つめた。

「ああ。新しい店のせいでずっと手が離せなかったんだ。やらなくてはいけないことが予想以上に多くてね」

「ということは、順調なの？」

「ああ、特に問題はない」エイデンはビールを一口飲み、その香りを味わった。「最高級のワインが必要なんだ。特に、イチゴの味がするのを探している」イチゴそのものを買おうとすると、目が飛び出るほどの金がかかる。今が旬ではないため、温室栽培のイチゴをどこかから調達しなければいけないからだ。エイデンは今夜、セレーナのためにある計画を練っていた。夜のとばりがおりたら、彼女は今夜また俺の腕のなかに舞い戻ってくるに違いない。

「最高級のワインはコヴェントリー・ハウスの貯蔵庫に保管してあるの」ジリーは、夫である公爵がロンドンに所有している屋敷の名前を口にした。今では彼女のものでもある。

「どうしたらそのワインを俺に売ってくれる？」

「なんのために必要なの？」

「ちょっとした誘惑のためだ」

ジリーはカウンターに片肘を突き、頬杖(ほおづえ)を突いた。「相手の女性について聞かせて」

「なんで話さなきゃいけないんだ？　姉貴だって公爵のことはずっと秘密にしていたじゃないか」

「それは、彼に対して愛情を感じていたから。そんな感情を抱いているのが恐くて、誰にも言えなかったわ。もしかして、その女性に特別な感情を抱いてるの？」

「まさか」そう答えたものの、嘘をついたような気がした。セレーナに対して抱いている気持ちは、言葉でうまく説明できない。でもだからといって、俺がジリーと同じ道をたどり、恋に落ちているということにもならない。俺はこの三十二年間、そういうへまをやらかさないよう細心の注意を払ってきた。ここで回り道するつもりはこれっぽっちもない。

「彼女を楽しませるためだ。ただそれだけだよ」

「お楽しみのためだけに、わたしのとっておきのワインを差し出す気にはならないわね。なかなか手に入れることのできない年代物のワインは、それに見合った特別な機会がふさわしいの」

「彼女は贅沢なものに慣れているんだ」

ジリーは背筋を伸ばし、目を細めてエイデンを見た。男兄弟と同じくらい上背があるせいで威圧感たっぷりだ。「だったら貴族ね。新しいクラブで知り合ったレディたちのひとり。ねえ、エイデン、その女性にうまく利用されないようにするのよ」

「そんなこと、あるはずないだろう？　俺が自分の望まないことを、相手に許すはずがない」

「あんたが言っているのは、自分の下半身の話でしょう？　わたしが話しているのは上半身の話。あんたの心のことよ」

「俺の心の心配なんてする必要ない。ほかの誰かに手渡す気はさらさらないからな」

「自分がその気でも、ままならないときがある。わたしだって公爵を愛する気なんてさらさらなかったんだもの」

「公爵といえば、ソーンはどうしてここにいないんだ？　ここ最近、姉貴につきっきりだったのに」ジリーは公爵の子どもを身ごもっている。そのせいでソーンは、ジリーがこの世で初めて妊娠した女性で、常に守られる必要があるかのように、そばから離れようとしないのだ。ただエイデンにしてみれば、ジリーが夫にそれを許していることが驚きだった。姉は今までずっと独立心旺盛な女だったのに。

「彼はお葬式に参列しているの。心から尊敬していたラシング公爵が亡くなったから」

エイデンはみぞおちにパンチを見舞われたかのような衝撃を覚えた。今日、埋葬される公爵がいる。とっさに脳裏に思い浮かんだのは、自分のクラブをこっそり訪ねてきた未亡人だ。「そのラシングという男には妻がいるのか?」

ジリーはうなずくと布を手に取り、カウンターを拭き始めた。「たしか何年か連れ添ってきた奥さんがいるはずよ」

「姉貴はソーンと一緒に参列しなくていいのか?」もしジリーが参列したら、ラシングという男の妻の特徴を知ることができる。昨夜この腕のなかでとろけた女と同一人物かどうか確かめられるはずだ。とはいえセレーナが、自分の夫がまだ埋葬もされていないのにあのクラブにやってくるような女には思えないが。

「ええ、わたしは公爵夫人に一度も会ったことがないから。きっと彼女は今、誰かと知り合いになるような気分じゃないはずよ。もしわたしが彼女なら、夫の死を嘆き悲しんでいる姿を赤の他人に見られたくないもの。おまけに、わたしはまだ貴族たちに受け入れられたわけじゃない。もしわたしが参列して、お葬式が気まずい雰囲気になったら申し訳ないから」

「その公爵はどんな死に方をしたか、知っているのか?」

ジリーは動きを止め、さらに目を細めてエイデンを見た。「どうしてそんなことを気にするの?」

「今や俺の家族の半分が貴族と結婚しているからな。それに商売柄、新しいほうのクラブは貴族たちを相手にしているから、社交界で何が起きているのか把握しておくべきだと思ったんだ。信じられないほど役に立つ情報源も目の前にいることだしな」

エイデンの褒め言葉を聞いても、ジリーはただ肩をすくめただけだった。そんな姉の姿を見ていると、つくづく不思議でしかたがない。ソーンはどうやってジリーの愛情を勝ち取ったのだろう？　ジリーはそれまで誰かといい雰囲気になったことなどなかったのに。

「ラシング公爵は病死だったの。訃報を聞いてソーンは本当に驚いていたわ。まだ若かったし、病気をしているとも聞いていなかったから。数日前、公爵の未亡人が彼の亡骸をロンドンへ運んできたの。ここにある墓地で永眠するのが、ラシングの希望だったそうよ」

きっとその公爵は、セレーナが結婚していた公爵とは別人なのだろう。ラシング公爵の遺体がロンドンに到着したのとほぼ時を同じくして、セレーナがクラブに姿を現したのは単なる偶然。とはいえ、悲しみをいっときでも忘れるためには、とにかく生きることに執着するのがいちばんだ。それ以上にうってつけの方法があるだろうか？

「この一年くらいのあいだに、ほかに死んだ公爵はいるのか？」

ジリーは、エイデンが外国語を話しているかのような目で弟をしげしげと見つめた。

「ええ、何人かいるはず。でもソーンと出会う前、貴族の世界のことはまるで気にしていなかったからよく知らないの。今さら貴族の集まりに加わって彼らと知り合いになることが重要なこととも思えないしね。でもソーンなら絶対に知ってるはず。わたしから尋ねてみる?」

「いや、いい。大したことじゃないんだ」セレーナが未亡人になってからの期間が一日だろうと——一週間、一カ月、一年、いや、百年であろうと、彼女に対する興味が失せることはない。ただし、もう一度ビリヤードをやる必要があるようだ。今回はこちらが一方的に質問してやる。

「ワインはどうする?」

ジリーが尋ねる声で、エイデンは現実に引き戻された。「よければ手に入れたい」上等のワインを小道具としてうまく生かすことにかけては自信がある。

「だったら執事宛てに、どの年代物のボトルを渡すべきか手紙を書いておく」

「お礼に、この酒場の壁にまた一角獣の絵を描くよ」この店の内装はエイデンが手がけている。店の階上にある、かつてジリーが暮らしていた家もそうだ。

ジリーは明るい笑みを浮かべると、エイデンの肩を叩いた。「子ども部屋にもお願い」

「ああ、いつでも。なんなら、壁いっぱいに一角獣の絵を描いてもいいかもな」

「エイデン画伯に任せるわ」

彼はジリーにウインクをした。「今夜の話は、ここだけの秘密にしてくれよな」

ジリーはからかうように、カウンターを拭く布でエイデンの腕を軽く叩いた。「ここで待ってて。執事に手紙を書いてくるから、それを持っていって」

ジリーが立ち去ると、エイデンはゆっくりとビールを味わった。すでにセレーナをどうやって誘惑するか、脳裏にその様子がありありと浮かんでいる。今夜セレーナは防御の壁を取り払い、俺に洗いざらい告白することになるだろう。胸に秘めている秘密も、罪もすべて。

セレーナは客間に座っていた。周囲を取り囲んでいるのは、善意からやってきてくれた貴族のレディたちだ。彼女たちはその目にたっぷりの悲しみと思いやりをたたえながらこちらを見ている。まるで、セレーナが夫のあとを追って墓に飛び込むのではないかと心配しているかのように。セレーナはむしろ葬式に参列したい気分になった。黒いシルクハットがずらりと並ぶ、静まり返った葬儀会場にいるほうが、獲物をつけ狙うカラスを思い出させる黒ずくめの女たちに囲まれているよりもはるかに明るい気分になれそうだ。彼女たちが心待ちにしているのは、セレーナの涙だろう。だがあいにく、昨夜涙はすべて流してしまった。エイデン・トゥルーラヴの力強い腕のなかで。

だからこそ、夫を亡くした悲しみに加え、信じられないほどの罪悪感にもさいなまれている。何しろ、夫以外の男性の優しさに慰めを見いだしたのだ。ラシングならば、そんなことはいいよと許してくれそうな気がするけれど。結局のところ、夫は生前、こちらを不幸せな気分にしたことが一度もなかった。今だって、わたしに向けられている陰鬱な表情を見たらぎょっとするはずだ。ラシングはいつだって人生を楽しもうとし、面白さを見いだそうとする人だった。一日一日を新しい冒険を始める機会ととらえていたのだ。

このあまりに重々しい雰囲気に、まわりに座っている妹たちでさえ途方に暮れている様子だ。たしかにこういう場合、いかにも悲しげでじっと何かを考え込むような態度を取るのがふさわしいのだろう。実際、わたしは夫ラシングを失った悲しみに打ちひしがれている。でもどういうわけか、この重苦しい沈黙が間違っているように思えてしかたがない。できることなら、コンスタンスに〝ピアノで楽しい曲を奏でて〟と頼みたい。それかフローレンスに〝わたしが満足するまで、明るい歌を力いっぱい歌って〟と頼みたい。セレーナは幸せを、喜びを求めていた。それに心の底からの笑いも。セレーナがビリヤードの経験者だったと気づき、エイデン・トゥルーラヴがあげていた、あのとびきり愉快そうな笑い声を。

そのとき右側から、誰かの嬉々としたささやき声が聞こえてきた。ラシングから幾度となく耳元でささやかれたことを思い出し、たちまち心がほぐれていく。

「レディ・リリスって鏡を持っているのかしら？　あのドレス、全然似合っていないわ」

「このあと、ハマースミス卿はレディ・マーガレットの寝室へ忍び込むはずよ。彼女の扇に書かれていた伝言が正しければね」

「レディ・ダウニングったら、もう酔っ払っているわね。まだお昼の二時だというのに」

セレーナは耳をそばだてた。ラシングの墓を訪れたときに、彼に聞かせられる噂話(うわさばなし)があるかもしれない。亡き夫も、くすっと笑みを浮かべるような話題はないだろうか？

「……あらゆる退廃的なことを試せるのよ。賭け事もお酒も。わたしなんてビリヤード室で葉巻をふかしたんだから」

セレーナは思わず目を閉じた。あのビリヤード室だ。わたしはあの部屋で葉巻を吸うよりはるかに悪いことをした。でも、この女性が話しているのはもっと別の種類の――。

「ミスター・トゥルーラヴは獲物を狙う虎のようにしなやかな足取りで、部屋から部屋へと歩いているの。でもふと気づくと、すぐそばに立っている。そして耳元で甘い言葉をささやきかけてくるのよ」

「たとえばどんな？」レディ・キャロリンが小声でそっと尋ねている。

〝こうしてきみの肌に触れているとシルクを思い出す。きみの肌のほうが柔らかいが〟

「きみはワルツだけ踊るべきだ、優雅なきみにはワルツ以外のダンスは似合わない、と言われたの」そう答えたのは、葉巻をふかしたと話していたレディ・ジョージアナだ。

「あなたは彼とワルツを踊ったことがあるの？」

ええ、あるわ。でもまだ踊り足りない。

「いいえ。それが、彼は誰とも踊らないの。生まれのせいで、踊り方を知らないんじゃないかしら？」

あら、彼はちゃんと踊り方を知っているわ。

「でもこの前の夜、彼は誰かとワルツを踊っていたわ」甲高い声で割り込んできたのはレディ・ジョセフィーヌだ。「本当にびっくりした。彼がその女性の体に手を回したり、見つめたり、ワルツを踊ったりするのを見ているだけで――よだれが出そうになったくらいよ」

「相手の女性は誰かしら？」レディ・キャロリンは大胆にもそう尋ねた。

「さあ、わからない。彼女は仮面をかぶっていたから。そこが重要な点なのよ。もしあの店にいるところを見られたくなかったら、仮面をかぶることができるの。ねえ、レディ・キャロリン、あなたもぜひ行くべきだわ」

女性たちはもはやささやき声ではない。かなり大きな声でしゃべり続けている。この部屋にいるレディたちのなかで、彼女たちの会話を盗み聞きしているのは自分だけではないのでは？ふたごの妹たちは、明らかに聞き耳を立てている。妹たちにはあのクラブを絶対に訪れてほしくないけれど、そのいっぽうで、妹たちにとっていい気晴らしができる場所だとも思う。クラブの舞踏室にだけ入るのを許すのはどうだろう？妹たちを信頼して、一緒に連れていくのもいいかもしれない。ただし、わたしがあのクラブへ行くのは、彼女たちよりもはるかに不道徳な理由からだ。しかも妹たちの好奇心を刺激することなく、気づかれずに舞踏室から姿を消す必要がある。やはり妹たちは屋敷で留守番させたほうがいい。

「はっきり言って――」寡婦のレディ・マロウが、話をしていたレディたちをたしなめた。「あなたたちの話がこういった席にふさわしいとは思えないわ。あまりに不適切すぎる」

「そんなの、ありもしない想像上の場所なんでしょう?」もうひとりの寡婦レディ・ウェーバリーが言った。

「いいえ、実在するわ。本当にすばらしい場所なの!」レディ・オルタンスが興奮したように叫んだ。

「その店は恥ずかしい生まれの者が経営しているのよ。耐えられない。あなたたちもそんな男性と関わるべきではありません」レディ・マロウが手厳しい口調で言った。

セレーナはレディ・エルヴァートンをちらりと見た。微動だにしないまま、体をこわばらせて座っている。顔の表情からは何を考えているか読み取れない。彼女の父親は男爵だが、レディ・エルヴァートンが実家からうとんじられているのは周知の事実だ。というのも、彼女はかつてエルヴァートン伯爵の愛人だったと噂されていて、伯爵の前妻がボート事故で溺死したあと、後妻となったからだ。悲劇的な事故からほぼ三十年の歳月が経ったものの、レディ・エルヴァートンが貴族たちから許され、受け入れられているとは言いがたい。とはいえ、レディ・エルヴァートン自身はその事実をさほど気にかけていないように見える。そういう噂がひっきりなしにささやかれていた頃、セレーナはまだこの世に生まれてもいなかったため、当然ながら、その噂が本当かどうか自分で確かめたわけではない。それからの長い歳月のあいだに、その噂がおさまったのか、まだおさまっていないのかもよくわからないのだ。

「でも彼は一度、わたしを可愛（かわい）いと言ってくれたことがあるの」レディ・セシリーがぽつりと言う。彼女は前歯が少し出ているせいで、いつも上唇を完全に閉じることができない。

「彼は第一級の悪党よ」レディ・マロウが反論する。「当然、誰とでもいちゃいちゃするだろうし、あなたが聞きたがっている言葉を口にするはずだわ。だって彼はあなたの大切なものをほしがっているんだもの」

セレーナはふと考えた。わたしが与えたくないと思うものを、エイデンが無理にほしがるとしたら、それはいったいなんだろう？　何も思いつかない。だって、文字どおりこの身を投げ出したのに、エイデンはまだ完全にはわたしを自分のものにしていない。

「でも彼はとっても親切だわ」かなり若いレディが言った。

「悪魔とはそういうものなの。彼の目的は、あなたの魂を奪うことなのよ」レディ・マロウは両方の眉毛を思いきりつり上げた。今にも生え際にめり込みそうだ。

セレーナは口を開いた。「トゥルーラヴ一家についてはいろいろと噂があるけれど、彼らはそんなに悪い人たちには思えないわ」

大胆な発言を聞き、あちこちで息をはっとのむ音が聞こえた。あるいはレディたちが息をのんだのは、夫を亡くした悲しみに浸るセレーナが意見するとは思っていなかったからかもしれない。

セレーナは続けた。「あなたは可愛らしいわ、レディ・セシリー。彼はあなたの外見を褒めたかっただけで、それ以上の目的は何もなかったんじゃないかしら」

レディ・セシリーは頬を赤く染めた。そう、わたしにはエイデンの気持ちがよくわかる。彼は大げさなお世辞を言ったり親切すぎる態度を見せたりすることなく、内気なレディを励ましてあげたかったのだろう。ほんの少し優しい目で彼女を見て、思いやりのある言葉をさりげなくかけてあげたかったのだ。レディ・セシリーはすでに三度目の社交シーズンを迎えている。

「あなたは彼を信用しすぎているわ、公爵夫人」レディ・マロウは自分の主張を引っ込めるつもりも、意見を変えるつもりもないようだ。「彼らに関する噂は事実よ。あの一家は庶子として生まれた者ばかり。だから彼らは不道徳な人間なのよ」

セレーナ自身、そういう意見を聞くのは初めてではない。でもそれが本当に正しいと思ったこともなかった。亡き夫ラシングも常に、どんな人もその長所によって判断すべきだと考えていた。でもセレーナは今、まったく別の角度から思い悩み始めている。もしわたしの子どもの父親がエイデン・トゥルーラヴの場合、生まれてくる小さな子どもは不道徳な人間になるのだろうか？　わたしの子どもは、地獄に堕ちる運命にあるの？　エイデンの背負った罪が、彼から子に引き継がれることになるのだろうか？

「わたしにはその理屈がどうしてもわからないわ。そういう罪は両親だけが背負うべきだと思うから。彼らの悪しき行いに、その子どもたちは何も関係ないんですもの」

「道徳的なだらしなさというのは、血を通じて脈々と受け継がれていくものよ。罪人から罪人が生み出されていくの。この社会に階級が存在するのは、まさにそれが理由だわ」

「この部屋にいる誰もが、罪とは無縁だとは思えないけれど」レディ・エルヴァートンが口を開いた。穏やかな口調だが、どこか挑むような目つきだ。「ということは、貴族社会全体が道徳的にだらしないということではないかしら？　レディ・マロウ、もしもあなたの理屈に従うならばね。ただ個人的には、わたしはその理屈はついていけない。公爵夫人の意見に賛成よ。どんな生まれにもかかわらず、赤ちゃんは罪や恥辱とは無縁の、純粋な存在よ。彼らは根っこの部分が無垢そのものだもの。哲学者たちが言う、いわゆる何も書かれていない白紙の状態ね」

　レディ・マロウは鼻を鳴らした。「その意見には賛成しかねるわ。聖書にもはっきりと記されているはずよ。親の因果は曽孫の代にまで――」

「ええ、あくまで親の因果よね」レディ・エルヴァートンが強調するように言った。

　セレーナはふと考えた。もし彼女が本当に伯爵の愛人だったことがあるなら、結婚前に彼の子どもを産んだことがあるのではないだろうか？　だとすれば、その子たちは今どこにいるのだろう？

憤慨するあまり、耳から蒸気を出しそうなレディ・マロウの様子を見て、セレーナはふたたび口を開いた。「ラシングは寛大な人だったわ。だからきっとレディ・エルヴァートンに賛成すると思うの」

庶子として生まれた子どもたちを守ってやりたい一心で言う。「きっと子どもとは祝福すべき存在なのでしょう。もし自分に子どもができたら、わたしの罪が受け継がれないよう心から願わずにはいられないわ」

「お姉様の罪は一つだけ。イチゴを食べすぎることよ」アリスが明るく応じた。今とは異なる状況ならば、周囲もくすりと笑みを浮かべる発言だ。

だが実際は、その場にいるレディたち全員が突然視線を落とし、セレーナの下腹部を見つめることになった。本当に食べすぎているか確かめたいという気持ちもあるいっぽう、別の可能性に思い至った彼女たちはふいに好奇心に目を輝かせている。目の前にいる未亡人が妊娠している可能性だ。セレーナは思わず両手で下腹部を覆うようにした。そのなかに守るべき存在がいるかのように。

「その可能性はあるの？」レディ・ジョセフィーヌがささやいた。

セレーナが答える前に、フローレンスがもどかしそうに口を開いた。「どんな可能性だってあります。わたしの愛する姉が喪に服しているのに、みなさんはあまりに思いやりがないわ。こんな不適切な会話を続けるなんて」

レディ・セシリーはかがみ込むと、セレーナだけにささやいた。「喪が明けたら、あなたも絶対に〈エリュシオン〉へ行くべきよ。癒しの部屋は、まさにあなたにうってつけだと思うの。もし一緒に行ってくれたら、これほど嬉しいことはないわ。ふたりで行けば、恥ずかしい気持ちも和らげられるはずよ」

「ありがとう。あなたからのお誘い、絶対に忘れないようにするわね」

でも、ひとたびエイデン・トゥルーラヴがわたしの欲求を満たしてくれたら、あの店の敷居をまたぐことはないだろう。もう二度と。

レディたちに囲まれて客間で座っている時間は重苦しく感じられたが、ラシングの埋葬を終えた殿方が屋敷へ到着しても、セレーナの鬱屈した気分はいや増すばかりだった。どう考えてもおかしなことだが、今すぐ屋敷から逃げ出し、通りを全速力で駆け抜けて〈エリュシオン〉へ向かいたい。エイデン・トゥルーラヴの元へ。彼に耳元で慰めの言葉をささやいてほしい。自分は守られているし、安全だし、安心していいのだと感じたい。エイデンにわたしの強さを引き出してほしい。これから待ち受けている数多くの試練に毅然と立ち向かえるように。

でもそうする代わりに、セレーナはしごく適切なことをした。お悔やみの言葉を口にする弔問客全員にていねいに応対し、軽食が用意された食堂へようやく彼らが移動すると、誰にも気づかれないようにこっそり庭園へ出て、錬鉄製のベンチに腰をおろしたのだ。あと数カ月もすれば、バラが咲き乱れることになるだろう。ラシングは花をこよなく愛した人だった。春の庭園をそぞろ歩く夫の姿を思い浮かべただけで、心が慰められたような気がする。

だが心の平穏は長続きしなかった。突然、庭園に通じる石れんがの道にブーツの音が響き渡ったのだ。誰かがこちらに向かってやってくる。肩越しに振り返り、近づいてくるエルヴァートン伯爵を見て、たちまち落胆した。キットリッジ子爵ならばよかったのに。今はキット以外の貴族を相手にするような気分ではない。どうか伯爵がこちらの邪魔をしたことに気づき、すぐ引き返してくれますように。

「屋敷のなかは人でごった返しているね」伯爵はセレーナの前に立った。ちょうどエイデン・トゥルーラヴと同じ背丈だ。でも体つきまで同じとは言えない。おいしい食事をたらふく食べているせいで、伯爵のお腹はたるんでいる。

それにしても不思議だ。とっさに伯爵とエイデンを比べているなんて。今後わたしは男性を目にするたびに、エイデンと比べるようになるのだろうか？　こんな奇妙なタイミングでも、どういうわけかエイデンはわたしの頭のなかに割り込んでくる。こうして伯爵の茶色の髪にちらほらと白いものが交じっているのを見ていると、エイデンが白髪になる姿を見られないのがつくづく残念に思えてしかたがない。もうすぐ六十歳だというのに、伯爵はとてもその年齢には見えなかった。顔はややたるんでしわが寄っているものの、いまだに悪魔のようにハンサムだ。若い頃、愛人が山のようにいたという噂もうなずける。ただし、いくら魅力的な顔立ちの男性であっても、不貞を働いていいということにはならない。

「ええ。わたしも少し落ち着きたくてここへやってきたんです」

「きみが庭園へ出ていくのを見て、きっとそうだろうなと思ったんだ」

それなのに、あなたはわたしを追いかけてきた。そしてこうして、落ち着きを取り戻そうとしていたわたしを邪魔している。

伯爵はちらりとあたりを見回した。「このままだと、きみの夫の財産はほとんど大蔵省に没収されることになるそうだね」

「そういう可能性もあります」

彼は突然頭をセレーナのほうに向けた。あまりにすばやい動きだったため、伯爵の首の骨がぽきっと鳴る音が聞こえたような気がした。「きみは妊娠しているのか?」

「閣下、こういうときに、それはあまりに不適切な質問ですわ」

「たしかに。とはいえ、きみは若くて美しい。慰めもなしに、このままずっとひとりきりの人生を歩みたくはないだろう?」

なんてことだろう。こんなつらい時期だというのに、伯爵はわたしに自分の息子を売り込み、結婚させようとしているのだろうか？　たしかに、彼の跡継ぎであるワイス子爵は二十八歳。年齢的に見れば、亡き夫ラシングよりもわたしに近い。外見的にも、ラシングよりかなり魅力的だけれど――。

「きみの相手として、わたしはどうだろう？」

もし立っていたとしたら、伯爵の無遠慮な言葉を聞き、よろめきながらあとずさっていただろう。「今なんとおっしゃいました？」

「きみはこの英国でも最も美しい女性だ。寡婦として隠遁生活を送らせるのは残念すぎる」

この男をひっぱたいてやりたい。セレーナは強烈な衝動に駆られた。伯爵はわたしの見た目の美しさしか眼中にないようだ。どうしてもエイデンのことを思い出してしまう。仮面のせいでわたしがどんな顔かわからなかったのに、彼はあんなに熱っぽくキスをしてくれたのだ。そっけない答えが口をついて出た。「わたしは喪中です」

「男の慰めもなしに、二年間も喪に服するなんて長すぎる。わたしは慎重なたちだし、口も堅いから大丈夫だ」

「あなたは結婚していらっしゃるじゃありませんか」セレーナは鋭く指摘した。

信じられない。この男は自分の妻をなんだと思っているのだろう？　伯爵夫人に対してあまりに失礼だし、敬意のかけらも感じられない態度だ。どうせしばらくしたら、わたしにも同じ態度を取るようになるに違いない。伯爵はわたしを、そんなこともわからない世間知らずだと考えているのだろうか？

「そういうことに関して、妻とわたしのあいだには暗黙の了解があるんだ」伯爵は大胆にも隣に腰をおろした。慌てて立ち上がる。彼に隙を見せてはならない。これっぽっちも。

伯爵はにやりとした。一瞬その笑みを見て懐かしさを覚えたが、何かの思い違いだろう。

「きみは未亡人だ。社会的な制約からは自由でいるはずだよ」

「わたしはあなたの愛人になる気なんてありません」

「愛人という役割は一時的なものだ。きみの服喪期間が終わるまでのね。そうしたらわたしはきみを正式な妻にする」

「あなたにはれっきとした奥様がいます」セレーナはまたしても彼に思い出させた。伯爵の冷たい言い方に恐怖を覚えながら、心のなかでひとりごちる。どうして彼は、こんなばかげた会話にわたしを巻き込もうとしているの？

「妻も歳をとった。それにかつてのように元気でもない。もう長くはないんじゃないかと思う」

セレーナは驚き、思わず言い返した。「わたしには、彼女が健康そのものに見えます。それに今だって、じゅうぶんお元気ではつらつとされています」先ほど庶子として生まれた子どもについて話し合っていたとき、こちらの肩を持ってくれたのがいい証拠だ。「何事も見た目ではわからないものだ」伯爵は突然立ち上がった。わたしを畏縮させようとしているのは明らかだ。「別に悪気はなかった。ただ一つ断っておきたい。きみが必要としているときにはいつでもわたしに慰めさせてほしいと提案したのは、あくまできみを思いやってのことだ。結婚生活を七年間も続けていたのにひとりも世継ぎを産んでいないとなれば、今後きみを妻に迎えようとする貴族は誰ひとりいないだろう。だがわたしなら、もう世継ぎを作る必要はない」

伯爵の言葉を聞き、激しく落ち込みそうになる。まるで彼の申し出を受けなければ、これからの人生をひとりぼっちで生きなければいけない運命にあるかのような言い草。今はエイデンとベッドをともにしようとしているけれど、その努力が報われない可能性があるのは百も承知だ。ラシングの世継ぎを産むことがないまま、一生過ごすことになるかも。とはいえ、まだ負けを認める気にはなれない。多くのものが危険にさらされているのだからなおさらのこと。だからこそ、今はただ伯爵を見つめることしかできなかった。わざとかどうかはわからないけれど、今の発言でわたしのプライドをこっぱみじんにした、目の前にいる不愉快な男を。

「公爵夫人？」

肩越しに声がしたほうを見て、セレーナは救われたような気になった。小道の曲がり角にソーンリー公爵が立っている。生け垣の背後から姿を現したばかりの様子だ。そうであってほしい。エルヴァートン伯爵とのやりとりを、どの程度まで聞かれたのだろう？

「新鮮な空気を吸いたくなって外へ出たところなの」

ソーンリーはエルヴァートンに視線を移し、ふたたびセレーナを見た。「きみを責めることはできないよ。ラシングは本当にたくさんの人たちから愛されていたからね。とはいえ、今日ここへやってきた弔問客の数の多さには、ラシングも驚いているかもしれない」

彼はゆったりと歩きながら、セレーナと伯爵のあいだにやってくると、壁のようにふたりのあいだをさえぎった。「やあ、エルヴァートン」

「ソーンリー。たった今、公爵夫人にお悔やみを言っていたところだ」

「きみの言葉に彼女の心もさぞ慰められただろう。もしよければ僕も同じことをしたいんだが――公爵夫人と一対一で」

「もちろんだ」エルヴァートンはセレーナにお辞儀をした。「必要があれば、わたしはいつでも駆けつける」

そんな申し出は無視するに限る。セレーナはぐっと顎を上げ、伯爵と目を合わせた。

「お伝えできそうにないから、あなたから伯爵夫人に伝えておいてください。今日彼女がここへ来てくれたことに、わたしが心から感謝していたと」

伯爵は唇の両端を持ち上げ、皮肉っぽい笑みを浮かべた。やはり、どこかで見たような気がする笑みだ。きっとワイス子爵だろう。彼とは何度もダンスをしている。そのときの笑みを覚えていたに違いない。

エルヴァートンがその場から去り、ようやく緊張が和らいだ。

「大丈夫か？」ソーンリーは尋ねた。

セレーナはまっすぐ彼を見あげた。この公爵が、先のエルヴァートンのような恥ずべき申し出をすることは絶対にないだろう。ソーンリーが妻を熱愛しているのは、誰もが知っている。

「ええ。少なくとも、夫を埋葬した日に未亡人としてきちんと振る舞えるくらいには」

「こんなことを言うのは気が引けるんだが、きみがエルヴァートンとふたりきりでいるのが気になったんだ。彼はときどき、その……」

「無神経になる？」

ソーンリーは低く含み笑いをした。「相手の気持ちに配慮しないことがあるからね」

「ええ、そうね」セレーナは話題を変えることにした。伯爵との会話はもう思い出したくない。「公爵夫人がいらっしゃれなくて残念だわ。ぜひお会いしたかったのに」

「ジリーは、きみと初めて顔を合わせるのに葬儀の場はふさわしくないと考えたんだ。だが心からお悔やみを伝えてほしいと言われた」

「ソーン、あなたは彼女と結婚して幸せ？」

「ああ、これ以上ないほどに」

「いつか彼女に会える日が楽しみだわ」彼らの結婚式の日、ちょうどラシングとセレーナは先約があって出席できなかったのだ。

「きっときみならジリーを好きになるはずだ」

「ええ、わたしもそう思う。彼女のごきょうだいたちとも仲よくしているんでしょう?」

われながら不思議だけれど、エイデン・トゥルーラヴに対する自分の直感が正しいかどうか確かめたい。あんな仕事をしていても、彼は尊敬すべき男性だという直感を。今日はラシングのことだけ考えるべきだと、頭のなかではわかっている。でも夫も生前は、トゥルーラヴ家の面々に興味を抱いていたものだ。毎年社交シーズンにラシング家が主催する舞踏会に、彼らを招待したらどうかと言ったことさえある。ラシングは、貴族の世界にトゥルーラヴ家の面々が足を踏み入れたことを歓迎していた。

「ああ。だが最初は、彼らが僕を受け入れてくれるまでしばらくかかった」

セレーナははっと息をのんだ。「てっきり、あなたが彼らを受け入れるまで時間がかかったのかと思っていたわ」

「トゥルーラヴ家の人たちは社会的地位や爵位にまるで影響されない。しかも本当に善良なんだ。彼らの姿を見て、最初僕は自分が恥ずかしくなったほどだ。彼らはこの世の中で最も貧しくて弱い立場の者たちの味方になろうとし、見返りはいっさい求めようとしない。

レディ・アスリンとミックは最近、未婚の母親たちが暮らせる施設を開いたばかりだし、レディ・ラヴィニアとフィンは孤児たちを受け入れて面倒を見ている。僕の愛し(いと)の妻は、腹をすかせた者たちに食事を提供しているんだ」

「それもあなたの援助があればこそだわ」

ソーンリーはかぶりを振った。「いいや、ジリーは僕と知り合うずっと前からその活動をしていた。きっとラシングも生前、さまざまな慈善活動を熱心に支援していたんじゃないかな？」

「ええ、そうなの。とても寛大な人だったから」ここでこの話はやめておくべきだ。そう考えたものの、セレーナはどうしても先を続けずにはいられなかった。「最近もうひとり、トゥルーラヴ家でお店を開いた人がいるそうね。こういう日に適切な話題とは言えないけれど、先ほどレディたちのあいだでその話が出ていたの。あの一家と親戚づき合いのあるあなたなら詳しく知っているんでしょうね？」

ソーンリーはうなずいた。「ああ。レディたちがちょっとした娯楽を楽しめるクラブだ。エイデンが所有している」

「彼はわたしたちレディ全員を堕落させようとしているのかしら？」

公爵はにやりとした。「エイデンは何を考えているのかわからない男なんだ」

「それは聞き捨てならないわね。その人と一緒にいると、女性は危ない目にあうの？」

「エイデンは楽しい時間を過ごすのが何より好きだが、誰かにつけ込むようなまねはしない。もしもきみが、彼がクラブにやってくるレディたちにつけ込むような男ではないかと心配しているなら、そんなことは絶対にない」

ということは、わたしの直感は正しかったのだ。こうやって自分以外の人の口からそう言われると本当にほっとする。とはいえ、わたしがあのクラブに行ったことがあると、ソーンリーに打ち明けるつもりはない。「そのクラブの話をしていたレディたちのなかには、まだ若い女性もいたの。年長のレディは、彼女たちの話を聞いてぎょっとしていたわ」

「ロンドン広しといえども、若いレディたちが安心していられるのはあのクラブくらいのものだ」

「喪が明けたら、妹を連れて一度訪れようかと思っているの」

「ああ、いい気晴らしになるはずだよ。さて、そろそろ失礼してもいいだろうか？　妻の体調が心配なんだ」

「彼女に赤ちゃんができたという噂が広まっているけれど」

ソーンリーはなんともいえない嬉しそうな顔をしている。その瞬間セレーナは心から残念に思った。ラシングは一度もこんなふうに顔を輝かせる機会がないまま、あの世へ旅立った。子どもを授かった喜びを夫婦ふたりで分かち合うこともないままに。

「実はそうなんだ」

「まあ、おめでとう。ふたりにお子さんができたこと、本当に嬉しいわ」

「ありがとう。さあ、屋敷へ戻ろうか？」

「そうね。お客様をずいぶん長いこと放(ほ)ったらかしにしてしまったわ」セレーナは公爵から差し出された腕に手をかけた。

「大丈夫。何も気にすることはないさ」

「ええ、そうであることを祈るわ」

10

セレーナがクラブに姿を現した瞬間、エイデンは気づいた。何かがおかしい。あの邪魔くさい仮面が彼女の顔をほとんど隠しているにもかかわらず、引き結ばれた顎の輪郭や、顎に浮かんだ小さなくぼみを見てそう感じた。セレーナのほうへ手を伸ばすと、まだ触れもしないうちから、彼女は首を振った。

「ここに来るべきじゃなかった。今夜は特に。それなのにどうしてもあなたに会いたかったの」

「いったいどうした？　何があったか教えてほしい」そう言ったものの、なんとなく見当はついている。

彼女は心もとなさそうに笑みを浮かべた。「わたしと一緒に、今から別の場所に行ってくれる？」

「ああ、この世の果てまで」そう口にした瞬間、エイデンはうろたえた。うわついた気分からではなく、本気でそう答えていたのに気づいたからだ。どうしてこんな不安な気分になるのだろう？　だが、それはあとでじっくり考えればいい。

セレーナはかすかに笑うような声をあげた。「そんなに遠くまで行く必要はないわ。通りの先にわたしの馬車を待たせているの」

「だったら、すぐに出かけよう」

エイデンはセレーナをいざなって正面玄関から出ると、れんがが敷かれた道を進んだ。セレーナはひどくゆっくりとした足取りだ。馬車までちゃんと歩く力さえ残っていないかのように見える。悲しみに打ちひしがれ、ふさぎ込んでいる。夫を亡くしてまだ数日しか経っていない未亡人のように。

あるいはセレーナは、昨夜俺の腕のなかでくずおれた自分にきまり悪さと恥ずかしさを感じているのかもしれない。だがもしそうなら、ここへ戻ってくるだろうか？

見覚えのある黒塗りの馬車に近づくと、御者が扉を開けた。セレーナは御者に何かささやくと、彼から差し出された手を借りてなかへ乗り込んだ。こいつの指をへし折ってやりたいという衝動をこらえる。御者はただ自分の仕事をしているだけだ。だが誰かがセレーナに指一本でも触れているのが気に入らない。とはいえ、そんな考えがばかげているのもよくわかっている。彼女のあとから馬車へ乗り込むと、向かい側の席に腰をおろした。セレーナの隣に座りたいのは山々だが、彼女がそうしてほしいと言い出すまでは反対側の席に座っていたほうがいいだろう。窓には黒いカーテンが引かれ、かろうじてセレーナの姿が見えるほどのかすかなランプの明かりが灯されている。

大きく揺れると、馬車は出発した。セレーナは顔から仮面を外し、座席の脇へ置いた。

「今から行くのは、誰にも見られる心配がない場所だから」

「どこへ行くつもりだ？」

「墓地よ。幽霊やお化けが苦手じゃないことを祈るわ」

「そんなもの、ちっとも怖くなんかないさ、愛しい人」俺が恐れているのは、彼女が幸せになるために必要としているものを与えてやれないことだ。「当ててみせようか？　きみはラシング公爵夫人だ。今日、夫である公爵を埋葬したせいで、今のきみは悲しみに包まれている。違うか？」

「さすがの洞察力ね。でもわたしの正体に気づいてくれて、なんだかほっとした。わたしがあなたのクラブを訪れたのを誰にも気づかれてはならない理由が、これでわかってもらえたはずだから。きっとあなたは『タイムズ』で夫の死亡記事を読んだのね」

「いや、それが違うんだ。姉に会いに行ったら、夫が今日は一日葬式に参列していると言っていて気づいた」

「ええ、そのとおりよ。ソーンリーは弔問に来て、夫に敬意を示してくれたわ。あなたのお姉様もいらしてくれたら心からおもてなししたのに。ただし、わたしは最高の状態とは言えなかったけれど。まさか、これほどすべてがつらく感じられる一日になるとは思わなかった。生前ラシングは、うちに招待客を招いたときはいつもわたしのそばにいてくれて、彼らを温かくもてなしていたの。だから今日は、そんな彼がもういないのだとよけいに思い知らされたわ。夫がもう二度とわたしのかたわらに立つことはない。その事実に本当に打ちのめされて、今夜はどういうわけか、何がなんでも墓地に行きたくなったの。本来なら、明日キットに付き添ってもらうのがいちばん――」

「キット？」またひとり、指をへし折ってやりたい男が出てきた。

セレーナは短いが優しい笑みを浮かべた。「キットリッジ子爵よ。彼はラシングの親友だったの。今日の葬儀の手配をすべて済ませてくれたわ。屋敷から教会へ棺（ひつぎ）を運ぶ手はず、お葬式、埋葬までの一切合切をね。女性たちは葬儀には参列できなかったから――あなたも知ってのとおり、わたしたち女性は繊細で傷つきやすいものね――わたしは屋敷の客間に座って、まわりにいるレディたちから慰められていたの。とはいえ、彼女たちはあなたのクラブに関する噂話（うわさばなし）ばかりしていたけれど」

こんなときに不適切かもしれないが、エイデンはにやりとせずにはいられなかった。

「まさに俺の狙いどおりの展開だ」

「本当にそうね。癒（いや）しの部屋はわたしにうってつけだと言われたわ。でもあなたはその部屋へわたしを連れていったことがないわね」

「忘れずにいつか案内するようにするよ。だがあの部屋に行っても、きみは退屈するだけだと思う。レディたちがゆったりと過ごすあいだに、男たちが足をマッサージしたり、髪の毛を梳かしたり、肩をもんだりする部屋なんだ」

そう説明したものの、セレーナは真剣に耳を傾けているわけではないだろう。エイデンにはそれがわかっていた。彼女は膝の上できつく握りしめた両手にじっと意識を向け続けている。今手袋を取ったら、手の甲は色が白く変わっているのではないだろうか？

「亡き夫の墓参りをするのに、この格好は不適切きわまりないとわかっているの。でも喪服姿であなたのクラブを訪ねるわけにはいかない。そんなことをしたら正体をばらすようなものだもの。でもどういうわけか――自分でもうまく説明できないけれど、屋敷を出たとたん、ラシングに会いに行かなくてはならないと思ったわ。お仕事を邪魔することになるけれど、どうしてもあなたと一緒に行かなければって」セレーナは指先で額をこすった。

「いったい何を考えていたのかしら？」

「きみはどうしようもない悲しみを抱えているんだ。自分でもそのことに気づいているはずだよ。だが今夜こうして俺に会いに来てくれて嬉しい」本当は、言葉では言い表せないほどの嬉しさを感じている。

「自分でもどうしてあなたに会いに来たのかわからないの。ひとりきりでいたくなかったし、あなたが昨夜みたいに慰めてくれると考えたのかしら」

今夜これから、昨夜とは比べものにならないほど多くのものを与えるつもりだ。だが今は、そのことをセレーナに告げるべきときではないだろう。

「わたしって本当に自分勝手。こうやってあなたの優しさにつけ込むなんて」

ずっと前から知っているわけではないが、セレーナがわがままとは無縁の女性だということはわかる。これまで、彼女よりはるかに自分勝手な女たちと出会ってきた。そういう女たちは、エイデン自身に関するあけすけな質問を容赦なく向けてきた。しかも一緒に過ごす時間を一瞬でも無駄にするものかとばかりに、奉仕させたり、一方的に自分の話をしたりしていたものだ。それに比べたら、今夜セレーナの願いを聞き入れてやることなどなんでもない。

「もし一緒に行きたくなかったら、俺ははっきりとそう答えた」

セレーナはため息をつくと、窓のほうをぼんやりと見つめた。カーテンが引かれているせいで、車窓からの景色が見えないことなど完全に忘れている様子だ。

「わたしも夫のお葬式に参列すべきだった。そうすれば、いろいろな問題についてあれこれ考えずに前へ進む気になれたかもしれないのに。今のわたしは糸が切れた凧のようなの。あなたもさぞ、わたしを白い目で見ているんでしょうね、未亡人になったばかりだというのに、あなたのクラブへ悦びを求めにやってきたことを知られたんだもの」

「悲しみ方は人それぞれだ」

セレーナはエイデンに視線を戻した。「だったら、あなたは今まで悲しい思いをしたことがあるの？　たしか、大切な人を亡くしたことは一度もないと言っていたはずよ」

「喪失にはいろいろな形があるものだ」弟フィンが刑務所送りになったときは、目の前で重たい鉄の扉が閉められた気がした。それまで昼夜をともにしてきた誰かを失う悲しみを味わわされたのだ。だがあのときは、悲しみよりも怒りのほうが強かった。それに、いつかフィンとまた会える日が来るとわかっていた。でも、今セレーナは夫を永遠に失ってしまったのだ。「たしかに、身近な誰かに死なれる悲しみは感じたことがない」

「それって幸せなことよ。わたしは二十五歳だけれど、あまりにそういうことが多すぎる」

彼女の夫は、ベッドで妻に悦びを与えられなかったかもしれない。だがセレーナが夫のことを大切に考えていたのは明らかだ。

馬車が停まると、セレーナは一瞬不安げな表情になったが、顎をぐっと上げてわざと強がってみせた。「さあ、到着よ」

セレーナは自分でもさっぱりわからなかった。どうしてエイデンのクラブへ行き、一緒に来てほしいなんて頼んだのだろう？　ただ一つわかっているのは、とにかくエイデンにそばにいてほしくてたまらなかったこと。愛人としてではなく、単なる友人として――ビリヤードでわたしに出し抜かれても、大声で笑い飛ばしてくれたあのときのように。自分が何者かエイデンに知られても、さほど問題には思えなかった。彼ならば、いつか正体に気づくに違いないと覚悟していたのだ。エイデンとはすでにもう、思った以上に立ち入った話をしている。でもどういうわけか、そういう状態が好ましく思えた。墓地のなかを歩くときにわたしが何も話したくないと考えていたら、エイデンはそんな気持ちを読み取り、無言のまま、ただ寄り添ってくれるだろう。彼はそういう人だと心のどこかでわかっているのだ。

ただし、それはふたりで墓地のなかをのんびりと歩き回るのが許された場合の話だ。墓地の入り口にたどり着き、馬車のなかから持ってきたランプをエイデンが掲げたとき、セレーナはひどくがっかりした。入り口には鍵がかけられていたのだ。

「まさか夜、この墓地に鍵がかけられるとは思わなかったわ」

「墓泥棒を警戒してのことだろう。もしヘアピンが二本あれば、きみのためにこの鍵を開けてあげるよ」

「ということは、あなたは泥棒もしていたことがあるの？」

夜の闇のなか、エイデンは自嘲するような笑みを浮かべた。「いや、かつてそうだったのは俺の弟だ」

あたりを見回したセレーナはふと心配になった。もし警官たちが見回りしていたら、逮捕されるかもしれない……。いいえ、公爵夫人という立場により、わたしの単なるわがままとして処理されるはずだ。頭からピンを二本引き抜き、エイデンに手渡した。

「これを持っていてくれ」エイデンがランプを差し出してきたため、ためらうことなく受け取った。彼はかがみ込み、両方の足裏で体のバランスを取る。「もう少しランプを近づけてほしい。手元がよく見えるように」

またしても言われたとおりにすると、エイデンの姿をじっと見つめた。彼は一本のヘアピンを口にくわえて指先でまっすぐに伸ばすと、もう一本のピンにも同じことをした。

「ということは、あなたの弟さんは、いつかあなたの役に立つかもしれないと考えてこの技術を教えたの？」

エイデンは鍵穴にピンを差し込んだ。「うちのきょうだいたちには、もし何か新しい知識を学んだらほかのきょうだいにもそれを教えるという暗黙の了解があるんだ。ミックは俺たちに貴族や貴族階級、爵位やその立場の重要性、さらには貴族への呼びかけ方や彼らと一緒に紅茶を飲む場合の作法についても教えてくれた」彼はピンを手にしたまま指先をほんの少しだけねじると、セレーナを見あげてウインクをした。「だから俺は、きみの屋敷の客間で女王と一緒に紅茶も飲める。俺が路地裏育ちだと、女王にこれっぽっちも気づかれることなくね」

エイデンはふたたび仕事に神経を集中させた。

「前にも言ったように、ジリーは上流階級風の話し方と酒の知識を授けてくれた。フィンは若い頃、たまたま泥棒だったんだ。だが母さんにそのことを気づかれ、尻の肉がそげ落ちるほどぶっ叩かれたせいで、馬の屠殺人になった。フィンからは馬についてありとあらゆることを教わったよ。種類の違いや馬の乗り方、世話の仕方なんかをね。あとビーストからは……」彼はふたたびセレーナを見あげ、にやりとした。「とにかく俺は、きみがびっくりするような知識を持っているんだ」

かちっという音があたりに響いた。エイデンは鍵を外してポケットに滑り込ませると、かんぬきに巻かれた鎖を解いて、脇へ置いた。それから立ち上がると、ヘアピン二本を上着のポケットへしまった。まっすぐにされ、もはや本来の役割を果たすことがなくなってしまったヘアピン。彼の手であのピンをふたたびわたしの髪に差し入れてもらう喜びが味わえないのは悲しい。でもその代わりに、エイデンの指先で髪を梳いてもらえたら……。

「あなたにはもうひとり、女きょうだいがいたわね。レディ・アスリンの結婚式で見かけたけれど、彼女と言葉を交わす機会がなかったの」

「ああ、ファンシーだ」

「彼女はあなたに何を教えてくれたの？」

「あいつは俺をいらいらさせるだけの、まだほんの子どもだ。ファンシーが生まれたとき、俺は十四歳だった。歳が離れすぎているせいで、あの子から何かを教えられたことはほとんどないんだ」エイデンはセレーナの手からランプを受け取り、腕を差し出した。セレーナはすぐにその腕を取った。「墓の場所はわかっているのかな?」

「ええ」自身の墓を購入した直後、ラシングはここを案内してくれた。だから彼が永眠している場所はわかっている。「墓地に入って最初の通路を右に曲がるの」

「きみの夫は死に備えていたようだな。自分がもう長くないことを知っていたのか?」セレーナをいざなって墓地を歩きながら、エイデンは尋ねた。

「いいえ。この冬に寒気がすると言い出して、それからどんどん咳がひどくなったの」医者からは、風邪をこじらせて肺炎になったのだと言われた。そして結局、息を吸うことができなくなったのだ。

「ラシングが自分の領地よりも公共墓地に埋葬を希望したことに、わたし自身驚いているの。領地には公爵家の壮大な霊廟があるから」石造りで、豪華な装飾がほどこされた立派な霊廟だ。「それなのに、夫はこのアビンドン・パークにある庭園のほうを選んだ。夫はお父様とずっとうまくいっていなかったの。十五歳で母親を亡くしたあと父親と激しい親子げんかをして、そのせいで父親から公爵という爵位を使うのを禁じられ、お小遣いも切り上げられて、事実上親子の縁を切ったも同然の状態だったそうよ。でも、いくら父親でも息子の遺産相続までは阻止できなかった。ラシングは正式な世継ぎだったから、法律によって彼の相続は守られたの。何もかも、キットリッジ子爵の尽力のおかげでね。キットの父親は何年か前に他界していて、すでに彼は爵位も財産も受け継いでいた。だからラシングが亡き公爵から爵位と財産を完全に引き継ぐまでのあいだ、キットは自分の領地でラシングの面倒を見てくれていたんですって。少なくとも、わたしはそう聞かされているわ。そういうごたごたが起きていた頃、まだほんの子どもだったから何も覚えていないの。ラシングはわたしより十二歳も年上だったから」

「暗くてよく見えないが、ここは落ち着いたいい場所のようだね」

「ええ、本当に。近頃はやたらと死に憧れを抱いている人たちが多いけれど、ラシングもまさにそのひとりだった。でもわたしには、そういう考え方が不健全に思えるの。今朝は、棺に眠るラシングの写真を撮影するために写真家がやってきた。夫は亡くなる前にそういう手配をしていたに違いないわ。だけど彼の亡骸（なきがら）の写真がどうして必要なのか、わたしには理解できない」

「写真家に写真を撮ってもらう金がない者たちもいる。家族にとって、死者を撮影するのは、その人物の写真を残すたった一度の、しかも最後のチャンスなんだ」

「でもラシングにとってお金は問題じゃなかったし、たった一度のチャンスでもなかったわ。これまで何度もラシングは写真を撮影してもらっていたもの。死にまつわる記念品なんて、わたしにはいいとは思えない。キットリッジ卿（きょう）から、ラシングの遺髪を少しもらえないかと尋ねられたわ。故人の毛髪を編んで懐中時計なんかにつける慣習があるのは知っているけれど、わたし自身はそういったものを身につけたいとは思えないの。さあ、こっちよ」

ふたりは道を曲がってそのまま進み、周囲を柳の木に囲まれた小さな池へたどり着いた。柳の枝が細い蜘蛛の糸のように垂れ下がっている。昼間は心なごむ美しい光景に見えたが、こうして夜にやってくると神秘的な雰囲気が感じられ、精霊たちがふわふわと漂う姿がありありと思い浮かんでくる。セレーナはエイデンの腕にかけた指先に思わず力を込めた。力強い腕の感触が伝わってきて、ほっと胸を撫でおろす。

ほほ笑みながらセレーナは言った。「もしわたしがこんなに鮮やかな色のドレスを着ているのを見たら、ラシングはびっくり仰天してお墓のなかで起き上がるに違いないわ」

「いや、むしろ彼はきみの美しさを目の当たりにして、嬉しく思うはずだ」

セレーナは顔を上げてちらりとエイデンを見た。彼がそばにいてくれると本当に安心できる。仮にお化けが取りつこうとしても、エイデンならば、本来いるべき場所へすぐに彼らを送り返せるだろう。つくづく不思議だ。まだ知り合ってから数日しか経っていない相手なのに、これほど身近に思えるなんて。でもあれほど親密な行為を分かち合ったのだから、当然と言えば当然なのかもしれない。エイデンはわたしの太もものあいだの痛いほどのうずきを、あんなに見事に和らげてくれたのだから。あれ以上の慰めがあるだろうか？

「あなたは夫に会ったことがある？　あなたが所有するもう一つのクラブに、ラシングがやってきたことはあったのかしら？」

「もし来店したとしても、彼は本名も本当の爵位も名乗らなかっただろう。ただ、俺は相手が隠していることを探り出すのが得意だ。覚えがないということは、きみの夫は俺のクラブには一度もやってこなかったんだろう」

セレーナは突然息苦しくなった。もしもエイデンに、わたしが隠している事情や本当の目的を探り出されたら？　もし真実を知ったら、エイデンは激怒するだろうか？　それとも気にも留めないのだろうか？


「さあ、ここよ」

エイデンが見守るなか、セレーナは盛り土の前にひざまずいた。積み上げられた土の山は花々で覆われている。

「今日は涙が一滴も出なかったの。夫のための涙はすべて、昨夜流したから」彼女はひっそりと言った。

エイデンは彼女の隣にひざまずき、片方の太ももの上に腕を軽くのせた。

ああ、本当に不思議な気分だ。こうして墓地で過ごし、意外にも心が慰められている事実を言っているのではない。これまで女と過ごすときは常に笑いや楽しさ、喜びを求めてきた。だが今夜はセレーナのせいで、そんな表面的な楽しみの下に隠された、はるかに奥深い世界を直視させられている。

「きみの夫はばかでかい墓石の下に眠っているのかと思っていたよ」

「いずれ、そうなるわ。墓石には巨大な天使が彫刻されて、その天使が彼を――わたしたちを見おろすことになるの。ただ牧師様がおっしゃるには、墓石を設置するのは一年待つのがいちばんなんですって。埋葬によって乱された大地を鎮めるには、それくらいの時間が必要だそうよ」

大地のことなどどうでもいい。だがエイデンは、セレーナの言葉の何かに引っかかった。

「わたしたち、と言ったね？」

「ええ、そうよ。ラシングは自分の隣の区画も購入しているの。ちょうど彼の左側よ。わたしが彼の心臓側に埋葬されるようにって」

「そうなるまでには、かなりの歳月が必要だろうな」

セレーナはエイデンに小さな笑みを向けた。「そうであることを祈るわ」

彼女を失う。そう考えただけで、エイデンの胸はふいに苦しくなった。

セレーナが自分のものであるかのように考えるなんて――心のなかで非難するような声がした。彼女とはあくまで楽しむだけの関係。セレーナが俺に飽きるか、あるいは俺が彼女に飽きるかまでのつき合いだ。それなのに、世の中でいちばん楽しさとはかけ離れた場所にいるにもかかわらず、セレーナをどうやってふたたび悦ばせようかと考えることもなく、彼女を慰められる最善の方法は何かをひたすら考え続けている。セレーナがこの小さな冒険旅行へ俺と一緒に出かけたいと思ってくれたことに感謝したい気分だ。

「きみはどうして彼と結婚したんだ？」

セレーナはかすかな笑みを浮かべた。あたりを漂い始めた霧と同じくらいひっそりとした笑みだ。「もちろんラシングのことは知っていたわ。でも名前と評判だけ。それも、彼の一族の領地であるシェフィールド・ホールの鼻つまみ者、というよくない評判よ。わたしは十七歳のとき、女王に謁見して初めての社交シーズンを迎えたの」

「十七歳とは、ずいぶん若いように思えるが」

「こうして話していると、あなたがわたしと同じ世界の人ではないことをつい忘れてしまう。きっと、その洗練された話し方や着こなしのせいね。あなたが貴族の細かなしきたりを知らないのは当然だわ。女王に謁見する年齢は、特に決められているわけではないの。それぞれの両親から、知性と成熟を兼ね備えた立派な大人だと認められたら何歳でもいいのよ。友人のなかには、わずか十四歳で女王に謁見した人もいるわ」セレーナは少しためらってから言葉を継いだ。「わたしの場合、父がどうしても結婚させたがっていたの。財政状況が逼迫していたから。当時の父は領地を維持するのに四苦八苦していて、もしわたしがすぐに結婚しなければ、花嫁持参金として用意していた小さな領地を売却せざるを得ないところまで追い込まれていた。父からははっきりと言われたわ。おまえは結婚相手として、とびきり気前のいい大金持ちに狙いを定める必要があるって。ゴシップ紙がわたしのことを〝このシーズンにデビューしたなかで最も美しいレディ〟と書き立てたせいで、わたしはより簡単にお金持ちに狙いを定められるようになったの」墓をじっと見つめたままの横顔に寂しそうな影が差す。

「俺がきみの美しさを褒めても、あまり嬉しそうじゃなかったのはそのせいなんだね」

セレーナはゆっくりと顔の向きを変え、エイデンを見つめた。「今のわたしは顔だけの女じゃない。でも十七歳だったときは、それがわたしのすべてだった。運命としか言いようがないけれど、わたしがデビューした年はちょうど、その二年前に父親を亡くしたラシングが公爵となり、妻をめとろうと決意したのと同じ年だったの。彼は二十九歳。大金持ちのラシングは、そのシーズン最高の結婚相手ともっぱらの評判になったわ。わたしが社交界デビューをした舞踏会場に到着するとすぐに、主催者のエインズリー公爵夫人が彼を紹介してくれた。ラシングはわたしに最初のワルツを申し込んで、ダンスの最中、こんなふうに打ち明けてくれたの。〝きみにダンスを申し込んだのは、そうすればちょっと面白いことが起きると考えたからだ。きみも僕も今シーズンの目玉だと考えられている。そのふたりがこうして踊れば、貴族たちのあいだではその噂でもちきりになるに違いない〟って。同時にラシングは、わたしにとても惹かれていて、自分でもそのことに驚いていると も打ち明けてくれたわ。その晩、彼はほかの誰とも踊ろうとしなかった。だから当然、貴族たちのあいだではその噂でもちきりになったのよ」

エイデンの心が重くなった。服喪期間を終えたら、セレーナはまた舞踏会に出席するようになり、ほかの男たちとダンスをして、その男から好意を打ち明けられることになるのだろう。「それできみは彼にぞっこんになったんだね」

「当時のわたしの気持ちを表現するのに、それは大げさすぎる言葉だわ。もちろんラシングのことは好きだった。親切だし、笑顔が優しかったから。その舞踏会の翌朝、彼はお花を贈ってくれたの。そして次の日の午後は、自分の馬車で公園へ連れていってくれた。やがてわたしの父はラシングと言葉を交わすようになり、そうなってからすぐに彼は結婚を申し込んできたの」

「それできみは彼の申し出を受けたんだね」

「いいえ、彼には少し考えさせてほしいと答えたわ。求婚されたのは、社交シーズンが始まってすぐの五月のことだったから。当時、わたしはほかの殿方たちからも注目を浴びていて、舞踏会が終わるたびに室内履きを二足も履きつぶしていたほどだったの。本当に楽しい時間を過ごしていたけれど、婚約が発表されれば、すぐ殿方から注目されなくなるのはよくわかっていた。わたしがラシングの求婚をすぐに受けなかったのを知って、父はものすごく怒り、わたしと妹たちの荷造りをさせて、郊外の領地へ戻ったの。父からしてみれば罰を与えたかったんでしょうね。あらゆる楽しいことからわたしを遠ざけて、ラシングの求婚に対する答えをもう一度考え直させ、社交シーズンはお遊びではなく結婚相手を見つけるという目的を果たすためのものだと思い出させようとしたの。二週間後、父と母はその領地で亡くなったわ」

　エイデンは、セレーナの声に紛れもない罪悪感を聞き取った。「ご両親の死はきみのせいじゃない」

「もしあのとき、わたしがラシングの求婚にイエスと答えていたら、わたしたちはそのままロンドンに滞在していたはずだったのに」

「だが実際には、それまで以上に、きみは金持ちの公爵を必要とすることになったんだね」

「ええ。わたしからラシングに使いの者を送ったわけではないのに、彼はわざわざうちの領地へやってきてくれたの。当時兄のウィンスローはまだロンドンに滞在していて、使いの者を通じて両親の身に起きたことを知らせたわ。きっと兄は領地へ戻る前に周囲にその話をして、ラシングもそれを聞いたのね。兄が領地へ戻った数時間後には、ラシングも駆けつけてくれたわ。当時兄はまだ十九歳で、伯爵領を継ぐ心の準備なんてこれっぽっちもできていなかった。そんな状態のなか、ラシングはみずからあらゆる手配を整えてくれたの。事務弁護士や牧師、葬儀屋と話し合って、葬儀のすべてをお膳立てしてくれた。わたしは彼の求婚にあいまいな返事しかしていなかったのに、それでもラシングはわたしを守ろうとしてくれた。そんな彼のことがさらに好きになったわ。それで告げたの。もしわたしの服喪期間が終わるまで待つ気があるなら、あなたと結婚しますって。ラシングは待ってくれた。だから翌年の五月、わたしの両親が亡くなった日からちょうど一年後に結婚したの」

「彼はとてもいいやつ（ブローク）だったんだな」

セレーナはまたかすかな笑いを浮かべた。「今までやつ（ブローク）と呼ばれたことがあるかどうかわからないけれど、ええ、ラシングはとても善良な人だったわ」彼女はふたたび墓に注意を戻した。「ラシングはもっといい妻を持って当然の人だった。自分が死んでわずか三日後にあなたのクラブを訪れるような妻なんかよりもね。自分でも何を考えていたのかわからない。どうしてあんなことをしてしまったのか」

エイデンにしてみれば、セレーナが〈エリュシオン〉を訪れたのは幸運そのものだ。彼女にもその決断を後悔してほしくないし、この先クラブを避けるようなことはしないでほしい。「今、夜は誰が一緒にいてくれるんだ？」

「妹たちよ。ラシングは結婚した当初から、わたしたち姉妹が一緒に住むことに反対しなかったの。結婚前と比べると、彼の屋敷をはるかにきちんと整えられるようになったのは妹たちのおかげよ。わたしは元々屋敷を切り盛りするための教育を受けていたし、妹たちの扱いもうまかったから、いろいろな片づけを手伝わせたわ。それに比べると、兄のウィンスローは妹たちの扱いがとてもへたなの。まだ独身のせいかもしれない。それか、はたちになる前に伯爵になったから、人を動かすことに不慣れなのかも。とにかく、今は妹たちがいてくれるのが本当にありがたいけれど、彼女たちも夜九時になったら寝室へ引き上げていく。そのあと、屋敷は本当にしんと静まり返るの」

「だから、慰めを求めて〈エリュシオン〉へやってきたんだね」最初セレーナはセックスを求めていると話していたが、それだけではなかったのだ。

「ええ、あなたは本当のことを知る権利があるわね。ラシングとわたしの夜の行為そのものには……情熱が欠けていたかもしれない。でもその行為のあと、夫と過ごした時間は楽しい思い出として心に残っているの。ラシングがわたしを抱きしめたまま、ふたりして低い声でたわいもないおしゃべりをしたものよ。子どもの頃の夢だとか、がっかりしたことだとか、ものすごく幸せだったこととか。一緒に出かけた旅行の楽しい思い出話をしたり、次はどこへ行こうかと計画を練ったりもした。ただ、ラシングがわたしの寝室に長居をしたことは一度もない。三十分かそこらで自分の寝室へ戻っていたわ。どんなひとときよりもラシングと親密さをわかち合えたように感じられたのに、夫が寝室から立ち去るときはいつも悲しくて寂しかった。でも彼に、このままずっとそばにいてほしいと言う勇気は出せなかったわ。結婚って本当に奇妙なものなのよ、ミスター・トゥルーラヴ」

「話を聞いていると、彼がきみに不満があったとは思えない。家の外に慰めを見いだしたりもしなかったんだろうね」

「あなたの考えが正しいことを願うわ。とにかくわたしはラシングをがっかりさせたくない一心だった」セレーナは顔を上げてため息をついた。「彼が安らかに眠ってくれていればいいのだけれど」

「心配になる理由でもあるのか？」

彼女はゆっくりと、物憂げにかぶりを振った。「ラシングは本当にいい人で、みんなから好かれていた。今日の午後も、屋敷は弔問客でいっぱいになったわ。それなのに、わたしはひとりになりたくてたまらなかったの」

「俺も少しどこかを歩いてこようか？」

セレーナはわずかに体をずらし、エイデンのほうへ顔を向けた。「いいえ。あなたといると、心がこのうえなく慰められるの。どうしてかしら。あなたとは知り合ってまだ数日しか経っていないのに、何年も前から知っている人たちと一緒にいるよりも心が慰められるなんて」

「きっと知り合ったばかりだからだろう。出会ってからわずかしか経っていないせいで、俺たちのあいだにはややこしい問題なんて何もないからね」

「いいえ、それ以上の何かを感じるの。でもうまく説明できない。あなたの姿を初めて見た瞬間から、心のどこかで、あなたとは気が合うはずだってわかっていた」セレーナは短い笑い声をあげた。どこか乾いた笑い声が、あたりを漂い始めた灰色の霧に溶け込んでいく。「それでも、わたしたちの関係はこれ以上変わりようがないのよね」

エイデンは一目ぼれなどというものは信じていない。だが認めざるを得なかった。セレーナがクラブに入ってきたときから、心惹かれずにはいられない。しかも彼女がどんな容姿なのか、どこの何者なのかわからなかったにもかかわらずだ。エイデンは手を伸ばし、セレーナの頬を指でたどると、小さな顎を手のひらで包み込んだ。ふたりのあいだに炎のような何かが燃えている。だがセレーナは正しい。ふたりは何もかもがあまりに違いすぎる。楽しいひとときを一緒に過ごすことより先に、関係が進むことはありえない。

「霧が濃くなってきた。きみの体を冷やすわけにはいかない。風邪をひいてしまう」

「本当だわ。一緒に来てくれてありがとう」

「きみが俺を必要としているときは、いつだって駆けつける」エイデンは無意識のうちにそう答えていた。とはいえ、これは本気の言葉だ。少なくとも今は——ふたりが別々の道を歩むようになるまでは。そう、別れのときは必ずやってくるだろう。俺の仕事は、妻にとっても子どもにとっても誇れるものではない。くそっ、なぜ突然〝妻〟や〝子ども〟などと考えたんだ？　男兄弟のうちふたりは結婚したが、俺は結婚には向いていない。ひとりの相手に誠実であり続けなければいけない結婚生活は、どうにも窮屈すぎる。

一瞬でも家族や結婚などということを考えた自分にいらだちながら、エイデンは立ち上がり、セレーナに手を貸した。それから片手でランプを掲げ、もう片方の手をほっそりした背中に置くと、元来た道を戻り始めた。

最初はここが思いのほか心安らぐ場所だと思っていたのに、今は落ち着かない気分だ。こうして死というものに向き合うことで、自分の人生について考えるようになるせいだろう。呼吸をしているあいだにどんな生き方をするのか、どうしても自分に問わずにはいられない。俺はこれまでとまったく違う道を歩き始めるつもりはないし、そうしたいとも思わない。認めるのは悔しいが、俺はあの父親の息子だ。どうあがいても、その事実は変えようがない。だからこそ俺は心の奥底で、自分を律するためのルールを必要としているのだ。

馬車に戻るとエイデンは隣に座り、力強い片手でセレーナの両手を包み込むと、自分の太ももの上にのせた。あまりに親密すぎるしぐさだ。でもそうされても、異を唱えなかった。エイデンが御者にわたしの屋敷へ戻るよう告げ、無事に送り届けたら自分はひとりでクラブへ戻ると言ったときもだ。エイデンはすでにわたしが何者か知っている。屋敷の場所を知られても問題はない。そうでしょう？　たとえ秘密にしても、知り合いに尋ねれば、ロンドンにあるラシング公爵の屋敷の場所などすぐにわかる。エイデンならば、ふたりのあいだに越えられない境界線があることをちゃんと理解しているだろう。その境界線を踏み越えてまで、わたしを訪ねてきたりしないはずだ。わたしたちふたりの関係は、あくまで夜の闇に紛れた限定的なもの。ふたりが会えるのは、わたしが彼のクラブを訪れたときだけ。

この関係の主導権は、わたしが握り続けている必要がある。エイデンに体を支配され、悦びを与えられる瞬間だけは例外だけれど。

エイデンは黙ったままだが、それがなんとも心地よかった。よく通る声もすてきだけれど、彼の場合、こうして一緒にいても沈黙を埋める必要を感じない。エイデンはごく軽く触れるだけで、こちらに多くのものを感じさせてくれる。昨夜、エイデンはわたしの世界を粉々に打ち砕いたのに、今夜はその砕け散った世界を見事に戻してくれた。

「なぜ賭博場だったの？」とうとうセレーナは尋ねた。「あなたが数字や確率の計算が好きなのはわかったわ。だけど実際に賭博場を開いて、その仕事の世界に足を踏み入れようと決心するには、もっといろいろな理由があったはずよ」

「道徳に反すると見なされる商売のほうが儲かるものだ。しかもあっという間に金を稼げる。俺は商売で成功して金持ちになり、父親を見返してやりたかったんだ」

エイデンが自分から口にしたことのない父親の話をしたことに、セレーナは驚いた。今夜はお互いに秘密を打ち明け合うための夜なのかもしれない。「彼はあなたが成功したことを知っているの？」

「ああ、知っている。俺はやつに、息子が一目置かれる男だということを気づかせたかったんだ。あいつの世界であいつが振るっているよりも、俺のほうが俺の世界で強大な力を振るっていることをね」

「あなたの父親は誰なの？」セレーナは祈るような気持ちで尋ねた。どうか今回はエイデンが答えてくれますように。もし子どもを授かるのなら、その子の血筋を知っておきたい。

「取るに足らない貴族だ。あいつの話などすべきじゃなかった」

「小さな頃から路地裏の世界で生きていくのは大変だったんでしょうね」

「ああ。だが俺には兄弟とジリーがいてくれた。俺たちはいつも一緒だったし、ずっと助け合って生きてきたんだ。それに母さんはほうきを持たせると最強だった。誰かが俺たちを追いかけてきたら、ほうきを手にして逆にそいつらを追いかけ回していた。ほうきを持ったエティ・トゥルーラヴと対決したがるやつはひとりもいなかったんだ」

セレーナはほほ笑みながら思った。少年の頃のエイデンを見てみたかった。

屋敷へ到着すると、エイデンは当然のごとく馬車から飛びおり、セレーナが馬車からおりる手助けをして、どっしりとしたアーチ型の出入り口へ通じる階段をのぼった。そしてレティキュールから取り出した鍵を受け取ると、正面玄関を開け、扉をわずかに開けたまま真鍮（しんちゅう）の鍵をこちらへ返した。

エイデンを屋敷へ招こうか？　一瞬そう考えたが、妹たちに彼のことをどう説明したらいいのかわからない。それに兄が自宅ではなく、この屋敷でうろうろしている可能性もある。

だから振り返ってエイデンにこう告げるだけにした。「今夜はつき合ってくれてありがとう。うちの御者にあなたのクラブまで送らせるわ」

「いや、歩いて戻れる」

「かなり距離があるわ」

「だったら、どこかでハンサム馬車を拾うよ。心配しなくていい。明日はクラブに来てくれるかな？」

セレーナはあたりが薄暗いのに感謝したい気分だった。今、わたしの頬は真っ赤に染まっているはずだ。突然体が熱くなったのがいい証拠だろう。薄暗がりのせいで、赤面した顔をエイデンに見られないのがありがたい。「気分が晴れたら」

「俺がこれ以上ないほど気分を晴らしてあげるよ。実は今夜、きみのために特別なことを計画していたんだ。だがまた今度にする」エイデンはセレーナの顎の下に人差し指をかけ、親指を唇に滑らせた。「じゃあまた明日」

こちらが何か答える前に、エイデンは大股で歩き去った。キスをしてくれるかと思っていたのに。どうして彼はいつも、わたしの心をかき立てるだけかき立てて立ち去ってしまうの？　それも、これ以上ないほど満ち足りた気分にさせたあとに。

11

「ハートフォードシャーにある不動産は、寡婦になったあなたの住居として指定されています。すなわち、あなたが所有する、あなた名義の不動産になります。ただしあなたの死まで売却したり譲渡したりすることはできません。当然ながら、あなたが再婚された場合は、あなたの新たな夫が所有することになります。くわえて、あなたの亡き夫はキットリッジ卿（きょう）監督のもとに、あなたのための信託預金をしています。年間二千ポンドの利子を生む計算になります」

ラシングの気前のよさに驚きながら、セレーナは事務弁護士ミスター・ベックウィズを見つめた。図書室のなか、彼は公爵の机の後ろに座り、亡き夫の遺言書のなかでも最も重要な部分を読み終えたところだった。弁護士はこちらが感謝の涙を流すのを期待しているに違いない。あるいは――。

「なぜ監督役が僕じゃなくてキットリッジなんだ？」兄ウィンスローが不満もあらわに言った。「その信託をなぜ彼が監督しなければならない？」

公爵の机の前には、教室に集まった生徒たちのようにウィンスロー、セレーナ、キットリッジ、そしてセレーナの妹たちが座っている。キットはセレーナを一瞥(いちべつ)すると、片方の眉を意味ありげにつり上げた。もちろんセレーナと同じく、彼もその理由を知っている。子爵は金に困っていないが、ウィンスローは困っているからだ。ラシングは、ウィンスローが妻の遺産の取り分をわがものにし、私腹を肥やすのではないかと恐れていたのだろう。だからこそ、常に全幅の信頼を置いていたキットに監督役を頼んだのだ。思えば、ラシングとキットはいつも夜遅くまで話したり、笑ったり、一緒にいる時間を楽しんでいたものだ。それに何か重大な決断をしなければならない段になると、ラシングはきまってセレーナにこう言った。〝この件についてはキットの意見を聞かなくてはならない〟そのたびに、妻よりも友人の意見を重んじようとするラシングにがっかりしたものだ。とはいえ、殿方が女性よりも自分以外の男性の意見のほうを信頼しようとするのは珍しいことではない。妻である自分の意見が求められないことに、セレーナは幾度となく傷ついてきたけれど。

「それがいちばんだとラシングが考えたからよ」セレーナは兄の問いかけにそっけなく答えた。傷ついたプライドを回復するような答えを考え出す気にもなれない。

「だがじゅうぶんな金額とは言えない」兄は苦々しい表情で言った。

たしかに気前のいい金額ではあるが、妹たちのために花嫁持参金を用意したり、兄ウィンスローが所有する荒れ果てた領地を回復させたりするにはまるで足らない。「ミスター・ベックウィズ、そのほかには何か書かれていないの？」

「はい、書かれています、公爵夫人」彼は遺言書に視線を落として読み上げた。「いつも親友でいてくれたキットリッジ卿へ、わたしが所有するサラブレッドと猟犬すべてを託す」

「売り払うことだってできたのに」ウィンスローは不満げにつぶやいた。

「だからこそ夫はキットに託したのよ」セレーナはぴしゃりと言った。「彼はサラブレッドも猟犬も、絶対に可愛（かわい）がってくれる相手に託したかったんだわ」

「心配しないでほしい」キットが口を開いた。「きみの乗っている牝馬（ひんば）は、きみのために残しておく。ラシングだって、あの馬まで取り上げてはほしくないはずだ」

結婚後すぐにラシングは白いアラブ種を贈ってくれて、セレーナは今でもその馬を大切にしていた。「ありがとう」ふたたび事務弁護士に注意を戻す。「それ以外にも何か書いてあるかしら？」

「もうお気づきとは思いますが、数世紀前に合意に達して以来、限嗣（げんし）不動産にまつわる条文は何も変わっておりません。その結果、公爵の不動産――寡婦の相続分を除いたすべての不動産――と収入は、法的に認められた嫡出子である男性が相続することになります。もしそういう方が存在しない場合は、初代公爵まできちんと血統をさかのぼれる女性が引き継ぐことになります。ただ不幸にも、シェフィールド家は疾患にかかりやすい傾向にあり、結果的に多くの方々が早死にされています。事故のせいで亡くなられた方たちもいますが、一族の生死にまつわる記録は非常によく整理されており、それらすべての証拠から、あなたのご主人がこの一族最後の末裔であることが明らかになっています。男子または女子の相続人がいない場合、限嗣不動産は英国大蔵省のものとなり、どのように分配されるかを女王が決定されます。それらがあなたに与えられるよう訴えることもできますが、正直に言えば——」事務弁護士は重々しいため息をついた。「——公爵の領地が非常に広大である事実を踏まえると、あなたが彼の血縁ではなく、またそのような訴えが認められるほど婚姻期間が長期にわたっていない以上、望ましい結果が出ることはまずありえないと思われます」

「ラシングも同じ意見だったわ」亡き夫は、妻のためにさらに何か手を打たなければと話していたものだ。だが結局、そんなことをする時間を持てないまま亡くなった。明らかに、自分にはもっと生きる時間が残されていると考えていたに違いない。

「詳細な記録により、男子相続人の不在がはっきりと証明されている以上、爵位は消滅することになるでしょう。ただし、あなたはラシング公爵夫人というご自分の爵位を維持することになります。ここで不作法なことはお尋ねしたくないのですが、公爵夫人、この数カ月以内に世継ぎが誕生する可能性はありますでしょうか？」

セレーナは頭のなかですばやく計算をした。一年に二千ポンドは大金だ。自分ひとりならば余裕を持って暮らしていけるだろう。ただし、それをセレーナ自身と妹たちで分けるとなると――ため息が出た。ひとりにつき年五百ポンドでは、妹たちにふさわしい花嫁持参金を用意してやることができない。自身が所有する屋敷や使用人たち、馬、馬車を維持していくのさえふじゅうぶんな金額だ。ましてや兄ウィンスローを援助する余裕などあるはずがない。この厳しい現実を変えるためには、やはり思いきった手段に訴えるしかないだろう。

セレーナはその場にいる誰もが息をのんでいるのを感じ取った。室内の空気が緊張で張りつめている。みんながじりじりとこちらの答えを待っているのだ。わたしの嘘を。自分の墓場まで持っていかなければならない言葉を。

「ええ、あるわ」

「それではその旨を、英国女王と紋章院に伝えておきます」

「ベックウィズに世継ぎの可能性について尋ねられたら、きみはややためらったものの、二日前に僕とふたりきりで話したときより自信を持って発言したように見えた」庭園をそぞろ歩きながら、キットは言った。

「彼に少しでも疑いを持たれたくなかったからよ」本当にラシングの血を引く子どもかという疑いを。「でも願いは実現しないかもしれないわ。前にも赤ちゃんができたと思ったのに、結局そうではなくてがっかりしたことが何度かあったの。だから正式な発表はもう少し待ちたいわ」

「ベックウィズは口が堅いことで有名だ。それに僕も期待しているんだ。小さなアーサーがこの世に生まれてきてくれたら、それほどすばらしいことはない」

セレーナは胃がきりきりするのを感じた。もしも生まれてきた子どもが亡き父の血を引いていないのではないかと疑う者がいるとすれば、それはキットだ。

「生きていればアーサーは本当にいい父親になったと思うんだ」キットは言葉を継いだ。「彼自身の父親よりもはるかに愛情深い親になったはず。だからこそ僕は、きみが妊娠していることを心から祈り続けることにするよ。あのシェフィールド・ホールが売りに出されるなんて残念すぎる」

「もし妊娠がわたしの勘違いだったら、あなたがシェフィールド・ホールを買い取って」

キットは短い笑い声を立てた。「いや、僕の手など届かない法外な値段がつくはずだ」

そしてセレーナをちらりと見ると、笑みを浮かべた。「きみが手を加えて、前よりもはるかにすてきな場所にしたからね」

「ラシングのおかげよ。信じられないほど気前がいい人だったから」

だがセレーナの父親は違った。四人いる娘のうち、長女のためにしか花嫁持参金を蓄えていなかった。しかもかなり控えめな金額だ。それと、わずかな土地に建つ小さな家だけ。

なんの収入も生み出さないその土地に建つ家こそ、セレーナがこれから暮らす寡婦用住宅なのだ。きっと父は、金銭面での問題を解決するには時間がまだじゅうぶん残されていると考えていたのだろう。長女が結婚した相手の男性の助けを借りて、ほかの娘たちへじゅうぶんな花嫁持参金を用意しようという心づもりだったに違いない。ウィンスローの手に渡ってから、キャンバリーの土地から得られる収入は、父の代よりもさらに減ってしまっている。昨今では借地人たちが大都市へ移って工場で働くようになり、そのうえ、国内で栽培するよりも安価な輸入穀物が出回っている。ラシングでさえ、収入が減っていると嘆いていたものだ。

「これからどうやって過ごすんだい？」キットが尋ねる。

「どうにかやっていくと思うわ。夫のことを恋しく思いながら」

「僕も一緒だ」

セレーナはキットが腕につけている黒い喪章にそっと触れた。「葬儀の手続きを何から何まで済ませてくれて本当にありがとう」

「いや、任せてくれて光栄だったよ」

「昨日の午前中、写真家が棺（ひつぎ）に眠るラシングを撮影したけれど……あんな姿の彼は思い出したくない。よければ、あの写真をもらってくれないかしら？」

「ああ、もしきみさえよければ」

「もちろんよ。正直に言えば、とてもほっとしたわ。夫にとってはあの写真を撮影するのが重要なことだったとわかっているし、だからこそ、あの写真があなたの手に渡っても夫ががっかりするとは思えないから」セレーナはキットの腕を軽くつかんだ。「あなたのことも恋しいわ。これまであんなに何度も夕食を一緒に食べたんだもの。どうか夫が亡くなっても疎遠にならないでね」

「彼の死をもう少しふたりで悲しむために、きみに厄介がられるほどここを訪れるかもしれないよ」

セレーナは優しくほほ笑んだ。「楽しみにしているわ」

「ロンドンにはどれくらい滞在する予定なんだい？」

すべてはエイデン・トゥルーラヴしだいだ。「あと数週間はいようと思っているの」

「もしきみに異存がなければ、アーサーの領地に行って猟犬たちを引き取りたい。だが馬たちはそのままにしておいていいかな？　せめて領地の運命がはっきりと決まるまで」

「そうしてくれると本当に助かるわ。ふたごの妹たちは乗馬が大好きだし、すべてがきちんとするまで妹たちはわたしと一緒に過ごす予定だから」

「ここでこんなことを言うのは不謹慎かもしれないが、セレーナ、きみはまだ若い。二年というのはあまりに長すぎる。ラシングは死にまつわる儀式にこだわってはいたが、長々と続く服喪期間を認めてはいなかった。たとえ服喪期間を厳守しなかったとしても、ラシングはきみを責めたりしないだろう」

ああ、キットの言葉を聞いて心が慰められたらいいのに。でもどうしても考えてしまう。喪に服する期間をきっちり守らないことは気にしなかったとしても、今からわたしがしようとしていることを知れば、ラシングはわたしを非難するのではないだろうか？

「今後うちの娘を出入り禁止にしてちょうだい。この……罪深い場所へは」

手に負えない娘のことで、こうしてエイデンの執務室へ母親がどなり込んでくるのは初めてではない。だが何も、セレーナがクラブに姿を現す時間を狙ったようにやってこなくてもいいのに。これまでを考えると、そろそろその時間だ。

「レディ・フォンテーヌ、ここでお嬢さんがしているのは、ほかの場所ではできない冒険だ。ただ少なくともここでは、お嬢さんが安心して冒険できる安全な環境を提供している」

「安心して冒険？　いいえ、わたしが責めているのはあなたの恥知らずな冒険よ」

「俺は客に手を出すようなまねはしない」そんなことをすれば、散弾銃を手にした父親が特別結婚許可証を振りかざしてどなり込んでくるだろう。だがここにやってくるのは、激しい怒りに呼吸を荒くして唇を引き結び、顔を紅潮させている母親たちだ。今エイデンの目の前に座っている女性のように。

レディ・フォンテーヌはレティキュールのなかから小さな革綴じの日記帳を取り出すと、机に叩きつけた。「あなたの言い分が間違っているという動かぬ証拠よ。あの娘はあなたにちょっかいを出されたことを、逐一この日記に書き綴っているんだから」

「お嬢さんは自分の意思で、あなたにこの日記を手渡したのか？」

レディ・フォンテーヌは憤ったように両肩を震わせたが、視線を避けるように目をそらした。「いいえ、あの娘が私物を隠してある秘密の引き出しからわたしが見つけ出したの」

それでは秘密の引き出しでもなんでもない。「そこにはなんと書かれている？　俺があなたの感情を害するような、どんなことをしたと？」

レディ・フォンテーヌは日記帳を開けると、紫色のリボンで印をつけていたページを開いて読み上げた。「〝今夜、A・Tから瞳の色を褒められた。その水色は、太陽が傾いて午後から夕方へ向かう空の色を思い出させると言ってくれた〟なんというたわごとを！」

そんな歯の浮くような言葉をこの俺が口にするとは思えない。きっと、そのレディにきれいな目をしていると言っただけなのだろう。だが誰でも想像を膨らませる権利はある。彼女は俺の言葉を聞き、自分なりの解釈を日記に書いたに違いない。俺も自分なりに膨らませた想像を、キャンバスに描くことがある。椅子の背にもたれ、肘かけの上で頬杖を突いて尋ねた。「なぜそれがたわごとなんだろう？」

「ミスター・トゥルーラヴ、娘の器量は十人並みよ。それなのに、あなたはそんなあの子に希望を持たせてしまった」

「なぜ彼女が希望を持ってはいけないんだ？」

「昨年の社交シーズン、娘にダンスを申し込んだ殿方はほとんどいなかったわ。あと少しで今年のシーズンが本格的に始まり、あの子はまた壁の花になる。厳しい現実を前にしてもっと傷つくことになるのよ。なまじ、この店であなたに希望を持たせられ、本当の自分を忘れてしまったせいでね」

「別な言い方をすれば、この店のなかにいれば、彼女は傷つかない。心ゆくまでダンスをすることができるのだから」

「それに心ゆくまで賭け事もできるし、お酒も飲めるしね」レディ・フォンテーヌは皮肉っぽく言うと、娘の日記をエイデンに振ってみせた。「あの娘はチェルート葉巻まで吸っているのよ！」

「あなたは吸ったことは？」

「もちろん、ないわ」

「試してみたい？」

レディ・フォンテーヌは目を見開き、口をあんぐりと開け、何度かぱくぱくさせた。まるで川岸に打ち上げられた魚のようだ。「もちろん、あるわけないでしょう」

先ほどに比べると、弱々しい返事だ。エイデンは机の上で両手を組み合わせた。こうしているあいだにも、時間は刻一刻と過ぎていく。セレーナがクラブにやってくる瞬間を逃すのではないかと心配だ。

「レディ・フォンテーヌ、こうするのはどうだろう？　俺の使用人にあなたを案内させ、このクラブをぐるっと見てもらう。もしあなたがどうしても許せないと感じる点があれば、今後あなたのお嬢さんがここへやってきても絶対に入場を禁じる、というのは？」エイデンは背後に手を伸ばし、呼び鈴を引っ張った。すぐに戸口にハンサムな若い男性が現れる。

「リチャード、レディ・フォンテーヌをお連れして店のなかを案内してくれ。癒しの部屋で、忘れずに彼女の脚をマッサージしてさしあげるように」

「知らない男性にマッサージさせるの？」レディ・フォンテーヌは憤懣やるかたない様子で尋ねた。

エイデンは階下にあるゲーム室へと向かうべく立ち上がり、彼女にウインクをした。

「信じてほしい。そうされてよかったと思うはずだ、絶対に」

12

　頭がどうにかなったとしか思えない。最後にセレーナと別れたその瞬間から、こうして一分一秒を数え上げ、いつなんどき彼女が姿を現すかもわからないのに、クラブの戸口に注意を向け続けているとは。夜十時近くになると、エイデンの緊張はにわかに高まった。セレーナはまだやってこない。彼女の屋敷の場所なら知っている。こちらから会いに行くこともできる。たとえセレーナの様子を確かめたいという以外に、訪問する理由が何もなかったとしてもだ。夫を亡くしたばかりだから、彼女がふさぎ込んでいてもおかしくはない。もしセレーナに会えたら、彼女を笑わせるような言葉をかけてあげたい。背負っている重荷をほんの少しでも軽くできるように。俺はきみのことを心から気にかけている、と伝えて――。

　エイデンはれんが壁に突然ぶつかったかのように、考えるのをぴたりとやめた。俺は彼女のことを心から気にかけてなどいない。セレーナは喜ばせるべき客だ。ふたたび店に戻ってくるようにして、このクラブで金を使わせなければならない。ただ今までのところ、彼女はどのテーブルにも金を落としてはいないが。つくづく思わずにはいられない。せめてセレーナを連れていくにふさわしい自宅があればいいのに。

今はこのクラブで寝泊まりしている。何かと便利だからだ。ここで暮らしていれば夜遅くまで仕事ができるし、翌朝も早く起きてすぐに仕事に取りかかれる。帳簿をつけたり顧客を増やすための方法を考えたりしているうちに、午前中などあっという間に過ぎ去っていく。俺の目標はただ一つ。可能なかぎり、金持ちになることだ。いや、ただ金持ちになるだけではない。どこからどう見ても成功すること。自分の生まれなどもはや関係がなくなるほど、周囲から尊敬されたい。

そう、ここにやってくるレディたちは、恥ずかしそうな表情を浮かべながら、エイデンに笑みを向け、話をする。でも、それは彼女たちがある種の反抗的な行為を求めて、このクラブへやってくるからだ。店の経営者である庶子を相手に戯れる以上に不道徳な行為があるだろうか？　でも、すべてはこのクラブのなかだけのこと。ひとたび外へ出ると、彼女たちは俺を冷たくあしらおうとするだろう。あっさりと切り捨て、無視し、くるりと背中を向けるはずだ。エイデンは、彼女たちの屋敷にある居間や舞踏室へ招かれたことが一度もない。彼女たちがつく夕食のテーブルに同席することも許されない。セレーナの屋敷で歓迎されることもだ。

彼女は俺の存在を、人生の影の部分として隠し続けるだろう。それはしゃくに障ることだが、彼女のすべてを自分のものにしたいという気持ちに変わりはない。ふたりがどんな関係かは百も承知だ。体のみの関係。セレーナは俺とベッドをともにするのを望んでいる。俺もそうだ。

それ以上のことは考えないほうがいい。

しかし、クラブの扉から優美な足取りでセレーナが姿を現したのを見て、無意識のうちに思い描いていた。仮面をつけないままの彼女がこのクラブへ入ってくる姿を。いや、エイデンが所有する大邸宅のあらゆる部屋へ――読書室やダイニングルーム、くつろいでいる居間、眠っている寝室へ足を踏み入れてくるセレーナの姿を。彼女が腕に手をかけて、ふたりで買い物や食事、観劇に出かけているところを。公園をそぞろ歩いたり、俺の馬車に乗ってドライブしたりするのもいい。もちろん、今は自分の馬車を所有してはいないが、想像するのはただだ。俺が所有する馬車にセレーナが乗っている姿がありありと思い浮かぶ――まったく、常軌を逸している。

エイデンは大股で彼女に近づいた。セレーナが温かな笑みを浮かべているのを見たとき、喜びが全身を駆け抜けた。今夜の彼女は悲しそうではない。何かに気を取られている様子も、別の場所へ行こうと突然言い出す様子もない。彼女は今夜ずっとここにいる。

セレーナの手を取ると、エイデンは彼女をいざなって玄関広間へ向かい、狭い廊下をまっすぐに進むと、突き当たった階段をためらうことなくのぼり始めた。

「どこへ行くつもり？」セレーナが尋ねる。

「ふたりきりになれる場所だ」

階段のてっぺんへたどり着くと、エイデンはセレーナをエスコートして短い通路を進んだ。通路の片側は階下にあるゲーム室に面している。その通路の突き当たりにある扉を開け、セレーナをなかへ入れると、扉を閉めた。これで完全にふたりきりだ。硬い木の扉に背中をもたせかけながら、セレーナが仮面のリボンをほどくのを見つめる。彼女は指先で仮面をもてあそびながら歩き出し、あたりの様子に目を走らせた。部屋にあるのはソファと暖炉前の数脚の椅子、それに背の低いテーブルだ。室内のあちこちには、さまざまなキャンドルが灯されている。

セレーナは窓辺にある、純白のリネンがかけられた丸テーブルの前で立ち止まった。テーブルにあるグラスにはすでに、ジリーの最高級のワインが注がれ、呼吸をしながらセレーナの到着を今か今かと待っていた。いろいろな種類のチーズとパン、それに——。

「イチゴね」セレーナは肩越しに少し振り返ると、いかにも嬉しそうな笑みを浮かべた。

「ものすごく高かったはずよ」

「きみはそれくらい価値のある女性だから」

彼女は完全に振り返った。「これが癒しの部屋なの？」

「違う」

セレーナは開かれた戸口へ向かい、隣接する部屋の様子をちらりと眺めた。無言のままだが、その部屋が寝室であるのに気づいたはずだ。通常よりも大きな四柱式ベッドが鎮座しているのだからなおさらだろう。

「ということは、赤いボタンの殿方たちがレディたちを連れてくる部屋？」

「違う」

セレーナはエイデンのほうへ向き直った。彼女の瞳に映っているのは、数えきれないほどの質問だ。あるいは、キャンドルの明かりのせいでそう見えているのかもしれない。エイデンは部屋を横切ってセレーナに近づくと、柔らかな頬に指先で触れた。「ここは俺が暮らしている部屋だ。女性を連れてきたことは一度もない」どういうわけか、セレーナにそう伝えるのが重要なことに思えた。

「どうしてここにわたしを？」

セレーナがほかの女たちとは違うからだ。彼女に触れられると、これまでにはない昂ぶりを覚えるからだ。それに、ここへ連れてきて、彼女の香りを思いきり吸い込んでみたかった。今後もこの部屋で椅子に座ったとき、彼女とのかけがえのない思い出を振り返りたい。自分のベッドに横たわったとき、俺の体の下で彼女の体がどれほど柔らかく感じられたか思い出したい。

「きみが俺とベッドをともにしたいと言ったからだ。そして、俺がそれ以上のものをきみに与えたいと考えたから。俺は今から本気できみを誘惑する」

「イチゴとワインで？」

「まず手始めにね」

　セレーナは両腕をエイデンの首に巻きつけ、体をぴたりと押しつけてきた。たちまち脚のあいだがこわばる。セレーナはいとも簡単に俺に影響を及ぼしてしまう。俺も彼女に対してそうであればいいのだが。

「あなたは最初からわたしを誘惑していたわ、エイデン・トゥルーラヴ。わたしがあなたのことしか考えられず、夢に見るのはあなただけになるくらいにね」セレーナが低い声で答える。蠱惑的な、かすれた声。

　つま先立ったセレーナから口づけられ、エイデンはたちまちわれを失って、心のなかで悪態をついた。これほどまで男心をそそる魅力の持ち主であるセレーナに。そしてそんな彼女になすすべもなく惹かれている自分自身にも。その瞬間、セレーナのために今夜計画していたすべてを放り出した。今、セレーナと俺はまさに同じ気持ちだ。互いに惹かれ合っている。だったら、なんのためにそんな計画など必要だろう？

　実際エイデンはセレーナのすべてを切望していた。人生でこれほど何かを、誰かを恋しく思ったのは初めてだ。しかも、引きつけられているのは美しさにではない。彼女の魂だ。セレーナは結婚の誓いをして以来けっして得ることがなかったものを、みずから探し求めようとしている。なんと勇気のある女だろう。彼女はためらいもせず、自分が求めているものをひたすら追いかけている。本来なら世間から離れているべき服喪期間であるのに、その慣習に逆らおうとしている。それだけ見ても、セレーナが強い女性であるのは明らかだ。

だがそのいっぽうで、セレーナには思いやり深く、慎重な一面もある。そして、心優しかった夫の死を心の底から悲しんでいる——その夫から性的に満足させられたことがなかったにもかかわらず。今夜、俺はあらゆる方法でセレーナを満足させるつもりだ。彼女を奪い、自分のものにし、俺のことしか考えられなくなるまで愛撫(あいぶ)したい。完全に満たされ、受け入れられ、このうえない充足感を覚えられるのは俺の腕のなかだけだと、セレーナが心の底から確信するまで。

今夜一つになったら、セレーナはここから去っていくだろう。だが去りながらも彼女は気づくはずだ。自分がまたここへ戻ってくるに違いないと。

とうとう今夜、エイデンが自分のものになる。彼のすべてが完全に、絶対的に、わたしのものになるのだ。エイデンがキスを深めたとき、セレーナの脳裏にそんな思いがよぎったが、それはほんの一瞬だった。彼がすぐに口のなかのあらゆる場所を探り出したから。こんなキスをされたことは今まで一度もない。エイデンの口づけは豊かで、蠱惑的で、危険な味わいがした。きっとウィスキーのせいだろう。それかブランデーかもしれない。暖炉の前、エイデンが椅子に座りながらゆっくりと琥珀色の液体をすすり、心ゆくまで味わっている姿を想像してみる。そのあと、同じようにわたしを味わう瞬間を心待ちにしている彼の姿を。

　舌先の動きはゆっくりだが、セレーナの口のどんな部分も味わおうとしている。魔法を紡ぎ出す両手をヒップに当てて強くつかみ、体を自分の体にぴったりと押しつけ、下腹部に脚のあいだの硬いものを押し当てる。すでに屹立した欲望の証だ。こちらを心から求めている証拠を感じ取り、全身がたちまち炎に包まれたようになった。エイデンがわたしを求めている。わたしのことを恋しく想ってくれている。これは感情が伴わない、冷たい交わりではない。義務でもない。この交わりには、わたしの想像をはるかに超えた崇高な目的がある。そこにあるのは、お互いを自分のものにしたいというまったき欲望。相手と体も、感情も、喜びもすべて共有したいという心からの欲望。

　ずっと長いこと、〝求められている〟という実感を求めてきた。エイデンはわたしを悦ばせたがっている。わざわざイチゴも用意してくれた。最初の夜にすぐ、すべてを奪おうとしなかったことも、わたしを尊重してくれている証。今夜こうしてふたりが一つになろうとしているのは、動物的な欲求を満たしたいからではない。エイデンがどれほど野性味あふれるうめきをあげ、荒々しく手を動かしていてもだ。そう、この交わりには思いやりが感じられる。体だけでなく、わたしの心と魂までも満たしたいという情熱がある。今までこれほど誰かから大切にされていると感じたことはない。

だからこそ危険なのだ。わたしの感情にも、目的にも、もろい心にも。

すべて手遅れになる前に、今すぐここでやめなければ。けれどエイデンが与えてくれようとしているものがほしい。膝に力が入らなくなるほどキスしてほしい。こちらも彼のことを味わいたい。エイデンの口のなめらかな感触や熱っぽさ、この全身にしみ込んでくるような彼の香りを。わたしはエイデンを、この男性を心から求めている。ほかの男性では満足できない。エイデンこそ、わたしが求めているすべてだ。

彼は喉に熱く湿った唇をはわせている。「レナ」救いを求める男のような、切羽詰まったかすれ声だ。

「誰からもそう呼ばれたことはないわ」

「だからこそだ」

エイデンにはそうする権利がある。この出会いは、彼がいたからこそ実現したものだ。彼はわたしに、今後誰にも消し去れない思い出を与えてくれている。セレーナは唇を彼の顎の下に押し当てた。この部分は髭(ひげ)がいちばん柔らかくて、シルクのような感触が楽しめる。

セレーナはふと考えた。エイデンにはどんな愛称も似つかわしくないように思える。愛(いと)

しい人、愛する人。そんな呼びかけは、エイデンがわたしにしてくれていることを考えると、あまりに弱々しい。彼は今、体の内側も外側も震わせるような愛撫を続けているのだ。強烈で絶対的な存在感を放つ彼には、やはりこの呼び方がふさわしい。

「エイデン」

彼は低く長いうめきをあげた。そのうめきの振動が胸から胸に伝わってくる。彼は両腕にセレーナを抱きかかえると、大きなベッドがふたりを待ち構えている寝室へまっすぐ向かった。

これまでの人生のなかで、エイデンは今ほど何かを心から求めたことはなかった。セレーナのすべてがほしい。あらゆる面から彼女を味わいたい。セレーナの口から自分の名前を呼ばれたとき、これ以上ないほど血が熱くなった。名前ならほかの人間にも呼ばれたことがある。だがあれほど息も絶え絶えに、甘やかな呼ばれ方をしたのは初めてだ。祝福の言葉のようだった。

セレーナに俺を求めてほしい。俺は心の底から彼女を求めている。彼女を求める気持ちが強すぎて、今までの欲望がすべて消えてしまったほどだ。こんなことがわが身に起きるとは。このレディはいきなり現れ、俺の心の扉を叩(たた)いた。そのノックに応じたい。扉を開けてセレーナをなかへ招き入れたい。だがふたりのあいだに起きようとしていることが、現実的でないことなど百も承知だ。すべては俺が頭のなかで作り上げた、想像の世界での出来事にすぎない。その世界では、セレーナは公爵夫人ではなく、俺も伯爵の庶子ではない。この部屋のなかだけは階層など無縁の世界で、俺たちふたりはてっぺんと底辺の関係ではない。存在するのは俺たちふたりだけ。そしてもうじき純粋な悦びで一つに結ばれる。

セレーナの一糸まとわぬ姿が早く見たい。だがエイデンはなるべく時間をかけるようにした。興奮を最大限かき立てられるように、立ったままの彼女から服を一枚一枚、もどかしいほどゆっくりと脱がせていく。セレーナの瞳が燃えるように輝いていることから察するに、その試みは成功したのだろう。肌が少しずつあらわになるたび、指先でその部分をたどっていく。とうとう胸をあらわにしたときは、旧友に再開したような懐かしさを感じた。手のひらで包み込んで持ち上げ、唇で味わいを確かめてみる。頂にキスをし、舌先でなめ、しゃぶったあと、もう一方の頂にも同じ愛撫をした。

セレーナは柔らかなあえぎ声をあげると、エイデンの腕に指を巻きつけ、頭をのけぞらせた。ほっそりとした喉元の白い肌があらわになる。これほど美しい光景を目の当たりにして、抵抗できる男がこの世にいるだろうか？　その喉に軽く歯を立てたり唇を強く押し当てたりしながら、柔らかな感触を楽しむ。腕にかけられた指先に力が込められるのがたまらない。

ドレスを緩ませ、ペチコートを腰までずらし、ドレスを脱ぐよう彼女にうながす。すぐに残りの下着も脱がせたが、ストッキングだけは残したままにした。両足の親指でバランスを取りつつゆっくりとしゃがみながら、繊細なシルクのストッキングをそろそろとおろし始める。膝からふくらはぎの下へ、さらに足首へ。ゆっくりとおろすあいだに、羽根のような軽いタッチで柔らかな足を撫でるのも忘れない。とうとう足元まで来ると、かかとから土踏まずへ、そしてつま先へストッキングを慎重に脱がせた。むき出しになったセレーナの片脚を優しくさすり、少しだけ持ち上げて軽く口づける。それからもう片方のストッキングに取りかかった。やがてその仕事が終わると、顔を上げてセレーナを見つめた。長くほっそりとした、形のいい脚をほれぼれと見つめる。「俺のために脚を開いてくれ、可愛い人」

部屋にはキャンドルの明かりしかないにもかかわらず、セレーナの瞳が欲望でけぶるのが見えた。これから何をされるのかわかっているのだろう。

「あなたの服を脱がせたいわ」

「まずはきみを悦ばせたいんだ」

セレーナはゆっくりとかぶりを振った。「あなたの姿が見たいの。そうすればわたしの悦びも高まるわ」

これほど熱心な要求を断ることなどできない。エイデンは彼女の脚のあいだにキスをすると、その部分に低い声でささやいた。「またあとで」それから背筋を伸ばしてセレーナの前に立ち、乞い願うかのように両腕を差し出した。「俺のすべてはきみのものだ」

セレーナは小さく一歩踏み出すと、エイデンの上着を脱がせた。それから指先でベストの上から下までたどり、ボタンを外した。だがその手つきは、先ほどドレスのボタンを外したエイデンの手つきと同じようになめらかとは言いがたい。

「前に男の服を脱がせたことは？」

セレーナは指の動きを止め、エイデンを見あげた。「いいえ。寝室の夫はいつもナイトシャツ姿だったから。わたしのやり方、どこか間違っているかしら？」

エイデンは片方の手で彼女の頬を包み込んだ。「そんなことはないよ、愛しい人。男女のこういう行為に関しては、間違っていることなんて何もないんだ。互いに心から求め合っているならばね」

頬にかけられた手に自分の手を重ねると、セレーナはエイデンの手のひらに唇を押し当てた。「エイデン、あなたと体験するこのすべてが、わたしにとってはまったく新しい体験なの」

セレーナのその言葉は嬉しくも悲しくもあった。彼女には別の男と情熱的な営みなどしてほしくない。だが同時に、これから自分が与えようとしている体験が、ほかの男との営みなど比較にならないほどすばらしいものになるだろうとわかっている。「そんなどうでもいい仕事は速く済ませるんだ。ほかにもっといいことがきみを待っている」

セレーナは生意気にも笑みを浮かべた。ただ、どこかはにかんだような笑みだ。「わたしにとっては、どうでもいい仕事なんかじゃないわ」

エイデンは肩をすくめてベストを脱ぎ捨てた。セレーナがクラヴァットを外しているあいだ、手の届くかぎりの場所に指先を滑らせ、女らしい丸みを確かめてみる。だがクラヴァットを外し終えたセレーナがシャツのボタンに取りかかる頃には、もう我慢の限界に達していた。彼女がシャツのボタンを外し終えるとすぐに、自分でカフスを緩め、頭からシャツを脱ぎ捨てて放り投げた。それからベッドへどさりと腰をおろし、ブーツと靴下を脱ぎ捨てる。立ち上がって見てみると、セレーナは舌で唇を湿していた。

「これまで一度も見たことがないの……夫はベッドでもマナーを守る人だったから」

「俺はベッドではマナーを守らない。きみはこれからそれを目撃することになる」エイデンは片手をズボンの膨らみの先端にかけ、手を根元まで滑らせると、もう一度先端へ戻した。同じ動きを繰り返す。何度も何度も。セレーナが息を凝らして見つめている。

やがて彼女はためらいがちに指先を、エイデンが動かしている手に近づけた。手を脇へどかすと、セレーナは脚のあいだの膨らみにそっと手をかけた。ちょうど指先から手首までを押し当てられ、低くうめいてしまう。そのうめきに応えるかのように、セレーナはズボンの上から手を滑らせ、エイデンがやったのと同じ動きを始めた。手を上下にゆっくりと動かしながら、膨らみの根元から先端までを刺激する。彼女がズボンのボタンを外し、股当て部分の生地を開いたとたん、そそり立つエイデン自身が解放された。

「思っていたより……大きい」

「男はみんな、サイズが違うんだ」エイデンはズボンを足元までおろし、両足を引き抜くと、ズボンを脱ぎ捨てた。

「でも、あなたのはズボンのなかにおさまらないほど大きいように思えるわ」セレーナはひざまずくと、指で欲望の証をそろそろとたどった。

「レナ」彼女の愛撫に、エイデンは思わず息をのんだ。

「とても柔らかい。そしてとても熱いのね」

セレーナが欲望の証に触れているあいだに、エイデンは彼女のヘアピンを抜き取った。豊かな巻き毛が肩のまわりに流れ落ち、欲望の証にも毛先が触れる。信じられないほどエロティックだ。

セレーナは頭をのけぞらせて、エイデンと目を合わせた。「体のなかであなたを感じたい」

その言葉を聞き、危うくそこらじゅうに種を蒔きそうになった。痛いほどの欲望。

エイデンはセレーナを足元からすくい上げると、彼女の体をしっかり抱きしめたまま、ベッドへ倒れ込んだ。

エイデンと体を重ねたまま、セレーナはベッドへ倒れ込んだ。なんていい気持ちなんだろう。半身が彼の肌にぴたりとくっついている。こうして肌と肌を触れ合わせていると、温もりと汗のしずくを感じられる。荒々しく口づけされ、ベッドの上であお向けにさせられると、エイデンが太もものあいだに体を置いた。感じるのは、そそり立つ欲望の証だ。コック。そんな言葉を使うなんてはしたないように思える。だけどほかにどう言えばいいのかわからない。もうすぐ体の奥深くに入ってくることになる、エイデンの体の一部を表現するには、その言葉がいちばんだ。早く彼と一つに結ばれたい。

でもエイデンはすぐにはそうしなかった。体を下へずらすと、焦らすように胸の頂を口に含んだのだ。硬くなった頂を舌で愛撫され、全身に快感の渦が広がっていく。そして胸の膨らみ全体を、唇でたどり出した。胸の下や横、それに頂にキスの雨を降らせる。たっぷりと片方の胸を愛撫しながら、もう片方にもときどき手を滑らせている。

そのあとエイデンは別のほうの胸を愛撫し始めた。乳房全体にキスの雨を降らせながら、今やしっとりと濡れたもう片方の胸も指先でもてあそんでいる。ざらざらとした手のひらで胸をこすられる感触がなんとも言えず気持ちいい。前にも胸に触れられたことはあるけれど、これほど徹底的にキスの雨を降らされたことはない。しかも今は、エイデンの前で胸がむき出しにされている。この胸はもう彼のもの。どうか思うぞんぶん奪ってほしい。

実際にエイデンはそうしてくれた。しかも、口、両手、唇、舌のすべてを駆使して。それから体を少し下へずらし、前にビリヤード台でしたように、秘めたる部分に舌をはわせてきた。あのときは親密すぎる愛撫に衝撃を受けたけれど、今回は違う。ヒップを軽く浮かせて愛撫しやすいようにすると、彼は嬉しそうに喉の奥からうめき声を絞り出した。

エイデンの両肩を強くつかむ。募る興奮と欲望で両方の太ももが震え始めている。もう少し、あともう少し。頭を左右に振りながらエイデンのふくらはぎに足をすり寄せ、毛がこすれる感触を心から楽しむ。エイデンのすべてが愛おしくてたまらない。愛せない部分など一つもない。

エイデンの髪に指を差し入れて軽く引っ張り、頭を上げさせる。目をしっかりと合わせて懇願した。「わたしのなかへ入って。わたしの一部になって。もうだめ」

彼は低くうなると、体を起こしてセレーナから体を離した。ベッドの端に座り、脇の小さなテーブルの引き出しを開けて何かを取り出すと、欲望の証に装着した。

「何をしているの？」

「道具をつけた」エイデンはセレーナの元へ戻ると、首筋に鼻をこすりつけた。「きみを最初にいかせる前に、種を蒔いてしまわないようにね」

セレーナはその言葉の意味を考えようとしたが、エイデンがすぐに指先で脚のあいだの芯を刺激し始めた。腫れたようになっている芯のまわりに、親指でゆっくりと弧を描いている。ふたたび興奮を高められ、愛撫されること以外何も考えられなくなり、欲望に身を任せた。

エイデンはふたたび脚のあいだに体を置いた。両腕で自分の体を支えながら、そそり立つ彼自身の先端を太もものあいだに何度も何度もこすりつける。めくるめく快感に翻弄されながら、セレーナは気づいた。どうしようもなく濡れている。恥ずかしいほどに。エイデンは口づけをすると、セレーナが受け入れられるよう少しずつ欲望の証を差し入れ、いっきに満たした。

このうえない悦びに全身が震える。「ああ」

エイデンの体を支えるように、その腰に指をめり込ませた。たとえようもない快感がどっと押し寄せてくる。わたしは処女ではないのに、それでもその瞬間に感じたのは、今まで一度も体験したことのない悦びだ。どうやら、男女の営みはすべて同じものではなさそう。あるいは、こんなに気持ちいいのは、エイデンがわたしの興奮を高め、これ以上ないほど彼を求めさせたせいなのかもしれない。彼の愛撫で全身の隅々まで快感の波が行き渡っている。肌が敏感になり、軽く触れられただけで反応してしまう。エイデンはこれ以上ないほど根気よく、わたしの体の準備を整えてくれたのだ。

エイデンは義務感からわたしを奪ったのではない。しかも、わたしが義務感から彼の元へやってきたことさえ忘れさせてしまった。

エイデンが腰を動かし始め、どんどん動きを速めていく。セレーナは意識を彼だけに集中させた。今この瞬間のふたりだけに――彼が与えてくれる純粋な悦びだけに。両手をエイデンの背中にはわせ、動きに合わせて筋肉が伸びたり縮んだりする感触を楽しむ。エイデンは体を起こしてしっかり目を合わせると、ヒップをさらに持ち上げ、腰の動きを速めた。さらにすばやく、力強く、切羽詰まっているかのように。欲望にけぶる瞳に溺れそうになるのを感じながら、セレーナは両方の手のひらと太ももを強く巻きつけてしがみつくと、いっきに悦びの極致へ舞い上がり、なすすべもなく絶頂の波に身を任せた。

エイデンの両腕のなかで、体がちりぢりにほどけていく。このとろけるような無垢な悦びに喜んで身を投げ出したい。ばらばらになったわたしを彼が元どおりにしてくれるとわかっているから。

エイデンは頭を大きくのけぞらせると、顎に力を込めて絶頂に達した。彼をしっかりと抱きしめたとき、セレーナは気づいた。体が小刻みに痙攣（けいれん）している。

そして思わず涙をこぼしそうになった。こうしてエイデンと一つになれた悦びに。

13

「口を開けて」

むき出しの背中をエイデンの胸にもたせかけながら、セレーナはすなおに言われたとおりにした。エイデンの動きに合わせて、体のまわりに湯が跳ねている。彼が食べさせてくれたイチゴを噛んだ瞬間、口のなかいっぱいに甘い果汁が広がり、思わず声をあげて笑ってしまった。エイデンはセレーナを自分のほうへ向かせると、口のまわりについたイチゴの果汁を舌先でなめ取った。熱い熱い口づけ。浴槽から立ちのぼる蒸気がさらに熱くなったように思える。

愛し合ったあと、エイデンは風呂を用意させた。浴槽に入れるための湯を使用人たちが運んでいるあいだ、セレーナは全身にシーツを巻きつけたまま、部屋の隅にある椅子に腰をおろし、ずっと壁を見つめていた。使用人たちにはこちらの姿がほとんど見えなかったはずだ。彼らが立ち去ると、エイデンは銅でできた大きな浴槽の近くに小さなテーブルを寄せ、リネンがかけられたテーブルに置いてあったごちそうを運んだ。

　セレーナはワインに手を伸ばし、ゆっくり口に含みながら、今の自分の気持ちについて考えてみた。がっかりなんてしていない。というか、あれほど大きな満足感と奥深い悦びを覚えたのは初めてだ。ただ少しだけ不満を感じている。エイデンは、こちらが望んでいるほど簡単には、必要としているものを与えてくれないだろうとわかったせいだ。

「本当にびっくりしたわ。あなたが……自分にあの覆いをかぶせたときよ。男性があんなことをするとは知らなかったの」

　エイデンはセレーナの腕を指先でゆっくりとたどり、全身をうずかせた。「きみの夫はそんなことをする理由がなかったからね。きみとのあいだに子どもを望んでいたはずだ」

「あなたは女性と愛し合うときに、いつもあの道具をかぶせるの？」

「ああ」

「十六歳だったときも？」

「そうだ。俺たちが十五歳近くになったとき、母さんは男の子全員を座らせて、女の子を妊娠させない方法をいくつか説明してくれたんだ」

　聞きなれない言葉だ。「ナップド？」

「妊娠という意味だよ」

　セレーナはワインをもう一口飲んだ。こんな会話をしているのが、なんだか信じられない。今まで誰とも、母とでさえもセックスについて話し合ったことはない。「ほかにも方法があるの？」

　背後の気配で、エイデンが肩をすくめたのがわかった。うなじに唇が押し当てられる。

「種を蒔く直前に、男が引き抜く方法もある。だがすばやくやらないといけないし、何より、そうするのを忘れてはいけない。だがときには、いや、ほとんどの場合はいざその瞬間を迎えると、男は気持ちよさのあまり、何も考えられなくなるものなんだ」

　セレーナは体を少しひねってエイデンを見た。頬が真っ赤になっているのが自分でもよくわかる。「あなたのお母様がそういうことを全部、あなたたちに教えてくれたの？」

「ああ。母さんは庶子を何人も育てたからね。いちばんいいのは禁欲することだが、俺たちにそんなことができると考えるほど母さんは愚かじゃない。だから息子たちには、後悔するようなセックスをしてほしくないと考えたんだ。もし女の子を妊娠させたら、その子と結婚しろと言われた」

「十五歳でも？」

「親の同意がなくても結婚できるのは十二歳からだ。母さんは、もし俺たちがファックできる年齢に達したら結婚もできると考えていた。もちろん、今みたいな露骨な言い方をしたわけじゃない。だがそういった意味のことを話していた」

「だったらあなたは……あの道具をつけないで女性のなかに入ったことは一度もないの？」

　エイデンは、頭のてっぺんに結い上げた髪から頬にほつれかかる巻き毛を撫でつけた。

「ああ、一度もない」

　セレーナは体を正面に戻し、エイデンにもたれかかった。「信じられない」

「赤ん坊ができたという理由だけで、その女性と結婚したくないんだ。それにもちろん、庶子も望んでいない」

　セレーナは思わず目を閉じた。胃がきりきりとしている。でも、もしわたしが妊娠しても、その子に庶子というレッテルが貼られることはない。仮にわたしの嘘がばれても、エイデンはその事実に慰められるはずだ。

　嘘。その言葉は大嫌い。でも、今は嘘をつく必要がある。目を開けると、暖炉で炎が身をよじらせるように揺れている。ほんの少し前のわたしのように。

「さあ、口を開けて」

　セレーナは命じられたとおりにし、エイデンの手に手を重ねた。口に入れられたのはチーズだけではない。彼の人差し指もだ。しゃぶりつくと、エイデンは低くうめいた。ヒップに跳ね上がった欲望の証が当たるのを感じ、深い満足感を覚える。指をしゃぶるのをやめてチーズのぴりっとした味を楽しみながら、人差し指から手の甲にかけて走る傷を指先でそっとたどった。「これはどうしたの？」

「ナイフを持ったやつとけんかしたときにできたんだ」エイデンはうなじにキスの雨を降

らせ始めた。

「いくつのとき？」

「十四歳だ」セレーナの肌に唇を押し当てながら、くぐもった声で答える。

「あなたは理由もなしに誰かとけんかする人には見えないわ」

背後から同意するような、低いうめきが聞こえた。

手の傷痕は目を背けたくなるほどだ。エイデンがなぜその傷を負ったのか、どうしても知りたい。「どうしてあなたはその人とけんかしたの？」

キスがしだいにゆっくりとなり、熱っぽさを帯びてきている。もうすぐわたしたちは浴槽から出てベッドへ向かうことになるだろう。

「ねえ、エイデン」

今や彼の唇は耳元に寄せられている。「そいつは母さんを売春婦呼ばわりしたんだ」声には紛れもない痛みが宿っていた。

「それはあなたを産んでくれた人のこと？」

「いや、エティ・トゥルーラヴだ」

この男性にとって、母親はその女性だけなのだろう。そう気づき、セレーナは切なくなった。エイデンは、そのエティという女性から善良な魂を受け継いだのだ。

セレーナは彼の人差し指を唇まで掲げ、傷痕を舌でたどった。「その相手をこてんぱんにしたの？」

「ああ。顔を思いきりぶん殴ってやった。鼻が脇に曲がって、一生元に戻らないほどにね」

「あなたは自分のものを守り抜く人なのね」

エイデンは人差し指を持ち上げると、セレーナの顎の線をたどり、顔を少しうしろへ傾けさせて目を合わせた。「ああ、いつだってそうだ」

ああ、彼はわたしを自分のものだと考え、守り抜くに値する存在だと信じているのだろう。本当はそうではないのに。わたしがエイデンと一緒にいるのはある目的のため。その目的のせいで、彼とはあとほんの少ししか一緒にいられない。

浴槽のなかで体をひねり、ありったけの情熱を込めてエイデンに口づけた。彼はこちらが予想もしないようなやり方で触れてくれる。もちろん両手は使うけれど、それだけではない。魂や心、彼という存在そのもので触れてくれるのだ。その罪深さで有名なエイデン。まさか彼がこんな男性だとは思いもしなかった。てっきり道徳心のかけらもない、放蕩三昧の男性で、自分が楽しむことにしか興味のない人だと思っていた。でも実際の彼は善良そのもの。エイデンには、わたしと一緒に過ごした時間を一分たりとも後悔してほしくない。

セレーナは体をのけぞらせ、片手で彼の顎を包み込んだ。今では髭がさらに濃くなっている。髭を剃ってはどうかと言ってあげたほうがいいだろうか？　一瞬そう考えたが思い直した。こちらの荒っぽいエイデンのほうがずっと魅力的だ。

「男性として、あなたは自分の人生をすべてその手で支配しているのね。それに比べて、この手で支配できるものなんてほとんどない。いいえ、一つもないわ」湯を跳ね上げながら体の向きを変え、エイデンの腰にまたがった。「だからあなたを完全に、完璧に支配してみたい」

エイデンはセレーナの腰に両手をかけ、欲望に瞳をけぶらせた。「俺はきみのものだ。好きなようにしてくれ。どうしたい？」

「あなたをベッドに縛りつけ、わたしの思いどおりにしたい」

エイデンはわれながら不思議だった。セレーナが瞳を濃い色にけぶらせ、優しい声でささやいた瞬間、なぜどうにか欲望をこらえられたのだろう？　あわやその場で種を蒔いて、きまり悪い思いをするところだった。セレーナが相手なら、どんなことも拒めない。特に、全力疾走する種馬のように胸をとどろかせ、心臓が口から飛び出すのではないかと思わせるような要求ならばなおさらだ。

結局、きまり悪さが拭えないことに変わりはないかもしれない。これから起きる出来事に期待が高まりすぎて、これ以上ないほど脚のあいだがこわばっている。

セレーナはクラヴァットを使って、エイデンの手首と足首を四つの寝台支柱に縛りつけると、彼女とのお楽しみの日のためにと前もって購入していたサテンのシーツの上に、手脚を大の字に広げさせた。これほど隙だらけの格好をさせられたのは初めてだ。こんな体勢を受け入れるのは、相手がセレーナだからにほかならない。彼女のことは信頼している。それも、心から。今そんなことに気づくのは、なんだか奇妙に思える。セレーナとはまだ知り合って間もないのに。だが気持ちの深さというのは、時間という単位に縛られないものだ。

俺はセレーナを愛しているわけではない。とはいえ、彼女のことは心底大切に思っている。俺のような立場にある男にとって、それは賢明なこととは言えないだろう。俺は一緒に歩いていて誇らしく思えるような男ではない。セレーナと出会う前までは、そんなことを気にしたことなど一度もなかった。今でも、気にならなければいいのにと考えてしまう。だが今は、出生について自問自答している余裕なんてない。セレーナがベッドに近づき、熱っぽい目を合わせてきたとたん、理性が吹き飛んだ。彼女に触れようと手を伸ばしたものの、手首が拘束されているせいで手を自由に動かせない。その瞬間、つくづく思い知らされた。今俺にできることはほとんどない。セレーナに好きなようにもてあそばれるのを、ひたすら待つしかないのだ。

マットレスを沈ませながら、セレーナがベッドへよじのぼってきた。かたときもこちらから目を離そうとしない。なんて美しさだ。これから俺を意のままにできるという自信に満ちあふれている。実際彼女は俺を意のままにするだろう。彼女がそうし終えたら、今度は俺の番だ。セレーナの手脚を拘束し、大の字に広げさせ、思うぞんぶん楽しむ。そしてセレーナも楽しませてやる。

思えば、なんと不思議な結びつきだろう。俺がセレーナに与えれば与えるほど、俺自身がさらに与えられるとは。

セレーナは指先でゆっくりと、エイデンの体の脇をたどり始めた。布で縛りつけられた足首からふくらはぎへ、さらに太ももからヒップへ、肋骨(ろっこつ)へ――。

体がびくりと動いた。

セレーナは驚きの表情を浮かべ、エイデンを見つめた。最高級のダイヤモンドを手渡されたかのように、心の底からびっくりしている様子だ。「あなたってくすぐったがり屋なのね」

「ちょっとだけだ」

彼女はかがみ込むと、エイデンの肋骨の下に口を押し当てた。その唇は熱く湿っている。温(ぬく)もりが全身にしみ渡るのを感じながら目を閉じた。「くすぐったいのは指だけだ」

セレーナは片眉をつり上げると、舌で唇を湿した。「よく覚えておくわ」そして上にまたがると、前かがみになった。

形のいい乳房を目の前にして、エイデンはまたしても手を伸ばしたが、拘束されているせいで届かない。「片手を自由にするのはどうだろう？　きみに好きなだけ触れられるように」

セレーナは生意気そうな笑みを浮かべた。「だめよ」体を下にずらし、柔らかな胸を胸板にこすりつけると、今度は片方の乳房がエイデンの口の真上に来るようにした。「口に含んで」

エイデンはためらわずに命じられたとおりにした。ピンク色をした頂のまわりに舌で弧を描き、舌先で軽く弾(はじ)いた。セレーナが頭をのけぞらせ、低くうめく。

「もう死にそうだ」かすれ声で訴えた。

セレーナはひどく色っぽい表情を浮かべている。自分の力を思うままに楽しんでいる女の顔つきだ。「まだ始めてもいないのに」エイデンの足元まで体をずらすと、両脚を折り曲げて座り、そそり立つ欲望の証に指を巻きつける。「びっくりするほどしなやかな手触りね。この手触りがシルクなのか、サテンなのか、ベルベットなのかはまだ決めかねているの」

先端にキスをされ、エイデンは体を引きつらせた。

「くすぐったい？」

「そうじゃない」

「だったら、こうされるのが好きなのね」

セレーナは先ほどエイデンが彼女の胸にしたのと同じことをした。舌先で弧を描くように欲望の証を愛撫し始めたのだ。我慢できずに、喉の奥から低いうめきを絞り出す。

「こうされるのが好き？」セレーナは無垢そのものの口調だ。

「くそっ」

「だったら、これは？」

セレーナの口で自身をすっぽり包み込まれ、ベッドから飛び出しそうになる。もし手足を拘束されていなければ本当にそうしていたかもしれない。彼女の髪にこの指を差し入れられたらどんなにいいだろう。せめてシーツをきつく握りしめたい。セレーナの口で熱っぽく、ゆっくりと愛撫され、もう頭がどうにかなりそうだ。彼女が唇を欲望の証に近づけ、軽くしゃぶる感触がたまらない。「このメギツネめ」

気配からセレーナが笑みを浮かべたのがわかった。それでも愛撫をやめようとせず、エイデンを責め続けている。

「レナ、もう俺は限界だ。そのまま続けたら、きみをほんの少し驚かせてしまうことになる」

彼女の顔に浮かんでいるのは純粋な喜びと満足の表情だ。「エイデン、あなたに限って〝ほんの少し〟で済むことなんかないはずよ」そう言うと欲望の証を手のひらで包み込み、根元から先端まで撫で上げた。「もう一度教えて。あなたはあの道具をつけないで女性のなかに入ったことがまったくないの？」

「ああ、まったくない」

セレーナは手のひらでふたたび刺激した。「どんな感じがするか考えたことはある？」

指でなら、女性の体の奥深くがどんな感触なのかよく知っている。だがペニスで直接感じ取ったことは――。「想像したことはある」

「そうしたいと思ったことは？」

セレーナとならばそうしたい。最初からそう思っていた。「ああ」

悔しいことに、懇願するような声になってしまった。

セレーナは片脚を持ち上げてまたがると、上体を起こした。「わたしはあなたとそうしたい。そうすることを夢見て、ずっと想像してきたの。なんの妨げもなしに、あなたと一つになりたい」

エイデンは首を振った。「だめだ。そんな危険を冒すわけには――」

「ただ感触を確かめるだけ。ほんの少しのあいだでいいから」セレーナはエイデンの体をしっかりつかむと、欲望の芯が脚のあいだに当たるようにした。

体の熱を感じ、エイデン自身がさらにそそり立った。「俺が種を蒔く前に体を離さないと――」

「わかっているわ。でも、今主導権を握っているのはわたしよ。そしてこれこそわたしが求めていることなの。あなたをわたしのなかへ迎え入れたい。濡れた場所を直接こすり合わせたいの」

セレーナの熱っぽい声を聞き、挑発的な瞳にじっと見つめられ、エイデンはただうなずくことしかできなかった。ここは彼女に任せよう。セレーナはもどかしいほどゆっくりと体を下へ滑らせ、エイデン自身を直接包み込んだ。その瞬間感じたのはベルベットのような柔らかさと驚くほどの熱さだ。セレーナが腰をどんどん落としていく。ようやく欲望の証を根元まですっぽりと包み込んだ。

「くそっ、なんていいんだ――熱くて、濡れていて、柔らかい。それに引きしまっている。びっくりするほど」避妊具をつけていても同じことは感じたが、セレーナの秘めたる部分がいっそうきつく感じられる。

「ああ……今、わたしたちを隔てているものは何もないのね」セレーナはヒップを持ち上げ、ふたたび落とした。

エイデンは拷問を受けているかのように低くうめいた。

セレーナは頭をのけぞらせたまま、体を波のように動かし始めた。手脚を縛られているせいで動きは限られているものの、それでも彼女の動きにできるだけ合わせようとする。この指をセレーナのヒップにめり込ませ、彼女の動きをもっと速く、深くして……。「手足を自由にしてくれ」

「まだだめ」セレーナの声が遠い。どこか遠い幻想の世界から聞こえてくるようだ。

彼女は両手をエイデンの胸に置き、肋骨の下あたりに指を広げて自分を支え、小さな泣き声をもらしながら体の動きを速めていった。やがて背中を弓なりにし、胸を大きく突き出すと、解放の声を部屋じゅうに響かせた。

突然に、しかも強烈な恍惚の瞬間を迎えたせいで、秘めたる部分がエイデンを容赦なく締めつけている。その直前にセレーナのなかが小刻みに収縮したのまで伝わってきた。こんな微妙な感触まで感じ取れたのは初めてだ。そのことに昂ぶり、さらに悦びが高められていく。だがここで種を蒔くわけにはいかない。セレーナが自分を取り戻すまで、どうにか持ちこたえなければ。

セレーナは浅い呼吸をしながら瞳を輝かせ、いかにも満足げな笑みを浮かべている。それから唇をなめ、エイデンの瞳をじっと見つめたまま、ふたたびヒップを動かし始めた。より速く、力強く、熱心な動きで、欲望の証をさらに奥深くへと迎え入れる。何度も何度も。悦びの波に全身をのみ込まれ、たまらずエイデンは手脚を拘束しているクラヴァットを強く引っ張った。彼女をこの腕のなかに抱きしめたい。もう限界だ。

「レナ、体を離せ……今すぐにだ」エイデンは食いしばった歯のあいだから必死に声を振りしぼった。

だが彼女には何も聞こえていない。ひたすら上で動き続けている。まるでそうすることで、自分の今後の人生が決まるかのように。

「もういきそうなんだ。体を離してくれ」

セレーナは首を振り、さらに体の動きを速めていく。

エイデンはもうぎりぎりだった。今にも至福のひとときへ達しそうだ。「頼む、レナ、頼むから――」

セレーナは突然、エイデンから完全に体を離した。もうこれで彼女は安全だ。そうわかった瞬間、エイデンは絶頂の波に屈した。体を引きつらせ、恍惚の波にのみ込まれて種を蒔いた。

だが悦びに身を任せたのもつかの間、すぐに気づいた。どこからか、すすり泣きが聞こえている。目を開けると、セレーナがベッドからおりているのが見えた。「レナ？　いったいどうしたんだ？」

「ごめんなさい……わたしにはできなかった」セレーナは自分の服を強くつかんでいる。

「こんなの……やっぱり不公平だわ」

「何ができなかったんだ？　いったいどうした？」

「わたしを許して」

「これをほどいてくれ」

セレーナは一度もうしろを振り返ることなく、自分の服をつかんだまま駆け出し、隣の居間へ行ってしまった。

「レナ！」エイデンは手脚を縛られている布を必死で引っ張ったが、びくともしない。隣から衣(きぬ)ずれの音が聞こえる。彼女がドレスを身につけているのだろう。「レナ、戻ってきて俺を自由にしてくれ！」

さらに衣ずれの音が、それから足音が聞こえ、最後に扉が閉められる音がした。

「レナ！」

だがもはや何も聞こえない。セレーナに置き去りにされた部屋は、完全な静寂に包まれた。

14

セレーナは図書室に座り、ブランデーをすすっていた。暖炉に火は入っていない。わたしの胎内と同じく空っぽのまま。これほどみじめで絶望的な気分になったことはない。自分が恥ずかしくてたまらず、同時に、そんな自分にひどくがっかりしている。結局、エイデンの種をこの体に蒔かせる計画を実行することができなかった。彼があれほどきっぱりと、自分の子どもを作るつもりはないと言いきったせいだ。わたしはこれまで、妊娠を避ける方法があることさえ知らなかった。でもだったらどうして、この世にはこんなにたくさん庶子がいて、孤児院にもあれほどたくさんの子どもたちがいるのだろう？　なぜ男たち全員が注意しようとしないの？

エイデンの子どもに庶子というレッテルが貼られることはない。男の子であっても女の子であっても、生まれてきた子はラシング公爵の嫡出子ということになる。たとえそうわかっていても、わたしの身勝手な願望をエイデンに押しつけることはできなかった。あのときエイデンは情熱を高ぶらせ、われを忘れるほどの欲望にのみ込まれそうになり、体をこわばらせていた。あと少しで自制心を手放して境界線を飛び越えようとしていた。わたしがエイデンの体にまたがり続けていたから。両手両脚を縛りつけているのをいいことに、彼の種を避妊具ではなく、この体に蒔かせようとしていた。あのときほど自分が力強く感じられたことはない。完全にあの場の主導権を握っていた。自分が望んでいる、ただ一つの、大切なものを得るために。

〝頼む、レナ、頼むから――〟

エイデンが食いしばった歯のあいだからもらした言葉を聞いたとき、魂に銃弾を浴びたかのような衝撃を覚えた。彼の言葉が、わたしの心の奥底まで届いたのだ。あのエイデンが今まで、誰かに何かを懇願したことがあるとは思えない。それなのに、そんな彼がこのわたしに乞い願ったのだ。低くうなり、体をこれ以上ないほどこわばらせていたことから察するに、彼はあと少しでわたしのなかに種を蒔いていただろう。でも、あのままではいられなかった。

そして結局、エイデンの体にまたがることはもちろん、彼のベッドに、彼の部屋にいることさえ耐えられなくなった。わたしの名前を呼ぶエイデンの混乱したような叫び声を聞き、面と向かうことができなくなった。

あのクラブで出会った夜、こちらに近づいてきた瞬間から、エイデンはわたしに何も求めようとしなかった。わたしを完全に魅了すると同時に、こちらが要求するありとあらゆるものを与えてくれた。だからこそ、エイデンが初めて自分の要求を口にしたあの瞬間、どうしても拒めなくなったのだ。

　エイデンの切羽詰まった懇願の言葉を耳にし、つくづく恥ずかしかった。自分の取った行動に心を痛めずにはいられなかった。彼の大切なものをこっそり盗み取り、子どもをラシングの世継ぎとして生み育てようとしていたなんて。結果的に、わたしはふたりの男性を裏切ろうとしていたことになる。彼らを裏切ることで、わたしは自分自身も裏切ろうとしていたのだ。

　どうしようもない罪悪感にさいなまれ、エイデンからも自分自身からも逃げ出したくなる。けれど自分自身から、愛する者たちを守りきれなかった今回の失敗からは逃げられない。世継ぎがこの世に生まれてくることはない。ラシング公爵夫人のままではいられても、今後わたしの隣に、立派な血筋と高い爵位と権力を持つ夫が並ぶことはないだろう。結婚生活を七年も送ってきたのに、わたしは世継ぎを産むことができなかった。跡取り息子を必要としている、若くて爵位のある殿方のなかで、そんなわたしを妻として迎えようとする人はひとりもいないはずだ。寡婦として世間から忘れ去られていく――わたしにふさわしい運命だ。

　なんて愚かだったんだろう。ウィンスローの計画に同意するなんて。

　セレーナはブランデーを飲み干した。気だるさに慰めを見いだしながらグラスを脇に置いて、どうにか立ち上がる。一瞬、部屋がぐらりと傾いたような気がしたがすぐに元に戻った。なんだか顔の皮膚がこわばっている。涙が乾いた跡のせいだ。ずっと前に泣き尽くし、涙なんてとっくに枯れている。わたしの失敗のせいで、公爵という爵位は消滅する。同時に、わたしの家族も破滅を迎えるだろう。すべてこのわたしのせいだ。

セレーナはゆっくりとした足取りで、図書室から廊下へ出た。この屋敷のなかなら、目をつぶってでも歩ける。でもこれからは寡婦用の住宅で、ひとり寂しく年老いていくのだろう。妹たちが良縁に恵まれるよう、できるかぎりのことはするつもりだ。でもじゅうぶんな花嫁持参金がなければ、彼女たちが幸せになれるとは思えない。

のろのろと階段をのぼり始める。足がひどく重たい。まるで足元の悪い大地を踏みしめながら、ありえないほど高い山に無理してのぼっているみたい。ブランデーをどれくらい飲んだかも、絶望に打ちひしがれて図書室でどれくらい座っていたのかも思い出せない。一時間くらいだろうか？　それとも二時間？

こんな状態では、何かを秩序立てて考えることさえ難しい。でも、妹たちに幸せな結婚をさせるための方法を見つけなければ。

「明日でいい」セレーナはひとりごちた。「思い悩むのは明日にしましょう」

今は、胸が潰れるほどの悲しさと大きな喪失感しか感じられない。大声をあげて泣き出したい。もう二度とエイデン・トゥルーラヴと会うことはない。彼のキスを受けることも、あの笑みを見て心がぽっと温かくなることも——それに、彼の笑い声を聞いて胸をこがすことも、優しく愛撫(あいぶ)されてくずおれそうになることも、誰かと無邪気に信頼を分かち合うこともない。

セレーナは自分の寝室の扉を開けた。室内が薄暗いのがありがたい。ベッド脇のテーブルにランプが一つ灯(とも)されているだけで、床にはたくさんの影が落ちている。そのとき、部屋の隅にある椅子のあたりに、磨き込まれたブーツのつま先が見えるのに気づいた。兄だ。よりによってこんなときに。今夜は兄と何かを話し合う気分ではない。

「ウィンスロー——」

「よくもあのいまいましい柱に縛りつけたままにしたな！」

セレーナの全身は凍りついた。今にも心臓が口から飛び出しそうだ。ウィンスローではない。ウィンスローであるはずがない。恐怖におののきながら、椅子からゆっくりと立ち上がった黒い影をじっと見つめる。背が高く、肩幅ががっちりとしていて、圧倒的な威圧感を誇っている。彼が光の届く場所へ進み出ると、セレーナは観念した。これほど激しい怒りを込めてにらみつけられたことはない。

「よくもあのいまいましい柱に縛りつけたままにしたな！」エイデンは繰り返した。先ほどの言葉がセレーナの耳に届いていなかったかのように。

「声を小さくして。廊下の先に妹たちが寝ているの」寝室に彼がいるのを妹たちに見つかったらおおごとだ。セレーナは扉を閉めて鍵をかけ、背中をもたせかけた。そうすれば、エイデンの激しい怒りから少しでも自分の身を守れるかのように。

「そんなことを俺が気にするとでも？　きみは俺を置き去りにした。なんの説明もないままに、俺を縛りつけたままで」

エイデンが現れたことで、先ほどまでの気だるさなどどこかへ吹き飛んだ。心臓が早鐘のようだ。もちろんブランデーを飲みすぎたせいではない。「でも、こうしてなんとかなったわ。あなたならどうにかできるとわかっていたの」

「ちょうど階下で厄介ごとが起きて、俺の助けを必要としたゲーム室の責任者がやってきたからな。クリスマスのがちょうみたいに真っ裸で縛られているボスの姿が、彼の目にどう映ったと思っているんだ？」

「どうやってここに忍び込んだの？」セレーナは尋ねた。エイデンの質問に答えたくない。彼が耐えなければならなかった恥辱についても考えたくない。

「俺はどんな錠前もこじ開けられるんだよ、可愛い人。俺から逃れられると本気で考えていたのか？」エイデンは大股で一歩近づいてきた。「なぜだ、レナ？　どうしてあのとき泣いていた？　なぜ走り去ったんだ？」

レナ。〝可愛い人〟ではなく名前で呼ばれた。正面から顔を合わせることなんてとてもできそうにない。しかも最初に気にかけてくれたのが、わたしが彼を置き去りにした理由ではなく、泣いていた理由だからなおさらだ。セレーナはなすすべもなくかぶりを振った。ふたたび涙が込み上げてきそうになっている。

「いったいなぜだ？」エイデンはまた尋ねた。でも今回、彼の声には怒りが感じられない。本気で心配しているような声色だ。

セレーナは深呼吸をし、思いきって目を上げて彼の視線を受け止めた。「なぜなら、あなたが注意を払って子どもを作らないようにしていたから。そしてわたしはどうしても子どもを必要としていたから」

セレーナの答えを聞き、エイデンは棍棒で殴られたような衝撃を受けた。ということは、最初から俺は正しかったのだ。セレーナが求めていたのは、俺のペニスだけ。いや、それは真実とは言えない。彼女が求めていたのは、俺の子種だったのだ。

セレーナは未亡人だ。それもつい最近未亡人になったばかり。これまで彼女には、子どもがいるか尋ねたことが一度もない。彼女も子どもについて話したことが一度もない。話を聞くかぎり、セレーナが子どもをほしがっている理由は火を見るよりも明らかだ。「きみは夫に世継ぎを与えていなかったんだな」

セレーナはゆっくりとうなずき、とうとう扉から体を離すと、暖炉の近くにある椅子までやってきて腰をおろした。不本意ながらも、エイデンは彼女の向かい側の席に座った。

激しい怒りに駆られているあいだは立っていたかったが、すでに怒りは弱まっている。くそっ。こんな状況でもセレーナのことを気にかけずにはいられないとは。

「だが、次の継承者がきみの生活を保障してくれるはずだ」

「ラシングは最後の継承者だったの。彼には兄弟もいとこも遠縁も、とにかく彼の立場を引き継ぐ男性の継承者がひとりもいない。だからこのままだと、ラシングの爵位は消滅することになり、彼の限嗣不動産は大蔵省に没収されることになる。わたしは寡婦用住宅を相続したし、ラシングはわたしのために信託財産を設けてくれていた。その利子で食べていくことはできるけれど、それでもじゅうぶんではないの」セレーナはかぶりを振った。「というか、問題はお金じゃない。名声や影響力だわ。わたしの妹たちはまだ社交界にデビューをしていない。あの子たちには良縁に恵まれてほしいけれど、公爵という爵位がなければ――」彼女はお手上げだというように両腕を広げた。「わたしなんて何者でもない。なんの影響力も持っていないの」

「自分で思うよりも、きみはずっと大きな影響力を持っていると思うが」

セレーナは悲しげな表情を浮かべ、折り重ねた手をじっと見つめた。

「きみの兄はどうなんだ？　本来、妹たちの幸せの責任は彼にあるはずだろう？」

セレーナは目を上げて視線を合わせた。そのはかないを目の当たりにして、胸を突かれる。そんな自分が腹立たしかった。あんなことをされたのに、この期に及んでまだセレーナからこれほど大きな影響を及ぼされるとは。拘束から逃れようともがいたせいで、手首が今でもひりひりしている。どうにか自由になろうとしたせいで、危うく肩を脱臼するところだったのだ。寝室の扉を叩いたゲーム室の責任者に早く入れとどならなければ、俺は今でもあのあられもない格好のままで、無力さと恥辱感にさいなまれていたはずだ。

「兄はキャンバリー伯爵なの。でも残念ながら、わたしの父は荒れ果てた領地しか遺さなかった。伯爵といっても、社交界で尊敬を集めているわけじゃない。だから、うちのきょうだいはみんな、わたしに依存しているの。でも、もしわたしが次の公爵の母親になれなければ、その立場も完全に失われてしまう」

「だからきみは、寝る目的でうちのクラブにやってきたんだな」

セレーナは頬をピンク色に染めながらうなずいた。「もし一カ月以内に、わたしの次の月のものが来る前に妊娠できたら、ラシングの子どもだと言える。時期的にはちょっと遅いかもしれないけれど、妊娠ってそういうことがあるから。もし男の子を産んだら、何も奪われることなく、すべてが今と同じ状態のままでいられるの」

「生まれたのが娘だった場合はどうなるんだ？」

「公爵という爵位は消滅するけれど、限嗣不動産の規定によって、娘はラシングの財産と不動産をすべて相続できる。財産は力になる――ラシングはかつてわたしにそう教えてくれたわ。娘は大きくなっても、自活する手段を持つ独立心の強い女性になれるはず。それに不妊症でないことを示せば、わたしも今後再婚できる可能性が高まる。別の貴族と一緒になれるはずよ」

エイデンはセレーナの計画が気に入らなかった。すべてがどうしようもなく気に入らない。彼女はなんとしても子どもを作ろうとしている。「だったら初めて会った夜、もし俺が声をかけなければ、きみは襟に赤いボタンをつけたうちの誰かと寝るつもりだったんだな」

「いいえ、わたしが求めていたのはあなただけよ」

エイデンは相反する思いに体を引き裂かれそうだった。一瞬喜びに舞い上がりそうになったが、そんな自分がとんでもないまぬけのようにも思える。「どうして俺を？」

「レディ・アスリンの結婚式であなたを見かけたの。あなたをずっと見ていたいと思った。それにあなたの笑顔が好きだった」

「きみが男に求める条件はあまり厳しくないんだな」

セレーナは片方だけ口角を持ち上げ、皮肉っぽい笑みを浮かべた。彼女の満面の笑みを見たい――とっさにそう考えた自分に、エイデンは悪態をついた。

「あなたのお父様は貴族だという噂だわ。だから、わたしの子どもも貴族の血を受け継ぐことになると思ったの。たとえラシングの子どもでなくてもね。でも、あなたのことが好きになった――それも、大好きに。だから、あなたが与えたくないと思っているものを、あなたから奪うのは間違っている気がしたの」

「どうして最初から俺にそう頼まなかった？」

「真相を知っている人が少ないほど、秘密は守られるからよ」

「きみは俺を信頼していなかったんだな」

「正直に言えば、あなたのクラブに出かけざるを得なかったこの状況そのものを恥じていたの」

「俺たちはファックした仲じゃないか、愛しい人」あけすけな物言いを聞いて、セレーナはひっぱたかれたかのように体をこわばらせた。もしあの拘束のせいで肩や腕がこれほど痛くなければ、そんな彼女を気の毒に思っただろう。「俺はきみの太もものあいだのピンク色をした部分がどんな味わいか知っているんだ。そんなに堅苦しくなる必要はないんじゃないか？」

「そんなにあからさまな言い方をするなんて、あなたらしくないわ」

俺は謝るべきなのだろう。それはわかっている。レディに向かってこんな話し方をしていると知ったら、母から鞭で思いきり尻を叩かれるだろう。だがけちなプライドのせいで、謝罪の言葉を口にすることができない。セレーナが俺を求めていた本当の理由を知り、プライドがいたく傷つけられている。

エイデンは椅子から立ち上がり、大股で暖炉へ向かうと、火のない空っぽの炉床をじっと見つめた。心優しい母親に育てられてはいても、俺の体にはあの冷酷で思いやりのかけらもない、身勝手な男の血が流れているのだ。「エルヴァートンめ」

絞り出すようにその言葉を口にしたとたん、口のなかに苦いものが広がった。

セレーナは眉をひそめた。「もしかして、わたしを助けたいと伯爵が申し出てきたのを知っていたの？」

エイデンはすばやく振り返ってセレーナをにらんだ。俺をこの世に送り出した男とセレーナを関わらせてなるものか。「やつがきみにそんな申し出を？」

セレーナは嫌悪感がにじむ、乾いた笑い声をあげた。「ええ、昨日の午前中、夫のお葬式が終わったあとに、この屋敷の庭園でそう言われたわ。最初は、彼が自分の息子と結婚するよう言っているのかと思った。でもそのうちに、わたしの再婚相手として自分自身はどうかと提案しているのだと気づいたの」

「彼には妻がいる」

「ええ、わたしもすぐにそう指摘したわ。でも彼は、そんなことは心配する必要がないと考えているような口ぶりだった。まるで彼女がもう長く生きられないようなほのめかしさえしたの。もしかして彼女が病気なのかと思ったくらいよ」

あいつなら、伯爵夫人を始末しようと考えてもおかしくない。「きみは彼が好きなのか？」

セレーナがぞっとしたような表情を浮かべるのを見て、エイデンは大いに溜飲を下げた。

「まさか。彼はわたしの二回り以上も年上なのよ」

「だが彼には、きみが求めている影響力がある」

セレーナはため息をついた。絶望的な気持ちが伝わってくるため息だ。「自分は世継ぎを必要としていないから、子どもが産めないわたしにもうってつけだろうと言われたわ」

あいつは本当にそんなあけすけな態度で、おぞましい申し出をしたのだろうか？「あいつは俺の父親だ」

セレーナはわずかに目を見開くと唇を開き、まばたきをしてエイデンを見つめ、またまばたきをした。それから頭を傾け、すっと目を細めると、ようやく表情を和らげた。「やっとわかったわ。あなたのそのしっかりとした顎の線やいかにも貴族的な鋭い鼻の形、濃い眉毛、わたしの心をかき乱すその瞳。どれも彼に似ている――ただ、彼のほうが険しい顔つきをしているけれど。不思議よね、あなたのほうが彼よりもはるかに過酷な人生を生きてきたのに」

そう、この顔立ちはあいつから受け継いだもの。どの特徴もすべて、あの胸くそ悪い父親から譲り受けたある種の財産にほかならない。だが、とてもじゃないが財産だとは思えなかった。俺は路地裏にゴミのように捨てられたのだ。今すぐこのこぶしを何かに叩きつけたいという衝動に駆られている。今までこれほど自分が穢れた存在だと感じたことはなかった。自分の出生がこれほど呪われていると思い知らされたことも。

「もしきみが俺の子どもを身ごもれば、その赤ん坊にはあいつの血が受け継がれることになる」

セレーナは物憂げな笑みを浮かべた。「いいえ、あなたの血よ」

彼女の言葉にプライドをくすぐられたのが、どうにも気に入らない。エイデンは注意を暖炉へ戻し、自分に問いかけてみた。本気でセレーナに、彼女が心から望んでいるものを与えようと考えているのか？　そのあとはどうする？　彼女が俺の人生から立ち去っていくのを見送るつもりか？　二、三週間、情熱的な時間をともに過ごし、その思い出をよすがに残りの一生を生きていくのか？

「もしこの世に生まれてきたら、あなたの息子は公爵になる」セレーナは言った。その声から伝わってくるのは罪悪感と、自分が今後エイデンに与えられるものを理解してもらいたいという切実さだ。「そして、その子は多くの男性が夢見ても一生手にできないものを得ることになる。土地と富、そして権力よ。ラシングが所有する領地は荒れ果ててなんていない。それどころか彼の公爵領は、ほかの貴族たちから羨ましがられるほど立派なものなの。あなたの息子は堂々たる道を歩むことでしょう。イギリスでも指折りの学校へ通い、最高の教育を受け、なんの不自由もなく暮らすことができる。あなたのお父様よりも上の爵位だから、一緒のテーブルにつくとしたらお父様よりも上座に座ることになる。あなたは、自分のお父様が彼の世界で振るっているよりも強い力を、あなた自身の世界で振るえる状態を楽しんでいると言ったわね。あなたのお父様の世界で、あなたの息子は彼よりも大きな力を振るうことになる。信じられないほど壮大な詐欺だわ。あなたのなかにいる詐欺師は、この計画にさぞ心を惹かれているはず」

　俺の息子が公爵になる。もちろんその息子に、それほど高い地位と影響力を与えたのはこの俺だと名乗ることはできない。だが影の存在としてセレーナと秘密の逢瀬を重ねれば、俺の蒔いた種が結実し、その子が公爵になる。彼は影響力と権威を手にするだろう。成長すれば貴族院にも出席することになるはずだ。おおっぴらに息子自慢をすることは許されないいっぽうで、息子が手にしたり達成したりしたものはすべて、この自分が与えたものだという事実を心の奥底で噛みしめることはできる。何より、俺の息子はあのエルヴァートン伯爵よりも高い爵位を持つことになる。ただし、その事実をあの老いぼれの面前で吹聴してやることはできないが。

　エイデンは胸の前で腕組みをし、体の向きを変えてセレーナのほうを見た。「その子が亡き夫と似ていないのではないかと、まわりの人たちが怪しむはずだ」

「ラシングは髪も瞳も茶色よ。あなたと似ているのはその点だけだけれど、亡くなってから何年か経てば、みんなもラシングの顔の特徴なんて思い出せなくなるはずだわ。息子と比べるために、わざわざラシングの肖像画をまじまじと見つめ直す人がいるとも思えない。しかも英国貴族の全部が全部、完全に純粋な貴族の血を受け継いでいるわけではないはずよ。それに、なんといっても公爵という立場がその子を守ってくれる」

「男の子が生まれるとは限らない」

「さっきも話したように、生まれたのが娘の場合でも有利な点はたくさんあるわ」

そう、子どもを産んだという事実により、セレーナにはほかの男と再婚する機会が与えられるだろう。影響力のあるほかの男と。つまり、今の俺にはそれほどまでに影響力がないということだ。

「だったら、きみは俺に種を植えつけて歩き去れというのか?」

セレーナはエイデンの視線を受け止めた。その顔が苦しそうに歪(ゆが)んでいる。「いいえ、必ずしもそうではないわ。愛人のまま、人目を忍んでこっそり会い続けることもできるはずよ。それにあなたはときどき、自分の息子か娘に会うことだってできる。だけど、あなたが父親であることをその子にけっして知らせてはならない。男の子であれ女の子であれ、その子には、わたしたちの嘘や重荷を背負わせたくないから」

人目を忍んで。嘘。重荷。それらの言葉を聞かされるたびに、エイデンは棍棒で殴られたような衝撃を覚えていた。たとえセレーナの言葉が正しく、ふたりの関係は隠しておかなければならないものだとわかっていてもだ。

「あなたと一緒にいるところを見られるのが恥ずかしいわけではないの。ただ、何があっても子どもは守らなければならない」セレーナは無言のままのエイデンに言った。

そうは言うものの、セレーナは俺と一緒にいるところをまだ誰にも見せてはいない。少なくとも、人前で仮面を外そうとはしなかった。

彼女の馬車の御者以外、誰ひとり、セレーナが俺と一緒にいることを知らないだろう。いや、御者も、俺が何者か知っているとは思えない。

「わずかだけれど、あなたにお返しもするつもりなの」セレーナはためらいがちに言葉を継いだ。エイデンが依然として沈黙を貫いているせいだろう。

エイデンがすっと目を細めると、セレーナは椅子の端に座り直した。

「わたしの分の財産よ。今すぐあげることはできないけれど、あなたに遺贈することはできる。わたしが死んだら、あなたのものになるわ」

エイデンは皮肉っぽい笑い声をあげた。「だから、今俺に体を売れと言いたいのか?」

セレーナが怯(おび)えるような表情を浮かべるのを見て、エイデンの怒りは和らいだ。

「いいえ、違うわ。そんな意味で言ったんじゃないの。もしこの計画に協力してくれても、今あなたに保証されるのは、わたしとベッドにともにすることと、あなたの子どもとときどき一緒に過ごすことしかない。でも、わたしとベッドをともにすることがそれほど価値のあることとは思えないわ。そう考えるほどわたしも傲慢じゃない。だから、あなたの犠牲に報いられるような、それなりの報酬を用意したいと考えただけ」

「もし俺がきみより先に死んだら？」

「あなたの子どもたちの手に渡ることになるわ」

「だが、もし俺の子どもがきみの赤ん坊だけだとしたら？　俺は今後結婚するつもりもなければ、子どもを作るつもりもない」

今度は、セレーナが棍棒で殴られたような表情を浮かべた。「どうして？」

「俺がこういう生まれで、こういう男だからだ」

セレーナは立ち上がり、暖炉前にいるエイデンのそばにやってくると、むき出しの手を無精髭（ぶしょうひげ）が生えた顎にそっと当てた。その手を取り、手のひらの真ん中に唇を押し当てたい。そうしないために、エイデンはありったけの努力をする必要があった。もし彼女に触れたら、理性などどこかに吹き飛ぶだろう。できるかぎり理性を働かせて、あらゆる結果を心のなかで思い描くことなどできなくなる。セレーナの体をすくい上げ、あのベッドへ運び、最後の瞬間まで愛し合いたくなってしまう。

「そんなことはありえないけれど、ずっと前からあなたを知っているような気がしてしかたがないの。あなたには人間としての善良さがあるのよ」セレーナはかすかにほほ笑んだ。

「悪い遊びもするし女好きでもあるけれど、お父様とはまるで違う。あなたはほかの誰よりも、わたしの悲しみを癒（いや）してくれた。だからこそ、そんなあなたのことを思い出させてくれる、あなたの子どもを心から愛せると思うの」

「もし俺がきみの申し出を断ったとしたら？　きみが望んでいるのは、俺がきみをはらませることだけだろう？」

セレーナは顎を少し上げた。力を込めていることから察するに、こちらの言葉の選び方が気に入らなかったのだろう。同時に、自分の固い決意も示しているのかもしれない。

「そのときは、わたしの申し出を喜んで引き受けてくれる別のパートナーを探すだけ」

あのいまいましい父親がすでに、セレーナとベッドをともにしたいとほのめかしている。彼女はあいつの元へ行くだろうか？　絶望に駆られてそうするかもしれない。エルヴァートン伯爵がセレーナに触れると考えただけで虫唾が走る。だからといって、この公爵夫人の気まぐれな思いつきにつき合う気にはなれない。目的は俺のペニス、さらにはセックスによって生まれてくる子どもだけなのだ。しかもその子は、俺が父親だという真実をけっして知らされることがない。なんだか魂をえぐられているような気分だ。セレーナが俺の元にやってきた本当の理由を知らされたあとだというのに、どうしてこの女になすすべもなく欲望をかき立てられるのだろう？

愚かなことをしでかす前に、エイデンはセレーナから離れた。彼女がどの程度の期間、俺との関係を続けようと考えているのかわからないが、このままだと、どんな条件であってもセレーナの提案に同意してしまいそうだ。深呼吸をして、セレーナの書き物机に近づいてみる。机の上に紙と金色のペン先――公爵夫人ならば金色のペン先を持っていて当然なのだろう――があるのを見つけ、インク壺に羽根ペンを浸して、ある住所を殴り書きした。体の向きを変え、セレーナと向き合う。「妹が本屋を開くんだ。明日はみんなで開業準備を手伝うことになっている。本棚に本を並べたりするんだ。きみは午後二時に、きみの妹たちと一緒に、ここに書いてある場所へ来てくれ。準備を手伝わせるなかで、彼女たちが俺の人生の指針を犠牲にするほど価値のある存在かどうか、この目で判断したい」本音を言えば、俺の心まで犠牲になりそうだが。

「わたしたちは喪中なのよ」

「黒い服を着ればいい。喪中であっても、立派な行いをするなら許される」

「うちの妹たちはわたしの計画を何も知らないわ」

「教える必要などない。彼女たちには、レディ・アスリンが招待してくれたとだけ言えばいい。親族と死別したせいで強いられている退屈な毎日を、ほんの少しだけ忘れて気晴しするためにね」

セレーナの悲しげな瞳を見た瞬間、エイデンはすぐそばに駆けつけ、彼女が望んでいるものをすべて与えてしまいたくなった。だがそのとき、セレーナはゆっくりとうなずいた。

「わたしの兄も一緒に連れていくべきかしら？　あなたが兄の人となりも確かめられるように」

彼女にしては鋭い口調だ。明らかに、条件をつけられたのが気に入らないのだろう。だがエイデンは胸がすっとした。傷ついたプライドを回復できたような気がする。こちらの条件を聞いたセレーナから地獄へ堕ちろと言われたわけでもなければ、それなら別の相手を探すと言われたわけでもないからだ。

「キャンバリー伯爵のことなら知っている。俺のクラブでプレイしているからね。まったく不思議だよ――自分の楽しみのために金は使うのに、どうして実の妹を地獄へ突き落とすようなまねが平気でできるのか」

「これまでのところ、あなたはその地獄への旅を楽しいものにしてくれているわ、ミスター・トゥルーラヴ」

こちらを持ち上げることで、セレーナは俺をなだめようとしているのだろう。同時に、自分自身の名誉を取り戻そうとしているのだ。俺をそうやって呼ぶことで、どうにかしてふたりのあいだに距離を置き、俺に自分の立場を思い出させるつもりに違いない。

「わたしの兄はまだ若いわ。まだ遊びたい盛りなのよ」

「きみが一族の体面を保つという大きな責任を引き受け、きょうだいたちのために結婚したのはいくつだった？」

「今のウィンスローよりかなり若かったけれど」セレーナはすなおに認めた。「兄はあなたに借金があるの？」

エイデンはただ肩をすくめただけだ。「大したことはない。もしこの計画を実行すれば、きみは俺に対して、彼よりもはるかに大きな借りを作ることになる」そして扉へ向かいながら書き物机を指差し、肩越しに振り返った。「明日だ。きっかり二時にそこへ来てくれ」

15

それは男としては、絶対に誰にも見られたくない光景だった。エイデンの目の前で、実の父親がむき出しのたるんだ尻を振りながら、ベッドの天蓋を見つめたままの女とセックスをしている。女は小さなあえぎをもらしてはいるが時計のように機械的で、情熱はまるで感じられない。夜のこの時間に訪れたのは、てっきりエルヴァートン伯爵は寝ているだろうと考えたからだ。睡眠を邪魔するのを楽しみにして来たのだが。

女――今の伯爵夫人にしてはあまりに若すぎる――は脇を見て、エイデンの姿に気づくなり金切り声をあげた。上からのしかかる重たい伯爵を必死に押しのけようとする。

「くそっ！」女と同じ方向をちらりと見た瞬間、伯爵は叫ぶと、お世辞にも優雅とは言えない動きでどうにか女の体から離れた。解放された女はベッドの隅にもぐり込み、上掛けを引き上げて、慎み深さを保とうとした。

エイデンは、通路の向こう側から軽やかな足音が近づいてきたのに気づいた。やがてほっそりとした女が現れる。ちょうど彼の肩くらいの背丈だ。

「いったい何事?」

手の込んだ刺繍(ししゅう)がされたサテンの部屋着を着ていて、目の前の有様を見ても驚いていないことから察するに、この女性が現在のエルヴァートン伯爵夫人に違いない。エイデンはまだ若い頃、彼女を遠くから見たことが何度かある。歳(とし)の離れた再婚相手がどんな女性なのか興味があったせいだ。こうして間近で見ても、当時の美しさは損なわれていない。あれからかなりの歳月が経(た)ったというのに、陶器のような白肌はまだ輝かんばかりだ。一本の長い三つ編みに編まれた茶色の髪には、赤と銀色の筋がわずかに交じっている。

ベッドの端にどっかりと腰をおろし、肩で荒い息をしている伯爵の姿からは、年若い愛人のような慎み深さはかけらも感じられない。彼は邪魔なはえを追い払うように、片手をひらひらとさせた。「こんな時間にいったいなんの用だ?」

「一言言いに来た」

「明日出直してこい」

「いや、今だ」

伯爵はエイデンと瓜(うり)二つの茶色い瞳をすがめ、がっしりした顎に力を込めていらだちをあらわにしたが、結局うなずいた。「わかった。すぐ図書室へ行く」

「案内するわ」伯爵夫人はそう言うと、すぐに踵(きびす)を返して通路を進み始めた。

〝もし約束を破ったらどうなるかわかっているな〟そんな凄(すご)みを込めた目つきで父親をに

らみつけると、エイデンは扉を閉めて、伯爵夫人の横へ並んだ。

「あなたは気にならないのか？　彼がこの屋敷に愛人を引っ張り込むのは、妻のことを気にかけていない証拠なのに」

伯爵夫人は形のいい濃い色の眉を意味ありげにつり上げた。「あの愛人がいるかぎり、彼がわたしのベッドに入ってくることはない。なぜわざわざ反対しなければいけないの？」

彼女の理屈にエイデンは反論できなかった。幼い頃、もし自分の実の母が売春婦だったとしたら、客の相手をする時間がなるべく短くて済むようにとよく祈っていたものだ。

「図書室への行き方なら知っている」

伯爵夫人はエイデンの全身にすばやく目を走らせると、穏やかな笑みを浮かべた。「そうでしょうとも。それでも、あなたを案内したいの。そうしなければ、わたしはおもてなし精神のかけらもない女主人ということになるからよ、ミスター・トゥルーラヴ」返事を待たずに、彼女は足取り軽く、階段に向かってふたたび歩き出した。

早足で彼女に追いつく。「あなたは俺が何者か知っているんだな」質問ではなかった。

「ええ。何年か前、あなたが遅い時間にここへやってきた日のことをよく覚えているから。あなたがうちの執事にどう名乗ったか、今でも忘れられないわ。〝俺はエイデン・トゥルーラヴ。伯爵の庶子だ。彼に話がある〟気の毒に、それを聞いた執事は仰天したはずよ。

わたしは階段に立ってその様子を見ていたの」まさに彼女が今おりている階段だ。「あなたには気づかれないようにね。あの日、あなたはある目的を果たすためにここへやってきた。正直言って、あなたがやってきたことにわたしも相当な衝撃を受けたのよ」

「やつに庶子がいることを知らなかったのか？」

伯爵夫人は無言のまま階段の下まで行くと、つと立ち止まり、エイデンに向き直った。

「まさか。彼に庶子がいることは知っていたわ。実際わたしも庶子を三人産んでいるんだもの。だけど誕生すると同時に、彼がその子たちをわたしの手から奪い去ってしまったの。夫は、私生児として生まれた子どもたちは自分にとって都合が悪いだと考えていたからよ。でもあの日、あなたがやってきたのを見てとても嬉しかった。せめて生まれた子どもたちが愛情と思いやりに恵まれて育つようにしてほしいというわたしとの約束を、夫が守ってくれたとわかったから。さあ、こちらへ」

エイデンは伯爵夫人の顔をもっとよく見ようとした。どこか自分と似ている点はないだろうか？　だが彼女は体の向きを変え、ふたたびこちらを待たずに歩き出した。この女性が俺の母親である可能性はあるだろうか？　もしくはフィンの。

「妻になる前、あなたは彼の愛人だった」またしても質問ではなく断言だ。

「よく知っているわね、ミスター・トゥルーラヴ」

「産んだのは男の子だったのか？」

「ええ、全員ね」伯爵夫人は図書室の扉を開け、敷居をまたいだ。「たしかこの前あなたがここを訪ねてきたとき、伯爵はあなたに飲み物も出さなかった。だからあなたの好みがわからないわ」肩越しにエイデンを見つめ、茶色い瞳をややいたずらっぽく輝かせる。「あの日、この扉の前であなたたちの話を聞いていたの。さあ、どれがいいかしら？」

「スコッチを」

慣れた手つきでデカンタを開け、琥珀色の液体をグラスに注ぐ伯爵夫人の姿を見つめながら、エイデンはふと思った。彼女は俺の父親のために、数えきれないほどこうして酒を注いできたのだろう。グラスを渡してきた手を見つめ、考えずにはいられない。この手はかつて俺の額を撫でたことがあるのだろうか？　この腕は生まれ落ちたばかりの俺を抱いたことがあるのだろうか？　もしかすると、伯爵夫人は俺が自分の息子だと知っているのか？　もし血のつながりがあるならば、〝この人こそ俺を産んだ女性だ〟と直感的にわかるものなのだろうか？

エイデンは彼女からグラスを受け取ると、いきおいよく飲んでから尋ねた。「その後、産んだ男の子たちがどうなったかは知っているのか？」

「ひとりは最近子爵になったわ。曲がりなりにも、あの子もあなたの弟なんだと考えることがあるの。あなたがかつて弟さんのフィンにしたように、あの子を救うためにあそこまでしてくれるのだろうかって」

あの日、伯爵夫人は本当にエイデンと父親の話を立ち聞きしていたのだろう。とはいえ、図書室の戸口に立って親子の話し合いに聞き耳を立てる必要さえなかったはずだ。ふたりともどなっていたから、話のほとんどが外まで聞こえていただろう。

「フィンは数カ月前、ここへやってきたわ」伯爵夫人は机の前へ移動し、体をもたせかけた。「あなたのお父様の腕をへし折って――」

「あいつは父親なんかじゃない」

伯爵夫人は目を大きく見開いた。エイデンの激しい口調に驚いたに違いない。

「俺はあいつの庶子だ。それは否定しない。だが俺の父親ではない。父親ならばわが子を捨てたりは――」だが、もしセレーナとのあいだに子どもを作れば、俺もその子に同じ仕打ちをすることになる。「――しない。種を植えつけて産ませておきながら、放ったらかしにした悪党だ。俺にとって、あいつはそれ以上の存在じゃない」

伯爵夫人はひるむことなく、エイデンの視線を受け止めている。手厳しい言葉を浴びせかけられても、一度も目をそらそうとはしなかった。もしかすると彼女は、自分がこの世に産み落とした庶子たちから同じ言葉を投げつけられているところを思い浮かべているのかもしれない。

「伯爵はこの人と決めた相手に対しては、とびきり魅力的になれるの。特に今よりも若くて、ハンサムで、男盛りだったときはなおさらだったわ。わたしも一時期、そんな彼を心から愛していたもの」彼女は目を伏せてサテンの上履きを見おろした。ドレスの裾からつま先が少しだけ見えている。「ねえ、教えてほしいの、ミスター・トゥルーラヴ」目を上げて、エイデンをひたと見すえた。「あなたがベビー・ファーマーのところへ届けられた日がいつなのか、知っている？」

ということは、伯爵夫人もまた俺と同じことを考えているのだ。「あのろくでなしがエティ・トゥルーラヴのところへ俺を捨てに行ったのは、一八四〇年二月二十六日だ」

エイデンの答えを聞いても、伯爵夫人は何一つ表情を変えようとしない。具体的な日にちではなく、ただ漠然と〝夜明け前だ〟と聞かされたかのように。

伯爵にわが子を奪わせておきながら、彼を愛していると信じて結婚したこの女性を、エイデンはどう考えていいのかわからなかった。

「その日付に覚えがあるのか？」エイデンは答えを促した。いらだちのせいで、つい語気が荒くなる。冷静で落ち着き払った表情以外を見てみたい。

伯爵夫人はため息をついた。「いいえ。でも、それでかえってよかったのかもしれないわ。あなたは自分をエルヴァートンに託した女性を忌み嫌っているはずだもの」

「いや、実の母親についてどう思っているのか、自分でもよくわからない。あなたはなぜ自分の子どもを捨てるような男と結婚したんだ？」

「十七歳になって初めての社交シーズンを楽しんでいたとき、エルヴァートンの目に留まったの。彼が結婚していることは知っていたけれど、気にならなかった。彼のことを愛していたし、彼もわたしの面倒を見ると約束してくれたから、彼の愛人になったの。でも男爵だったわたしの父からは親子の縁を切られたわ。そうされても父には抵抗しなかった。だって自分の罪をよくわかっていたから。でも父に勘当されたせいで、わたしの人生の選択肢はいっきに狭められた。なんの技術も能力もない、ただの堕落した女に成り下がってしまったの。だから子どもを産んだときも、その子を手元に置いておくのを許してほしいと言い張ることができなかった。そんなことをしてエルヴァートンを怒らせたくなかったの。きっと、あなたのお母様も同じ運命をたどったんだと思うわ。たいていの場合、女は無力よ。わたしたちは自分が生きのびるために、そして自分の大切な人たちが生き残るために必要なことをしなければならない。ただし、そういった選択は簡単には下せないし、不愉快なものがほとんどなの」

エイデンはセレーナに思いを馳せた。彼女も今、ある選択を下そうとしている。そして自分はその選択がどうにも気に入らない。それでもなお、セレーナは必死で前進し続けようとしている。自分自身よりも大切な家族を優先しようとしているのだ。

「彼の奥様が不幸なボート事故で亡くなったとき、わたしは二十一歳で、まだ美しい盛りは過ぎていなかった。それに、わたしが子どもが産める体質であることを、彼は知っていた。実際、前の奥様が与えられなかった世継ぎを、わたしなら与えられるとね。わたしのことをよく言う人はいなかったけれど、彼のことをまだ愛していたし、これまで耐え忍んだおかげで夫人として彼の隣に座る権利を得たんだと思った。ようやくすべてを――彼の屋敷も、財産も、周囲からの尊敬もすべて手にできるんだって。だから愛人街(ミストレスロウ)と不名誉な名前のついた、貴族の愛人たちが暮らす屋敷が並んだ通りから出て、この大きなメイフェアの屋敷へ移り住んだの。そして今では毎日、若くて弱かった頃の思い出とともに暮らしているわ」

「俺はあなたに一方的な判断を下そうとは思わない」エイデンはどうしてもそう言わずにはいられなかった。この世の中が、女性にとってどれほど生きづらい場所かは痛いほどよくわかっている。自分もきょうだいたちも長年、そういう苦しい立場にある女性たちの助けになれるよう努めてきた。

「ここロンドンでそんなことを言ってくれるのはあなただけよ」通路から近づいてくる足音が聞こえ、伯爵夫人は背を伸ばして机から離れた。「さあ、主賓のお出ましよ」自嘲的な笑みを浮かべながら言葉を継ぐ。「今回は鍵穴越しに聞き耳を立てるようなことはしないわ。おやすみなさい、ミスター・トゥルーラヴ」

彼女は戸口に向かって歩き出した。

「俺の弟のフィンが――」

伯爵夫人は足を止め、ちらりと振り返った。

「エティ・トゥルーラヴの元へ届けられたのは、たしか同じ年の四月八日だった。もしかすると――」

彼女はかぶりを振った。「いいえ、彼はわたしの息子ではないわ」

そのとき伯爵が大股で図書室へ入ってくると、よろめきながら突然足を止めた。「おい、フランセス、いったいここで何をしている？」

「あなたのお客様をもてなしていたの」

「ポリーの面倒を見てやってくれないか？　まだ全然落ち着きを取り戻せていないんだ」

「だったら彼女に温かい牛乳を出すわ」

あんな愛人はすぐさま屋敷から放り出してやれ。エイデンは一瞬そう叫び出したくなったが、ありがたいことに今ではもういい大人だ。叫び出す以外の対応をいくつでも思いつくことができる。しかも、愛人ということに関して言えば、俺の母さんも清廉潔白とは言えない。母さんも生きのびるために、これまで誇れないことをしてきたのだ。伯爵夫人は正しい。女とは男よりも生きづらいものなのだろう。

エルヴァートンはさまざまなデカンタが並ぶ棚のほうへ大股で歩み寄ったが、エイデンに目もくれようとしない。とはいえ、父から客人扱いされることなどはなから期待していなかった。案の定エルヴァートンは、エイデンが初めてここを訪ねた数年前と同じことをした。自分のためだけにグラスにスコッチを注ぎ、大股で机のほうへ行くと、椅子にどっかりと腰をおろし、エイデンをにらみつけたのだ。「で、なんの用だ?」

「別に用はない。要求を伝えにやってきただけだ。ラシング公爵夫人には手を出すな」

エルヴァートンは大声で笑い出した。「おまえはわたしに要求などできる立場じゃない」

エイデンは残りのスコッチを飲み干すと、空のグラスを炉床へ叩(たた)きつけた。音を立ててガラスが粉々に砕け散る。伯爵が驚いて飛び上がるのを見て、満足感を覚えた。「彼女はあんたのものじゃない」

「だったら自分のものだと考えているのか? 彼女がおまえなど相手にするはずがない。そもそもどうして彼女を知っている?」エルヴァートンは片手を掲げ、パチンと指を鳴らした。「おまえのあのクラブでか? いや、そんなはずがない。彼女は喪中だし、きっちりと喪に服している。ただしラシングが死ぬ前に、あのクラブに行っていたなら話は別だ」

「そんなことは考えなくていい。ただ彼女には近づくな。さもないと、また骨折することになる」

「おまえが彼女に与えられるものなど何一つない。周囲からの尊敬も、社交界での地位もな。何しろ彼女は伯爵の娘で、公爵の妻なんだ。そんな彼女がおまえごときを相手にすると本気で信じているのか?」

いいや、そう信じているわけではない。実際、彼女は俺とセックスをしたが、人前で堂々と一緒に歩こうとはしない。だがエルヴァートンの前で、やつの言葉に図星を指されたというそぶりを見せ、この男を満足させたくない。エイデンはつかつかと机に歩み寄り、両手を机の上に突くと、脅しつけるように前かがみになった。「いいか、彼女には近づくな。一歩たりともだ」

伯爵は指先で自分のグラスを軽く叩いた。「おまえのもうけの七十五パーセントを渡したら約束する」

かつて弟フィンを救うために、クラブの売り上げの半分以上をこの男に与えたことがある。だが当時のエイデンはまだ二十三歳。自信もなく、自分が何者かもまだよくわかっていなかった。だが数カ月前、フィン本人が伯爵を訪ね、その理不尽な契約を終わらせたのだ。

「警告に従え。さもないとひどい目にあうことになる」エイデンは伯爵に背中を向け、確固たる足取りで扉へ向かい出した。

「偉そうなことを言うな。何者でもないくせに！」

エイデンは必死に実の父の言葉を受け流そうとした。俺は、セレーナと自分とのあいだに何か特別なものがあると信じている。それに彼女が俺のことを気にかけているとも。だが、セレーナは俺を利用したがっている。この伯爵が俺の生みの母親にそうしたのと同じように。まったく人の心とは予測不能だ。思いどおりに支配できる者など誰ひとりいない。

キャンバリー伯爵は〈ケルベロス・クラブ〉でカードをするのが好きだった。ただ、このクラブは高級さとは無縁だ。薄暗くてたばこの煙が蔓延(まんえん)している室内は、ロンドンの裏社会を映す鏡のようなもの。このクラブには平民たちに交じって、さほど影響力を持たない貴族の次男や三男、四男もやってくる。彼らのポケットにもはや糸くずしか残っていない。〈ホワイツ〉では歓迎されず、そのほかのきちんとした紳士クラブでも入店を許されない貴族たちだ。

汚い言葉が飛びかい、品のない大きな笑い声が響き、酒も安物ばかりでジンがほとんどだ。だがキャンバリー伯爵は文句を言える立場にない。ほかの賭博場では許されていないが、この店ではまだ借金の支払い猶予が認められている。あともう少しプレイすれば、またしても借金せざるを得なくなるだろう。今夜、伯爵の運は完全に尽きていた。

すべて上々の一日になるはずだった。窓がないこのクラブでは、窓からの景色を眺めて、時間がどれくらい経ったのかを知ることができない。そのせいで、いつも懐中時計を見ては、もうこんなに時間が経っていたのかと驚くことになる。今も、ベストのポケットから懐中時計を取り出したところだ。周囲の誰もがしんと静まり返ったのが気になり、ふと顔を上げると、そこにこのクラブの経営者が立っていた。エイデン・トゥルーラヴ。彼がこのクラブに姿を現すのは珍しい。新しいクラブの運営に忙しいからだ。妹セレーナは今、そのクラブに足しげく通っている。まさに、一族を救えるかどうかの鍵を握るクラブと言って いい。

「キャンバリー」

彼はたった一言だけの、そのそっけない呼びかけが気に入らなかった。しかも、こちらに対するなんの敬意も感じられない。だから調子を合わせてやることにした。「トゥルーラヴ」

「きみと俺のさしでゲームするのはどうだ?」

キャンバリーがどうにか答えをひねり出す前に、一緒にプレイをしていた若者たちはいっせいに椅子から立ち上がり、ほかのテーブルへ移ってしまった。

トゥルーラヴは空いた椅子に腰をおろし、散らばったカードを集め始めた。「今夜はツキに見放されているようだな」

「運に恵まれることもある」

「そんな機会はめったになさそうだ。きみは上手なプレイヤーとは言えない」

「そんな文句を言われるとは思わなかったよ。僕が負けるほど、きみの店の金庫は潤うじゃないか」

トゥルーラヴはにやりとした。だが親しみが感じられる笑みとは言いがたい。どう見ても獲物をつけ狙う捕食動物のような含み笑いだ。彼は巧みな指さばきでカードをシャッフルし始めた。目にも留まらぬ速さで、いっそう不安をかき立てられる。トゥルーラヴの手にかかると、カードがおとなしく言うことを聞き、ささやくようなかすかな音を立てながらあるべきところにおさまるようだった。

「きみはこの店にどれだけ借金があるか知っているか?」

「千二百ポンドだ」

「ならば、これから戦争ゲームをしよう。賭け金はきみの借金の千二百ポンドで、一か八かの勝負だ。もし俺が勝ったら、きみの借金は二千四百ポンドになる。もしきみが勝ったら、きみの借金はゼロになる」

キャンバリーの心臓は、競馬場を疾走するサラブレッドのように早鐘を打ち始めた。一回のゲームにそれほどの大金を賭けたことは一度もない。〝そんな勝負はよせ〟全身がそう叫んでいる。〝今すぐ席から立ち上がり、屋敷へ戻るんだ〟だが気づくと、うなずいていた。

トゥルーラヴはテーブルの上にカードを伏せたまま扇型に広げた。「いちばん簡単なルールにしよう。きみがこのなかからカードを一枚選び、そのあと俺が一枚選ぶ。数字が大きいカードを選んだほうが勝ちだ」

キャンバリーは大きく息を吸い込むと、指先を一枚のカードにかけた。

いや、このカードじゃない。そう思い直して別のカードに指をかけたが、やはり違うような気がして、また別のカードに指をかけ直す。何しろ千二百ポンドがかかっている。もし負けたら借金を返す当てなどない。だが勝てば――。

さんざん迷ったあげく、一枚のカードに指先をかけ、とうとう自分のほうへ引き寄せた。ゆっくりとカードの隅を持ちあげてみる。クラブの八。くそっ。

トゥルーラヴはためらいもせず、折り重ねられたカードのいちばん下にあるカードを引き寄せると、キャンバリーに向かってうなずいた。

キャンバリーはどうにか傲慢そうな表情を浮かべてみせた。今この瞬間、僕の世界がもろくも崩れ去ろうとしている。だが、そんなそぶりをおくびにも出してはならない。表が出るように自分のカードを放り投げ、顔を上げた。

トゥルーラヴは自分のカードを指で弾（はじ）いて宙で一回転させ、キャンバリーのカードの上に落下するようにした。ハートの二だ。

キャンバリーは笑い声をあげた。「勝ったぞ！　これで借金はなしだ」

「運がいいな、キャンバリー卿（きょう）。これで借金はちゃらだ。このチャンスを最大限生かして、もう二度とこの店には戻ってくるな」

「どうして賭博場で遊ぶお金の余裕があるの？」

妹セレーナは手強（てごわ）い相手だ。キャンバリーはそのことをよく知っていた。賭博場へ行ったことを知られたら、間違いなく怒り出すだろう。だがセレーナに怒られても、どうということはない。結局、僕は女ばかりのこの一族に生まれた、ただひとりの男子なのだ。跡取り息子であり、今では伯爵の地位を受け継いでいる。

だが明け方四時に屋敷へ戻ると、執事から、セレーナが二時間前にここへやってきて図書室でずっと待っていると聞かされた。二時間待っていたあいだに、セレーナは怒り心頭に発したのだろう。これほどかたくなな妹の姿を見るのは初めてだ。

「どうにか返済期間を延ばせたんだ」

セレーナが胸の前で腕組みをしているのを見て、キャンバリーは思った。腕組みをしているのは、そうしていないと僕の髪を引っこ抜いてしまいそうだからだろうか？

「返済期間を延ばすよりも、自分の領地を立て直すことのほうが大事だとは思わないの？」

「男には気晴らしが必要だからね」

セレーナが脅しつけるように一歩前へ進み出る。キャンバリーは思わず飛びすさった。妹の瞳にいくつもの炎が燃えているのがどうにも気に入らない。

「わたしだって気晴らしは好きよ、ウィンスロー。でも今はそれどころじゃないの。あなたもわたしと同じ考えかと思っていたわ。ふたりで話し合ったとき、なるべく早く事態を立て直す必要があるという結論に達したはずよね――可愛い妹たちのために」

「おまえに子どもさえできれば――」

「もしできなかったらどうするの？」

「おまえが賢明に努力すれば――」

セレーナはすっと目を細めた。凄みのある目つきに、キャンバリーはそれ以上言葉を続けられなかった。

「賭博はもうやめて。それに、愛人とつき合うのもよ。世間からどうしようもない浪費家だと笑われるのはもうおしまいにして、自分の爵位と領地に名誉と誇りを取り戻すことに専念してちょうだい。妹たちのためだけじゃなく、お兄様自身のために。今こんな状態で、どんな妻をめとるつもり？　このままだと結婚もできないわ」

正直に言えば、妻などほしくない。一緒になりたいのは愛人だ。彼女のことを心から愛している。だが口が裂けてもそんなことは言えない。セレーナがそれを聞いて喜ぶとは思えない。「結婚するには、僕はまだ若すぎる」

「いいえ、そんなことはないわ。それにあなたは、社交界で自分の価値を証明できないほど若造でもない。そういう考え方は今すぐやめて、わたしのように前に進んで。さもないと本当にみじめな立場に立たされるわよ」

キャンバリーは顎に力を込めた。「おまえは僕を脅そうとしているのか？」

「もはやお兄様の面倒を見きれないと言っているの。もちろん、助けられるなら手を差し伸べるわ。でもそれは、お兄様がわたしと同じくらい努力していた場合の話よ。このままだと自分がお金に困ることになるという現実とちゃんと向き合って、これからは尊敬すべき紳士になれるよう、きちんと振る舞うようにして。そして裕福な女相続人と結婚するのよ。〈ケルベロス・クラブ〉には二度と行かないで」

キャンバリーは椅子にどっかりと腰をおろした。「その件については、僕に選択肢はない。あの庶子のエイデン・トゥルーラヴが――」

「彼をそんなふうに呼ぶのはやめて」

セレーナをまじまじと見つめる。「あいつをどう呼ぼうと僕の勝手だ。なぜおまえが気にするんだ?」

「エイデンはよりよい自分になろうとして一生懸命努力をしてきたの。そうして今の成功を――」

「エイデンだって?」キャンバリーはある疑念を抱いた。その疑いが当たっていてほしくない。ふいに背筋が凍りつくような寒さを感じた。「それにどうしておまえは、僕が〈ケルベロス〉をひんぱんに訪れていることも知っているんだ?」

セレーナは顎を思いきりぐっと上げた。「噂(うわさ)で聞いたのよ」もし髪を結い上げていなかったら、肩のまわりに跳ね上がっていただろう。

「いや、違うな」彼はゆっくりと立ち上がった。「頼むからエイデン・トゥルーラヴが相手だなんて言わないでくれよ。おまえに子どもを授ける相手は彼じゃないと言ってくれ」

「それがそんなに重要なこと？　相手でどんな違いがあるの？」

「あいつはあなどれないやつだ。軽く見てはいけない男なんだ。彼のきょうだい三人が貴族との結婚に漕ぎつけた。結局そうやって社交界に徐々に入り込みつつある。あいつもあの三人と変わらない。もしおまえの息子をちらりとでも見かけて、自分の子だと気づいたら――」

「彼のことならわたしに任せて」

「今夜、あいつが何をしたか知っているか？　自分のクラブに姿を現して、僕にゲームしようと持ちかけたんだ。しかも一対一でだ。僕のクラブでの借金を賭けようと言って、千二百ポンドで――」

「千二百ポンドですって？　頭でもおかしくなった？　わたしがもらっているお小遣いの六年分よ！　それだけのお金があるなら、カードゲームなんかよりも、もっと意味のある使い方が――」

「いや、重要なのはそこじゃない。あいつはその大金をなんでもないかのように賭けた。僕とあいつで一枚のカードを選んで、数が大きいカードを引いたほうが勝ちというルールだったが、なんと勝ったのは僕だったんだ。あいつは約束どおり借金をゼロにしたが、もうこのクラブには来るなと言った。僕に負けて相当腹を立てていたに違いない」

意外にもセレーナは優しい顔になり、かぶりを振った。「彼があなたにクラブに来るなと警告したのは、そのせいじゃないと思うわ」

「いや、もちろんあいつがものすごく怒ったせいだ。あいつはそういうたちの男なんだよ。誰も彼には逆らえない。誰ひとりとしてだ。利用したことがばれたら、あいつはおまえを大目に見てはくれないだろう」

「ええ、それはよくわかっているわ」

「今後もう二度と会わないような、身分の低い平民を相手に選ぶべきだ。ロンドンじゅうの噂のまとになっている家族の一員を相手に選ぶなんて、いったい何を考えている？　人目につかないわけがないじゃないか」

「だって、彼の笑顔が好きなんだもの」

「セレーナ――」

「そんなに心配しないで。彼が相手なら、わたしの秘密は絶対に守られるわ」セレーナは兄の脇を通り過ぎたが、つと足を止めて振り返り、眉をひそめた。「隅にあったアトラス像はどこへやったの？」

それはとっくに売り払っていた。少し手持ちの金があれば、愛人に安物の宝石を買って幸せな気分にさせられるからだ。「二、三体、彫刻の置き場所を変えたんだ」

「売り払ったのね」セレーナが静かな口調で言う。

「ああ、ちょっとね」すなおに認めた。

セレーナは兄に向き直った。「あれはお父様のお気に入りだったのに」

「もう父上はここであの作品を楽しむこともない。あのアトラス像はどこかよそに売ったほうが、よほど僕らの役に立つ」

「きっと、美術品がなくなっているのはこの部屋だけではないんでしょうね。しかも、これが初めてではないはずだわ」

「僕らの人生は、もう何一つかつてと同じじゃない。すまない、セレーナ。僕は自分の責任を果たすのを怠っていた。これからは前に進み、自分の仕事をきちんとするようにする」

「ええ、それだけがわたしの望みよ」

キャンバリーも願わずにはいられなかった。今度セレーナがやってくるのがこんな深夜でないように、と。

16

その日の午後、がたがたと揺れながら通りを走る馬車のなかで、セレーナは心に決めた。喪に服したばかりの未亡人としてあるまじき行為だと周囲から非難されても、今日は気にしないことにしよう。ずっと喪に服している妹たちはひとときの気晴らしができるとわかり、手放しで喜んでいる。彼女たちのはしゃぐ様子を見たら、まわりからどれだけ渋い顔をされても構わないという気になってきた。

「お葬式の日、レディ・アスリンがお姉様を訪ねてきたときのことがどうしても思い出せないの」セレーナとフローレンスの向かい側に座ったコンスタンスが言った。

「彼女の旦那様はまだ貴族のなかで完全に受け入れられたとは言えないの」セレーナはコンスタンスに説明した。「だからレディ・アスリンも夫にならって、あの日は葬儀に参列しないことにしたのよ。でもご親切にも、お悔やみの言葉をしたためたわたし宛ての手紙を送ってくれたの」

「その手紙で、レディ・アスリンはこのすばらしい冒険に誘ってくださったのね?」

「ええ」真っ赤な嘘だ。レディ・アスリンの手紙には、ラシングが他界したことに対する悲しみが綴られていただけだった。どうかエイデンがレディ・アスリンに、今日はわたしと妹たちを招待したことにしてほしいと一言耳打ちしてくれていますように。このまま妹たちと出かけて話が食い違ったら、気まずい事態になるだろう。

「本当に外出していいのかしら？」フローレンスが眉間に深いしわを寄せながら言った。

「わたしたちはこれから、若いレディが自活するお手伝いをしに行くの。たとえ服喪期間でも、よい行いに参加するのだから許されるはずだわ」セレーナは答えた。

「今からしに行くのは、よい行いなの？」フローレンスが尋ねる。

「ええ、もちろん」それが本当によい行いかどうか、わざわざフローレンスと話し合う必要はないだろう。

「考えるだけでわくわくするわ」セレーナの反対側の隣に座っていたアリスが口を開いた。

「自分たちが書棚に一冊一冊並べた本がずらりと並んでいるところを想像してみて。わたしたち、これから一軒の本屋さんを作り上げようとしているのよ」

「喪に服しているあいだは、そんなわくわくするようなことはすべきじゃないわ」フローレンスが答える。「だからさっきから疑問を感じているの。わたしたちみんな、にこにこしすぎてる」

「ラシングなら許してくれるはずよ」セレーナは自分の手袋を軽く引っ張った。妹の物問いたげな視線を受け止めているよりも、革の手袋を見ているほうがはるかに簡単だ。「ラシングは前から幸せそうなわたしたちの姿を見て楽しんでいたんだもの。ひどく悲しんでいるわたしたちの姿は見たくないはずよ」

「でもお母様はお墓のなかでびっくりして起き上がっているかもしれない」フローレンスは不満げに唇をすぼめ、早口でささやいた。「だってトゥルーラヴ家はみんな……庶子なんだもの」

「それは病気じゃないのよ、フローレンス」セレーナは鋭い口調で指摘した。「別に、あなたにうつるわけじゃないの」

「でもあの一家は何かと噂になっているわ。わたしたちの結婚に差し障りがあるかもしれない」

もとを正せば、今日こうして出かけているのは、妹たちが少しでも良縁に恵まれるようにするためだ。だがそれを妹たちに説明することはできない。彼女たちを安心させられるような、適切な答えはないものだろうか？

セレーナがそう思案しているあいだに、アリスが甲高い声で答えた。「それは彼らのせいじゃない。その人たちのせいではないことを責めるべきではないはずよ。そうでしょう？」

「わたしもある程度まではアリスに賛成」コンスタンスが口を開いた。「わたしはこれを一種の調査ととらえているの。だって一度も庶民（コモナー）と言葉を交わしたことがないんだもの」

「彼らは庶民（コモナー）なんかじゃないわ」セレーナはぴしゃりと言い返した。妹たちが驚いたように目を丸くしたのを見ても、少しも気は晴れない。

「セレーナはその誰かと話したことがあるの？」フローレンスが用心深い口調で尋ねた。

「ほら、わたしは彼らの結婚式に出席したことがあったでしょう？」といっても、そのときは結婚式のあとの朝食に出席しなかったため、一家の誰とも言葉を交わさなかった。でもそこまでは言わなくていいだろう。社交界にデビューしていない妹たちはレディ・アスリンの結婚式に出席していなかった。

「彼らはどんなふうに見えるの？」アリスが無邪気に尋ねる。

「ごく普通よ」セレーナは車窓を流れる景色を眺めた。「夢と野心を持っていて――」わたしを笑わせ、このうえない悦（よろこ）びを与えてくれる。エイデンのそばにいると、悲しみを忘れられる。「――わたしたちとまったく同じものを望んでいるわ。愛されて、幸せになり、生きていくうえで必要な衣食住をね。仕事を通じて自分の人生をよりよくしてきた彼らは立派だと思うわ。ミック・トゥルーラヴは一大事業帝国を築き上げた。フィン・トゥルーラヴは自分の放牧場を持っていて、そこで妻のレディ・ラヴィニアと一緒に孤児たちを受け入れている。彼らの女きょうだい、ジリー・トゥルーラヴはソーンリー公爵と結婚して、今でも酒場を所有しているの。そして今、彼らのもうひとりの女きょうだいが本屋さんを開こうとしているのよ」

「でもトゥルーラヴ家には、レディたちがありとあらゆる罪を楽しめるクラブを経営している人もいるのよね」コンスタンスは言った。「実を言うと、お葬式の日にレディたちが噂をしているのを聞いて、そのお店にものすごく興味を持ったの。ねえ、セレーナ、あなたはそこへ行ったことがあるの？」

「わたしは喪中よ」嘘ではない。でも答えにもなっていない。

「喪が明けたら、そのお店へ行くつもり？」

「ええ、みんなで行けるといいわね」すべては今後のわたしとエイデンの関係しだいだ。

「セレーナは彼らについてずいぶんよく知っているのね」フローレンスが言う。

「だって、みんながあの人たちの噂をしているんですもの。彼らの前では、くれぐれもお行儀よくするのよ」エイデンに妹たちの長所をわからせる必要がある。「あなたたちだって、レディ・アスリンに気まずい思いをさせたくないでしょう？　彼女はご親切にも、服喪期間のわたしたちにひとときの気晴らしを与えてくれたんですもの。今日の午後はよい行いをする機会だと考えればそれでいいのよ」

真っ先に目に飛び込んできたのは、この界隈（かいわい）でひときわ目立つ〈トゥルーラヴ・ホテル〉の堂々たる建物だ。ラシングは生前、社交シーズンのためにロンドンへ戻ったら、このホテルの部屋に一泊する計画を立てていた。自分が利用することで、ほかの高位の貴族たちも家族ぐるみで利用するようになるだろうと考えたからだ。思えば亡き夫は、自分が周囲に与える影響力など大したことはないと常に謙遜していたが、自分以外の人たちのためならばその影響力を惜しみなく振るおうとする人だった。遠くから見守っていただけだが、ラシングはロンドンのこの界隈を住みやすい地域にしようと努力しているミック・トゥルーラヴのことを尊敬していたのだ。かつてラシングはこう言ったことがある。〝みんながスラムとしか見ていなかったあの界隈に、彼だけは輝かんばかりの可能性を見いだしていたんだ。彼が英国貴族に一日も早く受け入れられ、支持されるようにしなくてはいけない〟ほかの貴族とは違い、ラシングはミック・トゥルーラヴを受け入れようとしていた。

しかし、ホテルの向かい側の街灯柱に寄りかかっている男性が目に入ったとたん、セレーナは彼のことしか考えられなくなった。エイデンだ。馬車が停まると、従者がおりて自分の仕事をこなす前に、エイデンは馬車へ駆け寄り、扉を開けて、セレーナに向かって手を差し出した。彼と手のひらを重ね合わせ、ふいに心配になる。この胸のときめきが妹たちにも聞こえているのではないだろうか？　エイデンはセレーナが馬車からおりる手助けを終えると、すぐに妹たちを手伝った。

やがてセレーナと妹たちは、れんが敷きの歩道に勢ぞろいした。脇にある建物の窓には、複雑で美しい金色の飾り文字で〈ファンシー・ブック・エンポリアム〉とステンシル印刷されている。

セレーナは口を開いた。「こんにちは、ミスター・トゥルーラヴ。こうしてお招きいただけるなんて、レディ・アスリンは本当にお優しい方ですね。妹たちを紹介させてください。レディ・コンスタンスとレディ・フローレンスです」

本来ならば、平民である彼を先に妹たちへ紹介すべきなのはわかっている。でもエイデンによって人生をひっくり返された今、そんなことは気にならない。

エイデンはわずかにお辞儀をした。「レディたち、今日はようこそ」

「ぱっと見ただけではわからないと思うけれど、この子たちはふたごなの」

「フィンと俺と同じなんだね」エイデンはウインクをした。「といっても、俺たちは誕生日が六週間ずれているけど」

「あなたのお母様は先にひとりを出産して、あとのひとりを六週間後に出産したの?」フローレンスが尋ねる。

エイデンはにやりとした。「いや、俺たちは母親が違うんだ」

「だったらふたごじゃないわ」

「ああ、従来の意味ではね」

このまま会話を続けさせてもいいことは何もないだろう。「そしてこちらがレディ・アリスです」セレーナは会話に割り込み、ふたたび紹介を始めた。

エイデンはアリスにとびきりの笑顔を向けた。若くして大切な人を亡くすというつらい経験をしたアリスに寄り添うかのような、優しさと思いやりたっぷりの笑顔だ。「本の虫というのはきみだね」

アリスは目を見開き、口をあんぐりと開けた。「どうして知っているの？」

「きっと、レディ・アスリンの結婚式でお会いしたときに、わたしがミスター・トゥルーラヴにお話ししたんだわ」嘘がすらすらと口をついて出た自分にとまどってしまう。

「あなたは本が好きなの？」アリスがエイデンに尋ねた。

「ああ、大好きだ。妹のファンシーと同じくらいにね。ファンシーは本好きが高じて、いつも本に囲まれていたいという理由から本屋を開くことにしたんだ。さあ、こっちだ、レディたち。きみたち全員に手伝ってもらうよ」

エイデンは店の扉を開け、みなをなかへといざなった。アリスはスキップしながら真っ先になかへ入る。フローレンスとコンスタンスは、アリスよりもおしとやかに店に入ったが、それでもセレーナにはふたごたちも胸をときめかせているのがよくわかった。だからこそ今日の午後が台無しにならないよう、ここで確認しておかなくてはならない。セレーナはエイデンの背後で立ち止まった。「レディ・アスリンは、わたしが彼女から招待状を受け取ったことにしているのを知っているの？」

「知る必要のあることは誰もが知っている」

「あなたは彼らに……話したの？　すべてを？」

「いや、彼らとは関係ないことは話さなかったよ、愛しい人」

「でも、不審に思ったに違いないわ」

エイデンはむき出しの手の甲をセレーナの顎の下に置くと、顔をほんの少し上向かせた。

「彼らが知っているのは、俺が自分のクラブできみと出会い、きみに惹かれているということだけだ。それにみんな、口をつぐんで何も言わない方法を心得ている。きみときみの妹たちはただ気晴らしを求めていて、俺が今日その機会を提供した――それだけだ。俺たちと一緒にいるかぎり、きみは安全だ。何も心配しなくていいんだよ、セレーナ」

いいえ、そうはいかない。だってエイデンがそばにいると、いつだってわたしは心を奪われそうになるのだから。

エイデンの言葉に嘘はなかった。家族の協力を得るために、多くを話す必要はなかった。彼らが知っているのは、エイデンが自身のクラブでセレーナと出会ったということだけ。ただし、それがつい最近であることは話していない。彼女が未亡人になる前からつき合いがあったかどうかは、彼らの想像に任せればいい。ただし、セレーナに惹かれていることはすなおに認めた。だから彼女と妹たちに、少しでも悲しみを癒せるようなひとときを与えたいのだと説明したのだ。

だからセレーナをいざなって店のなかへ入り、家族が若いレディたちを取り囲んで歓迎しているのを見ても、何も驚きはしなかった。もちろん、家族の一員としてミックの妻レディ・アスリン、さらにフィンの妻レディ・ラヴィニアがいるおかげで、セレーナの妹たちも緊張せずに済んでいるのだろう。それに当然ながら、彼女たちがジリーの夫である、ソーンリー公爵と親しくしているおかげもあるはずだ。何しろソーンリー公爵は周囲から尊敬を集め、セレーナの亡き夫に匹敵するくらい大きな影響力を誇る人物なのだ。ソーンリーはみずから率先してファンシーとミック、フィン、ビースト、アスリンを紹介していた。

アスリンは紹介が終わるとすばやく一同の輪から離れ、セレーナの手を取った。「ラシングが亡くなったと聞いて、本当に悲しんでいるの。心からお悔やみを言いたいわ」

「優しい手紙をいただいて、本当にありがとう」

「本来なら、葬儀に参列して直接お悔やみを伝えるべきだったんだけれど……」アスリンの声はしりすぼみになった。その先を口にするのは気まずいと考えているようだ。

「わたしたち貴族って、なかなか多くを受け入れようとはしないから」セレーナが優しい笑みを浮かべながら答えた。

その笑みを目の当たりにして、エイデンはみぞおちがぎゅっと縮まるような切なさを覚えた。なぜ彼女はいつだってこうも優雅でなければいけないのだろう?

アスリンは少しだけほほ笑んだ。「そうよね、本当にそうだわ。さあ、あなたをみんなに紹介させてちょうだい」

アスリンはごく自然にセレーナの面倒を見ようとしている。俺も彼女に対してあんなふうに振る舞えたらいいのに。安心できる場所と慰めを提供できたら……。だが俺は影からセレーナを支えることしかできない。実の父親は俺との関係を隠し続けているし、いまだに俺の存在をうとましく思っている。どれほど事業で成功をおさめても、周囲からの尊敬は勝ち取れない。

「もうあのレディにキスした?」

エイデンは声のするほうを見おろした。何年か前にジリーの酒場に住みついた少年ロビンだ。今ではフィンが所有する放牧場で暮らしている。八歳くらいに見えるが、本当のところ何歳かはわからない。わかっているのは、きょうだいの多くと同じく、ロビンが孤児出身であるということだけだ。

「紳士はそういったことをけっして教えないものなんだ、ロビン」

「でもエイデンは紳士じゃないよ。悪党だ。母さんがそう言っていた」

母さん。ラヴィニアのことだ。ロビン少年はすっかりフィンとラヴィニアの息子という立場になじんでいるようだ。「彼女もすべてを知っているわけじゃない」

ロビンは不満げな表情を浮かべた。自分が母と慕っているレディ・ラヴィニアのことを、エイデンが侮辱したと考えたのだろう。もしかすると、こぶしを振り上げて殴りかかってくるかもしれない。

「ただし、ある点に関してだけは正しいな。俺は悪党なんだ」

「それも、怠け者の悪党よね」ファンシーが近づいてきて言った。嬉しそうに満面の笑みを浮かべている。ロビンの頭の上に手を置いた。「ほら、書棚に本を並べている公爵のお手伝いをしてきたら？　公爵は今、動物コーナーにいるわよ」

ぴしっと敬礼すると、ロビンは走り去っていった。

「動物コーナー？」エイデンは尋ねた。

「今さっき、みんなには説明したんだけど、お目当ての本をすぐに見つけられるように、わたしはこの店の本をテーマ別のコーナーに分けることにしたの」ファンシーはエイデンの鼻先で、分類の見出しに使うと思われる少し大きめの画用紙をひらひらと振ってみせた。

あと数カ月で十八歳になるファンシーだが、ビジネスのアイデアには事欠かない。明らかに、年上のきょうだいたちから多くを学んできたおかげだろう。ミックはファンシーをしゃれた花嫁学校に通わせ、社交界へデビューさせる準備を着々と進めている。英国貴族たちのなかで堂々と振る舞うファンシーの姿を見ることこそ、ミックたっての願いにほかならない。

「階上はくつろぐスペースになっているの。Sと書かれた箱がいくつかあるから、箱を持って階上へ上がって。本を書棚に並べる公爵夫人のお手伝いを――」

「どっちの公爵夫人だ？」セレーナと同様、ジリーも公爵夫人だ。ただし、ジリーはその爵位にはいまだに慣れていない様子だが。

ファンシーはにやりとした。「当然、お兄様が興味を引かれているほうの公爵夫人よ。お兄様のことだから、みんなに見られているところでは彼女と一緒に仕事をしたくないだろうと思ったの。彼女はとても感じのいい人みたいね。妹さんたちも気に入ったわ」

この世広しといえども、ファンシーの気に入らない人物がいるとは思えない。妹はあまりに純粋すぎる目で人生をとらえているところがある。だがそれはエイデンたちきょうだいが、自分たちが直面した現実の厳しさを味わうことがないよう、これまでファンシーを精いっぱい守ってきたせいなのだ。

「おまえにしては、ずいぶんとずる賢いな」

「ありがとう」

「今のは褒め言葉じゃないぞ」

「今日のお兄様はちょっと辛辣ね。ねえ、彼女を愛しているの？」

エイデンは、ファンシーの断定するような言い方に抵抗を感じた。とはいえ、いくら妹にけしかけられても自分の胸の内を明かすつもりはない。「おまえはなんでもロマンティックに考えすぎるきらいがあるぞ、ファンシー。さあ、その箱がどこにあるのか教えてくれ」

ファンシーはエイデンを倉庫室へ案内した。だがファンシーが立ち去ったあとも、目の前の仕事にすぐには取りかからなかった。それよりもセレーナの妹たちの様子を見きわめたい。だから本棚がずらりと並ぶ迷路のような店内をぶらぶら歩いてみることにした。こうして店内を歩いていると、取り寄せた大量の本たちに囲まれてくつろいでいるファンシーの姿が思い浮かぶ。一つの本棚の端からそっと様子をうかがったところ、セレーナのふたごの妹たちが熱心に仕事に取り組んでいた。フローレンスは床に正座して箱から本を取り出し、コンスタンスに手渡している。コンスタンスは手渡された本を書棚に並べていた。

「わたしたちもこういう生活を送ることになるかもしれない」フローレンスは小さなため息をついた。「一日じゅう労働することになるかも」

「そんなことにはならないわ」コンスタンスが答える。「でもこうして働いていると、自分が役に立っているように感じられる。ときどき、自分が単なるお飾りとしてしか期待されていないように思えるから」

フローレンスは両膝を床につけたまま体を伸ばすと、コンスタンスにささやいた。「ねえ、わたしたち、今日はどうしてここへやってきたんだと思う?」共犯者めいた低いささやき声だ。

コンスタンスはその質問の意味がわからない様子だ。「え?　お手伝いをするためでしょう?」

「彼がお姉様を見る目つきに気づいた？　エイデン・トゥルーラヴよ。ねえ、きっと今日ここにわたしたちを招待したのは彼だわ。レディ・アスリンじゃない」

「でもセレーナは彼のことをほとんど知らなかったわ」

「わたしたちにそう思わせているのよ。でも、どうして彼はじっと待っていたのかしら？」

「おもてなしをするためよ」

「セレーナを見たとたん、彼の瞳に炎が燃え上がったのよ。あのぶんだと、寒い冬の日でもセレーナをずっと暖め続けてくれそう」

「セレーナを見ると、どんな殿方も魅了されるものなのよ。みんな、お姉様の美貌にうっとりしてしまうんだから」

「でも、あのお姉様が頬を真っ赤に染めていたわ。セレーナが赤くなるなんて知っていた？　彼はセレーナの興味をかき立てているんだと思うの」

コンスタンスは軽い笑い声をあげた。「ねえ、フローレンス。あなたはありもしないことを、さもあるかのように考えているんだと思う。わたしたち、社交界デビューが先になって退屈しているから。もしあなたの意見が正しかったとしても、お姉様を責める気にはなれないわ。ラシングを好きだったのは知っているけれど、あのふたりが本物の情熱で結ばれていたとは思えないの。女性も情熱に身を任せるべきだわ――少なくとも一生に一度くらいはね。だからこそ、エイデン・トゥルーラヴの罪深いクラブはこれからも繁盛し続けるんじゃないかと思うの」

「あのクラブへ行くつもり？」

コンスタンスは片方の肩をすくめた。「ものすごく興味があるわ。あなたは？」

エイデンは体の向きを変えた。彼女たちの会話に聞き耳を立てるのは、もうこれくらいでじゅうぶんだろう。今のふたごの会話を聞いて思い知らされた。〈エリュシオン〉はもう少し入場制限を厳しくしたほうがいい。ある程度の年齢に達した女性でないと入れないようにしなければ。わざわざ若いレディたちに愚かな過ちをうながす必要はどこにもない。

いっぽうでふと考えてしまう。もし家族が若いレディたちをしっかり監視しなかった場合でも、この俺の責任になるのだろうか？　娘がエイデンのクラブへ出入りするのが許せないと言って、母親たちは乗り込んでくる。だがそういった場合でさえ、ほんの少しちやほやしてあげただけで母親たちの気は変わる。先のレディ・フォンテーヌがいい例だ。ある日の午後、彼女から〝近いうちに、ぜひ娘と一緒にクラブを訪れたい〟と書かれた手紙が届いたのだ。足のマッサージがよほど効いたのだろう。いつだって足のマッサージ作戦はうまくいくのだ。

エイデンは店の奥にいるアリスを見つけた。ドレスのスカートを広げて床に座り、膝上で一冊の本を開いている。

「書棚に並べる前にいちいち読んでいたら、いつまで経っても仕事が終わらないよ」

アリスは弾かれたように頭を上げると、本を閉じた。純粋そのものの大きな瞳でエイデンを見あげ、頬をピンク色に染める。「この本はまだ読んでいなかったの。クリスマスプレゼントとしてもらうには、出版された時期が遅すぎたから」

エイデンは腰をかがめ、本の題名を確認した。『鏡の国のアリス』と記されている。

「まだ本屋は開いていなくても、ファンシーに頼めば、今日この本を買えるはずだ。そうすれば、妹にとってきみは最初のお客ってことになる」

アリスはゆっくりとかぶりを振った。「だめよ、高いんだもの。とてもセレーナに買ってなんて言えないわ。最近セレーナのお金はとても貴重なの」彼女は頬をさらに真っ赤に染めた。「きっと、こんなことを打ち明けるべきじゃないのよね。人前でお金の話をするなんて下品だもの」

「だったら、俺たちだけの秘密にしよう」エイデンはそう答えたものの、この本を我慢しようとしているアリスの態度に心打たれていた。今でこそ家族には貴族がたくさんいるが、個人的に貴族という人種は好きになれない。常に貴族のことは〝俺の金庫に金をもたらしてくれる存在〟として見なしてきた。〝彼ら自身の金庫が空っぽの存在〟として見たことは、これまで一度もなかったのだ。

「あなたは親切なのね」

エイデンは彼女にウインクをした。「そのこともふたりだけの秘密にしておくべきだ」

たちまちアリスはくすくす笑いを始めた。

エイデンにも、セレーナが自分の妹たちに良縁を望む理由が痛いほどよくわかった。これまで虐待されたり、厳しい人生を送ったりしてきた女たちをいやというほど見てきた。耐えがたいほどの重荷を背負ったせいで実際の年齢よりも老け込み、くたびれきっている女たちのことを。だからこそ、ジリーが自分の酒場を開きたいと言い出したときも、今こうしてファンシーが本屋を開こうとしているときも、きょうだいが一丸となって応援してきたのだ。もちろん、きょうだい全員が、ファンシーには幸せな結婚をしてほしいと考えている。だが万が一、ファンシーに求婚しようという賢明な男がひとりもいなかった場合でも、彼女には自分が面倒を見るべきこの本屋がある。きょうだいたちがそれぞれ自活する手段を持っていることを思えば、ファンシーもそういう手段を持とうと考えたのはしごく当然と言えるだろう。だがファンシーとは違い、アリスは自分の兄を頼りにすることができないのだ。しかも、兄は伯爵という爵位を持っているのに。

「お話し中、失礼します」

エイデンは振り返るなり、脇へどいた。ミックの秘書、ミスター・ティトルフィッツが蓋がついた箱を運びながら通り過ぎる。

「レディ・アリス」若い男性秘書は、髪と同じくらい顔を真っ赤にしながら話しかけた。

てやってきました」

「ミス・トゥルーラヴから、この箱に入った本はここに並べるのがいちばんいいと言われてやってきました」

「ありがとう、ミスター・ティトルフィッツ」

秘書は本の入った箱を床へおろし、あとずさったが、次に何をすべきかわからない様子だ。咳払いをして言葉を継ぐ。「それにミス・トゥルーラヴは、わたしがあなたをお手伝いすべきだと考えています。もしよければ、背の高い本棚に本を並べます」

「助かるわ、ありがとうございます」

ファンシーは結婚の仲人役にでもなろうとしているのだろうか？　エイデンはかぶりを振りながら、自身が運ぶべき箱を取りに倉庫へ行った。といっても、手に持った箱は一つだけだ。倉庫室にいたビーストから指差されたのは、信じられないほど重たい箱だった。それでもどうにか肩へ箱をかつぎ上げ、店内へ戻って二階へ通じる階段をのぼっていく。

ファンシーは二階を読書室にしていた。これまでも何度かこの店へ手伝いに来ているせいで、読書室のあちこちに座るためのスペースが設けられているのも知っている。暖炉を挟むように本棚が二つと、一方の壁に沿って伸びた本棚が一つしつらえられていた。この読書室のフロアの上にある部屋には、ファンシーが暮らすことになっている。ということは、三階まで家具やら私物を運び込むために、これからも駆り出されるということだ。とはいえ、文句は言うまい。母から〝互いのためにできることをするのが家族よ。しかも文句をたらたら言うことなくね〟と教え込まれているのだ。

面倒な引っ越し作業をあれこれ数え上げていたが、窓辺に立つセレーナの姿が目に入ったとたん、そんな物思いはいっきに消え去った。彼女は午後の陽光を全身に浴びながら、窓の下に広がる通りを眺めていた。未亡人としての黒い装いはどうも好きになれない。つい最近、セレーナが夫を亡くした事実を思い出させるからだ。今日の彼女は顎まできっちりとボタンを留め、手首まで隠れたドレスを着ている。あのボタンをすべて外したら、どれほど情熱をかき立てられるだろう。自分を利用しているとわかっていてもなお、彼女を心から求めずにはいられない。

エイデンは部屋の真ん中に箱をおろした。「きみは妹たちほど熱心に仕事をしていないんだな」

笑みを浮かべて表情を和らげながら、セレーナはエイデンのほうをちらりと見た。「通りを行き交う人たちの様子を眺めていただけよ。彼らには彼らの暮らしがあるのね。なんだか不思議に思えるの。自分の人生がとんでもなく混乱して思えるのに、世の中は何事もないように動いているなんて」

エイデンは彼女の脇へ立つと、胸の前で腕組みをして、窓の端に片方の肩をもたせかけた。「この通りを歩いている人たちも、みんなそれぞれ、ままならない人生を生きているはずだ」

「でも、彼らの姿を眺めているだけでは、実際のところはわからない。こうやって見ていて気づいたの。誰かを見ただけでは、彼らがどんな試練に直面しているか知ることはできないって。わたしたちはみんな、仮面をかぶって生きているのね。しかも、あなたのクラブとは違って、その仮面は誰からも見えることがない」

「ずいぶんと感傷的なんだな」

「わたしは妹たちに嘘をついた。あの子たちに秘密を隠し続けているの。もし今日こうして外出をした本当の目的を知ったら、あの子たちはあれほど喜ばなかったはずだわ」

「いい子たちだな」

セレーナは乾いた笑い声をあげた。「本当に？　ずいぶん早く、あの子たちのよさに気づいたのね」

「ふたごは噂話（うわさばなし）に花を咲かせ、アリスは本を読んでいる。だが三人とも、仕事を課せられたことに対して不平不満は一言も言っていなかった。それに彼女たちには夢がある。三人とも、ファンシーと少しも変わらない」

「あの子たちが、自分の妹さんとは違うかもしれないと考えていたの？」

正直に言えば、エイデンは自分でも、セレーナの妹たちに何を期待していたのかわからない。ただ、今胸をよぎるのは、彼女たちと同じ年齢のセレーナがどんな少女だったのか知りたいという思いだ。あれくらいの年齢のとき、セレーナはどれほど純粋無垢（むく）だったのだろう？　自分の家族の面倒を見るという重荷を、どの程度背負っていたのだろうか？　かつて弟のフィンはある少女にのぼせ上がり、歳月を経てその女性を妻にした。当時はそんなフィンのことを愚か者だと考えていたが、今こうして弟の妻を知る機会を与えられてみると、環境の変化がいたいけな少女を成熟した女性に成長させたとつくづく実感させられる。

「もしきみに息子ができたら」――もし俺がきみに男の子を産ませたら――「その子は爵位のほかにどんなものを相続することになるんだ？」

セレーナは唇をすぼめ、小石が敷きつめられた通りをせわしなく行き交う人びとに注意を戻した。「公爵領のシェフィールド・ホールと、二つの伯爵領よ」

「彼は三つも爵位を持っているのか？」

「ええ」

三つの広大な領地に三つの爵位。たとえ今後子どもを作ったとしても、セレーナとのあいだの子どもでないかぎり、自分が一生かかってもわが子たちには与えられないものだ。

「そのシェフィールド・ホールというのはどこにあるんだ？」

「ケントよ」

「ロンドンから一日で行ける場所なのか？」

「馬車で行けば数時間で着くわ」

鉄道のほうが早いだろう。ただし列車を利用すれば、セレーナが俺と一緒にいるところを見られる危険が生じる。俺は今やこうして、必死に毎日を生きている人びとを見おろす立場になった。しかもいつもならば、どちらかというと表舞台には立たず、影の存在でいるのを好む。だが、太陽の光の下で堂々とセレーナと歩きたいと望まないわけがない。一生隠し通さなければならない秘密の存在になるなど我慢ならない。とはいえ、公爵領と二つの伯爵領というのは、俺が一生かけて手にできるものをはるかに上回る資産だ。もし自分に子どもができたら、その子たちには俺が手にできる以上のものを与えたい。

エイデンはそっけなくうなずくと、窓に背を向けた。「さあ、そろそろ仕事に取りかかろう」

突然セレーナから腕に触れられ、エイデンは足を止めて振り返った。

「ウィンスローに——キャンバリー伯爵に、あなたの賭博場への出入り禁止を言い渡してくれたのね。借金まで帳消しにしてくれた」

「帳消しにしたんじゃない。賭けをして彼が勝ったんだ」

セレーナはいかにも疑わしげな表情を浮かべた。「豆を使った早技の達人なら、カードを自在に操るなんてわけないはずよ」

「なんてひねくれた考え方だ」そう答えたものの、実際エイデンはハートの二のカードがどこにあるか、最初から知っていた。シャッフルを始める前から、カードの山のいちばん下に置いてあり、シャッフルをしているあいだもそのカードだけ動かさないようにしたのだ。せめて一つだけでも、セレーナの肩にずっしりと食い込んだ重荷を取り除いてやりたかった。とはいえ、キャンバリーがよその店で賭けをしないという保証はない。「彼がその話を全部きみに打ち明けたとは驚きだよ」

「兄の自宅で、帰宅するのをずっと待っていたの。今後いっさい賭けはしないよう、きつく言っておいたわ。それにこれからは、家長としての自分の義務を果たすことにもっと時間を割くようにともね」

エイデンは彼女の粘り強さに感心した。セレーナはそれほど妹たちの幸福を気にかけているのだ。「彼はどんな様子だった？」

「渋々といった感じね。そういう態度が大切だということは理解してくれたわ。でも、兄はあなたのことをあまり高く評価していないみたい」

「俺に借りがある男で、俺のことをよく言う人間はめったにいない」

「だったら、あなたに借りがある女性はどう？　女性たちもあなたに近づかないほうがいいかしら？」

「その質問の答えがわからないなら、きみは俺といかなる取り引きもするべきじゃない」

エイデンはしゃがむと、箱を開けて本を一冊取り出し、セレーナのほうへその本を差し出した。

セレーナは驚いたような表情を浮かべ、すぐそばにひざまずいた。本を受け取って脇へ置き、エイデンの手首をそっとつかむ。「本当に皮膚がすり切れるほどもがいたのね」

手首のまわりには、拘束から逃れようとしたときの生々しいすり傷がまだ残っている。エイデンはすぐに後悔した。セレーナに本を差し出す前に、袖をめくるべきではなかった。自分ではどうすることもできずにベッドに横たわっていたあのとき、どれほど大きな無力感を味わわされていたか、セレーナに気づかれたくない。とはいえ、どうしても昨夜の自分と今のセレーナを重ねてしまう。あのときの俺と同じように、今彼女はにっちもさっちもいかない状況に陥っている。ただ彼女の場合、手足を拘束しているものは目に見えないが。

「俺が嘘をついたと考えていたのか?」

「いいえ。でもまさか、これほどひどいとは思っていなかったの」

「すぐに治る」

「傷が残りそうで心配だわ。その傷を見るたびに、あなたにしたひどい仕打ちを思い出すことになるのね」セレーナはエイデンの腕を自分の口元へ掲げると、まだ赤く痛々しいすり傷が残っている手首の部分に、これ以上ないほど優しいキスを繰り返した。

エイデンはみぞおちにねじれるような痛みを覚えた。セレーナに対する態度を和らげたくなどない。このまま距離を保つ必要がある。そうすれば、ふたりの関係をあくまでビジネス上の契約として見きわめられるだろう。俺の種によって生み出された子どもを、英国社交界のてっぺんの座につかせるための都合のいい契約としてとらえられるはずだ。だがセレーナをちらりと見た瞬間、かつて一度も歩んだことがない道をひた走り始めていることに気づいた。その道をまっすぐ進んでも、いい結果は生まれないことなど百も承知だというのに、俺はまたこうしてセレーナの前にいる。セレーナが望むものを与えようとしているのだ。

「くそっ。きみはどんな魔法をかけた？　どうしてきみの前に出ると、俺は言いなりになってしまう？」

エイデンは片手でセレーナの頬を包み込み、髪に指を差し入れ、体を引き寄せると唇を奪った。荒々しいキスをして、セレーナの味わいと温もりを心から楽しむ。彼女は抵抗することもなく唇を受け入れた。それだけではない。体をぴたりとエイデンの体へ押し当てている。彼女とふたたび体を重ね合うかどうかは、理性を働かせてじゅうぶんに考えてから決めよう――そう固く決心していたはずなのに、その決心はもろくも崩れ去った。セレーナに関しては、俺はほんの少しも我慢することができないらしい。まったく常軌を逸している。どうして彼女はこれほど易々と俺を支配できるのだろう？

エイデンは壊れやすいガラスを扱うかのような慎重な手つきで、セレーナの体を手織りのオービュッソン絨毯の上へそっと横たえた。そのあいだ、かたときも唇は離さない。

ドレスのスカートを持ち上げ、ズボンのボタンを外せば、彼女を俺のものにできる。今ここで、容赦なく。もはや避妊のための道具をつけることもない。この世にわが子を生み出す危険を受け入れられるかどうか決めかねていたが、セレーナのため息やあえぎになすすべもなくあおられ、体をよじらせながらこちらを本気で求めている姿を目の当たりにした瞬間、全身が業火に包まれた。彼女がほしい。ほしくてたまらない。昨夜のように、あの熱くて、ベルベットのように柔らかくて、しっとりと濡れた場所に俺自身を突き立て、じわじわと締めつけてほしい。そのまま彼女のなかへ種を蒔いてしまいたい。だがそのいっぽうで、セレーナに自分の子種を植えつける可能性はもう少し先まで取っておきたいような気もする。だが、俺の赤ん坊を身ごもることこそセレーナが望んでいることなのだ。彼女のお腹が大きくなっていく様子を想像するだけで、たまらない気持ちになる。

　エイデンは両手でセレーナの顔を挟み込み、キスを深めた。舌を突き出しては引っ込め、その動作を繰り返す。太古の昔から変わらない、欲望の証の動きだ。どうしてセレーナの唇はこんなに甘美なのだろう？　どうして背中に回された両手で愛撫されると、さらに体を近づけてほしいとうながされているように感じるんだ？　どうして——。

　大きな咳払いが聞こえ、弾かれたように頭を上げると、ビーストが立っていた。思わずにらみつける。ビーストは戸口を入ったところで、箱を一つ抱えていた。セレーナが小さな叫びをあげ、エイデンのシャツをつかむと胸板に顔を埋めた。こんな親密な場面を目撃されるのは、女性にとってさぞ気まずいことなのだろう。だがエイデンはふと考えずにはいられなかった。相手が俺であることで、セレーナはさらに気まずい思いをしているのでは？

「ファンシーがもうすぐ妹たちを連れて、この読書室へやってくる」ビーストは静かな声で告げた。淡々とした口調で、こんな光景を目撃した驚きはみじんも感じられない。だがビーストはいつもそうだ。物事をありのまま見つめることができる。けっして自分勝手な判断を下そうとはしない。

「てっきりファンシーはあの子たちに、階下にある本棚に本を並べさせたいのかと思っていたよ」実際エイデンが二階に上がってくる前、彼女たちはそういう作業をしていたのだ。ビーストは肩をすくめ、部屋のなかへ入ってくると、箱を床に置いた。「そろそろ休憩を取らせる必要があると考えたんだろう」

　セレーナの手を優しく叩いて体を離すと、エイデンは立ち上がり、彼女が立ち上がる手助けをした。セレーナは立ち上がるなり、慌てたように頭のあちこちを手で押さえ始めた。彼女の両手を取り、落ち着かせる。「大丈夫。おかしなところは何もない」ただし、真っ赤に染まった頬だけは別だ。よほど恥ずかしさを感じているのだろう。「秘密を守り、自分が見たことを忘れることにかけて、ビーストの右に出るやつはいない」

　セレーナはビーストをちらりと見た。「教えてくれてありがとう」

だが、わざわざ教えてもらう必要はなかったかもしれない。すぐに階段を上がってくる女の子たちの声が聞こえてきた。たとえセレーナの美しさにわれを忘れていても、彼女たちには間違いなく気づいただろう。

ファンシーを先頭に、レディたちは部屋へ入ってきた。「ここが読書室なの」ファンシーが両腕を広げ、愛情を込めて宣言する。だがすぐにエイデンをにらみつけた。「あまり仕事がはかどっていないわね」

「公爵夫人と俺で、本をどう並べればいちばんいいか話し合っていたところだ」

ファンシーは目を細めた。エイデンの仕事がはかどっていないのは、まったく別の理由のせいではないかと疑っているような目つきだ。だがすぐに説明に戻った。両手を掲げてフロア全体を指し示しながら言う。「ここでは、みんなが心ゆくまで読書を楽しめるようにするの」

「その人たちが本を買ったあとに、だろう?」エイデンは指摘した。

「いいえ、ここは貸本コーナーにするつもりよ。ただし代金は取らないわ」

「なあファンシー、おまえはここでビジネスを始めようとしているんだ。ただで品物を与えることは許されない。おまえが客に貸そうとしている本だって、元手がかかっているんだ」

「エイデン、わたしだってばかじゃない。ビジネスのしくみくらい知ってるわ」

「だったら、利益を出したいはずだ」

「でもそれほどがつがつしようとも思わない。ささやかな利益でじゅうぶんなの。それに、この読書室を維持するために寄付を募ろうと考えているのよ」

エイデンがビーストに視線を移すと、彼は口の片隅を持ち上げていた。どうやらビーストにとって、これは初めて聞く話ではないようだ。俺は最近、家族と一緒に過ごす時間を持てずにいる。そのせいでこういうことが起きたのだろう。もう一度ファンシーに視線を戻して尋ねる。「その寄付は誰から集めるんだ？　きょうだいからか？」

「ええ、最初はね。それに、慈善活動に理解のある人たちからもよ。たとえば公爵夫人みたいなね」

エイデンはため息をついた。ラシング公爵夫人は慈善活動に寄付する余裕などない。ただし、俺の子どもを身ごもれば話は別だ。だがそんなことまでファンシーに話すつもりは毛頭ない。

「それにわたしたち、ここで読み方を教えようと考えているの」ファンシーは言葉を継いだ。「一週間のうち何日か、授業を開くつもりよ。お兄様も知ってのとおり、貧しい人の多くは教育を受けられていないから」

それはきょうだいの母親が常々言っていたことだ。だからこそ、エティはエイデンたちを授業料がかからない貧民学校へ通わせたのだろう。授業は半日しかなかったが、彼らが十一歳になるまで、母は一日も授業を休むことを許そうとはしなかった。たとえ病気になったとしてもだ。　母は子どものためになることなら、なんだって与えようとしていたのだろう。

「ちょっと待て。さっき〝わたしたち〟と言ったな？」

「ええ、まずはミスター・ティトルフィッツとわたしが先生になるの。お兄様も教室でいろいろ教えられるはずよ」

「俺は夜、店がある」

「だったら午後に授業を設けるわ。あとで話しましょう。今はこのレディたちに建物のなかを見てもらって、どう改善していけばいいか意見を聞きたいの。さあ、レディたち、一緒に来てくれるかしら」ファンシーは彼女たちを引き連れて部屋のなかを歩き回りながら、座席が設けられたある場所を紳士向けに、また別の場所をレディ向けに、さらに別の場所は子どもを連れた母親向けにしたいのだと説明した。

「あなたは妹さんにノーとは言わないのね？」セレーナが言う。質問するというよりはむしろ、断定するような言い方だ。

エイデンは彼女に向き直った。「ファンシーはいつだって俺たちを意のままに操ってしまうんだ」

「きっとあなたは、彼女の無料図書館に資金を提供することになるわ」

エイデンはため息をついた。いらだっているように聞こえるといいのだが。セレーナにここでわざわざ、俺がくみしやすい相手だという事実を知らせる必要はない。「俺たちきょうだい全員がそうするかもしれない」

「家族はお互いのためにできることをするものだわ」

エイデンにはセレーナが何を言いたいのか、すぐにわかった。ファンシーを幸せにするためなら、俺は自分にできるかぎりのことをすべてやるだろう。妹が手に入れたいと思い、心から望み、必要とするものを得るためならなんだってやる。それと同じだ。セレーナもまた、自分の妹たちを守り、彼女たちの夢を実現させるためならどんなことだってやるに違いない。

17

セレーナの妹たちが階下へ戻っていったあと、彼女とエイデンは無言のままふたりきりで作業を続けた。それぞれ暖炉の反対側にある書棚に、黙々と本を並べていく。エイデンは気づいているかのようだ。もし手の届く距離に近づいたら、性懲りもなくまたくっついてしまうことを。お互いの体をよく知る仲になった今、ふたりのあいだに磁石のような不思議な力が働いている。いつなんどきでも、機会さえあれば触れ合わずにいられない。

セレーナは、エイデンが妹ファンシーとやりとりするのを興味深く眺めていた。あのふたりのあいだには、たしかな愛情が感じられる。エイデンはわざといらだったような話し方をしているが、あれは演技だ。彼の妹もそれに気づいているのだろう。

ファンシーは自分の本屋を持とうとしている。その店で、お金に余裕のある人びとは本を買うことができる。いっぽう読書室では、さほどお金に余裕のない人たちが夢中で読書を楽しむことができる。彼らはそれまで知ることのなかった本の魔法に引き込まれ、読書する楽しさを学び、そのおかげでよりよい人生を送れるようになるに違いない。

両親が亡くなるまで、わたしはお金に不自由しない毎日を当然だと考えていた。でも両親の死をきっかけに、まったくそうではないことに気づかされた。ただ、本を読む特権は与えられていても、本屋を開こうなんていう考えは一度も思い浮かべたことがない。わたしのような立場にある人びとにとって、労働とは品位を下げる行為にほかならないからだ。それでもこの書店に足を踏み入れたときから、なんだかうきうきした気分になった。ひとりの若い女性が、今まさに彼女自身の手で仕事を始めようとしている——そんな熱気に包まれた店内にいるだけで、自分まで嬉しくなってきたのだ。ファンシーはここで望みどおりのことができる。店内の飾りつけも、部屋のレイアウトも、書棚の本の並べ方も自分の好きなようにできるのだ。なんて大きな力、そしてなんて大きな賭けだろう。でも、危険があるほど興奮も高まるに違いない。負ける確率が大きいほど、勝利を手にしたときの喜びはひとしおのはずだ。

「いったい何を考えている?」

心臓が口から飛び出るほど驚いたが、振り向くと、エイデンが暖炉脇にもたれて立っていた。こちらが作業をしている本棚にいつの間にか近づいていたようで、胸の前で腕を組んでいる。なぜいつもこんなに男らしく、荒っぽい魅力を振りまけるのだろう? どうしてエイデンを目にするたびに、この両腕を首に巻きつけ、つま先立ってキスをしたいという想いに駆られてしまうの?

「この本を読んだことがあったか思い出そうとしていたの」

「きみは嘘つきだな」

セレーナは明るい笑い声を立てた。エイデンの前で秘密を守り続けることなどできるのだろうか？　最初こそ目的を隠してエイデンに近づいたけれど、彼とは、かつて経験したことがないほど誠実で正直な関係を築いている。

「ばれてしまったわね。あなたの妹さんのことを考えていたの。こんな機会を手にするなんて、なんてすばらしいんだろうって。とにかく前へ踏み出そうとしているファンシーは本当に勇気があるわ。失敗する可能性だってあるのに」

「成功する可能性もある」

「たしかにそうね。あなたのご家族はみんな、いつもそんなに楽観的なの？」

「弱気なやつの人生が報われることはめったにない」

セレーナはかぶりを振った。「わたしにもあなたの妹さんのような勇気があればいいのに」

「きみは俺に会いに、俺のクラブへやってきたじゃないか。それに自分の家族を守るために、愛していない男性と結婚をした。どちらも臆病者なら絶対にできないことだ」

「恐怖に駆られてやむをえずそうしたまでのことよ」

「恐怖がないところに勇気は生まれない」

セレーナは今も、これから周囲をあざむこうとしていることを恐れている。そして、亡きラシングに不義理を働いたことへ罪悪感を抱き、今後エイデンを失うかもしれないという不安にさいなまれている。「あなたには恐ろしいものがあるの？」

「数えきれないほどたくさんある」

「信じられない」

エイデンは腕を伸ばし、手の甲をセレーナの頬に滑らせた。「きみをがっかりさせるんじゃないかと恐れている」

「わたしが必要としているものを与えられないことで？」

ということは、エイデンは心を決めたのだろうか？　妹たちを見て、自分の子種を授けるには値しないと考えた？　それとも妹たちではなく、わたし自身が値しないと考えたのだろうか？

「また邪魔してすまない」

ビーストの声がしても、今回はふたりとも驚かなかった。弾かれたように頭を上げたりあとずさったりもしなければ、隠れようとしたりもしなかった。エイデンがビーストのほうを向き、濃い色の片眉を物問いたげにつり上げただけだ。

「母さんが夕飯の支度ができたと言っている。今から向かうところだ」

その言葉を聞き、セレーナは驚いた。「それなら妹たちとわたしは失礼しなければ」

「きみたちも一緒だ」エイデンが言う。

セレーナはかぶりを振った。「無理にお邪魔するわけにはいかないわ」

「無理になんかじゃない。母さんはきみたちも最初から頭数に入れて、いつもよりたくさん食事を用意している。向かい側にあるホテルのダイニングルームで食事をする予定だ」

セレーナはふいにわけのわからない恐怖に襲われた。「そんな場所で食事することはできないわ。公の場で見られるわけにはいかないもの」

「部屋は俺たちの貸し切りだ。ホテルにも裏口から入ることになっている。誰もきみの姿を見ることはない」

「でもわたしたち、絶対に――」

「俺の母さんがわざわざ作ってくれたんだ」

「わたしたちはこのお店を手伝うという約束だったはず。あなたのご家族と一緒に食事をする約束なんてしていないわ」

「きみの妹たちをもっとよく観察する必要があるんだ」

セレーナはよろよろとあとずさった。こぶしで本棚を思いきり叩いてやりたい。ビーストはいつの間にか姿を消していた。きっとホテルへ向かうために階段をおりていったのだろう。あるいは、ふたりのあいだに走るぴりぴりとした雰囲気に気づき、一対一で話し合う必要があると考えたのかもしれない。

「ここでわたしとなんか一緒にいないで、ずっとあの子たちを観察していればよかったのに」

もっと前にそう考えつくべきだった。わたしのことは手伝わなくていいと言いはればよかったのだ。それなのに、エイデンがそばにいてくれるのが嬉しくてしかたがなかった。その結果、彼に妹たちの様子をじっくり見てもらうことができなかったのだ。

「本棚に本を並べている彼女たちの姿を見ても、本当に知る必要のあることなどわからない。いったい何を恐れているんだ、セレーナ？」

そう、わたしは恐れている。すでにこんなに惹かれているのに、さらにエイデンを好きになってしまうのではないかと。家族と一緒にいる彼を見たら、自分の愚かな計画を考え直したくなるのではないかと。

エイデンはまたしても手の甲を頬に滑らせてきた。「ただのディナーだ」

彼と一緒の場合、〝ただの〟なんて軽く思えるものは何一つなくなる。それでも、エイデンの母親がわざわざ料理を作ってくれたのを知りながら立ち去るのはしのびない。彼の母親がどんな女性なのか興味もある。エティ・トゥルーラヴはこの本屋に姿を現さなかった。世間からはなんの価値もないと見なされている庶子たちのために住む場所を提供した彼女は、いったいどんな女性なのだろう？

庶子。もしわたしが息子を産んだとしたら、その子は法律上は嫡出子にはなるけれど、本当は父親であるエイデンと同じ立場になるのだ。だって、わたしは息子の父親であるはずのエイデンと結婚するつもりがないのだから。

セレーナはうなずいた。「わたしたちの姿が誰にも見られないと保証してくれるなら」

エイデンは笑みを向けてきた。わずかだが、勝ち誇ったような高揚感が感じられる笑みだ。「任せてくれ。俺はそういう手はずを整えるのが何より得意なんだ」

セレーナの肘を取ると、エイデンは階段をおり、本屋の中心となる部分へ向かった。妹たちが扉近くに立ち、心配と不安が入り混じったような顔をしている。さすがのファンシーも、そんな彼女たちをどう扱えばいいのかわからない様子だ。

「わたしたち、彼らと一緒にお食事をするの？」セレーナの姿を見たとたん、コンスタンスが尋ねた。

「ええ。ご親切にも招待してくださったの。だから受けるべきだと思うのよ」

「でも、わたしたちは喪に服しているのよ」〝わたしたちは服を着ていないのよ〟と言うような、こんなことは絶対にありえないと言いたげな口調だ。

「わたしたちの姿は絶対に誰にも見られないはずよ。それに招待客がおおぜいの正式なディナーではないから大丈夫」

「だけど、ディナーのためのちゃんとした装いもしていないのに」

「きみたちの今の装いもじゅうぶんすてきだ」エイデンは威厳たっぷりに宣言した。「それに俺たちはディナーのたびに正装したりしないんだ。さあ、一緒に行こう」自分の言葉が終わらないうちに、セレーナと妹たちを扉へと急き立てる。

反論するのはどう考えても難しい。これほどいらだったような様子のエイデンを見たのは初めてだ。このままだと、彼はコンスタンスの理屈っぽい一面に気づいて、わたしの頼みを断ってしまうのでは？

「きっと楽しいひとときになるわ」そう妹たちに請け合い、背後をちらりと振り返ると、ちょうどファンシーが店に鍵をかけているところだった。

これほどの自立を勝ち取るのは、どんな気分なのだろう？　きっと言葉に表せないほどすばらしい気分に違いない。ファンシーは自身の価値と尊敬を高めると同時に、自分にとって価値あるものをこうして手に入れたのだ。セレーナはふいに気づいた。わたしは本当の意味では何も持っていない。もちろん服や宝石は所有している。でも屋敷や馬車、馬たちは——利用してはいるが、すべてわたしのものではない。今後住むことになる寡婦用住宅でさえ、わたしのものではないから自由に売却もできない。単に使用することしか許されていないのだ。

セレーナたちは無言のまま通りを渡り、路地を進み、庭園のなかへ入った。あたりを見回しながらセレーナは思う。じきに春がやってくれば、この庭園には色とりどりの花々が咲き乱れるのだろう。手入れが行き届いているのは一目瞭然だ。何本かある小道にはそれぞれベンチが置かれ、誰でも休めるようになっている。もっとこの庭園を散策してみたい。でもエイデンからすぐに、ある扉へといざなわれた。〝従業員通用口〟と記されている。

エイデンは扉を開けると、全員をなかへ入れた。

目の前に現れたのは厨房（ちゅうぼう）だ。妹たちが目を丸くしながら厨房を横切っているのを見て、セレーナは気づいた。そういえばうちの屋敷では、わたしも妹たちも厨房を訪ねたことが一度もない。当然ながら、屋敷を切り盛りし、使用人たちを使う教育は受けている。でも実際に使用人たちが働いているところを、一度でもちゃんと見たことがあるだろうか？振り返ってみると、屋敷のあれこれについて話し合うために家政婦とは顔を合わせているが、階下を訪ねてみたことは一度もない。

今厨房にいる人びとは、仕事にせっせと取り組んでいる。普通ならありえないことだ。もしこうして自分たちのあいだを通り過ぎているのが公爵夫人だと気づけば、彼らはすぐに仕事の手を止めるだろう。でもトゥルーラヴ家の人たちは、そういった威厳に満ちた態度を少しも見せていない。エイデンも妹ファンシーも、厨房で立ち働く人たちに体調や家族について気さくに尋ねながら、足取りを緩めることなく進んでいる。このホテルの所有者はミック・トゥルーラヴだが、兄の仕事場にいるふたりはわが家にいるようにくつろいでいる。きっと、ほかのきょうだいたちの職場にいても、彼らはみんな、同じように肩の力を抜いたままなのではないだろうか？　たしかエイデンは、自分が学んだ知識をほかのきょうだいたちに教え、みんなで共有するようにしたと話していた。彼らはそうやってお互いを高め合い、守り合ってきたのだ。その事実を目の当たりにすると、どうしても信じたくなる――エイデンは、わたしが家族のためにしようとしていることを、これまで彼自身がきょうだいたちのためにしてきたことと同じだと考えてくれているはずだと。なんだか希望がわいてきた。早々にあきらめるのはよそう。今夜〈エリュシオン〉に戻ったら、エイデンがパートナーとして子作りに応じてくれるよう働きかけるのだ。

エイデンが開けたのは、普段は使用人たちがダイニングルームへの出入りに使っている扉だった。妹たちのあとからダイニングルームへ足を踏み入れると、広々とした空間が広がっていた。部屋の向こう側には、純白のテーブルクロスがかけられた長テーブルが置かれ、出入り口からはるかに離れたところに、玄関広間に面した窓がずらりと並んでいる。今入ってきた扉には鍵がかけられたに違いない。さらにその両脇に、直立不動の従者をひとりずつ警護に立たせるという念の入れようだ。今夜この空間はごく個人的な集まりのために使用されることを、ここで働く者たち全員が知らされているに違いない。通路に面した窓にはカーテンが引かれていて、まるで心地よい繭のなかに包まれているかのようだ。安心感で満たされるなか、この集まりの親密な雰囲気がよりいっそう高められている。

テーブルのそばで談笑している人びとは全員、セレーナにとって顔見知りだ。先ほど本屋で紹介された人もいれば、その前から知っている人もいる。エイデンはセレーナたちから離れると、談笑の輪から姿を現した年長の女性に近づいた。白髪まじりの髪を編んで、うしろで一つにまとめている。とても小柄な女性だ。ふっくらとしてはいるが、丸々と太っているわけではない。あの女性の体に両腕を回したら、きっと柔らかな枕を抱いたときのように癒(いや)されるだろう。

エイデンはその女性に近づくと、まさにそのとおりのしぐさをした。やや前かがみになり、彼女をしっかりと両腕で抱きしめたのだ。愛情たっぷりのしぐさを目の当たりにし、セレーナは急に胸が締めつけられた。女性を出迎えるとき、背筋をまっすぐに伸ばして完璧な姿勢を取り、お辞儀をする男性の姿は見慣れている。彼らがその女性に手を差し出したり、手の甲に軽く唇を押し当てたりする場合もある。でもこれほどおおっぴらに両腕を広げ、ごく自然に愛情表現をしている男性の姿を見たのは初めてだ。きっとこのふたりは今までも数えきれないほど、こうして抱擁し合ってきたに違いない。

母親が体を離すと、エイデンはその両肩に軽く腕をかけ、セレーナと妹たちがいるほうへいざなった。そのとき、セレーナは突然気づいた。エイデンが妹たちのために用意していた本当のテストとは、これだったのだ。彼が見たかったのは本屋での仕事ぶりではない。妹たちがエイデンの母親をどう受け止めるかで、彼女たちの性格や人としての価値を判断しようと考えたのだ。

セレーナはふいに涙が目を刺すのを感じた。エイデンにとって、自分を育て上げてくれたこの女性はそれほど大切な存在なのだ。たしかに彼はクラブの経営を通じて客を罪深いゲームに没頭させ、不道徳な商売で儲けている。どこからどう見ても悪党だろう。けれど彼は自分の母親を、そして自分の家族を心から愛しているのだ。もし妹たちが彼の家族を侮辱するようなそぶりをほんの少しでも見せたら、その時点ですべてが終わる。ただし前にビリヤードをやったときのように、自信を持って言えた。妹たちは三人とも心根の優しいレディだ。この勝負、ビリヤードのときと同じでわたしが勝つだろう。

「母さん、紹介するよ。こちらはラシング公爵夫人セレーナ・シェフィールドだ」

正式なマナーにのっとって言えば、平民のほうが先に貴族に紹介されるべきところだ。でもエイデンへ先に妹たちを紹介したことで、わたしはすでにそんな堅苦しいマナーは必要ないと態度で示している。それに、セレーナはもうじゅうぶん理解していた。この部屋では仕事上の肩書きは存在するかもしれないが、身分の違いなど存在しない。きっとテーブルの席につくときも同じだろう。この空間では、社会における身分の高さによってテーブルに座る順番がきっちり決められていることなどないはずだ。それは、母親を紹介したときのエイデンの態度を見ても一目瞭然だ。『デブレット貴族年鑑』や『バーク貴族年鑑』なんていっこうに気にしていない。エイデンにとっては、自分を受け入れ、わが子として育て上げてくれたこの聖人のような女性の上に位置する者など誰ひとりいないのだ。さあ、これこそ妹たちに課せられたテスト。みんな、くれぐれも慎重に。

セレーナはお辞儀をした。女王に対するお辞儀ほど深くはないが、同じくらい敬意を込めた。「ミセス・トゥルーラヴ、お目にかかれて光栄です。ご親切に、ご家族との食事の席に招待してくださってありがとうございます。わたしの妹たちを紹介させてください。こちらから順にレディ・コンスタンス、レディ・フローレンス、アリスです」

コンスタンスとフローレンスはそれぞれ敬意を込めたお辞儀をした。アリスはふたりよりもややいきおいよく頭を下げ、愛らしい笑みを浮かべながら言った。「お目にかかれて嬉しいです、ミセス・トゥルーラヴ」

セレーナはエイデンの目に賞賛の色が宿ったのに気づいた。勝利の喜びに瞳を輝かせている。彼の勝利感が自分のことのように感じられた。

わたしがビリヤードでエイデンを負かしたとき、彼も同様に感じていたのだろうか？　不思議なことに、これほどエイデンが負ける姿を見たくないと思ったのは初めてだ。

「ファンシーの本屋さんの準備を手伝ってくれたんですってね。なんてお優しいんでしょう」ミセス・トゥルーラヴは言った。「さあ、こちらへ。料理が冷める前に召し上がれ」

そして体の向きを変えると、テーブルへ向かった。それが合図であるかのように、ほかの面々もそれぞれテーブルについた。セレーナの予想どおり、席は決められておらず自由に座れた。

みんながテーブルに落ち着いたところで、あたりを見回した。隣に座っているのはレディ・アスリンだ。彼女の夫ミックは長テーブルのいちばん端に、エティが反対側の端に腰かけている。反対隣にはアリスとふたごの姉妹が、正面にはエイデンが座っている。フィンとビーストは母親の近くに座っており、妻たちはそれぞれの夫の横だ。さらにテーブルにはロビン少年とミスター・ティトルフィッツが着席していた。

テーブルには皿やボウルがずらりと並べられている。ミック・トゥルーラヴは立ち上がると、大きなローストローストのかたまりを切り分け始めた。「さあ、皿を回すんだ」

「使用人たちはひとりもいないの？」コンスタンスがささやく。

「せっかくだから、使用人たちがひとりもいないときにどうすればいいのか学びましょうよ。もうすぐ、うちもそうなるかもしれないんだもの」フローレンスが答えた。同じく声を低くしてはいるが、セレーナの耳には聞こえた。

それぞれが手渡すことで食器類がテーブルを回っていく様子を眺めるのは、実に興味深かった。空の皿がミックに手渡されると、彼は切り分けた牛肉を盛りつけ、その皿を隣の席に渡すのだ。盛りつけが終わった皿が全員の前に置かれると、それぞれ目の前にあるボウルに手を伸ばし、ジャガイモや豆、にんじんを盛りつけ、隣の人に手渡し始めた。

「パンを頼む！」フィンが叫んだ。

エイデンは枝編みのバスケットからマフィンを一個つかむと、かなり離れた席にいる弟に向かって放り投げた。フィンが難なくマフィンをキャッチする。

「男の子たち」エティ・トゥルーラヴがたしなめた。「お客様がいるのよ。マナーに気をつけて」

セレーナは思わず想像した。この女性はこれまで数えきれないほど、こうやって息子たちに注意してきたのだろう。実際、母親からたしなめられた彼らはすなおに従い、パンの入ったバスケットをテーブルの上で手渡し始めた。

従者がテーブルを回ってワインを注いでいる。セレーナは、グラスに赤ワインを注ごうとした従者にジリーがすばやく首を振ったのに気づいた。ソーンリー公爵夫人である彼女は、すでにお腹が大きくなっている。噂では、ソーンが結婚したのは妊娠のせいだと言われているが、妻を見るたびに愛情たっぷりの瞳になる様子から察するに、やむなくジリーを妻にしたとは思えない。心から愛しているからこそ、彼女と結婚したのだろう。

隣のレディ・アスリンも少ししかワインを口にしていない。彼女もまた妊娠しているのかもしれない。夫ミックは、ずっと妻の体を案じている様子だ。レディ・アスリンも母親になるかもしれないと考えると、突然自分がひどく弱々しい存在に思えた。セレーナと同じで、レディ・アスリンもかなり若い頃に実の両親を列車事故で失っている。その頃から慰め合い、お互いの喪失感を癒そうとしてきたものだ。その後アスリンは富と実権を誇るヘドリー公爵の被後見人となった。彼女の夫ミック・トゥルーラヴはヘドリー公爵とそっくりだ。噂によれば、ミックは貴族の庶子らしい。でもセレーナには、あのヘドリー公爵が公爵夫人を裏切るとはとても思えなかった。

レディ・ラヴィニアは最高級のワインをおいしそうに味わっている。彼女には妊娠の兆しがまだ見られない。とはいえ、ラヴィニアは結婚してまだ日が浅いし、夫フィンは常に妻の手や腕に触れたり、ほつれた髪を耳にかけたりしてあげている。あの熱々の様子から察するに、ラヴィニアの妊娠も時間の問題だろう。フィンがラヴィニアを心から愛しているのは火を見るよりも明らかだ。それに、ラヴィニアが負けないくらい夫を愛していることも。

ここに集まっている夫婦はみんな、お互いを大切に思い合っている。まさにセレーナが結婚したときに望んだ理想の関係だ。

ビーストはといえば、ファンシーに優しい笑みを浮かべている。妹を大切に思う兄ならではの表情を見て、セレーナは気づいた。ラシングもあんな表情でわたしを見ていたものだ。もしかすると結婚初夜、ラシングがベッドにやってきて最初に謝ったのは、夫というより兄のような感情をわたしに対して抱いていたせいなのかもしれない。

ラシングとの結婚生活では、夫婦の営みの意味を本当に理解してはいなかった。でも今は、あれが互いの絆を深める行為だとわかっている。エイデンのおかげだ。セレーナはテーブルの向かい側に座るエイデンを見て、彼がこちらをじっと見つめていたことに気づいた。自分の家族と食事をしているわたしの姿を、心のなかに刻み込んでいる様子だ。

そうするのも無理はない。これは一度きりのことなのだから。

まわりではいろいろな話題が出ては消えていく。普段の食事と比べると、みんなの声ははるかに大きい。誰かが笑い出すと、必ずテーブルのあちこちから〝何がそんなにおかしい？〟という声があがり、その話題が繰り返され、結局部屋じゅうに笑い声が響くことになる。ジリーの酒場で飲みすぎた酔っ払いの男が、服を脱ぐと言い出して聞かなくなったこと。ミックのホテルにやってきた夫婦客の妻が、メイドに笑みを向けたのに怒って、夫をホテルの部屋に閉じ込めてしまったこと。かと思えば、レディ・ラヴィニアが引き取っている子どもたちの話題が出て、場がしんみりするときもある。ラヴィニアは自分の記事のなかで、子どもたちの養育をあきらめざるを得なかった女性たちの素顔を記していた。みんな、一時の情熱に負けて望まない妊娠をしたことを悔やんでいたという。彼女たちはラヴィニアならばわが子を大切に育ててくれるだろうと考え、赤ん坊を託していくのだ。

その話を聞きながら、セレーナは考えずにはいられなかった。ここにいる女性たちが話題にしているのは、普通ならば男性が仕切って当然の世界の出来事だ。わたしとはなんてかけ離れた世界に住んでいるのだろう。ラヴィニアもアスリンも、かつては同じ世界の住人だった。でも、当時のふたりが今ほど満足し、幸せそうな表情を浮かべている姿は思い出せない。彼女たちは本物の愛情と充足感を見つけたのだろう。とはいえ、ふたりとも、わたしのように責任を負うべききょうだいがいるわけではない。そんなふうに自由でいるのは、どんな気持ちなのだろう。

ディナーが終わっても、みんなダイニングルームでくつろぎ、場所を変えてもう少し一緒にいるつもりの様子だ。でもあたりが暗くなっているし、セレーナはこのテストにうんざりし始めている。エイデンはもうすでに妹たちに評価を下しているだろう。そう考え、周囲にそろそろ失礼すると告げて、エイデンの母親にはおいしい食事をごちそうになったお礼を、ファンシーには本屋が成功するようにという励ましを伝えた。ありがたいことに、エイデンは率先してセレーナと妹たちをいざない、先ほどやってきた道を戻り出した。ホテルから出て通りを渡り、本屋の角に待たせてあった馬車へたどり着く。馬車にもたれていた従者は背筋を伸ばし、扉を開けて、妹たちがなかへ乗り込む手助けをした。

セレーナは馬車の少し手前で足を止めた。エイデンと一対一で話すためだ。遠くにある街灯の光が彼の顔に影を落とし、表情が読み取れない。エイデンはどんな決断を下したのだろう？　すぐに答えを聞きたくなくて、セレーナは言った。「あとであなたのクラブに行ってもいいかしら？」

「公爵領を訪ねたい。俺の息子が相続するのがどんな場所なのか、この目で確かめたいんだ」

予想外の申し出を聞き、セレーナの心臓がとくんと跳ねた。

「少し焦っているの。わたしの言い分を世間に信じてもらうためには、次の月のものがやってくる前に子どもを身ごもらなければいけない。前回の月のものが終わってから、すでに一週間以上経っているわ」

「だったら手遅れにならないよう最善を尽くすまでだ。明日の夜明けに、馬車で俺のクラブに来てくれ」

セレーナは目をぎゅっとつぶった。なぜエイデンはこうも頑固なのだろう？　どうして事をややこしくしようとするの？　でも、それはわたしも同じこと。喜んでベッドをともにしてくれる相手なら、ほかにいくらでも見つけられるはずだ。たとえば、エイデンのクラブにいる赤いボタンをつけた殿方のひとりでもいい。ただ問題は、わたしがエイデン以外の誰かでいいとは思えないことだろう。自分の子どもには、エイデンの面影を感じたい。女の子であろうと男の子であろうとだ。

ため息をつくと、セレーナは目を開けた。「英国のなかでも最も広大な領地の一つなのよ」

「心を決めるには、それ以上の理由がほしい」

なぜ〝わたしに協力するため〟という理由ではいけないの？　セレーナはそう尋ねたかった。でもよく考えたら、エイデンとは知り合ってからまだわずかしか経っていない。そんな相手に、なぜ彼が忠誠と献身を捧げる必要がある？

「わかったわ。それなら夜明けに」セレーナは淡々と答えた。

それから馬車のほうへ向き直り、一瞬驚きに言葉を失った。エイデンが従者を脇へやり、わざわざ手を貸して馬車へ乗せてくれたからだ。

「レディたちが俺の妹を手伝ってくれたこと、それに俺の母さんにも優しくしてくれたことに感謝している。きみたちの幸運を祈っているよ」

エイデンは馬車の扉をぴしゃりと閉めた。もう二度とセレーナたちに会う意思がないかのように。彼女たちとのやりとりがこれで完全に終わったかのように。でもセレーナは、エイデンの声に紛れもない感謝の気持ちを聞き取っていた。妹たちはエイデンの試験に合格したことに賭けよう。さあ、あとは公爵領だけ。はたしてエイデンのお眼鏡にかなうだろうか？

「なあ、自分のしていることがわかっているのか？」

隣にやってきてそう話しかけたのは弟フィンだった。エイデンはわざわざ弟のほうへ向き直ることなく、胸の前で腕組みをし、遠くへ走り去っていく馬車を見送った。「伯爵の娘と結婚したおまえに、そんなことを言われるとは心外だな」

「ラヴィニアは社交界で上を目指すことになんの興味も持っていなかった。だが俺が受けた印象では、おまえの公爵夫人に同じことが言えるとは思えない」

そう、セレーナに同じことは言えない。セレーナがしようとしていることはすべて、社交界における自分の立場を確立し、今までと変わらない権力と影響力を維持するのが目的だ。「彼女は俺の公爵夫人なんかじゃない」

「エイデン、俺は目が見えないわけじゃない。今夜、おまえが彼女を見る目つきを見てぴんと来た」

「たしかに、おまえは目が見えないわけじゃない。だが眼鏡が必要なのは明らかだ」

フィンは低い含み笑いをした。「なあ兄弟、気をつけてくれよ。一度粉々になった心を完全に元どおりにすることはできない。ひびが入ったままになる」

フィンの言葉を疑うつもりはさらさらない。こと〝粉々になった心〟にかけては、弟のほうが俺よりはるかによく知っている。

エイデンはまじめな口調になって尋ねた。「自分の娘に俺が父親だと名乗れないのは、つらいことなんだろうな?」フィンはつい最近、自分に娘がいる事実を知らされたばかりだ。

「ああ。今まで経験したなかでもこれほどつらいことはない。だが、育ての親がいい人たちで本当によかった。彼らは俺が娘と一緒に過ごすことにも反対せず、会わせてくれている。最近はあの子が木の上にコテージを作る手伝いをしているところなんだ。俺の小さな妖精は、ひどく冒険好きなんだよ」

フィンの声には、娘に対するあふれんばかりの愛情が感じられる。エイデンにも弟の気持ちがよくわかった。エイデンもフィンの愛らしい娘に会ったことがあるからだ。自分の家族には娘の存在を秘密にする必要はないとフィンは考え、家族全員で彼女と一緒に過ごした。今は自分が父親であることを娘に隠しているが、彼女が今より大きくなり、自分の出生にまつわる事情をすべて理解できるようになったら本当のことを打ち明けるつもりらしい。だがエイデンの場合、そんな贅沢は許されない。もしセレーナとのあいだに子どもができたとしても、自分の子どもであることは秘密にし続けなければならない。エイデンが心から信頼し、愛してやまない家族たちにさえ、真相を打ち明けるのは許されない。いかなる状況であっても、その子の父親であることを認めることはできないのだ。息子であれ娘であれ、一緒に過ごす時間は持てるだろう。だが、それはフィンと愛娘のような開かれた関係ではないはずだ。フィンの娘は貴族の世界で育てられているわけではない。だがエイデンの子どもは、貴族の世界で養育されることになる。その子の人生においてエイデンの存在は厄介なものになるだろう。

セレーナと妹たちは自宅に戻り、玄関広間で執事に外套と帽子を手渡した。

「みんな、図書室に来て。話があるの」セレーナはそう言うと、先頭に立って妹たちを図書室へ連れていった。部屋へ入るとまっすぐサイドボードの前へ行き、自分にシェリー酒を注いだ。気付けのためだ。それから振り返って妹たちに笑みを向けると、全員が同じように眉をひそめていた。

「さあ、座って」セレーナは手近にあったゆったり座れる場所を指し示した。小さなソファ二脚とフラシ天の椅子が一脚置いてある。自分は椅子に座り、妹たちがソファに腰かけるのを待ってから口を開いた。「明日の朝、用があってシェフィールド・ホールに行かなければいけなくなったの」

コンスタンスはフローレンスとアリスのほうを見て、セレーナと目を合わせた。「わたしたちも一緒に行く」

「あなたたちは全員、ここへ残ってもらう必要があるの。お悔やみを言いに、ここを訪ねてくる方たちがまだいるわ。だからわたしが留守にしているあいだ、代わりにお相手をして。といっても、長く留守にするわけではないの。明日の夕方には戻ってくるから」エイデンがすべきは広大な領地と領主館をちらりと見ることだけだ。一目見ただけでも、自分の息子が相続するものの壮大さに感動するに違いない。

フローレンスは考え込むように頭を傾けた。「なぜ行かなくてはいけないの?」

「どうしてもわたしがこの目で確かめなければならない問題が起きたの」嘘をつくのは嫌いだが、妹たちに本当のことを話すよりましだろう。

「どんな問題?」

「領地に関係することよ」

「何があったの？」

「わたしにもはっきりとはわからない。だから確かめに行かなくてはいけないのよ」セレーナは椅子から立ち上がり、二、三歩行きつ戻りつすると、ふたたび椅子の前に戻った。

「お願いよ。わかっているのは、あなたたちの将来に関する重要な問題ということだけなの」

「なんだかよくわからない――」

セレーナはフローレンスをさえぎった。「わかる必要はないわ。どうかわたしを信じて、言われたとおりにしてちょうだい。ここに残って、もしわたしの留守中に誰かが訪ねてきたら、姉は用事があってシェフィールド・ホールに行かなければならなくなったと説明してほしいの」

「ええ、わかったわ」

「ありがとう」セレーナは椅子に座り、妹たちを安心させるような言葉はほかにないかと頭を巡らせた。そのとき、ありがたいことに執事が大股で図書室へやってきた。茶色の包装紙にくるまれた小包を手にしている。

「お話し中、申し訳ありません、公爵夫人（ユア・グレイス）。ですが、レディ・アリス宛てに今、こちらが届けられました」

「わたしに？」アリスは驚きの表情を浮かべた。

きょとんとした顔に思わず笑い出しそうになる。でもよく考えてみれば、びっくりするのも当然だ。アリスに贈り物を送ってくるような恋人はいない。それにこんな夜遅い時間に、小包が届けられるのもめったにないことだ。アリスが小包を受け取ると、執事は立ち去った。

「いったい何かしら?」コンスタンスが尋ねる。

「さあ、わたしにもわからない」アリスはセレーナをちらっと見た。「開けてもいい?」

「ええ、もちろんよ」

アリスは紐(ひも)を引っ張って包み紙を開くと、包装紙を折りたたんで息をのんだ。一冊の本だ。その上に手紙が添えられている。アリスは笑みを浮かべた。「ミスター・エイデン・トゥルーラヴからだわ」

「なんて書いてあるの?」コンスタンスが我慢強く尋ねる。

アリスは手紙をセレーナに手渡した。

〝気晴らしにいちばんいいのは、本を開いてその世界に夢中になることだ。『鏡の国のアリス』の世界を心ゆくまで楽しんでほしい。

きみの忠実なるしもべ、エイデン・トゥルーラヴ〟

「お店でこの本を読んでいるところを、彼に見られたの」アリスは打ち明けた。「でも、わたしがこれを受け取るなんてだめよね？　不適切でしょう？」

ということは、アリスはエイデンのテストに見事合格したに違いない。彼がアリスに本を贈ってきてくれたという事実を目の当たりにし、目頭が熱くなった。

「こういう状況だもの。その本を受け取るのは適切なことだと思うわ。彼にお礼の手紙を書いて、休む前にわたしに渡してちょうだい。明日シェフィールド・ホールへ向かう途中に投函（とうかん）しておくわ」

アリスはぽつりと言った。「彼は庶民（コモナー）かもしれない。だけどわたしには、彼がありふれている（コモン）ようには思えないの」

ええ、そうね。セレーナは心のなかでつぶやいた。彼はちっともありふれてなんかいない。

18

夜明けにセレーナが馬車で向かうと、当然ながらエイデンがクラブの街灯のそばに立っていた。彼が扉を開けてなかへ乗り込み、天井を叩いて出発の合図を伝え、セレーナの反対側の席へ腰をおろすまで、ほとんど時間はかからなかった。馬たちも足取りを乱すことがなく、馬車は速度を落とさないまま走り続けた。

馬車のなかが突然狭くなったような気がする。エイデンの全身から圧倒的な存在感が放たれているせいだ。頭髪用香水の香りに鼻腔をくすぐられ、セレーナは強い衝動に襲われた。隣に座ってほしい。こんな肌寒い早朝は、彼の体の温もりを全身で感じたい。本音を言えば、エイデンの体の温もりなら、たとえ蒸し暑い午後であっても大歓迎だけれど。なんだか拷問を受けているような気分。これほど近くにいるにもかかわらず、彼がこんなに遠く思えるなんて。

セレーナはどうにか自分を取り戻し、礼儀正しいあいさつの言葉を口にした。「おはよう」

「朝のきみはいつもと違う香りがする」

エイデンは前かがみになり、セレーナにキスをした。たちまち心が波立ち始め、彼のせいでそれ以上何も話せなくなってしまった。

「眠りの香りだね」エイデンの声は低くかすれている。まるで自分の腕のなかでわたしが目覚め、全身の香りをかいでいるところを想像しているよう。

「もし一緒にあの計画を進めれば、わたしが目覚める前から眠りの香りをかぐことができるわ」反対側の座席でエイデンが動きを止めた気配を察知し、セレーナは気のきいた切り返しをした自分が少し誇らしくなった。

「もしきみと子作りすることに俺が同意しなかったとしても――今後いっさいそういう関係になれないわけじゃない」

昨夜はほとんど眠れなかった。今後、彼との関係を紡ぐ可能性についてあれこれ考えていたせいだ。エイデンの両腕のなかでわれを忘れたい。いつもそばにいてほしい。エイデンとどこかへ駆け落ちするのは、どんな小説よりもはるかにロマンティックに思える。でも、どう考えてもそれは身勝手な望みだ。もう残された時間はほとんどない。そのあいだに、わたしは自分が必要としているものを得なければならないのだ。

「ミスター・トゥルーラヴ、何か誤解しているようね。もしあなたがわたしの求めているものを与えられないなら、わたしはどこかほかの場所へ行くしかないわ」

とはいえ、この太もものあいだにエイデン以外の男性を受け入れるところなど想像もできない。今だって、自分でも怖くなるほど彼のことを心から求めているのだ。でも、そんなことを鬱々と考えていてもしかたがない。セレーナは話題を変えることにした。「ご親切に、アリスに本を贈ってくれてありがとう」

空が明るくなってきたおかげで、エイデンが肩をすくめたのがすぐにわかった。あんな贈り物など大したことはないと言いたげなしぐさだ。セレーナはレティキュールのなかから一通の封書を取り出した。エイデンに手渡しながら言う。「アリスから感謝の手紙よ」

エイデンは手紙を受け取ると、上着の左胸ポケットに押し込んだ。

「彼女はあなたのテストに合格した。そう考えていいのね」

エイデンは深いため息をつくと、長い両脚を伸ばした。ブーツを履いた脚がそれぞれ、セレーナの両脇に投げ出される。「きみの妹たちが好きだ」

短い言葉のなかにも、賞賛と温かな気持ちがたっぷりと込められている。「わたしもあなたのごきょうだいが好きよ。男性も女性もね。お会いできたのはほんの少しだったけれど」

「ファンシーはきょうだいをこき使っていたからな」

「あなたの妹さんは本当に野心的な人なのね」

「俺たち全員がそうなんだ」エイデンは窓の外を一瞥した。「俺たちは何も持たずに生まれてきた。がむしゃらに努力しなければ、何も手にすることはできなかったんだ」

その言葉を聞いてセレーナはふと思った。エイデンは今、自分の息子がいとも簡単に公爵領を手にすることについてあれこれ考えているのだろうか？　あるいは自分の娘が易々（やすやす）と莫大（ばくだい）な財産と貴族の妻になる機会を手に入れることについて？　エイデン自身は、ある貴族が考えもなしにあちこちで種を蒔（ま）き散らした結果、この世に生まれてきたのだ。でも、エイデンは自分のあらゆる行動に責任を持つ男性にほかならない。すべての責任を背負って子どもたちを引き取った、彼の母親エティ・トゥルーラヴのように。

「料理人がわたしたちのために軽食を用意してくれたの。パンとチーズ、ゆで卵よ」セレーナは床に置いた枝編み細工のバスケットを軽く叩こうとしたが、思い直した。そうするためにはドレスのスカートをエイデンの片脚のまわりに寄せて、ふくらはぎのあいだに彼の脚を挟まなければならない。みだらなイメージが思い浮かんでしまったのだ。

「ありがとう、いただくよ。このバスケットをきみに渡せばいいのか？」

セレーナはかぶりを振った。「いいえ、わたしはお腹がすいていないから」一緒に食べたいのは山々だが、彼がこんなに近くにいるせいで、食べ物が喉を通りそうにない。食べても胃がきりきりしそうだ。もしエイデンがシェフィールド・ホールを気に入らなかったらどうしよう？

馬車は確実にロンドンから遠ざかりつつある。建物と建物の間隔が広くなり、次の建物が見えるまでかなり時間がかかるようになってきた。太陽の位置もより高くなっている。春がもうすぐそこまで来ているようだ。

「ほかのごきょうだいとは違って、ファンシーはあなたのお母様の実の娘さんなのね」実際エティとファンシーは驚くほどよく似ていた。

エイデンは視線を景色からセレーナに戻し、視線をしっかりと受け止めた。「ああ」

「だったら、あなたが最初にお母様のところへ連れてこられたとき、彼女は結婚していたのね。あなたにはお母様だけでなくお父様もいたはずよ」

エイデンは胸の前で腕を組んだ。「いや、そのときすでに母さんは未亡人だった。自活する手段として、庶子を引き取って育てていたんだ。だが引き受けた子どもたちが生き続けた場合、儲かる仕事ではなくなってしまう。養育には金がかかる。その子たちを引き取るときにもらった硬貨数枚ではとても足りないんだ」

予期せぬ妊娠をした母親の体面を守るために、庶子として生まれた子どもを他人に引き渡す場合があるという事実は、前に比べるとよく知られるようになってきている。セレーナも、レディ・ラヴィニアの記事を何度か読んだことがある。彼女は記事のなかで、そういった庶子を食い物にしようとする悪い輩から子どもたちを救おうとして発見した、恐ろしい現実を切々と綴っていた。

「ファンシーを産んだとき、あなたのお母様は結婚していなかったの？」

「白状すると、ファンシーは庶子なんだ。俺たち全員と同じさ。そう聞いたら、きっときみは俺の母親を不道徳な女だと考えるだろう。だがその前に言っておきたい。ファンシーが生まれたのは、母さんが俺たちを生きのびさせるためにそうせざるを得なかったからだ。家賃を支払えなかったとき、大家は別の方法で支払うよう母さんに迫った。そのせいで予期せぬ妊娠をして、結果的にファンシーが生まれたんだ」エイデンはセレーナをじっと見つめた。「だから俺には、きみの絶望的な気持ちが理解できる」

エイデンはわたしが今置かれている状況を、自分の母親のそれと重ねているのだろうか？　その二つが似ているとは思えない。でもここでわざわざ議論する必要はないだろう。実際、そういう状況を前にした気持ちはまるで同じだからだ。わたしは自分のきょうだいたちになるべくいい暮らしをさせたい一心で、この体に亡き夫以外の男性を受け入れている。エイデンの母親もまた、自分が引き受けた子どもたちのためにそうしたのだ。

「わたしはあなたのお母様を判断する立場にないわ」

「本当に？」

セレーナはうなずくことを差し控えた。あることに思い至り、急に恥ずかしくなったのだ。エイデンから詳しい事情を聞かされる直前まで、わたしは彼の母親に罪人というレッテルを貼っていた。でも、もしわたしがしたことを誰かに気づかれたら、わたし自身もそれと同じ手厳しい判断を下されることになるのだ。

「ファンシーが生まれたとき、あなたは十四歳だったと前に話していたわね。そのとき、あなたもあなたのきょうだいも、大家がお母様にどんな代償を支払わせていたか思い知らされたはず。あなたたちが、そのまま彼を放っておくとは思えない」

エイデンは狼(おおかみ)のように獰猛(どうもう)な笑みを浮かべた。「その大家だけじゃないさ。女性につけいろうとする男がいたら、俺たちきょうだいがそいつを放ってはおかない」

そう聞いても驚かなかった。エイデンは弱い者を守ろうとする気持ちが人一倍強い。直感的にわかるのだ。もしわたしとのあいだに子どもが生まれたら、男の子であれ女の子であれ、エイデンはその子にひもじい思いなどさせないよう見守り続けるだろう。たとえ遠くからでもだ。そう考えたとたん、罪悪感がどっと押し寄せてきた。たとえふたりで知恵を絞り、エイデンが人目を気にせずにその子の人生に関わる方法をひねり出せたとしても、彼にはその子を自分の子どもとして認めることが絶対に許されない。わたしは、エイデンを信じられないほど理不尽な目にあわせようとしているのだ。兄のこの計画に同意したときは、男性の多くはわが子のことなど気にしないものだと考えていた。実際わたしは父親のことを愛していたけれど、父は娘にほとんど注意を払おうとせず、いつだってもっと気にかけることがある様子だった。ただし、領地については本気で気にかけていたとは思えないけれど。もしそうなら、父の死後、うちの一族もあれほど大きな混乱状態には陥らなかったはずだ。

「あなたには、わたしが想像もしなかった善良さが備わっている。罪深く生まれた子どもはみんな罪深い運命を生きるものだという偏見を、人間は抱いてしまうものなのね」

「俺は罪深いことをいろいろやってきた」まるでこれまでの不道徳な行為を誇るかのような口調だ。でももしそうでなければ、今こうして彼とふたりでいることはなかっただろう。セレーナがエイデンを選んだ理由の一つが、その罪深さだった。

エイデンは手袋をしていない。手袋そのものを持っているのかさえわからない。でも、今彼が太ももの上に置いているむき出しの手を隠してしまうのは残念だ。エイデンのざらざらとした手のひらで肌を愛撫されると、なんとも言えない快感を感じる。本当になんでもできる器用な手だ。あれほど力強く見えるのに、驚くほど優しくもなれる。きっと子どもを作ることはあきらめて、エイデンをただ愛人として受け入れるべきなのだろう。誰とも再婚せず、残りの人生をエイデンの腕のなかで幸せに生きればいい。

陽光が突然まぶしくなり、馬車のなかの温度が急に上がったようだった。体をじわじわと火であぶられているみたい。頭を切り替えなくては。エイデンが両手でどう愛撫してくれるか、このまま考え続けていたら、彼を隣の席へといざない、今すぐわたしを奪ってと誘惑してしまいそう。こちらの考えを読み取ったかのように、エイデンは太ももにかけた両手に力を込め、全身をこわばらせている。もしかすると、彼の脚のあいだもこわばっているのだろうか？

「前にもロンドン以外の場所へ行ったことはあるの？」

エイデンは目をゆっくりと閉じてふたたび開き、半眼のまま、セレーナをまなざしで射抜いた。鋭い視線から察するに、こちらが何を考えていたのかお見通しなのだろう。それなのに、なぜわたしは何一つ驚いていないの？　わたしたちはあまりに波長が合いすぎる。秘密をすべてエイデンに知られた今は、なおさらそう思えた。

「もっと若い頃は金を貯めて、列車に乗って旅したものだ。自分の知っている世界の先に、どんな場所が広がっているのか見たかった」

「あなたは好奇心旺盛なのね」

エイデンはゆっくりと笑みを浮かべ、うなずいた。「一度など海に逃げ出そうかと考えたこともある。もっと世界を探検したかった。俺が知っているよりももっといい人生が送れる場所を探したいと思った。だが気づいたんだ。自分の人生をよりよくする鍵は、自分のなかにあるんだとね」

「それで、あなたの人生はよくなったの？」

「今の俺は何も求めていない」

「まったくなんにも求めていないの？」

「だって、何を求めろというんだ、レナ？」低い声だ。わたしからキスを盗みたい、ほんの少しでいいから体に触れて愛撫したいという熱っぽさが伝わってくる。

〝わたしを〟言えなかったその一言が、セレーナの心と魂を悲しく震わせた。こちらが彼を必要としているのと同じくらいの情熱で、わたしを求めてほしい。反対側の席でそんなに落ち着いて座っていないで、もうどうなってもいいと言わんばかりの切迫感を見せてほしい。飢えた欲望で今すぐわたしを両腕に抱きしめ、この唇を、体を、感覚をすべて奪って何も考えられないようにしてほしい。でも、そんなことを打ち明けるのはプライドが許さなかった。

妹たちがいい子たちだからとか、わが子に領地が与えられて裕福にできるからといった理由で、エイデンにはわたしを求めてほしくない。わたしとベッドをともにしなければ生きていけないから――その一心でしゃにむに求めてほしい。しかしセレーナは想(おも)いを口にする代わりに、手袋をはめた手を膝の上できつく握りしめた。

「睡眠、かしら」思った以上に甲高い声が出て、思わず体をすくめた。取り繕うように笑い声をあげたものの、それもうつろに響いた。「だって、あなたは深夜過ぎまで自分のクラブの様子に目を光らせているのよ。昨夜だって、みんなが眠る時間にベッドに入ったとは思えない。しかも今日はものすごく早起きをしなければならなかったはずだわ。わたしの相手をして楽しませようなんて考えなくていいから――」脳裏に突然、エイデンが肉体的に楽しませてくれるはずであろう、ありとあらゆる方法が思い浮かんだ。「――この旅のあいだは少し休んで。目的地に近づいたら起こしてあげる」

「ああ、少し疲れた」エイデンは胸の前で腕組みをし、座席に完全にもたれかかると目を閉じた。両脚の力を抜き、さらに伸ばす。

これでセレーナは完全にエイデンの脚に挟まれたことになる。とはいえ、どこか別の場所へ行きたいとも思わない。すぐにエイデンは軽く寝息を立て始めた。わたしの息子は、彼のような褐色の髪の持ち主になるだろう。髪には同じく、燃えるかのごとき赤い筋が交じっているに違いない。高い頬骨の上には、長くて黒いまつげがこんなふうに影を落とすはずだ。手を伸ばし、あの男らしい顎の下に唇を押し当て、鼻をすり寄せ、わたし自身もまどろみたい。

でもセレーナはそうする代わりに、眠っているエイデンをひたすら見つめ続けた。わたしも求めているのはあなたのことだけと、はっきり言えればいいのに。

けれど、そんなことを口にするわけにはいかない。のぼってきた太陽の光がふたりを照らし出すにつれ、動かしがたい事実がはっきりとわかってきたから。わたしが求めているのは、どうしても手に入れられないもの――エイデンには衆人環視の下で、かたわらを誇らしげに歩いてほしい。でもその願いが叶えられることは絶対にない。わたしの子どもの出生に関して、少しでも疑いを招く危険を冒すわけにはいかない。息子であれ、娘であれ、その子を噂話の中心にさらす危険は許されない。

きっと、エイデンとは秘密の関係をこのまま続けられるだろう。生まれてから何年か経てば、子どもが父親を好きになるかどうかもわかるはずだ。服喪期間が明けて、子どもの出生を疑われることがなくなれば――。

でも、もし子どもがエイデンのことを好きになったとしても、父子が人前で会うのを許してはいけない。すべての罪は、このわたしにある。わが子にその罪を背負わせるつもりはない。それにわが子には、生まれながらの権利を一瞬たりとも疑ってほしくない。誰かに母親を売春婦呼ばわりされたせいでけんかになり、息子がナイフで刺されるなんて……。

エイデンが子どもと過ごす時間も、わたしと過ごす時間も、絶対に秘密にしなければ。生まれてくる小さなわが子のために。その子を真実から守るために必要なことなら、なんだってやってみせる。

エイデンは夢を見ていた。その夢のなかで彼は、セレーナの黒いベールがついた帽子を取り、それを窓辺に放り投げていた。これで、もはやセレーナの顔を覆い隠すもの(ベリース)は何もない。彼女が本当の気持ちを俺に隠し続けることもできない。外套の留め金を外し、旅行用ドレスのボタンを全部外して体を自由にし、ふかふかの馬車の座席に彼女を横たえ、しっかりと抱きしめたあと、御者に向かって〝絶対に馬車を停(と)めるな〟と大声で叫ぶ。この馬車で永遠に旅を続けるためだ。馬車のなかにいるかぎり、俺たちは誰の目にもさらされることがない。英国社交界を気にする必要もない。非難の声からもずっと遠ざかっていられる。この馬車のなかにいれば、セレーナと一緒にいる期間を数時間ではなく、数年間に延ばして……。

夢から目覚めたのは、セレーナから膝を軽くつつかれたせいだ。目を開けて優しい笑みを見たとき、胸がぎゅっと痛くなった。なぜセレーナに子どもを授けるのをぐずぐずとためらっているんだ？　子どもを授かれば、セレーナはさぞ喜ぶだろう。その子にとってもいいことだらけのはずだ。その子は高位の貴族となる。俺など手が届かないほどの高い地位につけるのだ。

だがそうわかっていても、それでは自分の父親と何も変わらないではないかという考えを手放すことができない。ひとりの子どもをこの世に誕生させておきながら、ただ捨て去るなんて。その子の人生のかけがえのない一瞬一瞬に関われないなんて。実際、エルヴァートンに育てられなかったのは、俺にとって幸いだった。だが実の父親から露骨にうとんじられ、他人の手に預けられたとなると、自分が価値のない人間に思えてしかたがない。俺の存在そのものが不都合なのだと、はっきり指摘されたかのように。自分の子どもには、同じ思いをさせたくない。自分が望まれていない存在だなどと考えてほしくないのだ。絶対に。

だからこそ、その子が自分の出生の真実を知ることがないようにするのが不可欠だ。だが俺は、長いこと埋もれていた秘密が、何かの拍子で露呈してしまう場合があることを身をもって知っている。母親の庭園が、そのいい例だ。母エティは最初に引き取ったふたりの子どもの亡骸を、自分の庭園に埋めていた。兄ミックが八歳のとき、自宅の庭に名前が記されていない墓石があるのに気づいたことで、エティがひた隠してきた秘密を子どもたち全員が知ることになった。そのふたりは、母エティが腹を痛めて産んだ子どもではない。よその人からエティの手に渡ってきた彼らは結局生きのびることができなかったのだ。その子たちを埋葬した事実を他人に知られるのを恐れ、子どもたち全員がもっと贅沢な家に引っ越してほしいと望んでいるにもかかわらず、母はいまだにみすぼらしい自宅に縛りつけられている。そう、秘密というのは、その秘密を作った者たちに一生ついてまわるものなのだ。

エイデンが目を覚ましたのに気づき、セレーナは背筋を伸ばした。「もうすぐ到着するわ。ここに座ると、よく見えるはずよ」

セレーナは窓辺に体をずらし、隣にエイデンが座れるようにした。隣の席に移ったとたん、かすかに漂っていたイチゴの香りにふんわりと包まれる。突然前かがみになり、セレーナの首筋に歯を立てたくなった。舌先で小さい貝殻のような耳の輪郭をたどり、耳たぶを軽く噛みたい。ラシング公爵夫人に関することとなると、どうも俺の忍耐力はすぐに限界に達してしまう。欲望を抑えるのがこれほど難しい相手に出会ったのは、長年生きてきて初めてだ。ここまで馬車で出かけると言い出したのも、われながら愚かなことだとわかっている。馬車のなかにいればいるほど、セレーナのそばにいなければいけない時間が長くなるだけなのに。実際そのせいで、自分が何を優先すべきなのか迷い始めている。自分の種を蒔くかどうかにここまでこだわることはないのかもしれない。俺の父親はそんなことは気にも留めていなかった。だからこそ、俺はその点にこだわり続けているのだろう。

馬車が狭い道に入ると、エイデンは体を丸め、胸板をセレーナの肩にぴたりと押し当てた。誓ってもいい——その瞬間、セレーナとエイデンはほとんど一つになりかけた。彼女の体のなかで、何か微妙な変化が起きたのを肌で感じ取った。セレーナの体が、本来自分があるべきところに気づき、みずからの意思でエイデンの体に寄りかかってきたような気がした。

だが次の瞬間、セレーナは体をこわばらせて背筋を伸ばすと、エイデンから離れるように壁際へ体を近づけた。そんな彼女を挑発し、からかい、この手の甲を頬に沿って滑らせ、巧みな愛撫ではっきりとわからせたい。仮にこちらがセレーナの要求に応じなくても、結局きみは俺のものなのだと。たとえ計画が存在していなかったとしても、俺を自分のものにするだけできみは満たされるのだと。

「あなたに近い窓からのほうが景色が見やすいわ」セレーナが淡々とした口調で言う。

本気でそう言っているのだろうか？　皮肉を込めているようには思えない。むしろ、俺と離れるのを残念がっているように聞こえる。

「こっち側の窓から見るほうがいい。もし領地を見て何も感じなかったとしても、視界の隅にいちばん見たいものが映っているからね」

セレーナは乾いた笑い声をあげた。「エイデン、あなたはどうしてそんなに戯れ上手なの？　気を引こうとするのはやめて。わたしにとってこれがどれほど重要な問題か、あなたにもわかってほしいわ」

「わかっているさ。もしそうでなければ、こんなところにはいない。わざわざここまでやってきたのは、この重大な決定を下すために代償を払ってもいいと思えるかどうか知りたかったからだ」

セレーナはちらりとエイデンを見た。その瞳にはどこか面白がるような、いっぽうで自分を責めるような色がないまぜになっている。「ほかの人たちを罪深い世界に誘い込むことを生業にしている賭博場の経営者が、まさかこれほど道徳的な考え方の持ち主だなんて、誰が思うかしら？」

彼女と出会う前の俺は、こんなに倫理にこだわるたちではなかったような気がする。自分のことは誰よりよくわかっていると思っていたが、セレーナのせいで、今では本当にそうなのかと疑いたくなっている。もっと会話を続けることもできたが、そのときあるものに注意を奪われた。目に飛び込んできたのは、完璧な楕円形をした巨大な池だ。これは本当に神ではなく、人の手によって作られたものなのだろうか？　池には美しい白鳥たちが優雅に泳いでいる。湖の周辺にはイチイの生け垣がぐるりと張り巡らされ、ところどころ生け垣が途切れたところに石造りのベンチが置かれている。エイデンの脳裏に鮮やかに浮かんだのは、そのベンチに座り、風が池面に立てたさざ波を見つめているセレーナの姿だ。

池を通り過ぎると、手の込んだ庭園が見えてきた。円や三日月などさまざまな形にかたどられた生け垣が並び、その背後に巨大な石造りの天使が配されている。両方の翼を大きく広げ、あたかも天から遣わされて舞いおりたかのようだ。もちろん、目の前にある領主館シェフィールド・ホールを守るために。

エイデンはバッキンガム宮殿以外に、ロンドンでこれほど壮大な景色を目にしたことがない。黄金色のれんがには本物の金が含まれているのかもしれない。陽光を浴びて、その建物はまばゆいばかりに輝いている。屋根の上には銃眼つき胸壁が見えていて、邸宅と城を合わせたような構造だ。要塞も設けられ、かつて侵入者たちを追い払う必要があった歴史が感じられる。

「これまで何代の公爵がここで暮らしたんだ？」

「あなたの息子で十二代目になるわ」

何代にもわたる公爵たちがここで生活をし、仕事をし、この土地を守るために戦ってきたのだろう。気が遠くなるほど長い歴史、おそらく征服王ウィリアムの時代から。いや、もっと前かもしれない。それだけの長い歳月、この公爵家は伝統を受け継ぎながら、英国王に仕えてきたのだ。

　馬車は建物の前をぐるりと回り、馬たちは速度を落とすことなくカーブに差しかかった。エイデンはとっさに手を伸ばし、天井を叩いた。たちまち馬車の速度が落ちたことに安堵する。

「何をしているの？」

　答えるまでもない質問だ。それでもエイデンは答えた。「馬車を停めたんだ。あたりを見て回りたい」

「でも馬車のなかからでも、この建物の立派さはじゅうぶんわかったはずよ」

　セレーナが不安げな表情をしているのがどうにも気に入らない。彼女は俺と一緒にいるところを誰かに見られるのを恐れているのだ。求めているのは俺の子種だけなのだと、痛いほどに実感させられた。もし俺が賢明な男ならば、もう一度馬車の天井をこぶしで叩いてそのまま進むよう合図を送っただろう。そして自分のクラブに戻って、この馬車からおりるやいなや、セレーナにノーと言うはずだ。彼女にはもう二度と目を向けることもなく。

　だが、今目の前に広がっている果てしない緑の大地を見ていると、俺の子どもが手にするはずのものについて思いを巡らさずにはいられない。俺がこの世に生み出した人物が、何か恐ろしく壮大で深遠なものを与えられようとしている。たとえ俺がどれだけ懸命に仕事に励んだとしても、一生かかっても得ることができないものを。

「このすべてを、もっと詳しく見てみたい」

「あなたのことをなんて説明すればいいの？」

「友だちとか、遠縁とか、領地の視察に来た女王の使いの者だとか。何か適当に言えばいい」

馬車が停まると、エイデンは扉を開けて飛びおりた。ずっと御者の隣に同乗していた従者よりもすばやい動きだ。もうひとり、紫色のお仕着せを着た従者が建物のなかから飛び出てきた。早足ではあるが堂々たる足取りだ。その従者のあとから、もっと年上のがっちりした男性が姿を現した。執事に違いない。

エイデンは体の向きを変えて、セレーナに手を伸ばした。彼女が何も言わずに手を預けてくれたことにほっとする。セレーナは手助けを借りて馬車からおりると、肩を怒らせた。

「公爵夫人（ユア・グレイス）、こんなに早くお戻りになるとは思いもしませんでした」年長の男が言う。

「突然ここへやってくることになったの。そんなに長居はしないわ。こちらのミスター・トゥルーラヴが英国女王のために、領地の視察にいらしたの。料理人に軽い昼食を用意するよう申しつけてちょうだい。簡単なものでいいわ。一時間ほどテラスで食事を楽しみたいの。ではミスター・トゥルーラヴ、よろしければ案内しましょうか？」

セレーナはこうして俺と一緒にいることを気詰まりに感じている。声からとまどいが伝わってくる。だが気になどするものか。俺の息子はここでいろいろな思い出作りをすることになるだろう。その思い出のなかに、俺が含まれているとは思えない。だからこそ今は、この場所からどんな思い出が生み出されるのか、ありとあらゆる場面を想像する必要がある。俺の息子はあの池で泳いだり、白鳥に追いかけられたり、あの城壁から外を眺めたりするのだろうか？

セレーナが領主館に向かって歩き出したため、エイデンはあとに続いた。その合間も、あたりのすべてに目を走らせ、心に刻みつけようとする。アーチ型の窓と出入り口、赤い屋根、建物の隅にある尖塔（せんとう）、そこから控え壁を通じてさらに左右に分かれている翼。一見するとほとんどが中世時代の設計のように思えるが、よく見るとあちこちに現代風のデザインが取り入れられている。手入れの行き届いた建物だ。それはすでに知っているとおり、ラシング公爵が莫大な財産の所有者だからにほかならない。だが、いくら金持ちでも、財産のほとんどは領地の維持に注ぎ込（こ）まれているのではないだろうか？　この広大な公爵領を維持管理し続けるだけで、相当な金額が必要なはずだ。セレーナが危険を冒してまでこの領地にこだわり続けている理由が、今ようやくわかったような気がする。

パーティーや貴族の集まりが盛大に開かれるのだろう。王族が訪れることもあるはずだ。ここでは狩猟

セレーナが建物の敷居をまたぐと、大広間の大理石の床に彼女のブーツの足音が響き渡った。大広間には高い場所からつづれ織りがつるされ、手が届くほどの高さにはさまざまな肖像画が掲げられている。男性もいれば、女性、子どもの肖像画もある。モデルがひと

りの作品もあれば、複数の人物が描かれているもの、あるいは馬や犬と一緒に描かれているものもあった。そのすべてに共通しているのは、いかにも傲慢そうな、冷静沈着な表情だ。どの人物も、周囲の者たちを見おろす権利を生まれながらに与えられていることはわかっていると言わんばかりの表情を浮かべている。俺の息子の肖像画も、ここに加えられることになるのだろう。それを見た人たちは、彼が偽物の公爵だと気づくのだろうか？ その子は本能的に、自分の居場所はここではないという疎外感を覚えるのだろうか？ それとも、本当は彼のものではない財産を喜んで受け入れるのだろうか？ 本当の父親は受け継ぐことを許されなかった、先祖代々の遺産を？

ああ、なんと皮肉な状況だろう。俺自身は伯爵として世間から認められることがなかった。なのにどうだ、俺の息子は公爵になろうとしている。しかもこの計画を通じて、今まで俺に手厳しい判断を下してきた貴族たちへ報復もできる。生まれ持っていたはずの権利をこれまで認められずに来たが、そんな俺でも、それとは別の生まれながらの権利を息子に与える能力があるのだ。

「前からミックのホテルはすばらしいと思っていたが、これほどの建物は今まで見たことがない」

「すばらしい点はもっとあるの」この場所の静寂を乱すことを禁じられているかのように、セレーナは低いささやき声で答えた。「さあ、案内するわ」

巨大な館には数えきれないほどの通路や居間、応接室、階段があった。どの空間もとてつもなく広い。まるでかつてここに巨人が住んでいたようだ。薄青色で統一された部屋の暖炉の上には、セレーナの肖像画が飾られている。ドレスの濃い藍色が、その部屋にあるカーテンや家具の色といいコントラストをなしている。肖像画は実物大で、誇張することなくセレーナの見た目そのままが描かれている。今よりも若いが、その華奢(きゃしゃ)な両肩に重たい荷物を背負っているかのような表情だ。

「この肖像画はいつ描かせたんだ?」

「ラシングと結婚して数カ月経った頃よ。わたしはまだ十八歳になったばかりだったの」

肖像画のなかのセレーナは目が笑っていないし、ちっとも楽しそうではない。相手を愛しているからではなく、自分の家族を守るために結婚をした女性という印象だ。そして彼女はまたしても同じことをしようとしている。自分の妹たちを幸せにするために必要なことなら、なんだってやろうとしているのだ。この肖像画を描いた画家は、そういったセレーナの一面を、引き結んだ唇やぐっと上げた顎、怒らせた両肩で表現していた。肖像画のなかに立つセレーナは、これから戦場へ向かおうとしている戦士の面影を感じさせる。鎧(よろい)に身を固め、剣を高々と掲げているかのように。愛する者たちのためならば、喜んで自分自身の幸せを犠牲にすると宣言するかのように。

テラスに座り、入念に手入れされた庭園を眺めながら、セレーナは確信していた。エイデンは目にするものすべてに感動しているに違いない。感動しないはずがない。

わたし自身、シェフィールド・ホールのすばらしさは噂に聞いていたが、結婚するまで実際には見たことがなかった。そしてここを訪れた当日、このすべてを仕切る女主人になったのだと思い知らされ、圧倒されたものだ。

キュウリのサンドイッチを少しずつ食べながら、セレーナはエイデンをちらりと見た。公爵邸内にある数々の部屋を案内するあいだ、彼はほとんど何も話そうとはしなかった。公爵の寝室を案内したときは、エイデンをひとり残してなかを見られるよう配慮した。その背後にある自身の寝室は案内しなかったが、その前を通り過ぎるとき、エイデンがことのほか言葉少なくなったような気はした。彼が予想以上に長い時間を費やしたのが子ども部屋だ。もしかすると、レースの天蓋がついた赤ちゃん用ベッドに横たわる息子の姿を思い描いていたのかもしれない。この大邸宅は手入れが行き届いていて、ありとあらゆる部分にうなるような富の気配が感じられる。先代の公爵たちは自分の強大な権力を誇示するために、この領地に惜しみなく金をかけてきたのだ。

「昼食が済んだら、庭園を散歩するのはどうかしら？　十二エーカーもあって、ラシングが丹誠込めて作り上げた、彼の誇りと喜びが感じられる庭園なの。彼は心から自分の庭園を愛していたのよ」

「彼が自分の手で造園したのか？」

セレーナは軽い笑い声をあげた。爪のあいだを泥で汚しながら、みずから骨を折って土に向き合おうとする貴族などひとりもいない。「いいえ。でも庭園の設計はしていたわ。自分の思い描いた図面どおりの庭園を造ってくれる職人たちを雇っていたの。心癒(いや)される庭園もあれば、元気をもらえる庭園もあるのよ」

今ふたりの目の前にあるのは、三つ又のほこを手にしたポセイドンの彫刻がしつらえられた噴水だ。ごぼごぼという水音はセレーナにいつも落ち着きを与えてくれる。サンドイッチを食べ終えると尋ねた。「あなたのご期待に添えたかしら？」

「期待以上だ」

「感想を聞かせてくれる？」

エイデンは庭園からセレーナに視線を移した。「とにかく、ここにあるもの全部に心を揺さぶられたよ。このすべてを盗もうとしているなんて、きみは自分の計画していることに少しも罪悪感を覚えないのか？」

「今は罪悪感を覚えている余裕なんてない。わたしが求めているのは単なるものではなく、高い地位を保つことによる名誉なの。かつてこの館に二百人もの招待客をお迎えしたことがあったわ。寝室がいっぱいになってしまったから、屋敷に泊まれない人たちのために芝生にテントをいくつも設置して、そこにベッドを用意したの。招待客のリストも彼らの旅程表も、すべてわたしが作ったわ。この館には英国皇太子もお泊まりになったの。そのときは、何か失礼があるのではないかと心配でたまらなかった。でも最初から最後まで落ち着き払って乗りきったわ。本当は上履きのなかでつま先が震えていることなんて、おくびにも出さずにね。だって、わたしに期待されているのはそういう役割だったから。外国の高官をお迎えしたこともあるのよ。ここでわたしは、ロンドンのどの領地と比べても見劣りしない、これ以上ないほど優美な女主人だったの。貴族は働かないなんて言われているけれど、わたしは違った。それも、ただ骨の折れる仕事じゃない。文字どおり、心を砕いて自分の仕事に向き合い、努力を重ねたの。女主人として気配りが足りていないのではないかと心配するあまり、何も喉を通らなくなったり不眠症になったりすることもよくあったわ。だって、ラシングに誇らしく思ってほしかったから。わたしを妻にしたことを誇りに思ってほしい一心だったの」

「当然、彼はきみという妻を誇りを思っていたに違いない」

「ええ、実際彼はいつだってわたしにそういう態度を示してくれていたわ。でも結局わたしはラシングに、彼が必要としていた大切なものを与えることができなかった。世継ぎを」

「その責任が彼のほうにある可能性も考えられる」

「そういう場合、世間は女性に非があると考えるものよ。でも、もし今からでもわたしが世継ぎとなる子どもを産めば、ラシングも男性としてのプライドを慰められるはずだと思わずにいられないの」

セレーナは緑豊かな庭園に視線を戻した。今は一面に白い花々が咲いている。あと数カ月後には青い花々が、そして夏の盛りには赤い花々が咲き乱れることになるだろう。季節の移り変わりによって庭園をいろどる色彩が変わるよう、花々を選んで植えているのだ。

「女性はいつだって子どもに関する責任を問われるいっぽう、男性はあらぬ噂の対象になってしまう。ラシングはどんな陰口も叩かれるべきじゃない。彼は信じられないくらい優しい人だった。この世で生きるには、あまりに優しすぎるのではないかと思うほどに。それに、貴族以外の人たちにも驚くほど寛容だった。きっと彼ならあなたのことが好きになったはず。あなたも彼が好きになったに違いないわ」白ワインを少し口に含むと、セレーナは椅子にもたれた。「それで、あなたの心は決まったの？　庭園を散歩したあと、ロンドンに戻りましょうか？」

「ここで一泊する」

セレーナは弾かれたように上体を起こした。「なんですって？」

エイデンは半眼のままそっけなく一瞥をくれた。「まだ見たいものをすべて見終わっていない。馬屋も見たいし、このあたりを馬で走りたい。それに村を訪ねて――」

「でもこうしてあたりを見回せば、ここのすべてがすばらしいことはじゅうぶんにわかるはずだわ。どうしてあなたがそんな細かな点まで知ろうとするのか、わたしにはわからない。なぜそれがあなたにとって大切なの？」

「もし最終的にきみの頼みを聞き入れ、子どもを与えるとしても、ここで遊んでいる自分の息子の姿を俺が見ることはないだろう。わが子がどんな思い出を作るのか、俺は想像力を働かせるしかないんだ。木馬に乗ったり、図書室できみの膝の上に乗って物語を読んでもらったりしている姿をね。きみは俺に、俺自身の父親のようになることを求めている。子種だけ植えつけて、あとは放ったらかしにし、わが子のことなど二度と考えないようにしろと。だが、俺は本当にそんなことができるのか？　きみならばいい母親になるだろうが、俺はそんなきみの姿さえ見ることが許されないんだ」

エイデンの熱っぽい声を聞き、セレーナは先ほどあんな質問をした自分がつくづく恥ずかしくなった。

「前にも話したとおり、あなたがわが子と一緒に過ごす方法ならあるはずよ」

「ときどき人目を盗んで息子に会うことはできるかもしれない。だがそれもわずかな時間だ。本来なら父親として息子と過ごすはずの時間の大半を、俺は失うことになる。しかも、その子を自分の息子だと認めることも許されない。俺自身の家族にさえもだ。レナ、もしきみの嘘に協力すると決めたら、俺は全力を尽くす。だからこそ心を決める前に、なんの後悔もないようにすべて見ておきたいんだ。一度その嘘を始めたら、二度と後戻りはできないから」

セレーナは庭の花々に視線を戻した。極寒の冬でも花が楽しめるよう庭師が丹誠込めて手がけた庭園だが、今は春の気配が感じられ、純粋無垢な白い花々が咲き出している。それなのにわたしはどうだろう。純粋無垢とはほど遠い。わたしはこの男性に対しても、ラシングに対しても、ひどい仕打ちをしているのではないだろうか？

「あなたと一緒に外出することはできない。村人たちに、最近未亡人になったばかりの公爵夫人が外を出歩いている姿を見られても、何もいいことはないもの。それに数年後、あなたがシェフィールド・ホールを訪れていたことを誰かが思い出す可能性もあるかもしれない。そんな事態は絶対に避けなければ」彼がここにいることを使用人たちに知られているることさえ、じゅうぶんに危険なのだ。とはいえ、彼らはわたしのことを敬ってくれている。そんな彼らがエイデンの訪問を怪しむはずがない。

「目立たないよう細心の注意を払う」

セレーナは不本意ながらエイデンを馬屋に連れていき、公爵が好んで乗っていた馬の支度を調えるよう命じた。ラシングは馬たちを愛していた。自分の愛馬が領地を駆けめぐることを認めてくれるはずだ。馬屋の少年たちによって毎日駆け足させられているのは知っているが、鞍の上にエイデンがまたがったとき、亡き夫の愛馬は褒美を与えられたように感じたに違いない。エイデンならば手綱をしっかりと握りながらも、馬にリードを任せるだろうと本能的にわかっていた。案の定、彼は実に巧みな乗り手で、馬を全力疾走させ、あっという間に目の前から走り去った。彼の姿を見送りながら、セレーナが感じていたのはどうしようもない心の痛みだ。すぐにこういう日がやってくるのだろう。エイデンがわたしの前から立ち去り、二度と戻ってこなくなる日が。

エイデンは緑豊かな大地に馬を走らせ、郊外ならではのひんやりとした空気を胸いっぱいに吸い込んだ。たどり着いたのは大地が途切れ、美しい海が見おろせる岸壁だ。ここには風呂に入らないと落ちない煤も、悪臭も、埃っぽい汚れもない。だがもちろん、それがこの領地全体に当てはまる真実ではないことは百も承知だ——その後地元のパブに足を踏み入れ、そう思った。農民や労働者と一緒に炭鉱夫たちが一杯のビールを楽しんでいる。公爵は自分の炭鉱を持っていたのだろうか？　もしそうなら、そこで働く男たちを励ますために、彼はこの界隈までやってきていたのではないか？　どういうわけか、そんな気がする。領主館からこの界隈への往復を繰り返すうちに、公爵の肺は弱り、結局は流感に倒れてしまったのではないだろうか？

エイデンは誰とも言葉を交わそうとせず、パブの客たちの様子を観察しながら彼らの話に聞き耳を立てた。この地域で領主がどのように見られているのか、少しでも知りたかったのだ。どうやら、ここの人たちは亡き公爵と公爵夫人のことを心から尊敬している様子だ。なかには、もし公爵夫人が大急ぎで世継ぎを作らなかった場合、自分たちの運命はどうなるのだろうと心配している者もいて、エイデンは驚愕した。世継ぎの誕生がこれほど多くの人たちに影響を及ぼすことになるとは。

だがこうしてパブに寄ってみて、セレーナが言っていたことが正しいこともわかった。話を聞けば聞くほど、亡き公爵のことが好きになったのだ。

村からは、馬の速度をやや落として帰った。領主館にたどり着き、馬屋へ馬を返して大股で館へ戻ると、セレーナが姿を現した。一瞬ほっとしたような表情を浮かべたのが気に入らない。俺が戻ったのを見て、明らかに安堵した様子だ。

「見たいことはすべて見てきたの？」

エイデンはうなずくと、セレーナの前まで進み出た。この場ですぐ両腕に彼女を抱きしめ、唇を重ねたい。衝動をこらえるのが難しかった。使用人たちがうろうろしている前でそんなまねをするのが得策とは思えないが、せめて手を伸ばし、眉間に深く刻まれているしわを消してあげたい。

「とても印象的だった。こんなに広々として、本当にすばらしい場所だ。だがしばらくじっとしていると、なんだか落ち着かない気分になったよ」

「ラシングもここの開放感を気に入っていたの。でも、この場所そのものにはあまり好ましい思い出がなかったみたい。彼のお父様は、ラシングが大人になるまでとても厳しいしつけをしたんですって。お父様と仲たがいしたあと、ようやくここへ戻ってくるまでに何年もかかったの」

「少なくとも、俺は父親をがっかりさせる必要なしに育つことができた」

「父親がいないまま大きくなるのは、いろいろと大変だったんでしょうね」

エイデンはゆっくりと首を振った。「いや、俺の母さんは強い女性だった。きみみたいにね。俺が必要としているのは、そういう女性だけだ」

セレーナは優しい目になると、頬をピンク色に染めた。「わたしをこんなに困らせているのに、あなたという人はほんの少し褒め言葉を言うだけでわたしと戯れることもできるのね」

「俺は戯れてなんかいない。本当のことを言っているだけだ」

セレーナは唇に笑みを浮かべた。「ほら、またそんな歯の浮くようなことを言う。でも気にしないわ。あなたが長いこと戻ってこないんじゃないかと心配していたの。どうしても見せたいものがあったから」そう言うと左手で自分の右手をつかんだ。もしかすると彼女は今俺に触れそうになって、自分を戒める必要があったのかもしれない。

セレーナのあとに続き、迷路のような廊下を進んで、とうとうある場所へたどり着いた。湾曲した壁やらせん階段から察するに、ここは尖塔に当たる部分だろう。セレーナは立ち止まることなく階段をのぼり、うしろにいたおかげで、揺れるヒップを思うぞんぶん目で楽しむことができた。階段のてっぺんにたどり着くと、セレーナは扉を開け、銃眼つき通路へといざない、その通路を半分進んだところでくるりと振り向いた。全身から純粋な喜びが発散されている。

「ここがシェフィールド・ホールのなかで、わたしのいちばんのお気に入りの場所なの」

セレーナは、長く伸びた屋根の下に広がる庭園を指し示した。

身を乗り出したエイデンは、思わず大きく息をのんだ。太陽の光を浴びて、金箔(きんぱく)張りの天使像がまばゆいほど輝いている。両方に広げられた翼には〝この領主館を守り続ける〟という祈りが込められているのだろう。だがそれだけではない。黄金色に輝く天使の翼はこう宣言しているかのようだ。〝見よ、ここにあるすべての栄光と美を！〟

馬車に乗っているときも、馬を走らせているときも、この領地に広がる緑の芝生や生け垣、木々を目にしていた。目の前に果てしなく広がる大地もだ。あちこちの土地を見ながら、全部で何エーカーになるのだろうと計算したりもした。だがこの場所から見えるのは、太陽を浴びて燦然(さんぜん)と輝く、まさに栄光に満ち満ちた巨大な公爵領にほかならない。

きっと使用人がひとりもいない場所だったからだろう。あるいは、腰の高さまである城壁が詮索好きな目から守ってくれているからかもしれない。セレーナは目の前に広がる驚くべき景色から目を離さないまま、指をエイデンの指に絡め、力を込めた。まるでこう宣言するかのように。〝ここがわたしの愛する場所。わたしの見ているものをあなたも見て、同じように愛して。いつかあなたの子どもをこの場所に連れてきて、同じ景色を一緒に見るから〟

エイデンは心のなかで、そのセレーナの姿を思い描いてみた、優しさと愛情たっぷりに、自分の子どもに広い世界を見せている姿を。それは、俺が息子に与えられる世界などかすんで見える、とてつもなく大きな世界なのだ。こんなやり方はずるい。こうして城のてっぺんから、自分の子どもが所有することになる世界のすべてを見おろさせるとは。

俺がやるべきことはただ一つ。セレーナとともに幾晩か過ごし、自分たちが誰かも忘れるほど情熱的なセックスをして、彼女の前から立ち去ること。二度と、絶対に振り向くことなく。

セレーナはまだ理解していないようだが、俺はすでに気づいているからだ。影の存在として生きる人生は、まったく生きていないのと同じだということに。

19

　昼食に比べると、ディナーはかなり正式なものだった。セレーナは〝小さなダイニングルーム〟と言っていたが、たったふたりで着席したのは、十人以上が座れるテーブルだ。公爵の服を貸すと言われたが、エイデンは断った。彼女に亡き夫を思い出させる衣類は身につけたくない。この領主館にいること自体が、彼女に亡き夫を思い出させることではないかという気もするが。

　会話はぎこちなかった。ふたりとも差し迫った問題を考えるのに精いっぱいで、心ここにあらずの状態であるかのように。ときおりセレーナが何かを尋ねようと唇を開きかけていることに、エイデンは気づいていた。だが実際に聞くまでもなく、尋ねたいことは何かわかっていた。〝もう心は決まったの？〟

　もし彼女が大胆にもその質問を口に出したとしても、すぐに答えをはっきり口にしたのか、それとも首を振るだけにしたのか、定かではない。というか、答えそのものが自分にもわかっていなかったのだ。

重苦しい雰囲気のディナーを終え、ダイニングルームから通路へ出たときはほっとした。とはいえ、ふたりとも墓場へ向かうかのように重々しい足取りで、それぞれの寝室へ通じる階段の前へやってきた。そのときセレーナがつと立ち止まり、こちらに向き直って、唇を開いた――。

「まだ答えがわからないんだ」エイデンは静かに答えた。

セレーナは残念そうなため息をついたものの、わかったと言うようにうなずいた。「わたしはもう休むわね。長くて大変な一日だったし、明日の朝、早い時間に出発する予定だから。どうかぐっすり眠って」

眠れるかどうかすら疑わしい。特に、今は上等のスコッチを注いだグラスを片手に、こうして生き霊のように領主館のあちこちをうろついているからなおさらだ。

あらゆる場所に歴史が感じられる。色褪せたつづれ織りはどれも何世代も前の公爵から受け継がれてきたものに違いない。あちこちに飾ってある鎧は、騎士の全身を守る甲冑もあれば胸当てだけのものもあり、どれも磨き込まれて輝いているが、へこんだ跡がある。添えられた真鍮の飾り板には、どの公爵が身につけたものかが記されていた。なかにはどの戦いで使用されたか、さらに詳しい情報まで書き加えられたものもある。もし俺がセレーナに息子を授けたら、その子はこの遺産を誇らしい気持ちで眺めるだろう。これが自分自身の受け継ぐべき先祖伝来の遺産だと信じて疑わないに違いない。その子が自分の出生の真実を知ることは絶対にないのだから。

嘘をついてだますことにはなるが、同時にその嘘はわが子を守る。自分がどう生まれたかという過去が、そんなに大切だろうか？　本当に大事なのは今このときのはずだ。

俺は常に自分の利益になるものを喜んで受け取ってきた。だが以前セレーナから、奉仕の見返りとして財産を提供すると申し出られたときは屈辱しか感じられなかった。俺は金品がほしいわけじゃない。ほしいのは彼女だ。その気になれば、今後もずっとセレーナのを自分のものにし続けられるだろう――誰にも気づかれないかぎり。

今日セレーナは俺に、もし子どもを授けたらその子が何を与えられることになるのかを見せた。いまいましいことに、その遺産がどれほど壮大なものかを見せつけたのだ。しかも、これまでずっと俺を拒んできた社交界にこっそり仕返しもできるというおまけつきだ。そうすることで、俺には何がもたらされるのだろう？　満足感とささやかな報復、そしてセレーナの太もものあいだに欲望の証（あかし）を挿入する、さらなる情熱の夜だ。

それにもう一つ、絶対にこれだけはしないと誓ってきたことをするはめになる。責任の重大さをわかっていながら、この世に庶子を誕生させること。

生まれてくる子が庶子として見られることはないだろう――だがたとえそうだとしても、俺の信念に反することだ。

スコッチを飲み干すと、廊下にあった机の上に空のグラスを置いた。このグラスも使用人がすぐに片づけるだろう。この屋敷はこれほど広いのにどこもかしこもぴかぴかだ。よほどおおぜいの使用人たちが雇われているに違いない。それなのにここへ到着して以来、俺が目にしたのは執事と従者数人だけだ。残りの使用人たちはひっそりと身をひそめているのだろう。この領主館の主と妻の前で、必死に仕事をする姿をわざわざ見せる必要はないからだ。ふたりにとっては、この大邸宅が常に太陽のように美しく輝いていればそれでいい。

寝室へ通じる階段をのろのろとのぼり始めた。馬車が一台通れるほどの幅がある。階段のてっぺんにある踊り場から通路が二つに分かれており、左側の通路を進んだ。ゆっくりとした足取りでいちばん奥にある自分の寝室へ向かう。ドアノブに手をかけ、磨き込まれた木製の扉に額を押し当てた。

セレーナは自分の寝室でひたすら待っているのだろう——俺と、俺の決断を。そのときふと、夕日を眺めていた彼女の様子を思い出した。眼下に広がる広大な大地を見おろしていたあのとき、彼女は心からあの光景のすばらしさを讃えている様子だった。俺のように欲に駆られた目つきをしていなかった。思えば、セレーナがこんなことをしようとしているのは彼女自身のためではない。愛する者たちに最高の暮らしを約束するための、やむをえない行為なのだ。

だがセレーナが愛する者たちのうちに、俺は入っていない。そうでなければ、こんなことを俺に頼んだりしないはずだ。やはり彼女は俺の拒絶を受け入れ、別の男に乗り換えるべきだろう。セレーナが忍耐強くこちらの返答を待っているのは、俺に少しは思いやりをかけているせいだ。あるいは俺の当初の計画が成功し、少なくとも俺に欲望を募らせ、ベッドをともにしたいと望んでいるからかもしれない。

セレーナは大胆で、勇気があり、心優しく、無私無欲だ。自分よりも自分以外の者たちのことを優先しようとする。そんな彼女に心動かされずにはいられない。

今後結婚するつもりも、子どもを持ったり、恋愛したりするつもりもない。今だって恋に落ちているわけじゃない。自信を持ってそう言える。だが悔しいことに、セレーナは俺の奥底にある何かをかき立てる。そのせいで、せめて彼女の望んでいるものを与える努力くらいしてもいいのではないかという考えをどうしても振り払えない。心の中心にじわじわと入り込んできたセレーナが、つくづく恨めしかった。彼女の前から立ち去れば、俺の魂そのものに大きな穴が空きそうだ。

やはり立ち去らなければいけないのはわかっている。生まれてくる子どもを、そしてセレーナを守るために。俺のプライドと理性は、今ここではっきり終わらせるべきだと叫んでいた。

だが俺の心は、今体の向きを変えさせ、廊下を戻らせ、セレーナの寝室の扉を開かせ、大股で敷居をまたがせている。

てくれた。

エイデンがわたしの元へやってきてくれた。

地獄の責め苦を耐え忍んでいるような顔をしているけれど、とにかくわたしの寝室に来てくれた。

セレーナはナイトドレス姿で窓辺にたたずんでいた。時を数えながら真夜中になるのをじっと待っていたのだ。もし真夜中になるまでエイデンがやってこなければ、自分から彼の寝室へ行くつもりだった。といっても、ベッドをともにする行為を強いるためではない。彼が与えたくないと思っているものを、どうしても与えてほしいと無理強いはしないつもりだ。ただ、今宵(こよい)一晩は彼の腕に抱かれて過ごしたかった。

ふかふかのオービュッソン絨毯(じゅうたん)が敷かれた部屋の真ん中で、エイデンは立ち止まった。上着もベストもクラヴァットも身につけていない。きっとシャツとズボンにブーツを合わせただけのこの装いのまま、屋敷のなかをさまよっていたのだろう。

セレーナはナイトドレスのボタンをゆっくり外し始めた。こちらの指の動きを、エイデンが熱っぽい目でたどっている。最後のボタンを外し終えると、まず左肩をすくめ、それから右肩をすくめ、柔らかなコットンの生地が床に滑り落ちるのに任せた。前にもこちらの一糸まとわぬ姿は見たことがあるのに、それでもエイデンがはっと息をのむのが聞こえた。まるでこの瞬間の訪れを目撃するために、今まで人生を生きてきたかのように。

「あなたが来てくれて嬉しい。もし来てくれなかったら、わたしから訪ねるつもりだったの」セレーナは手を伸ばし、エイデンの顎を包み込んだ。無精髭が濃くなっているが、そんなことは気にならない。「今夜あなたとベッドをともにしたいの」

「だが俺は避妊の道具を持っていない」

ということは、エイデンはわたしの体に種を蒔かないと心を決めたのだ。自分が思ったよりがっかりしていないことに驚いたが、それがエイデンの下した決断なら尊重したい。彼がそう決断したのは、さんざん思い悩んだ末、やはりこれまでの信念を曲げたくないという結論に達したせいだとわかっているから。それに彼がわたしのことを、単に子種を植えつければいいだけの相手と見なしてはいないせいもあるのだろう。それにわたし自身、もし今夜自分から彼の寝室へ行っていたとしても、それは子作りをする以上の理由があるせいだとわかっている。わたしはこの男性がほしい。太もものあいだに彼自身を感じたくてたまらない。だって、彼のすべてを心から尊敬しているから。エイデンは何も持たずに生まれてきたのに、そこからはい上がり、成功を手にした。不当に扱われてきたのに、そんな環境に追い込んだ者たちを責めようともしていない。エイデンは自分自身に関しても、自分の行動に関しても責任を負う男性だ。わたしに子どもを授けないと決心したのも、彼のそういう責任感の強さのせいにほかならない。

エイデンが間違っているとは思えなかった。それどころか、そんな一面を持つ彼のことを、よりいっそう愛してしまう。

そう、わたしは彼を心から愛している。いつ気づいたかはわからない。でも真実を打ち明けて、彼に重荷を背負わせるつもりもない。わたしたちふたりには将来がないからだ。わたしにはレディ・アスリンやレディ・ラヴィニアのように、社交界での立場や特権を捨てて結婚に踏み切る贅沢は許されていない。彼女たちには、自分を頼ってくるきょうだいがひとりもいない。でもわたしの場合、社交界からうとんじられる危険を冒すわけにはいかないのだ。そんなことになれば、妹たちに悪い影響が及ぶだろう。

セレーナはエイデンのシャツに手を滑らせ、いちばん上のボタンを外した。「前にわたしのことを、噂のまとになるような、徹底的な誘惑に値する女性だと言っていたわね。今夜は、わたしを完全に誘惑することだけ考えて」

エイデンは喉の奥から絞り出すような声を低くあげたが、それとは裏腹にごく優しくセレーナに口づけた。シャツのボタンを外しながら、セレーナはふと思う。どうしてキスをかわすたびに、味わいが違うように思えるのだろう?

エイデンはセレーナから体を離すと、指と指をしっかりと絡ませ、寝室から連れ出そうとした。「ここではだめだ。きみがほかの男性とともにしたベッドで、きみを抱きたくない。その男性との思い出がある場所ではね」

セレーナは両脚に力を込めた。「何か羽織らせて」

エイデンはからかうような、挑発的な笑みを向けてきた。「誰に見られるというんだ？」

手を強く引っ張られても、セレーナは抵抗しようとしなかった。でも彼のあとから廊下を進んでいるうちに、くすくす笑いがもれてしまい、慌てて口を押さえた。裸のまま寝室の外へ出たことなんて、これまで一度もない。なんだか悪いことをしているようで、すごく退廃的で、刺激的な気分。エイデンの手を振り払うと、いきなり彼の寝室へ向かって走り出した。使用人たちがエイデンのために用意した寝室だ。追いかけてくる足音を聞きながら寝室へ駆け込むと、突然足を止めて、あとから入ってきた彼に向き直った。

こちらと同じく決意を秘めた目をしながら、エイデンは寝室の扉をばたんと閉めた。彼はシャツをすばやく頭から脱ぐと、ブーツやほかの服も手慣れた様子で次々と脱ぎ捨てた。たちまち口のなかがからからになる。エイデンの裸は前にも見たことがあるけれど、それでもこうしてもう一度見られることに喜びを感じる。もし百歳まで生きたとしても、この光景はけっして忘れないだろう。そう考えたとたん、突然ある現実に思い至った。ふたりにとって、今夜が最後の夜になるに違いない。明日ロンドンに戻ったら、わたしたちは別々の道を歩む。エイデンは噂の絶えない賭博場の経営者としての道を、そしてわたしは、英国女王をあざむくためにほかの共犯者を探す道を。

でも今は、何も考えたくない。この男性との残された時間だけに意識を集中させたい。今まで感じたことのない感情をかき立て、本棚から一冊の本を引き出すかのごとく、このわたしから簡単に情熱を引き出したこの男性に。自分にも相手の肉体を求める願望や欲望、強い渇望があることを教えてくれたこの男性に。

けっして相手が誰でもいいわけではない。わたしが熱い情熱を感じる相手はただひとり、これほどの欲望を覚えるのはエイデンに対してだけ。ほかの男性を見ても絶対にこんなふうには思えない。〝彼をわたしのものにできなければ死んでしまう〟

わたしを昂らせるのは彼の手だ。この体を愛撫してくれる彼の指先であり、この唇をむさぼるように味わう彼の唇だ。そしてこの体と溶け合う彼の体なのだ。

エイデンが向かってきたとき、セレーナはその場にくずおれないよう足に力を込めた。彼の動きは官能的で、獲物を射すくめる捕食動物のようだ。まるでわたしが彼のクラブを訪れた最初の夜のよう。彼が前にやってくると、両腕を掲げて喜んで受け入れた。指を髪に差し入れ、がっちりとした胸に自分の胸をぴたりと押し当て、ふたたび唇を受け入れる。切羽詰まったような口づけは、彼もまたどうしようもない欲望を募らせている証拠だ。その欲望が向けられているのは、このわたし……。

わたしたちは単なる睦み合いをしているのではない。エイデン・トゥルーラヴとセレーナ・シェフィールドにしかできない結びつき方をしている。大切なのは、今こうして体を重ね合っているのがそのふたりだという事実だ。欲望にけぶったエイデンの茶色の瞳を、このままずっと見つめていたい。ざらざらした手のひらが肌に滑らせられる感触がたまらない。低いうめき声が、流麗な音楽のように心地よく聞こえる。エイデンがかすれ声でわたしの名前を呼んでいる。何度も何度も。そのたびに嬉しさのあまり、心臓の鼓動がどんどん速まっていく。体の中心から波のように喜びが、とめどなくあふれ出ていく。この世界すべてを覆い尽くさんばかりのいきおいで。

たとえ、その〝世界〟がわたしたちふたりしかいない、ごく小さなものであっても。これまで一度も眠ったことがない、来客用の寝室のなかだけに限られていたとしても。

エイデンはなんて賢明なのだろう。いっさい思い出のないこの部屋を選んでくれたなんて。わずか一瞬でも、亡き夫との思い出に邪魔されることがない。これから先何年も、わたしは今夜の思い出を何度も思い返すのだろう。永遠に心に刻みつけられる、唯一無二の、わたしたちふたりだけの記憶。ほかのいかなる記憶とも重なることがない、まっさらな記憶だ。

エイデンの愛撫に夢中になりすぎていたせいで、どんどんあとずさっていたことに気づきもしなかった。ようやくそう気づいたのは、膝の裏がベッドのマットレスに触れたときだった。エイデンはいとも簡単にこちらの体を持ち上げると、ベルベットの羽毛布団の上に横たえ、のしかかってきてふたたび口づけを始めた。

エイデンは豊かで、濃厚な味わいがした。かすかにオーク樽の香りもする。きっとスコッチを口にしていたのだろう。すでにこれほどくらくらしているのは、彼の舌に残っていたスコッチのせいなのだろうか？　それとも彼がこんなに近くにいるせい？　目が回り、なんだか呼吸もままならない。エイデンはまるで極上のスコッチのよう。いくら味わっても、彼を味わい尽くせないのではないだろうか？　もっと味わいたい、もう一杯飲み干したい、もう一度一つになりたいと考えてしまう。

　エイデンは唇で全身をくまなくたどっている。書物に書かれた言葉をすべて脳裏に刻みつけるかのように、念入りに。もしその書物を手にすることができなくなっても、そこに綴られていた文章を暗唱できるようにしたいと考えているかのように。あちこちを軽く噛み、ベルベットのような舌で巧みな愛撫をし、肌をとろかしていく。

　体のありとあらゆる部分が強く引き絞られ、エイデンを――これほどいとも簡単にわたしの欲望をかき立てることができるこの男性を求めている。寝室じゅうに自分の吐息や声が響いても、まったく恥ずかしくなんてない。むしろその響きにさらに昂ぶってしまうくらいだ。こんなに欲望を募らせているわたしを、どうやって頂点まで押し上げて解放するつもりだろう？　彼の腕に抱かれていると、本当の自分自身をさらけ出せるような気がする。みだらで欲望を隠せない自分自身を。

　エイデンはセレーナの両脚を広げさせると、両手をヒップの下に置き、腰をわずかに上向かせて、いっきに深く貫いた。悦びのあまり、はしたないほど大きな叫びが口をついて出た。なんてすばらしいの。こうしてもう一度、エイデンを体のなかに迎えられたなんて。彼とベッドで愛し合うことなく過ごしたのはたった一晩のあいだだけだったのに、それでも永遠のように思えた。

　エイデンは両肘を突いて、指を指に絡めると、セレーナの両手を枕の両側に掲げさせた。なぜそうされたのか気づいたとき、胸に針が突き刺さるような痛みが走った。エイデンは恐れているのだ。わたしが彼の腰に指をめり込ませ、欲望の証を引き抜きたくなってもそれを許さずに、無理やり種を蒔かせるのではないかと。

「あなたが与えたくないものを無理に奪ったりしない」セレーナはささやいた。

　エイデンは瞳をけぶらせ、射るような視線を向けてきた。頭を下げてセレーナに激しく口づけると、上半身を起こしてじっと見つめながら、欲望の証を引き抜いた。だが、すぐにまた差し入れる。ゆっくりと同じ動作が繰り返された。物憂いリズムで何度も何度も。絡められた彼の指先に力が込もる。

　エイデンは腰の動きを速めていった。セレーナが見守るなか、彼は乱れた髪が眉にかかるのも気にせず、胸全体に珠のような汗を浮かべ、どんどん呼吸を荒らげていく。いつの間にか、セレーナもエイデンの動きに反応していた。彼の腰の動きに合わせるように自分も腰を突き出し、ゆっくりと回しながらさらに体の奥深くへと受け入れる。深く、もっと深く――エイデンに魂まで突かれているのではないかと感じるほどに。そのうち、つま先からたとえようもない快感の波が押し寄せてきた。エイデンの腰に太ももをきつく巻きつけ、どうにかその悦びをとどめようとする。まだ快感の波にのみ込まれたくない。一瞬でも長くエイデンと一つになっていたい。

ふたりで力を合わせて最高のリズムを生み出していく。与えて受け取る。受け取って与える。そうやって互いの悦びを高め合った。

エイデンはセレーナがどんな愛撫を必要としているか正確にわかっているかのように、少しもためらうことなくさらに激しく腰を動かし、一心不乱に突いてくる。やがてセレーナの体がふわりと舞い上がり、快感が全身にどっと押し寄せた。エイデンの名前を叫びながら体を弓なりにし、枕にこれでもかとばかりに頭を押しつける。どうしても目はつぶりたくない。だけど快感の波に全身をのみ込まれた瞬間、つぶらずにはいられなかった。体じゅうの神経がわななないている。まるで体全体が流れ星になったかのよう。

忘我のひとときが完全に過ぎ去り、セレーナが自分を取り戻すまで、エイデンは腰の動きを緩めようとはしなかった。ふたたび目を開いて目を合わせると、彼は歯を食いしばり、体じゅうの筋肉をこれ以上ないほどこわばらせている。腰を激しく動かし続け、やがて食いしばった歯のあいだからセレーナの名前を絞り出すように呼んだかと思ったら、体を小刻みに震わせ、とうとう頭を大きくのけぞらせた。

エイデンは絡めていた手をセレーナの手から抜き取ると、両腕でしっかりと抱きしめてくれた。

目から涙があふれそうになる。エイデンは最後まで体を離そうとしなかった。欲望の証を引き抜かないまま、種を蒔いたのだ。セレーナもエイデンの体に両腕を巻きつけ、きつく抱きしめた。渾身の力を込めて。

クライマックスに達したセレーナを見たとき、エイデンははっきりと気づいた。彼女が望むものを断ることなどできない。たとえそれがなんであろうとだ。

だから本当なら欲望の証を引き抜かなくてはいけない瞬間を迎えても、そうしようとせず、これまで生きてきて一度もやったことがないことをした。女性の胎内に種を蒔いたのだ。

すぐ後悔の念に襲われるだろうと思っていたが、そんなことはなかった。何よりも大切なのはセレーナだ。彼女の幸せよりも大事なことなどない。きっと俺は今まで理屈をつけて自分を正当化し、セレーナがこちらに望んでいるただ一つのものを与えないようにしていただけだ。かつてふたりでやったビリヤードのように、俺が勝つ見込みなど最初からなかった。

こういう結果になったのは、セレーナが手練手管を使ったからでも、俺を操る方法を知っていたからでもない――彼女が無理強いをしなかったせいだ。俺に考えるための時間を与えてくれた。俺の懸念を理解し、俺自身が最終的な決断を下すのを許してくれた。そして結局、その決断は俺自身が予想もしないものとなった。

かつて誰ひとり愛したことがない俺が、とうとう愛する女性を見つけた。それは何よりすばらしいことで、何より恐ろしいことでもある。

セレーナと体を重ねている最中、もう少しで〝愛している〟と口走るところだった。だがそんなことを言っても、事態はもっと厄介になるだけだ。別れの時が刻々と近づいてきているのだから。そう、俺たちは別れなければならない。セレーナも最終的にはその事実に気づくはずだ。

愛していると声に出して言わなかったのは、セレーナが俺と同じ気持ちではないのが怖かったせいかもしれない。とはいえ驚くべきことに、今の俺にとってはもはや重要なことではないが。

何年も前に、フィンが伯爵の娘に恋をした。あのときは弟を愚か者呼ばわりしたものだ。でも、今なら理解できる。あのときの弟はほかにどうすることもできなかったのだ。人の心は、こちらの考えなどおかまいなしに動く。愛したいと思った相手を愛するものなのだ。しかも、最も過酷な試練が待ち受けているような相手を愛するようにさえ仕向けてくる。

とはいえ、もし愛がしごく簡単なものならば、詩人たちがあれほど骨を折ることもないだろう。最も表現するのが難しい感情だからこそ、詩人たちは苦心惨憺(くしんさんたん)しながらも愛を描こうとするのだ。

エイデンは、セレーナの首と肩の境目の部分にキスをした。もはやキスマークは消えかけている。あの夜、彼女の肌に自分の烙印を残そうとした俺は、なんと愚かだったんだろう。あのときはまったく気づいていなかった。相手に永遠の烙印を残せるほど圧倒的な力を持っているのは、セレーナのほうだという事実に。俺の心は彼女のものだ。これからもそうあり続けるだろう。ほかの女にこの心を明け渡すことは絶対にありえない。

頭を上げて彼女と目を合わせ、エイデンは眉をひそめた。「どうして泣いているんだ？」

セレーナの目は涙で濡れている。一筋の涙が頬にこぼれ落ちた。

彼女は不安げな笑みを浮かべた。「わからないの。ばかみたいかしら？」

エイデンは指で、彼女の顔にほつれかかる濡れた髪を撫でつけた。「きみに関することで、ばかみたいに思えることなんかない」

「まさかあなたが――」

エイデンは唇にそっと指を押し当てた。どうしてああいう決断を下すに至ったのかも、その決断がふたりの将来に何をもたらすかも話し合いたくない。「思いがけない贈り物ってところかな」

てっきりセレーナが笑い出すかと思ったが、彼女は困惑したような、悲しげな表情を浮かべ、結局はうなずいた。

エイデンはセレーナから体を離したが、すぐに彼女が体をぴったりと寄せてきた。肩のくぼみに頭を休めてくる感触に慰められる。セレーナが腰に片脚を巻きつけてきたはずみで、いきおいを失っていた欲望の証に彼女の太ももが軽く当たり、たちまち頭をもたげた。もう一度愛し合うには足りないが、すぐに元気を取り戻すだろう。セレーナは指先でエイデンの胸骨をたどりながら尋ねた。

「この領地で、いちばん気に入ったのはどんなところ?」

「きみだ」気配で、セレーナが首をかしげてこちらを見あげたのに気づいた。目を合わせながら言葉を継ぐ。「俺がいちばん気に入ったのは、ここにきみがいるところだ」

セレーナが頬を染めたとき、そのタイミングに合わせるかのように、ちょうど太陽が地平線の向こう側に沈み、あたりは暗闇に覆われた。俺は生きているかぎり、この日没の光景を忘れないだろう。それに、重ねられたセレーナの手の感触も。

セレーナはエイデンの肩に唇を押し当て、ふたたび肩のくぼみに頭を休めた。「あなたと一緒にいると、状況が今と全然違ったらいいのにと考えずにはいられないの。わたしがなんの責任もない立場で——」自嘲ぎみに笑い声をあげる。「たとえばわたしがお店で働く店員だったらいいのにと言いたかったけれど、もしそうならあなたとは絶対に出会ってないわね」

「俺だって、店に買い物に行くことはある」

「でも、あなたがたまたま入ったのが、わたしのいるお店だったという確率はどれくらいあるかしら？」

「俺の商売は、常に確率が店側に有利に働くという前提で成り立っている。でも、だからといっていつも店側が勝つわけじゃない。たとえ確率が百分の一でも、誰かがその確率を引き当てる可能性はある。自分こそ、その誰かだと信じている夢想家はいるものだ。現実主義者はそんなことは起りえないと知っているが」

「あなたはどうなの？　その場の思いつきで行動するようには思えないわ」

「普段の俺は違う。だが、あきらめずに最後の一シリングを賭けて勝ち、大金をポケットに詰め込んで店から出ていった男たちを知っている。だから、もしきみが店の店員だったとしても、俺たちが出会っていた可能性はある」だが、もしそうなら、セレーナは俺のことなど必要とはしなかっただろうし、俺を捜し出そうともしなかったはずだ。

「わたしは両親の死のせいで現実主義者になったのかもしれない。目の前にチャンスがあっても、結果がどうなるかわからなければ挑戦しようとは思わないわ。絶対にこういう結果になるとわかっていないといやなの。こんなことでは商売を始めるなんて不可能ね。失敗を犯すのが怖いなんて」

「どうなるかわからないからこそ、成功の味わいがいっそう甘く感じられるんだ。失敗するかもしれないとわかっていながら、失敗しないのがいいんだよ」

セレーナは上体を起こし、エイデンの腰にまたがった。欲望の証がたちまちそそり立つ。

「あなたは、成功するための自分の能力に疑問を持ったことが一度もないはずよ。でもわたしは違う。今だって失敗するのではないかと心配なの。自分が子どものできない体だったらどうしようって」

「もし妊娠しなくても、きみが失敗したことになんてならない。きみは前に、周囲の人たちに外見の美しさ以上のものを見てほしいと言っていたね。レナ、きみは子どもを産む女性というだけじゃない。それ以上の存在なんだ」

エイデンはベッドに座ると、キスをしながらセレーナの体を持ち上げ、自分の上にふたたびおろした。熱く濡れた場所へ、硬くなった欲望の証をゆっくり差し入れる。

セレーナが望むものならどんなものでも与えよう。今ようやくわかった。愛とは人を向こう見ずにさせるものなのだ。

セレーナを抱きしめながら、エイデンはその事実を喜んで受け入れた。全身全霊で。

20

ロンドン市内へ戻る馬車のなか、ふたりはほとんど何も話さなかった。でも、それは心地いい沈黙だった。反対側の座席に腰かけたエイデンは、かすかに満足げな笑みを浮かべている。わたしの顔にも、彼と同じ笑みが浮かんでいるはずだ。

どうしても両手をお腹に当てずにはいられない。そのなかですでに育っているかもしれない命を、少しでも近くに感じたい。七年間の結婚生活で一度も妊娠しなかったことを考えれば、どう考えてもお腹に小さな命が宿っている可能性は低い。圧倒的にわたしに不利な賭けだ。それでもなお、一縷（いちる）の望みにしがみついている。エイデンが教えてくれた確率についての話に期待してしまう。そう、たとえ確率がどんなに低くても、そこにチャンスがあることに変わりはない。わたしのなかにいる現実主義者が希望をはねつけようとしても、かつてはわたしのなかにいたはずの夢想家があきらめずにチャンスを見きわめようとしている。まるで長い眠りからようやく目覚め、もう二度と引っ込むものかと主張するかのように。

エイデンと一緒にいると、クローバーの大地を裸足で駆けているような気分になる。どこまでも自由な気持ちになれる。わたしたちの子どもを守りつつ、これからもずっとエイデンと過ごす方法をどうにかして見つけよう。

「なぜそんなに悲しそうなんだ?」

彼の声を聞き、セレーナは現実へ引き戻された。この世のどこを探しても、エイデンのような人はいないだろう。わたし自身と同じくらい、こんなによくわたしのことがわかる人は。

「別に悲しんでなんかいないわ」

「そうか……。公爵が所有するほかの領地はどんな感じなんだろう?」

「シェフィールド・ホールよりも小さいの。でもみすぼらしいわけじゃない。歴代のラシング公爵たちが、ずっとまじめに責任を果たしてきたおかげよ。自分たちの領地をみんなの羨望のまとにすることこそ、公爵の果たすべき義務であり、彼らような立場に求められる条件なの」セレーナは車窓を流れる景色を眺めた。「平民たちは、社交界で高い地位を享受している貴族に腹を立てているけれど、その場所を保つためにはそれなりの犠牲が必要なのよ」

「社交界ではどんな立場の者であっても、犠牲を強いられるものだ」

セレーナはエイデンに視線を戻した。「ええ、本当にそうね。あなたはお父様の領地を訪ねたことがあるの？」

エイデンは首を振った。「あいつとはなるべく関わらないようにしている。そういえば、きみにとんでもない申し出をして以来、あいつはきみの屋敷を訪ねてきたりしていないだろうな？」

「わたしが知るかぎり、そんなことはないわ。ただ最近は屋敷からほとんど離れていたけれど。あなたのせいで、ずっと忙しくしていたから」

「もしあいつが姿を現したら、すぐに知らせてくれ」

何か悪いことが起きるような、含みのある言い方だ。「もし彼がやってきたら、あなたはどうするつもり？」

「もう一度あいつの屋敷を訪ねる」

セレーナは警戒するように目を見開いた。「あなたは彼を訪ねたの？　いつ？　どうして？」

「数日前の夜だ。あいつにきみの邪魔をさせたくなかった」

セレーナは困惑したような表情を浮かべた。「彼はわたしたちのことを知っているの？」

エイデンは座席の上で身じろぎをした。「俺たちの関係をどう思おうと、あいつはそれを誰にも言わないはずだ。あいつは何よりもトゥルーラヴきょうだいの怒りを買うことを恐れているから」

「でも彼がわたしたちの関係に感づいたら？　もしも疑って――」

エイデンは前かがみになるとセレーナの手を取り、その言葉をさえぎった。「レナ、俺は公の場できみの人生に関わるつもりはない。子どもの人生にもだ。だがあの領主館の庭にあった巨大な天使像のように、遠くからきみたちのことをずっと見守っている。子どもに何一つ危害が及ばないようにしたい。それにその子の出生について、誰にも疑問を抱かせたくない」手を掲げ、セレーナの頰に手の甲を滑らせる。「俺は影の存在であり続けるのが得意なんだ」

エイデンの言葉を聞いてほっとしたものの、セレーナは考えずにいられなかった。わが子の人生に直接関わることなく、遠くから見守っているだけというのは、どれほどつらく苦しいことだろう。

「簡単なことではないはずよ」

「それが俺の支払うべき代償だ。喜んで支払うまでだよ」

〝きみのために〟――はっきりそう言ったわけではないが、エイデンはその言葉をセレーナの心に刻みつけたも同然だった。実際、そんな彼の気持ちは痛いほどセレーナに伝わっていた。

今までの名誉をかなぐり捨てて残りの人生を生きてみようか？　その決断を下すべきだろうか？　そんな衝動を抑え込むのに精いっぱいだ。わたしの取った行動のせいで、エイデンの人生にもこれほど大きな影響を与えてしまった。歳月が過ぎ、子どもが成長して自立したら、わたしも〈エリュシオン〉へ舞い戻って、エイデンと本当の幸せをつかめるかもしれない。そのとき、誰がわたしたちを気にするだろう？　誰がわたしたちの子どもの出生に疑問を持つというの？　そんなことが起きる確率はごくわずかだ。それでもなお、その確率だけを信じるわけにはいかない。

エイデンは座席の背にもたれた。顔からいつしか満足げな笑みが消え、代わりに浮かんでいるのは何かを切望するような表情だ。渇望とも欲望とも違う。絶対に手にすることができない何かに恋いこがれる表情。たとえば、暖炉の前でふたりで穏やかな会話を交わしたり、ゆっくり時間をかけて公園を散歩したりすること。お互いにとって相手が大切な存在だと、おおぜいの人たちに認めてもらうこと……。

セレーナはロンドンに到着したのにもほとんど気づかなかった。馬車がエイデンのクラブの前で停まり、ようやくそのことに気づいた。まだ開かれていない馬車の扉から、彼が出ようとしている。

「今夜ここで会えるかしら？」エイデンなしで過ごす夜なんて耐えられない。

彼は体の動きを止めて振り返ると、優しい笑みを向けてきた。その瞳には、自身と同じくセレーナも目の前の相手を求めていると知った満足の色が宿っている。

「真夜中なら大丈夫だ。その時間ならレディたちもほとんどいないし、フロアに注意を払う必要もなくなっているはずだから」

そう言い残したエイデンは馬車の扉から飛びおり、大股でクラブのなかへ戻っていった。馬車のなかにセレーナをひとり残して。

シェフィールド・ホールを発ったのは早朝だったため、セレーナは正午になる少し前に自分の屋敷へ戻ることができた。まず気づいたのは、建物の前にある柱に黒毛の馬が結わえつけられていたことだ。きっとウィンスローかキットリッジだろう。訪問客はキットリッジであってほしい。ウィンスローなら領地や資金に関する問題を訴えに来るに決まっている。込み入った話を聞かされる前に、少しだけお昼寝を楽しみたい。ウィンスローには、伯爵としての義務を果たすためにどうすればいいかを指導してくれる人物が必要だ。ラシングが他界した今、兄は櫂も舵もない小舟のように危なっかしくふらふら漂っている。正面玄関に通じる階段をのぼりながら、ふと思いついた。その相手はソーンリー公爵が適役ではないだろうか？　見習うべきところがたくさんあるし、あれ以上のすばらしいお手本はいない。前からよく知っているとはいえ、そんなことを直接頼めるほどの知り合いではないけれど、エイデンからソーンリーに口添えしてもらうことはできる。きょうだいのなかで心配をかける者がひとりでも減ってくれたらありがたい。

玄関扉を開けてなかへ入るなり、セレーナはれんが壁にぶつかったかのように立ち止まった。訪問者はキットリッジでもウィンスローでもなかった。

執事はセレーナに会釈をして口を開いた。「おかえりなさいませ、公爵夫人。今エルヴァートン卿（きょう）に、あなたは不在だとご説明していたところです」

「だがきみはここにいる」エルヴァートンが笑みを浮かべながら言う。エイデンとは違う、明るすぎる笑みだ。

「たった今シェフィールド・ホールから戻ってきたところで、とても疲れているんです。どんなご用かしら、閣下？」

「ほんの数分でいいから、きみの時間をわたしにくれるとありがたい。紅茶でも飲みながら」

エルヴァートンがここへやってきたのは、自分の息子の脅しをなんとも思っていないからだろうか？　それとも脅しに抵抗しようとしているせいだろうか？「少しお時間をいただけたら応接室に行きます。ウィギンス、伯爵に紅茶を用意してちょうだい」

階段のほうへ歩きながら、セレーナは心のなかでつぶやいた。エルヴァートンに見られたのが、旅から帰ってきた直後の姿で本当によかった。今は黒一色の装いをしている。エイデンのクラブから戻ってきた直後なら、青色のドレスで着飾っていたところだ。自分の部屋にたどり着くと帽子を取って顔を洗い、髪を整えて、予期せぬ訪問客に備えて心を引きしめた。エルヴァートンの訪問は、どう考えても社会の常識を外れている。彼はすでにお悔やみを言いにここへやってきているのだ。これ以上、何を言う必要があるというのだろう？

階下の応接室へ向かうと、エルヴァートンは暖炉の脇に立ち、火のない炉床を見おろしていた。その姿は息子とはまったく似ていない。といっても、それは、寄る年波のせいでエルヴァートンの両肩や腹部に肉がついたからではない。エイデンのような圧倒的な存在感が欠けているせいだ。エイデンは一歩部屋に足を踏み入れたときから、その室内を制するほど際立った存在感を発揮する。エルヴァートンの存在感もあるにはあるが、それは伯爵という彼の立場によるものにすぎない。でもエイデンの場合は違う。爵位など必要ない。彼という存在そのものが光り輝いている。彼は父であるエルヴァートンとは違い、まさに自分の持てる力だけで、誰の支配も受けずに堂々と生きているのだ。

伯爵という爵位を奪われたら、エルヴァートンは実体のない煙のようなもの。エイデンは思いやりと献身の心を持つ、実体を伴った本物の存在だ。それに、彼は何より正直だ。少しも気取ったり、自分を飾ったりしようとしない。一緒にいるといつも、地にしっかりと足のついた揺るぎなさを感じられる。

エルヴァートンが振り返り、小さな笑みを向けてきた。たちまちセレーナの腕の毛が逆立つ。やはりこの伯爵は信用ならない。上向いた唇も、輝いている目も、どうにもうさんくさい。すでに置かれていた茶器の近くにあるフラシ天の椅子に座ると、ピンクのバラ模様の繊細なカップに紅茶を注いだ。伯爵がどっかりと腰をおろしたのは手近にあった長椅子だ。どうにかほどよい距離感は保たれている。伯爵にカップを手渡すと、自分の分も注ぎ、一口飲んで椅子の背にもたれた。

しばし沈黙が続いた。だがエイデンの場合とは違い、その沈黙は心地よくも自然にも感じられない。

「あなたはただ紅茶を飲みにいらしたわけではないようですね」

伯爵はカップを脇へ置くと、前かがみになった。「前に話したことをどう考えているのか聞きたくてね」

セレーナはもう一口紅茶を飲むと、音を立てずにカップを受け皿に戻した。「本当に、みなさまからのお悔やみの言葉にはいろいろと考えさせられました。このつらい時期にどれだけ慰められたことか」

伯爵はいらだったように目を光らせた。「わたしが言っているのは、この前話し合ったもう一つの話題のことだ」

「何か話し合ったでしょうか？　よく思い出せなくて」

エルヴァートンはブロケード織りのクッションの上で身じろぎをした。「きみはまだ若い。いろいろやりたいこともあるだろう。もっともなことだと思う。だが聞いた話では、ラシングはきみに控えめな額の信託貯金しか遺さなかったそうだね。当然ながら、その信託だけでは、きみにふさわしいものすべてを手にすることはできないのではないかと思ったんだ」

彼はどこでその情報を手に入れたのだろう？　事務弁護士のミスター・ベックウィズではないはずだ。それにキットリッジでもないだろう。いちばんありえるのは、妹のひとりがなんの悪気もなく友人にその話をして噂（うわさ）が広まった、というパターンだ。あるいは、ウィンスローがほろ酔い気分でどこかのクラブを訪れたときにうっかりもらしたのかもしれない。「わたしは夫が遺してくれた遺産にじゅうぶん満足しています」

「きみのように美しい女性には、単なる満足以上のものがふさわしい。きみの将来の夫として、わたしは立派な候補者になれると考えている」エルヴァートンは尻を浮かせると、長椅子の端に座り直した。「きみが喪に服しているこの時期を有効に使いたいんだ。ぜひきみとのあいだに友情を築きたいと考えている。それもこの先ずっと続く、奥深い友情をね」

「閣下、わたしには適切な結婚をさせなければいけない妹たちがいます。とても友情を育んでいる時間の余裕などありません」

「彼女たちの良縁は、わたしが保証する」

セレーナは息をのみ、体をこわばらせた。手にしている紅茶のカップが突然、象のように重たくなった。このままだと、すぐに手が震え出すだろう。でもエルヴァートンの言葉を聞いて、それほど大きな衝撃を受けたのを知られたくない。だからカップを脇に置いた。エルヴァートンは親切心からこんな申し出をしているのではない。その申し出と引き換えにセレーナ自身を差し出せとほのめかしているのだ。

「お言葉ですが、閣下――」

「口先だけで言っているんじゃない。わたしには影響力も社会的立場もある。それをきみのために喜んで使おうと言っているんだ。きみの妹たちの服喪期間は、社交シーズンが始まったらすぐに終わるはず。三人とも、最高の血筋を引く貴族と結婚できるようにしてあげよう。きみの兄はまだ若いし、経験に乏しい。彼が何を言おうと、妹たちの良縁が約束されることはないだろう。だがわたしは違う。わたしの言葉には重みがある。今からさっそく良縁のための種蒔（たねま）きを始めれば、社交シーズンが終わる頃には花開き、妹たちの結婚も決まっているはずだ」

「寛大なお申し出をありがとうございます。閣下。ですが、わたしにはわかりません。どうして妹たちの幸せをそんなに気にかけてくださるのでしょう？」

「わたしが気にかけているのはきみの幸せだ。妹たちの結婚が決まり、きみに対するわたしの献身的な思いを証明できたら、一年後、きみの服喪期間の半分が終わった時点で結婚したいと考えている」

服喪期間を半分残して未亡人が再婚したという話は聞かないでもない。それでもなお、相手なんて誰でもいいとばかりに再婚したなどと世間から見られるなんてごめんだ。そんな不名誉な事態には耐えられない。でも、エルヴァートン伯爵はそんなことなどちっとも気にかけていない様子だ。

「閣下、あなたには立派な奥様がいらっしゃるじゃありませんか」

「前も言ったが、妻は最近具合がよくないんだ」

それで彼女の代わりをもう探そうとしているのだろうか？　考えただけで虫唾（むしず）が走る。

「エルヴァートン卿、率直に申し上げて、あなたのお申し出は品がないだけでなく、あなたの奥様をも侮辱するものです」セレーナは立ち上がった。「わたしはこれで失礼します。どうぞお引き取りください」

セレーナは頭を高く掲げ、両肩を怒らせて応接室の扉へ向かった。

「そんなことをすると、妹たちは誰からも求婚されなくなるぞ」

低い声の脅し文句を聞き、セレーナはつと足を止めた。ゆっくりと振り返り、下劣な悪党をぐっとにらみつける。この男がエイデンの養育に何一つ関わっていなかったことに心から感謝したい気分だ。

「閣下、あなたはわたしの影響力を過小評価されているようですね。もはや隣に公爵はおりませんが、わたしがラシング公爵夫人であることに変わりはありません。わたしには自分の家族の要望に応えるだけの力がじゅうぶんあります。ここで警告しておきます。わたしの怒りを買うようなまねはなさるべきではありません」

きっぱりそう言いきると、セレーナは部屋から出た。

エルヴァートンの前から立ち去るや否や、セレーナはすぐに考えた。エイデンに彼の父親の訪問について話すべきだろうか？　でも結局、何も話さないことにした。伯爵がまた性懲りもなく自分を追いかけてきたとエイデンに知らせたら、好ましくない事態を招く可能性がある。エルヴァートンの前で、こちらはきちんと自分の立場を明らかにしたはずだ。あなたには興味なんてこれっぽっちもないし、愛人としてであれ、妻としてであれ、親密な関係になるつもりはないとはっきり態度で示したのだ。

それにしてもエルヴァートン伯爵の下劣な振る舞いと、息子の善良そのものの姿がまるで重ならない。よく〝庶子として生まれた子どもは、親の不道徳さを受け継いでいる〟と言われるけれど、どう考えてもあのふたりは違いすぎる。エイデンは、哲学者ジョン・ロックの〝生まれ落ちたとき、赤ん坊の精神は白紙（タブラ・ラサ）である〟という理論を体現しているのだろう。瞳の色と顎の線、そして眉の形以外、父親とはまるで似ていない。エイデンは正しい行いができる男性なのだ。

たとえ彼が賭博場を経営していたとしても、その事実は変わらない。そして今、セレーナは期待に胸を膨らませながら、その賭博場〈エリュシオン〉に足を踏み入れたところだった。受付にいる若い女性に羽織りものを手渡してゲーム室へ入ると、すぐにエイデンを見つけた。フロアにはほかにも紳士がおおぜいいるにもかかわらず、彼だけ際立って見える。まるでこの広い空間をひとりで占領しているかのようだ。エイデンを目立たせているのは、背の高さや肩幅の広さではない。全身から発せられている圧倒的な存在感だ。紛れもない自信と豪胆さを漂わせている。

エイデンは年若い男性に何か指示を出していたが、セレーナが部屋に入ったとたん気配を感じ取ったのか、すぐに肩越しに一瞥(いちべつ)をくれ、片方の口角をゆっくり持ち上げた。それから一度うなずいて若者の肩を叩(たた)くと、まっすぐセレーナのほうへやってきた。ほかのレディがあちこちにいるにもかかわらず、歩みを緩めようとはしない。歩きながら頭をさげて、彼女たちのひとりに何かささやきかけたときでさえもだ。セレーナは一瞬鋭い嫉妬に駆られたが、どうにかその気持ちを振り払った。あとでエイデンから耳元でもっといろいろなことをささやかれるだろうとわかっている。しかも、彼女たちに口にするよりもはるかに刺激的で甘やかな言葉を。

エイデンはセレーナの前へやってくると、ためらいもせず指を絡めてきて、戸口へといざなった。部屋を出て玄関広間の奥へ向かい、暗くて人気(ひとけ)のない廊下をまっすぐに進んでいく。そのあいだも彼は一言も話そうとしない。

セレーナはふと不安になった。エイデンとの今後の睦(むつ)み合いが、夫との夫婦生活と同じようにおざなりなものになる可能性はあるのだろうか？　今やエイデンはわたしを完全に誘惑し、征服した。もはやわたしの欲望をかき立てる必要なんてないと考えているのでは？

無言のまま階段のてっぺんまでのぼったが、エイデンはこれまでとは違う方向へセレーナをいざなった。

「どこへ行くつもり？」

「きみと分かち合いたいものがあるんだ」

〝あなたと何かを分かち合うなら、今すぐ、ここでも大丈夫よ。たとえこの壁に押しつけられても〟――そんな恨みがましい言葉が口をついて出そうになったが、エイデンに責めるべき点はない。

ただセレーナは、今宵(こよい)の時間を、ベッドをともにするためだけのものにしたくなかった。

「癒(いや)しの部屋？」

エイデンは低い含み笑いをした。「いや、今夜は違う」

さらに通路を進んで階段をのぼり、またしても通路を進んでいく。どんどん通路の幅が狭くなり、足元がきしむ音がひどくなってきた。

エイデンはある扉を開いた。「ここで待っていてくれ」

セレーナは戸口の前に立ち、エイデンが部屋のなかに入るのを見つめた。一つしかない窓からかすかな月明かりが差し込んでいる。街灯の光かもしれない。いずれにせよ、ぼんやりとした明かりに照らし出されているのは、やや散らかった屋根裏部屋のようだ。マッチをする音がし、ランプに火がつくと、やはりそこは屋根裏部屋だった。でも部屋を占領していたのは、信じられないほどすばらしいものだ。

横顔だ。セレーナは慎重な足取りでイーゼルに近づいた。キャンバスに描かれていたのは女性の横顔だ。束ねた髪はピンで留められ、両肩がむき出しにされている。そこはかとない悲しみが感じられる、抑えめな色調の絵だ。ぼんやりと描かれているため、エイデンがモデルとしてセレーナを使ったのかははっきりしない。しかしセレーナは確信していた。

「これは墓地に行った夜の絵ね」

「ああ」

セレーナは肩越しにエイデンを一瞥した。どういうわけか、彼は今まで見たことがないほど緊張した表情だ。まるでわたしの判断を待っているかのように。わたしの宣告しだいで絞首刑かどうかが決まるかのように。

「これを描いたのはあなたなの?」

彼は一度だけうなずいた。

セレーナは部屋を見回した。「ここにある全部がそう?」

「ああ」

セレーナは十数枚の肖像画がかけられた壁に近寄った。扉にいちばん近い一枚が目を引いた。これも抑えめな色合いで、目とハート型の顎しか描かれていない。モデルは誰とでも考えられる。だがセレーナにはわかった。描かれてこそいないが、この絵のモデルは仮面をかぶっているのだ。

もう一枚の肖像画には、戦士のようなセレーナの姿が描かれていた。ビリヤードのキューを手にして、むき出しの胸から上が描かれている。「服を描くのは手間だったのね」

「残念ながら服を描くのは得意じゃない。体の線のほうがより自然に描けるんだ」

セレーナはビリヤード室やそのほかの部屋の壁にかけられていた絵画を思い出した。どれも官能的な作品で、モデルはすべて裸だったが、誰がモデルかは特定できないように描かれていた。

「あなたはこれまで一緒に寝た女性たち全員を絵に描いているの？」

「いや、興味を惹かれた相手だけだ」

セレーナは肩越しにエイデンを見て、彼としっかり目を合わせた。「あなたはここに描かれているレディたち全員とベッドをともにしたの？」

「寝たのはほんの数人だ」

「それなら、ほかのレディたちはあなたの絵のモデルを務めたの？」

「いや、俺が記憶を頼りに描いたんだ」

狭い部屋のさらに奥へ進むと、セレーナは彼の嘘に気づいた。先ほどエイデンは服を描くのが難しいと言っていたが、そこには上等の服を着てめかし込んだ少年の肖像画があったのだ。ビーバー帽をかぶり、手には散歩用の杖(つえ)を持って、可愛(かわい)らしい顔に生意気そうな笑みを浮かべている。「これはロビンね。本屋で手伝っていたあの男の子だわ」

「ああ。フィンのところへ移る前は、あいつはジリーと一緒に暮らしていたんだ。ジリーは認めようとしないだろうが、ロビンがいなくなってさぞ寂しがっているはずだ。だから、その絵をあげようと思ってね」

なんて優しい心の持ち主だろう。エイデンの深い思いやりに触れ、セレーナはふいに胸が苦しくなった。いつか彼が、自分の子どもたちの肖像画を描く日がやってくるのだろう。

「あなたは本当に絵の才能があるのね」セレーナはエイデンの元へ戻ると、彼の頬に手のひらを押し当てた。「階下にある客間のどこかに、わたしの肖像画を飾るつもり？」

「いいや。きみの肖像画は俺のためだけに描いたものだ。だがそのことをきみにも知ってほしくなった。自分でもどうしてだかわからない――でもどういうわけか、それが大切なことのように思えた。きっと、この数日間、きみが俺の前で自分の秘密や魂をむき出しにせざるを得なかったからだろう。だから、俺も自分の魂をきみの前でむき出しにしないと不公平なような気がしたんだ」

「あなたがこれほど一筋縄でいかない人じゃなければ、全部がもっと簡単に進むはずなのた。

に」セレーナはつま先立つと、それが当然の権利であるかのようにエイデンに口づけをした。

いいえ、やはりこれはわたしの当然の権利だ。前夜一つに結びついたとき、わたしたちはこの体を通じて誓いを結び、自分たちの運命を決めたのだ。

あれは本当にまだ昨日の夜のことなのだろうか？　〝エイデンがこの計画についてどう決断しようと構わない。条件も期間も関係なしに、わたしはとにかく彼がほしい〟という結論に達したのは？　エイデン以外の男性に乗り換えることなどできないと思った。だって、わたしが求めているのはエイデンだけだから。

彼がわたしを求めてくれているかぎり。

エイデンは両腕でセレーナを抱きしめると、低くうめいた。悦(よろこ)びをかき立てられ、こちらも低いあえぎをもらす。

彼はセレーナをうしろに歩かせ、手を伸ばして扉をぴしゃりと閉めた。そして突然マツ材の扉にセレーナの体を押しつけると、両手を下に伸ばしてスカートの裾をまくり上げ始めた。セレーナも負けじと彼のズボンのボタンを外し、床へ落とした。

エイデンはすぐさま欲望の証(あかし)をセレーナの体の奥深くへ挿入した。腰を上下させながら、一突きするごとに激しさを増していく。セレーナの太ももに滑らせながら、片脚を持ち上げて自分の腰に巻きつけさせ、さらに深いところまで貫いた。

「きみに包まれる感じがたまらない」エイデンはかすれ声で言うと、セレーナの喉元に唇をはわせた。「こんなに熱くて、こんなに引きしまっていて、こんなに濡れてる」

「あなたが満たしてくれる感じがたまらない。こんなに大きくて、こんなに太くて……こんなに重たい」

男らしい笑い声を聞き、セレーナの快感はさらに膨らんだ。いっきに悦びの頂点へと押し上げられ、解放の瞬間を迎えた。エイデンの名前を叫びながら快楽の波に身を任せる。部屋に響く彼の名前が、まるで祝福の言葉のように聞こえる。ふと脳裏に思い浮かんだのは、部屋にあるキャンバスに描かれたレディたちが全員、このあられもない悲鳴を聞いているところだ。羨ましさのあまり、全員が頬を真っ赤にしているかもしれない。エイデンはわたしの本性をむき出しにしてしまう。しかも、わたしには想像もつかないやり方で。

心の奥底ではいやというほどわかっている。これほどわたしの心の琴線に触れてくる人はエイデン以外にはいないだろう。彼のようにわたしの魂にじかに訴えかけてくる人なんて、いるはずがない。

「きみは俺を甘やかしすぎている」

エイデンは唇をセレーナのうなじに押し当てたまま、くぐもった声で言った。それでも、しばし室内を包んでいた沈黙が破られたことに変わりはない。ふたりはもう一度体を重ねて、絶頂に達し終わったところだった——今回はエイデンのベッドのなかで。

　元々、セレーナを屋根裏部屋になど連れてくるつもりはなかった。だが突然そうしたいという衝動を抑えきれなくなったのだ。実際にここへ連れてくると、セレーナは驚いたような顔でこちらを見つめた。驚きだけではない。彼女の表情には、俺にはよくわからないほかの感情も入り混じっていた。ちょうどジリーがソーンリーを、アスリンがミックを、ラヴィニアがフィンを見つめるときに見せる表情と同じだ。それを愛と呼ぶのかもしれない。だが愛こそ、セレーナが俺に求めていない感情にほかならないし、俺も彼女に求めていないものだ。愛が絡んでくると、とかく商売の邪魔になる。レディたちと戯れ、彼女たちに〝わたしは特別だ〟と思わせる力がうまく発揮できなくなる。

　すでに、クラブへやってきたレディたちが冷たい視線でにらんだり、物問いたげな表情を浮かべたりしているのに気づいていた。レディたちがこの店へやってくるのは、不道徳な行為を思うぞんぶん楽しむため。だが、俺の注意を引き、戯れているような気分を味わうためもある。彼女たちは俺に金を落としてくれる大事な客だ。そんな彼女たちの機嫌を損ねる危険を冒すことはできない。

「甘やかすってどんなふうに？」セレーナが物憂い声で尋ねる。エイデンにふたたび身も心も奪われ——それも荒々しく、性急に、激しくだ——言葉を口にする元気すら残っていないようだ。

自分で言い出したくせに、なぜ先ほどあんなことを口走ったのかわからない。たしかにセレーナは俺を甘やかし、骨抜きにしている。それも俺が認めたくないようなやり方で。ふたりの体の相性は抜群だ。パズルのピースのように完璧にはまる。体を重ねているとき、俺たちは言葉を交わさずとも互いの意思を伝え合っている。相手が何を必要とし、求め、どうやって欲望を募らせているかが手に取るようにわかるのだ。思えば、母と女きょうだいを除けば、これほど正直に自分の気持ちを口にできる女性は初めてだ。セレーナにならなんでも話せるし、なんだって話したい。自分が描いた絵を見せた理由もそこにある。普段、自分の絵は数枚ほどしか飾っていない。しかも家族を除けば、それが俺の描いた絵であることを知る者は誰もいない。なかには俺の魂の深淵(しんえん)を描いた、あまりに個人的な作品もある。だからこそ、その絵を誰かに見せるのは、自分の弱さを露呈することと同じだと考えてきた。でもセレーナが相手になると、そんなふうには感じなかった。まあ、当然と言えば当然だろう――彼女は俺の手足をベッドに縛りつけ、いちばん弱々しい姿にさせた張本人なのだ。それでも、あれほどの仕打ちをされたときでさえ、彼女のことは信じていた。

今だってセレーナのことは信頼している。とはいえ、この胸の内をすべて明かすことはできない。俺の人生にとってセレーナがいちばん大切な存在だという事実を、彼女に知られるわけにはいかない。セレーナが俺の人生の一部ではなくなる日はいずれやってくる。

公の場でひとりぼっちでいることにうんざりし、かたわらに立つ男性を求めるようになる日が。

「たとえば、この先ほかのレディたちを抱くたびに、俺は避妊具をつけるのを腹立たしく思うに違いない」

エイデンの腕に抱かれ、胸に背中をもたせかけながら、セレーナはぴくりとも動かない。息をしていないのかと思うほどだ。「わたしはこの先、ほかの男性に抱かれるつもりはないけれど」

エイデンは思わずきつく目を閉じた。まさか、こんな予想外の反応が返ってくるとは。セレーナを抱く腕に力を込め、ほかの誰かを、別の公爵を見つけたほうがいいと励ましてやりたい。この先何年もセレーナがひとりぼっちの人生を生きていくと考えるだけで耐えられなくなる。

「再婚しないと言いきるには、きみはまだ若すぎる」

「体調が目に見えて悪くなったラシングからも同じことを言われたわ。誰か別の人と再婚するようにって。でも、もしほかの人の妻になったら、もうこうやってあなたの元へ来られなくなってしまう」

これからの人生を、俺との人目を忍んだ密会だけで満足できるとは思えない。いずれは服喪期間も明け、セレーナの目の前にふたたび社交界という広い世界が開かれるようになるのだ。セレーナの前にはいくらでも貴族が現れ、求愛することになるだろう。結婚の申し込みもされるに違いない。あとどれくらいで彼女の心を射止める男が出てくるだろう？　彼が俺の子どもを導くことになるのだ。そのことは考えたくなかった。

セレーナの体の向きを変え、自嘲するような笑みを浮かべた。「俺たちのこれからについてあれこれ考えるのは避けるべきだろうな」

セレーナは澄んだ瞳でうなずいた。「ええ、わたしたちは今この瞬間に集中するべきね。精いっぱい楽しまないと」

セレーナの体を引き上げて自分にまたがらせると、エイデンは彼女の言葉どおりにしようとした。彼女と一緒にいる一分、一時間、一日を精いっぱい楽しみたい。ふたたびセレーナの体の奥深くに受け入れられたとき、今後のことは考えないようにした。彼女がいない世界には、孤独の底知れぬ闇しか広がっていないとわかっていたから。


セレーナはほとんど夜明け近い時間までエイデンと一緒にいた。シェフィールド・ホールでの短い滞在中ずっとふたりきりだったせいで、すっかり甘えが出てしまったのだ。もう少し、あともう少しだけ、エイデンの腕に抱かれて眠りたい。できるだけ長い時間、愛を交わし合った直後の匂いと、彼の男らしい香りを胸いっぱいに吸い込んでいたかった。エイデンが服を身につけて、一日を始めようとする姿を見るのも好きだった。彼が服を脱ぐ姿を見るのと同じくらいに。

　エイデンが手のひらで無精髭をこすっている。ざらざらというかすかな音がセレーナにも聞こえてきた。その手のひらが喉元や胸の柔らかな肌に滑らされたかと思ったら、あっという間に組み敷かれた。朝目覚めた瞬間の、今日初めての睦み合いだ。

　エイデンはわたしに、自分の種を蒔く以上のものを与えてくれている。彼自身の一部まで与えてくれているような。傲慢な考え方かもしれないけれど、それはこれまでエイデンがほかのどんな女性にも与えたことがない部分に違いないと信じている。彼と一緒にいると、心も体もこれ以上ないほど満たされ、深遠な世界を垣間見たような気分になる。エイデンはわたしの体を悦びでわななかせるだけではない。愛撫することでわたしの魂まで輝かせてくれるのだ。

「これは予備のものだ」エイデンは書き物机の上にある小さな木製の箱の引き出しを開け、なかから一本の鍵を取り出した。「きみに」

　セレーナは鍵を受け取ると、大切な宝物を扱うようにしっかりと握りしめた。「どうして？」

「きみにこの鍵を渡しておけば、もっと人目を避けられる。それにクラブの客たちは、俺に愛人がいることを快く思わないだろうからね。今後はここに着いたら、すぐ階上に上がるようにするといい。受付のアンジーに、きみがここへやってきたら従者を俺の元へよこして知らせるように命じておく。仕事の手が空いたらすぐにきみと一緒に過ごせるようにね」

前にエイデンは、ここにほかの女性を連れてきたことは一度もないと話していた。ということは、きっとエイデンにとってわたしは、彼の自室への自由な立ち入りを初めて許した女になるのだろう。真鍮の鍵にきつく指を巻きつけながら、一瞬たりともこの鍵を手放したくないと思った。でも渋々、レティキュールのなかへしまい込む。この鍵に細い鎖をつけて、ネックレスのように首からかけ、胸の谷間、心臓の近くに隠し持っていたい。

そのとき突然、自分もエイデンに何か贈り物をしたいという衝動に駆られた。この鍵と同じくらい大切なものを。

「わたしの名声を守ってくれてありがとう」

エイデンは片方の口角だけ持ち上げた。「俺が束縛されていないように見えるほうが、商売にとってもいいんだ」

「わたしがあなたの自由を奪っているとでも？」セレーナはわざと明るい声で尋ねた。本当はエイデンの献身的な態度に心を揺さぶられ、胸が熱くなっている。

「自分でもそうだとわかっているくせに」エイデンは片腕をセレーナの体に巻きつけると、強く引き寄せ、唇を重ねた。どこまでも深く、甘くとろけるようなキス。この俺もきみと同じく、きみを束縛しているのだと証明するかのような口づけだ。

今セレーナが恐れているのはただ一つ。エイデンに身も心もさらに縛られてしまうことだ。このまま永遠に自由を奪われてしまうのではないだろうか？　わたしも、わたしの心も。

21

それから数えきれないほどの日にちが過ぎたある朝、セレーナは何もする気になれずベッドで横たわっていた。寝室を見回しながらふと思う。毎朝エイデンのそばで目覚めることができたら、どんなにいいだろう。無精髭が生えたままの寝乱れた姿で、髪もくしゃくしゃの彼がゆっくりと笑みを浮かべ、こちらに向かって手を伸ばし、あの力強い体の下に組み敷いてくれたら。貴族の場合、夫と妻は別々の寝室で休むというしきたりがあるけれど、エイデンがそんなしきたりを守るかどうかは疑わしい。そう、彼なら眠るときもわたしをしっかりと抱きしめてくれるだろう。シェフィールド・ホールでそうしてくれたように、体を包み込んで温めてくれ、この胸に片手を休めながら一緒のベッドで眠りにつくに違いない。

シェフィールド・ホールでともに過ごした夜が、もうはるか昔に思える。実際、あれからたくさんの夜が過ぎた。そして夜が来るたびに、わたしはエイデンの元を訪ねている。この屋敷に来るようエイデンに頼もうかとも考えたけれど、彼がやってきていることを妹たちに気づかれたら大変だ。しかも、妹たちは絶対にその事実に気づくはず。エイデンとわたしは情熱にわれを忘れると、どうしても静かではいられなくなる。ある程度時間が経(た)てば、彼との睦(むつ)み合いも新鮮味が薄れるかもしれないと考えていた。でもどうだろう。エイデンの両手で触れられただけで、今でもわたしの体はすぐに燃え上がり、彼の体の下でたちまち業火に包まれてしまう。

扉を叩(たた)く音が聞こえ、セレーナはベッドの上で体を起こして、枕の山にもたれかかった。結婚当初から、朝食はベッドで取ることにしている。それが公爵夫人が一日を始める適切なやり方だからだ。ただし今は〝適切な公爵夫人〟とは遠くかけ離れたことをしているけれど。それでも、皿をのせたトレイを運んできた侍女のベイリーに対して、どうにかそれらしく見えるようにした。

ベイリーはセレーナの膝の上にトレイを置き、背後にある枕の山を叩(たた)いてふわふわにした。それから窓辺に移ると、カーテンをいっきに開けた。セレーナは朝日を浴びるのが何より好きなのだ。

皿の上蓋を持ちあげると、バターで焼いた卵だった。しかし匂いに胃が少しむかついたので、食べるのはやめて蓋を元に戻した。ジャムが添えられたトーストはおいしそうだ。

「今日、午後一時半になったら馬車で出かけるとウィギンスに伝えておいて。妹たちと慈善活動に出かける予定なの」

いよいよ今日の午後、ファンシーの本屋が開店し、盛大な開店記念パーティーが開かれることになっている。もちろん、セレーナも妹たちもパーティーには出席できない。だがファンシーはセレーナたちを、パーティーが始まる前に行う、家族だけで集まる個人的な祝いの席に招待してくれたのだ。その席ならば、トゥルーラヴ家の人間を除いて、誰にも姿を見られる心配はない。

侍女のベイリーは眉をひそめ、体の正面で手を折り重ねると、ベッドの足元へやってきた。「公爵夫人、彼女たちが外出できるかどうか、わたしにはわかりません。みんな月のものが始まったばかりなんです」

セレーナはふいに口を閉ざした。信じられないことだが、自分と妹たちは月のものが来る周期がまったく同じなのだ。それも時計のように正確で、ずれることがない。ひどい頭痛を合図に、痙攣（けいれん）するような下腹部の痛みが始まり、二日目はほとんど何もすることができない。よほどひどいときはベッドに横になり、神によって下された罰をひたすら嘆き悲しむはめになる。

「あの子たちの月のものはいつ始まったの？」

「昨日の午後です」

「三人とも？」

「はい、奥様。いつもと同じように、奥様のために古布を用意しました。もしかすると必要ないかもしれませんが」
侍女は最後の言葉をやけに甲高い声で言った。まるでセレーナが世継ぎを身ごもっている可能性を少しでも口にすれば、それが現実ではなくなるのではないかと恐れるように。この侍女は、セレーナの最後の生理がいつ終わったかを知っている。それでもなお純粋な彼女は、望みを捨てきれていない。体調がひどくなったあとも、公爵が世継ぎを作るという最後の務めをどうにかして果たしたのではないかと期待している。そもそもそんな愚かなことを信じている者たちがいるからこそ、セレーナも、兄の立てた子作り計画に挑戦してみようかという気になったのだ。

妊娠した可能性はある。でも——。

今妹たちが生理の痛みに苦しんでいて、わたしがそうでない理由ならいくらでも考えつく。未亡人になったストレス、服喪期間のストレスも重なって、いつも順調だった周期が崩れたのかもしれない。それに、最近妹たちとはほとんど一緒に過ごしていない。そのせいで彼女たちと周期がずれた可能性もある。あるいはエイデンに夢中になって彼との逢瀬にかまけていたせいで、毎晩エイデンに会いに行くのを止めるような事態——つまりは生理——をこの体がはねつけているのかも。

もしくは、子どもを妊娠している。

彼の子ども——エイデンの子どもを。

セレーナは目を閉じて、あふれ出そうになる涙を必死にこらえた。妊娠の可能性に思い至った今、ありとあらゆる感情がいっきに込み上げてきた。まずは、このお腹のなかでエイデンの赤ちゃんが育っているかもしれないという喜びだ。その子は濃い色の髪と瞳、力強い顎を持っているだろう。小さな両手両足が成長とともに、どんどん大きくなっていくのだ。

でも同時に、そこはかとない悲しみも感じている。子どもが生まれたらエイデンとは一緒にいられなくなるからだ。彼がわが子と過ごす時間もあるにはあるだろうが、ごく限られた短いものになるはずだ。

お腹が大きくなり始めたら、彼のクラブに出かけるのをやめなければならないだろう。身重の体であのクラブにいるところを誰かに見られる危険を冒すわけにはいかない。それにクラブの客のなかで、エイデンに愛人がいるのではないかと疑っている女性たちがいたら、その愛人が妊娠している事実に気づかれるのはどう考えてもいいこととは言えない。たとえ彼女たちに、相手はわたしだという確信が持てなかったとしても、エイデンとわたしの関係が発覚するような危険は冒せない。

密会を続けるとしても、ほかの場所を探す必要がある。

セレーナは突然気づいた。自分たちがしたことのせいで、わたしたちはなんて大きな代償を支払わなければならないのだろう。考えるだけで胸が潰れそうになる。最初にこの計画を始めたときは、まさかエイデンを愛するようになるとは思いもしなかったのだ。

ファンシーの本屋に到着したセレーナの隣に、妹たちの姿はなかった。今日は自分も妹も欠席するとしたため詫び状を送ろうかと考えたが、思い直した。やはり完成した本屋をこの目で見たかったのだ。それに、寝室以外の場所にいるエイデンの姿も。

あれからさんざん考えたあげく、まだ確実に妊娠しているとは言えないという結論に達した。あと一週間、いいえ、二週間経ったら医者を訪ね、妊娠の可能性についての意見を求めればいい。医者の診断しだいで今後取るべき行動を決めよう。

今は、本屋の外に立ってわたしの到着を待ってくれているエイデンの姿を見るだけでじゅうぶんだ。彼を見るたびに弾けるような喜びを感じる。その喜びは、エイデンが馬車の扉を開けてこちらに手を差し出し、馬車からおりる手助けをしてくれた瞬間、何倍にも膨れ上がった。思えば、これまで何度エイデンからこうして馬車を乗り降りする手助けをしてもらっただろう？　まだまだ全然足りないけれど。

「具合でも悪いのか？　顔色が少し青ざめているようだ」

「どこも悪くないわ。でも妹たちは体調がよくないの。今日ここに来られないのをたいそう残念がっていたわ」

エイデンは心配そうに目を細めた。「もしや伝染病に？」

「いいえ、一日か二日すればすぐに元気になる。さあ、妹さんのお店を見せてもらえるかしら？」

「もちろんだ」エイデンはセレーナの手を取り、肘のくぼみにかけさせた。離れていたのはほんの少しのあいだだけにもかかわらず、驚くほどの安心感を覚える。

　わたしたちの関係はあっという間に進展した。まるで疾走する馬にふたりでまたがっているかのように。そして今、かつてないほどさまざまな感情がどっと押し寄せてきて止まらない。喜びと悲しみがないまぜになり、脳裏にこれまでの思い出が次々とよみがえっている。なんとか気をそらさなくては。

　店に足を踏み入れると、美しい手彫りの本棚にきれいに並べられた本とその匂いに包まれ、心が慰められた。

　ファンシーは足早に近づいてくると、お辞儀をした。「公爵夫人、わざわざお越しいただいて光栄です」そしてセレーナの脇をちらりと見ると、形のいい眉をひそめた。「妹さんたちは――」

「ちょっと体調不良なの。お詫びの気持ちを伝えてほしいと言われたわ。でも妹たちの服喪期間はわたしより長くないから、適切なときが来たら絶対にここを訪れるはずよ」

「その日を心から楽しみにしています。よろしければ、パンチをどうぞ。ミックがホテルの料理長にお茶菓子（ティーケーキ）を用意させているけれど、ここへ届くにはまだしばらく時間がかかりそうなんです」

「いいのよ。わたしはただ立ち寄っただけだから」

エイデンに付き添われながら、セレーナは本棚のあいだを縫うように見て回った。あちこちにある本の背表紙に軽く触れながら、読書に没頭した人だけが逃げ込めるさまざまな世界について想像を膨らませてみる。しばらく一階を見てから二階へ上がると、座ってくつろげる読書コーナーには生け花が添えられ、さらに心地いい雰囲気になっていた。暖炉の両脇にある本棚にはさまざまな書物がびっしり並べられていたが、セレーナの注意を引いたのは炉棚の上にかけられた絵画だった。目に飛び込んできた瞬間、一瞬で絵の世界に吸い込まれ、心を奪われた。描かれていたのは、長椅子にゆったりと座りながら読書をしている若い女性だ。足元の床には大きな本が何冊も置かれている。顔はぼんやりとしているが、そこに描かれたレディはファンシーに違いない。

「これを描いたのはあなたね。ファンシーの読書に対する愛を表現したんだわ」

エイデンは何も答えようとしなかった。それでもセレーナには、これが彼の手による作品だとわかる。一筆一筆にエイデンの愛情が込められ、作品全体から思いやりがにじみ出ているからだ。

「あなたは画家として一財産築けると思うわ」

「いや、俺にとって何より大切なのは、絵を描いているときに感じる喜びなんだ」

そしてその喜びは、彼の絵を見るほかの者たちにもひしひしと伝わってくる。

セレーナの左側にある窓辺近くには、子どものための読書空間が用意され、壁にはほかの絵画が何点か飾られている。より小ぶりなそれらの作品はでたらめな順番で並べられているように思えたが、近づいてよく見たセレーナはすぐに笑い出した。描かれていたのは、猫や犬、ハリネズミ、ヤマネ、一角獣と人魚姫が本を読んでいる姿だ。彼らはそれぞれの額縁にちんまりとおさまり、自分たちだけの小さな世界で読書を楽しんでいる。エイデンは記憶を頼りに絵を描くと話していたが、これらの作品を見ていると、彼が豊かな想像力の持ち主なのは火を見るよりも明らかだ。

「本当によく描けているわね。あのエイデン・トゥルーラヴがこれほどすばらしい想像力の持ち主だなんて、誰が信じるかしら？」そう言いながら振り向くと、エイデンが困惑したように頬を赤らめていた。「もしかして、絵に署名をしないのはそのせい？　あなたがこんなに優しい心の持ち主だと周囲に知られたくないから？」

「俺は賞賛されたくて絵を描いているんじゃない。だから自分の名前なんて記す必要はないんだ。絵はちょっとしたお楽しみのために描いているだけだから」

でもエイデンの絵には、単なるお楽しみをはるかに超えた何かが感じられる。彼自身がそうであるように。

「この絵を見たら、子どもたちはさぞ喜ぶでしょうね」

考えずにはいられない。将来、エイデンはその豊かな想像力を働かせて、自分の子どもたちのためにどんな絵を描くのだろう？——でもそれ以上考えるのはやめた。その子どもたちをエイデンに授けたのがどんな女性なのかもだ。仮に今後会い続けるとしても、わたしはエイデンにさらに子どもを与えることができない。また避妊具をつける日々に逆戻りだ。でも最終的にエイデンは、誰にも隠す必要のない、本物の家族を望むようになるだろう。

彼はそっけなく肩をすくめた。「壁をむき出しのままにしていても意味はないからね。ジリーの酒場にも何枚か絵を描いたんだ」

「人魚姫と一角獣の？」

エイデンはにやりとした。「もちろん。だから今回、ファンシーのために絵を描かないわけにはいかなかったんだ」彼はセレーナに近づき、頬に指を滑らせてきた。「きみのためにも何か絵を描くべきなんだろう。どういう絵がいいかな？」

あなたの肖像画、細密画がいいわ。ロケットのなかに入れて、心臓の近くにいつもかけておきたい。

「わからないわ。考えてみないと」

「今日ここに来てくれて嬉しいよ。クラブではない別の場所で、きみと会えるのが本当に楽しい」

今や体を重ねることよりも、一緒にいることそのものが、ふたりにとってより大きな目的になっていた。

「もっときみと一緒にいられたらいいのに」エイデンがひっそりと言う。

「未亡人は一年間、招待状を送ることも、受け取ることも許されていないの。ふたりで外を遊び歩いている姿を見られるわけにはいかないわ」

エイデンはさらに近づいてきた。両脚がドレスのスカートをかすめるほどの至近距離だ。片手をセレーナの首に巻きつけると、指先でうなじから背筋をたどり始めた。「きみを連れていける、別の場所がないか考えているんだ」

「たとえば劇場とかかしら。あなたはお芝居を見に行ったことがある?」

「ああ、一度だけ。まだ十二歳くらいの頃だ。みんなで貯金をして、母さんをドルリー・レーン劇場の芝居に連れていったことがある。とても楽しかったが、それからは貯金が足りなくて行かなくなった。演芸場くらいならきみを連れていけるかもしれない。貴族連中は絶対に来ないはずだ」

「でも、まだ年若い貴族ならいるかも。彼らがいたずら心から見に来ないとは言いきれないわ」

「たしかに」エイデンがセレーナの顎の下に唇をはわせる。思わず吐息をつきながら頭をのけぞらせた。

「前なら、ジリーの酒場にきみを連れていけたかもしれない。だがジリーが公爵と結婚した今、あの店には常に貴族たちが立ち寄るようになってしまった」

「残念だわ」

「公園の散歩に連れ出すわけにもいかない。どうやら俺にできるのは、きみをベッドへ引き入れることだけのようだ」エイデンの声には悲しみと後悔が感じられる。

セレーナは罪悪感に襲われ、胸が苦しくなった。良心の呵責を覚えずにはいられない。わたしがエイデンに、今この瞬間以上のものを何も差し出せないから。

22

それから二週間ほど過ぎたある日、エイデンが自分の部屋に大股で入っていくと、セレーナが窓辺にたたずんで外の景色を眺めていた。かすかではあるが、彼女の全身から興奮が波のように伝わってくる。今やふたりには、こういう落ち合い方が当たり前になっていた。セレーナがこの家を訪ねてくると、従者が彼女の到着をこっそりとエイデンに伝える。まもなくするとエイデンの部屋でふたりは落ち合い、ときどき一緒にディナーを食べながら、その日一日をどう過ごしたか話し合ったりする。あるいは、クラブで改良したいと考えている点についてエイデンが話を聞かせたり、屋敷を訪ねてきた者から聞いた最新の噂話(うわさばなし)をセレーナが披露したりすることもある。

この部屋だけでなく、もっとふたりの世界を大きく広げたい。それがエイデンの望みだ。だがいっぽうで、仮にセレーナが服喪期間中ではなく、もっと自由に出歩けたとしても、自分と一緒にいるところを見られたら彼女の名誉が傷つくこともよくわかっていた。

エイデンのきょうだいのうち、三人が貴族と結婚した。だが彼らの結婚相手のうち、自身の家族のために非の打ちどころがない名声を保ち続ける責任を負う者はひとりもいない。実の妹が良縁に恵まれ今後幸せになれるかどうかが、自分の選ぶ行動しだいで左右される者もいない。今手にしているものをすべて失う危険性にさらされている者もだ。

エイデンが近づいていくと、セレーナは振り返った。満面の笑みを向け、涙をこぼしながら言う。「赤ちゃんができたの」

毎晩、避妊など気にすることなく体を重ね合っていることを考えれば、何も驚くことはないのだろう。たしかなのかと聞き直す必要さえないはずだ。それでもセレーナが発した言葉を聞き、エイデンは突然みぞおちに激しいパンチを見舞われたような衝撃を覚えた。うまく息ができないし、何も考えられない。視線を落とし、彼女の平らなお腹にそっと手のひらを押し当てた。そうすれば、なかで育ちつつある命とつながり、その動きを確認できるかのように。その小さな命は一カ月以上はお腹のなかで育まれているのだ。彼女とこうして毎晩過ごすようになってから、まだ一カ月程度しか経っていないのが信じられない。今では、それ以前の夜をどんなふうに過ごしていたのか思い出せないほどだ。

セレーナはお腹に置かれたエイデンの手の上から手を重ねた。「数週間前からそうかもしれないと思っていたけれど、期待しすぎるのが怖くて。今日の午前中にようやくお医者様を訪ねたら、妊娠していると診断されたの。いつも、わたしは子どもが産めない体なんじゃないかって心配だった。ラシングに世継ぎを産んであげられなかったのは、わたしのせいかもしれないって」嗚咽をもらし、口に手を当てる。「だから本当に今、幸せでたまらないの」

エイデンは両腕のなかにセレーナの体を引き寄せた。胸が喜びに高鳴っている音が聞こえるだろうか？　彼女が妊娠したと聞き、自分でも意外なほど気持ちが高ぶっている。今すぐ屋根の上から大声で叫びたい。〝ここにいるすばらしい女性が、俺の子どもを世に送り出すんだ！〟

とはいえ、世間がその真実を知ることは絶対にない。現実の厳しさに思い至った瞬間、つかの間の喜びが泡と消えた。

「だったらどうして泣いているんだ？」本当は喉が締めつけられるように息苦しかったにもかかわらず、力強くはっきりとした声を出せた。

彼女の妹たちの今後の幸せも。セレーナのお腹に宿っている赤ん坊が、社交界での彼女の立場を守ってくれるだろう。セレーナはその子をシェフィールド・ホールで育てることになるはずだ。俺がいくら稼いだとしても絶対に彼女には与えることのできない、あの贅を凝らした領主館で。

「幸せなとき、女は涙を流すものよ」

「もう誰かに話したのか？」

「いいえ、まだ誰にも」セレーナは体を離し、エイデンの目をまっすぐに見つめた。「最初にあなたに話したかったから。でもすぐに発表しなければいけないわ。この子が本当にラシングの子どもかどうかという疑いを持たれないように」

　この計画の内容は最初から承知していたはずだ。それでもなお、父親としての権利をすべて手放すのはことのほか難しかった。エイデンは必死に自分に言い聞かせようとした。生まれてくるこの子が、自分の出生にまつわる真実を聞かされることはない。俺の愛情と犠牲によってこの世に生まれてきたことを、この子が知ることはないのだ。絶対に。

　セレーナはエイデンから体を離すとふたたび窓のほうを向き、外を眺めた。「この子はたくさんのものを手にすることになる。それに、わたしたちは今あるすべてのものをそのまま維持していける。妹たちだって幸せに暮らせる」そこでこちらに向き直り、言葉を継いだ。「社交界でのわたしたちの立場も変わらない。妹たちはいい結婚ができるはずだわ。でも、すべてがあなたのおかげであることを妹たちが知ることはない。それが残念でならないの」

「俺は彼女たちに感謝されるためにこの計画に乗ったわけじゃない」

「だったら、なんのために？」

　きみを愛しているから。きみが俺にそう頼んだから。

　エイデンは肩をすくめた。「こんなによくできたごまかしはないと思ったからだ。生まれてくる子は公爵領を相続し、もし男の子なら爵位まで受け継ぐことになる。もちろん、きみを俺のベッドに迎え入れるのはまったく難しいことではなかった。だが俺がこの計画に乗ったのは、あくまで社交界を見返してやりたいという自分の目的を果たすためだ。そろそろ俺たちの関係も終わりにすべきだろう」

セレーナは眉をひそめた。エイデンが自分とのあいだに距離を置き、心のまわりに防御の壁を打ち立てようとしているのに気づいた様子だ。エイデン自身、別れのときがこれほど早く訪れるとは予想もしていなかった。

でも、今はっきりと気づいた。これまでと同じ関係を続けることはできない。ふたりしかいないごく狭い世界に閉じこもり、いつまでも影のように隠れているわけにはいかないのだ。俺は裏社会で商売をし、利益を上げているが、セレーナは同じ世界に生きる人種ではない。彼女にふさわしいのは、おおぜいの人目にさらされるきらびやかな表社会だ。誇りを持てる男とともに、彼女は劇場へ観劇に出かけたり、華やかな舞踏室でワルツを踊ったり、馬車で公園まで出かけたりする。そう、世の人びとに罪深い悦びを与えることを生業としている男とではなく。

フィンがなぜラヴィニアのためにあれほどの危険を冒そうとしたのか、ようやくわかった気がする。弟は、自分を何かと悩ませる女性と出会い、それでも思いきって彼女への愛を貫こうとした。この自分にも〝愛〟という奥深い感情が理解できたことに、ほろ苦い感慨を覚えずにはいられない。だが、痛いほどよくわかっていた。この先、セレーナ以外の女性にこんな想いを抱くことはない。

セレーナがそれほど大切な存在であっても、俺は今ここで、お腹が目立つようになる前に彼女を手放さなければいけない。俺の存在は絶対に世間に知られてはならない。一夜、また一夜と過ぎるたびに、別れるのがいっそうつらくなるだろう。たとえ、俺が身を引くことでみんなが幸せになるとわかっていても。

「終わりですって？」セレーナは手のひらでエイデンの頬を包み込んだ。「ずっと会い続けようと約束したはずだわ」

「だったらきみは今後、仮面をつけずにクラブへ姿を現すつもりか？　みんなが注目するなか、俺と一緒にゲーム室へ堂々と足を踏み入れるつもりなのか？」

「もちろんそんなことはできないわ。わたしは未亡人になってから、まだ二カ月も経っていないんだもの。夫が亡くなったばかりだというのに、すぐあなたに夢中になったなんて印象を与えるわけにはいかない。でも二、三年経ったら――」

だが公の場所では、ふたりの関係を常に偽ることになるだろう。本当の真実を隠し続けなければならない。セレーナと生まれてくる子どもを、噂好きなやつらから守り抜く必要がある。

エイデンは顎に当てられた彼女の手を取ると、その手のひらに唇を押し当てた。顎を優しく包んでくれたこの手のひらには、もう二度と触れることはないだろう。痛いほどそう感じながら口を開いた。「今まで楽しかったよ、愛しい人。だが俺たちふたりとも、これが短いあいだの火遊びだとわかっていたはずだ。だからこそ、こうして会うことによりいっそうスリルがあったんだろう。俺の経験から言えば、もうすぐどちらもこの関係に飽きる。もしきみの考えが違っていたとしても、それはきみが自分をごまかそうとしているだけだ」

「まさか本気でそんなことを言っているんじゃないでしょう?」セレーナはこちらの手から手を引き抜き、体をこわばらせた。

どうにかして時間を巻き戻せたらいいのに。情け容赦なく突き放すことこそ、俺がセレーナに見せられる最後の――最高の優しさだとわかっていても、そう考えてしまう。

「もちろん、子どもには会いたい」常に人の目を盗んでこっそり会うことになるだろう。どんなささいな点であれ、女たちに背徳の喜びをもたらす悪名高いクラブと賭博場を所有する俺と、第十二代ラシング公爵の外見が似ていることを、誰にも気づかれてはならない。

「詳しい話はあとで決めることにしよう。子どもが生まれたら知らせてほしい」

これほど冷ややかな声を保ち続けられていることに、自分でも驚いている。本当は全身を切り刻まれるかのような心の痛みにさいなまれているのに。

セレーナは目を光らせた。彼女の瞳に悲しみが宿るより、怒りの炎が燃え上がるほうがずっといい。その怒りを原動力にして、彼女はこれからも前へ進めるはずだ。そういう一面があるからこそ、俺はなすすべもなく心引かれた。セレーナは何があっても臆病になったり怖じ気づいたりはしない。

「どうやらわたしはあなたを買いかぶっていたようね、エイデン・トゥルーラヴ」

「そいつは残念だ。さあ、馬車まで送るよ」

「その必要はないわ。ひとりでも帰れるから」セレーナは決然とした足取りで、早足で歩き出した。

「レナ」

彼女はつと足を止めたが、振り返ってこちらを見ようとはしない。激しい怒りを覚えているはずなのに、なんという強い自制心だろう。

「きみを愛してくれる男を見つけてくれ」

「ええ、そうするわ」

セレーナは扉を開けたが、とたんに驚いたような悲鳴をあげた。扉の向こう側にゲーム室の責任者が立っていた。まさにノックをする直前だったかのように、こぶしを掲げている。

「トゥームズ、いったいなんの用だ？」エイデンは大声で尋ねた。

「あなたに会いたいという女性がやってきています。執務室へ通しておきました。そこであなたを待っています」

セレーナはくるりと振り返ると、目を細めてエイデンを見た。

「明日の午前中に来るよう伝えろ。そのとき話を聞くと」どうせ、クラブにうつつを抜かしている娘に出入り禁止を言い渡してほしいと訴えに来た母親だろう。だが今は、どこかの貴族の女と話し合うような気分ではない。

「ですが、彼女はあなたの母親だと名乗っているんです」

エイデンは身動きを止めた。母エティがここへやってきたことは一度もないし、このクラブを完全に認めているわけでもない。戸口に向かって進み出すとセレーナが出ていこうとしたので、トゥームズに命じた。「このレディをエスコートしてくれ」

「そんな必要は――」

だがすでに大股で執務室へ向かっていたため、最後までは聞こえなかった。何かがおかしい。とてつもなく悪いことが起きたに違いない。そうでなければ、母がわざわざ出向いてくるはずがない。脳裏にいくつもの筋書きが浮かんでは消えていく。そのすべてが、きょうだいの誰かがなんらかの事故に巻き込まれたという内容だ。

執務室へ入り、足を止めた。母ではない。机の近くにある椅子に座っていたのは、レディ・エルヴァートンだった。顔色が真っ青なのに、じっとりと汗をかいている。どうやら震えているようだ。室内には、嘔吐(おうと)したような悪臭が漂っていた。いつもは机の背後に置いてあるはずの蓋つきのごみ箱が、彼女の足元に置かれている。

「レディ・エルヴァートン、具合が悪いのか？」

「ごめんなさい。ディナーに食べたものを、胃が受けつけなかったみたいなの。ここへやってくる途中から気分が悪くなり始めたんだけれど、やっとここまでたどり着いて……」

エイデンは彼女に近づき、そっと腕を取った。「あなたの馬車まで送らせてほしい。話は別のときにまたできるだろう」

レディ・エルヴァートンはエイデンの手を強くつかんだ。「もうこれ以上罪悪感を覚えながら生きてはいけない。どうかわたしを許して」震える手を伸ばしながら、彼女はエイデンの頬に触れた。「あなたはわたしの息子なの」

一晩に二回も強烈なパンチを食らい、エイデンはその場でくずおれそうになった。キャンバスにその人物の顔のイメージを描くことは得意だ――相手の顔の細部にまで気を配ることができる。レディ・エルヴァートンと自分の顔の造作が似ていることには気づいていた。しかし、出生にまつわる真実を知りたいという気持ちが強すぎて、本当は似てもいないのにそう思い込んでいるせいだろうと考えていたのだ。もしも自分がレディ・エルヴァートンの顔の特徴を受け継いでいるとすれば、たしかに瞳の形も高い頬骨も――。

とはいえ、にわかには信じがたい。「前回会ったとき、あなたは俺の母親ではないと言っていた」

「恥ずかしくて言い出せなかったの」レディ・エルヴァートンの目から涙があふれ出す。

「だってわたしは、生まれたばかりのあなたを連れ去ることを、あの人に許してしまったんだもの。ああ、神よ、どうかご慈悲を」そう言うと小さな悲鳴をあげ、体を二つに折り曲げて、ごみ箱をつかんで嘔吐した。

その間ずっと、エイデンは自分の無力さを思い知らされていた。レディ・エルヴァートンの吐き気がおさまるまで、ひたすら彼女の背中をさすることしかできないとは。ハンカチを手渡すと、彼女はふたたび謝罪の言葉をつぶやいた。もうこれ以上黙って見てはいられない。「なんだかひどく具合が悪そうだ」

レディ・エルヴァートンの体をすくい上げたとき、あまりの軽さに驚いた。腕のなかでぐったりしている彼女を抱きかかえ、大股で部屋から出ると大声で命じた。「医者を呼んでくれ！」通路の先にはゲーム室がある。誰かが命令を聞きつけ、すぐに医者を呼びに行くだろう。

伯爵夫人を抱きかかえたまま部屋へ戻ると、暖炉の前で行きつ戻りつしているセレーナがいて、心からほっとした。彼女は心配そうに眉間に深いしわを寄せ、両手をこすり合わせている。セレーナの姿を見たとたん、深い安堵（あんど）を覚えた自分が腹立たしい。彼女がただそばにいてくれるというだけで、こんなにも気が休まり、すべてうまくいくと信じられるようになるとは。

「お客様はレディ・エルヴァートンだったの？」

「ああ」レディ・エルヴァートンを寝室へ運び、ベッドにそっと横たえた。

「トゥームズはさっき、待っているのはあなたのお母様だと言っていたはずよ」

「ああ、さっき彼女は俺の母親だと名乗り出た」

　顔を上げると、セレーナは紛れもない驚きの表情を浮かべていた。それから顔の特徴を比べるかのように、エイデンとベッドの伯爵夫人に何度か視線をせわしなく走らせた。

「伯爵夫人はひどく具合が悪い。今医者を呼ぶよう命じたところだ。彼女の具合が少しでもよくなるよう手伝ってくれないか？」

「ええ、もちろんよ」

　エイデンが伯爵夫人の靴を脱がせているあいだ、セレーナはドレスのボタンを外し、コルセットを緩めた。

「本当にごめんなさい……」伯爵夫人は何度も謝罪の言葉をつぶやいた。「きっとディナーに出たサーモンに当たったのね」

「何も気にしないでほしい、伯爵夫人（マイ・レディ）。すぐに医者が到着する」

「わたしはあの人にあなたを奪われたくなかったの」

　エイデンはレディ・エルヴァートンに毛布をかけると、脇に腰をおろして彼女の手を取った。「そのことについてはもう心配しなくていい」

「あの人から、あなたの面倒はきちんと見させると言われて」

「実際そうだった。エティ・トゥルーラヴが母親として驚くほどよく面倒を見てくれたんだ」

「どうかわたしのことを憎く思わないで」

「憎くなんて思っていない」父のことは心の底から憎いが、この女性を憎む気にはなれない。

ふと気づくと、セレーナが洗面台のボウルに水差しから水を注いでいる。そのあとベッドの上に座ると、濡らした布で伯爵夫人の額を拭き始めた。

「公爵夫人。まさかここであなたとお会いするなんて」

「お優しいあなたなら、このことは誰にも言わないと約束してくださるわよね」

「ええ、誰にも言わないわ。でもあなたにこんなご迷惑をかけて、本当に恥ずかしい」

「伯爵夫人、あなたを介抱できて光栄です。ただ、そんなに具合が悪そうなのがお気の毒でたまりません」

また小さな叫びをあげると、伯爵夫人は横向きになり、腹部を手で押さえた。「また吐き気が……」

エイデンはごみ箱をつかむと、彼女の前に差し出した。「遠慮しないでこれを使うんだ。俺はミルクを用意してくる。ミルクを飲めば、胃を落ち着かせられるかもしれない」

エイデンは駆け足で厨房までおり、牛乳瓶とグラスを手に取ると、すぐさま自分の部屋へ引き返した。だがさらに青ざめた伯爵夫人を目の当たりにして、不安は募るいっぽうだ。セレーナも先ほどよりもさらに心配そうにしている。

ベッドの隅に腰かけると、伯爵夫人の華奢(きゃしゃ)な両肩に腕を回し、彼女の体を少し持ち上げてグラスを唇に近づけた。「さあ、マイ・レディ、これを飲んでみて」

しかめっ面をしたものの、伯爵夫人はゆっくりとミルクを飲んだ。

「そう、その調子だ。ほんの少しずつ飲めばいい」優しい声で伯爵夫人を励まし、さらに口にするよううながした。

ほんの少しだけミルクを飲んだ伯爵夫人がかぶりを振ると、エイデンはグラスを脇へ置いて、彼女の体を枕の山に戻した。セレーナが濡れた布で伯爵夫人の口元を優しく拭ってやる。

伯爵夫人は低くうめくと目を閉じた。「ミスター・トゥルーラヴ、あなたの子ども時代の話を聞かせてくれる？」

これほど大きな罪悪感にとらわれていることから察するに、伯爵夫人が俺の子ども時代の真実を聞きたがっているとは思えない。背中がお腹にくっつくかと思うほど腹をすかせながらベッドについた夜が何日もあることや、ちゃんとした靴を買ってもらえなかったせいで常に足の裏の皮がむけてタコだらけだったこと。寒さに歯をがたがた言わせていたせいで、歯が欠けるのではないかと本気で心配だったことも。寒い季節は常に、炉にくべる石炭や体にぴったりした服、すり減っていない上着がほしくてたまらなかったものだ。

「状況が変わったんだ。俺のことはエイデンと呼んでほしい」

伯爵夫人は唇を少しだけ持ち上げた。「ルーク――それが心のなかであなたに名づけた名前だったの。初めて産んだ子はマシュー、二番目の子がマーク、そしてルーク、ジョンを産んだわ。かろうじてジョンだけは手元に置いておくことができた。その子がワイス子爵よ。彼を産んだときはもう、わたしはエルヴァートンの妻になっていたから」彼女は大きく息継ぎをしながら、ゆっくりと絞り出すように口にした。

エイデンは小さな手を握りしめた。「マイ・レディ、無理して話さないで、ゆっくり休んでほしい。話はまたあとでもできる」

「今、あなたとの関係を取り戻す必要があるの。あとどれだけ生きられるかわからないから」

「伯爵はあなたのお加減がよくないと言っていました」セレーナは優しい声で尋ねた。「なんの病気か、ご自分でわかっているんですか?」

「夫はわたしをこの世から追い払いたがっているの。若くて美しい女性が好みだから。歳月のせいで、わたしの容色はすっかり衰えてしまった。もう今では見る影もない」伯爵夫人はまぶたを持ち上げるのもやっとの様子だ。鉄のかたまりのように重たげにまぶたを開くと、彼女はゆっくりとセレーナを見つめた。「公爵夫人、気をつけて。彼はあなたを狙っている」

セレーナは骨までしみるような寒気に襲われていた。生まれて初めて体験する寒気だ。居間にある暖炉の前に立っているというのに、いっこうにおさまらない。少し前に到着したグレーヴス医師が伯爵夫人を診察しているあいだ、揺らめく炎の前でこうしてなんとか暖をとろうとしている。エイデンはそばにある椅子に腰をおろし、太ももに両肘を突いてがっくりとうなだれたままだ。

「なぜ帰らない？」彼は重苦しい声で尋ねた。

先ほどのエイデンの手厳しい言葉を聞き、棍棒(こんぼう)で殴られたような衝撃を覚えているけれど、彼を簡単に手放すことなどできない。エイデンからなんの影響も与えられなかったかのように、彼の人生から遠ざかることなんて不可能だ。いつかこの先、このクラブにふらりと立ち寄りそうな気がする。エイデンの様子を一目確かめるためだけに。エイデンが自分の息子と過ごす時間も心待ちにするようになるだろう。

最初に兄ウィンスローから持ちかけられたときから、この計画が正しいと思えたことは一度もなかった。でも今思えば、わたしはこの計画によって払わねばならない代償の大きさを本当の意味で理解できていなかったのだろう。エイデンがこれほど大切な存在になるなんて、想像もしていなかった。

「あなたが慌てて部屋から出ていく様子を見て、何か問題が起きたのではと心配になったの。あなたの助けになれたらと思って、ここに残ったのよ」

エイデンは目を上げて視線を合わせてきた。「彼女の介抱を手伝ってくれてありがとう」

「お医者様の診察が終わるまでここに残るわ。何かできることがあるかもしれないから」

エイデンはただうなずいただけだった。

「なぜ彼女があなたに会いに来たのか、理由はわかっているの？」

「きみに近づくなとエルヴァートンに警告しに行った夜、彼女に会ったんだ。そのとき、彼女は俺の母親ではないと嘘をついた。だが真実の重みに押しつぶされそうになっていたのかもしれない。自分の罪悪感を和らげるためにここへやってきたんだろう」

「たしかに言われてみれば似ているわ。目も、ほっそりとした鼻の形も。エルヴァートンは鼻柱が大きめだもの」

「俺も彼女と似ていることには気づいていた。だが彼女が俺の母親だったらいいという気持ちが強くて、勝手にそう想像しているんだと思っていたんだ。だがとうとう、この世に俺を生み出した本当の母親が誰かわかった」

エイデンの言葉を聞き、セレーナの胸は痛んだ。「全然気づかなかったわ。あなたがそれほど実の母親が誰かを知りたがっていたなんて」

エイデンは片方の肩を持ち上げ、がっくりと落とした。両手をさらにきつく握りしめながら言う。「母親のいない子どもは誰でも、自分の出生について知りたくてたまらないはずだ。ただ、そんなことは知りたくないと言ったり、大したことじゃないというふりをしたりしているほうが簡単なだけだ」

だとしたら、生まれてくる赤ちゃんが自分の出生について疑問を抱かないように心を砕くことが、いっそう重要になってくる。ふたりは別々の道を進むべきだというエイデンの考えは正しいのだろう。この先どれだけ長い期間、彼に対する想いを抑え続けられるかわからない。この目の輝きを見られただけで、わたしがエイデンを愛していると、みんなにすぐ気づかれてしまいそう。そもそも、〝わたしのためにあと何年か待ってほしい〟〝あと数年経ったら初めて会ったようなふりをして再会してほしい〟とエイデンに頼むのは、本当に正しいことなのだろうか？

「ワイス子爵が弟だとわかって、どんな気分？」

「彼が俺の弟だということは知っていた。エルヴァートンから聞かされていたんだ」エイデンは重ね合わせた手をじっと見つめた。「母親も同じだと知らされるのは、ちょっと不思議な気分だが」

セレーナは、エイデンが少したためらったあと〝母親〟という言葉を口にしたのに気づいた。若い頃にこの事実を知らされたなら、彼ももっと簡単に受け止められたのかもしれない。もしかしたら、何も知らされなかったほうがよかったのかも。わたしの息子もいつかラシングの肖像画を見て、自分と似ている点を探したりするのだろうか？　仮に自分の出生の真実を知ったとしたら、わたしを憎むのだろうか？

セレーナは食器戸棚の前へ行き、ウィスキーをグラスに注ぐと、エイデンに手渡した。

彼はグラスのほとんどをいっきに飲んだ。「ありがとう」

セレーナはエイデンの前にひざまずき、グラスを握りしめている彼の手をそっと両手で包み込んだ。「これからわたしたちが会い続けることがなくなっても、これだけは知っておいてほしいの。もし慰めがほしくなったら――いいえ、慰め以外のものでも、何かが必要になったら、いつでもわたしのところへ来て。わたしはいつだってあなたのそばにいるから」

「だが、それは影の世界だけの話だ」

エイデンの瞳に宿る悲しみの色を見て、セレーナの目を涙が刺した。

「たとえ俺が自分の子どもと過ごす時間をなんとか作れたとしても、誰にも見られないよう細心の注意を払う必要がある。だったら、俺は遠くから見守っているのがいちばんいいのではないかと思い始めているんだ」

「あなたにはわが子をよく知る機会を持ってもらいたいの」

「そしてその子が大きくなり、知恵をつけ、世の中について知るようになり、なぜ俺がそんなに熱心に自分のことを気にかけるのだろうと不思議に思うようになったら――」

「それは、あなたがわたしの友だちだからと説明すればいい」

エイデンはかぶりを振った。「俺はきみを心から求めている。その気持ちが強すぎて、なりふりかまわぬ行動を取ってしまうかもしれない」

ということは、先ほどのエイデンの言葉は嘘だったのだ。

「わたしにとって、あなたはとても大切な存在なの」

「こんなことを言っても意味がないかもしれないが、俺だってこの先もきみのことは絶対に忘れないと思う。だが俺たちのどちらも、秘密の関係を隠して、ごく普通の生活を送っているふりをするのは――」

「彼女は毒を盛られていたようだ」グレーヴス医師が部屋へ入ってきた。

エイデンはさっと立ち上がり、セレーナが立つ手助けをした。「伯爵夫人のために、俺たちに何ができる？」

「きみはすでに彼女のためになることをしてくれた。ミルクを飲ませてくれたからね。わたしの到着を待たずに機転をきかせてくれて感謝している」グレーヴスは片方の腕で肘を支えながら、指先で顎をこすった。「詳しいことは定かではないが、ミルクによって砒素が中和された可能性がある。完全に消化されて血中に入っていなかったとすれば、の話だがね」

「砒素だって？　彼女はフェイスクリームかおしろいと間違って砒素を使ったのか？」

エイデンが激しい怒りに駆られているのが、セレーナにはわかった。目を燃えるようにぎらぎらと光らせている。

「いや、彼女の話によれば、今夜まで体調はきわめてよかったそうだ。症状が突然出たことから察するに、彼女がディナーの最中に口にした食べ物か飲み物に、砒素が仕込まれたのではないかと思う」

「誰がそんなことを?」エイデンが答えを迫る。

「問題はそこだ」

「エルヴァートン伯爵だわ」セレーナは低い声でつぶやいた。「彼は最近、わたしにまた求婚してきたの。彼の愛人になるつもりはないときっぱり答えたはずなのに」

「なぜ俺に話さなかった?」エイデンが声を荒らげた。

「エルヴァートンと直接対決して、彼の怒りを買ってほしくなかったからよ。彼は影響力を持つ人だもの。それにもう、あの話は終わりにできたと思っていたの。でも、今では疑問に思い始めているわ。もしかするとわたしはエルヴァートンに、自分の妻とわたしを取り替えさせる口実を与えただけなのかもしれないって」

エイデンは医師と目を合わせた。「あいつが妻に毒を盛ったと証明する手立てはあるのか?」

「いや、彼の屋敷ではおおぜいの使用人たちが働いている。たとえ毒を仕込んだ食べ物を発見できたとしても、伯爵はいくらでも使用人のせいにできるはずだ」

「だったら、俺が直接あいつと話し合う」

「その声の調子だと、愚かなことをしでかして絞首台に送られることになりかねない。まずはロンドン警視庁のスウィンドラー警部と話すんだ。彼なら何かいいアイデアを思いつくかもしれない」

「彼に自白させることができたらどうかしら？」セレーナが尋ねた。

　エイデンはすっと目を細める。「だがどうやって？」

「わたしの考えが正しければ、エルヴァートンはわたしを勝ち取るためにこんな方法に訴えたはず。もしエルヴァートンをお茶に招いてうまく話を引き出せたら、彼もわたしを自分のものにするための計画を打ち明けたほうがいいと考えるかもしれない」

「だめだ、きみをあのろくでなしに近づけるわけにはいかない」

「わたしはひとりきりじゃない。あなたも警部もどこかに隠れて近くにいてくれるはず。重要なのは、警察に伯爵の計画を聞かせることよ」

「だめだ」

「エイデン――」

「その計画に賛成できない理由は二つある。まず、きみが背負う危険があまりに大きい。もしきみが自分をだまそうとしていたとわかれば、あいつは手をつけられないほど怒りくるい、きみに危害を加えようとする可能性がある。それに、もしあいつが絞首刑になってもおかしくない犯罪に手を染めているとわかれば——俺はやつが絞首台にぶら下げられてもまったく気にしないが——英国女王から爵位と伯爵領を剥奪され、世継ぎには何一つ残されなくなるだろう」

セレーナは優しい目になった。「あなたは自分の弟のためにそうしたくないのね。子爵のことはまったく知らないのに」

エイデンは短くうなずいた。「エルヴァートンは、フィンと俺でどうにかする。あいつは俺たちをこの世に生み出したことを心から後悔することになるだろう」

セレーナにはもはやその場に残っている理由がなかった。でもどうしても立ち去ることができない。仮にエイデンに恋をしていなかったとしても、母親をかいがいしく世話する優しさを目の当たりにしたら、絶対に彼を愛さずにはいられなかっただろう。エイデンは伯爵夫人の額の汗を拭いてあげたり、少しでもミルクを飲むよう励ましたりしていた。今は伯爵夫人に子ども時代の楽しい思い出話を聞かせてあげている。かつて犬を飼っていたことやミンスパイが大好物だったこと、読書が好きでいろいろな本を読んでいたこと……。

セレーナは近くの椅子に腰かけ、そんな彼の話を聞いていた。エイデンはわざと子ども時代の楽しい思い出話ばかり披露している。息子をわが手で育てられなかったことへ伯爵夫人が罪悪感を抱かないように、という配慮からだろう。

「俺もきょうだいもとにかく悪さばかりしていた。ジリーもいつだって俺たちのあとからぴったりついてきていたものさ。母さんはそんな俺たちに住む家を与えてくれ、腹を満たし、お下がりの服を着させてくれた。いちばん問題なのは靴だったが、俺は裸足（はだし）で駆け回っていても平気だった。足の裏に感じるいろいろな感触を楽しんでいたんだ。それに靴の重みがない分、速く走れたからね」そこでエイデンはこちらをちらりと見た。

その瞬間、初めて出会ったあの夜、彼から靴を脱ぐように何度もうながされたことを思い出した。エイデンは裸足のまま、クローバーの大地を走り回ったことがあるのだろうか？　いつかふたりでピクニックに出かけられたらいいのに。

「あなたは育ててくれたその女性のことを愛しているのね」伯爵夫人が弱々しい声で言う。

「ああ。彼女はわが子のように俺たちを気にかけてくれた。実の母親じゃないなんて思えないくらいだったんだ」

「あなたがそんなふうに育てられていたらいいなと、いつも願っていたの。結婚したあとエルヴァートンに、手放した子どもたちを引き取って育てたいとお願いしたわ。でも子どもたちをどこに預けたのか思い出せないから無理だと断られたの。知ってのとおり、エルヴァートンにはほかにも愛人がいたし、彼女たちに産ませた子どももおおぜいいたから。わたしはいつだって、そんなエルヴァートンの態度を大目に見るようにしてきた。夫はとにかく欲求や衝動が強い人だから。本当に驚くほどの精力の持ち主なの。ひとりの女性ではとうてい彼を満足させることなんてできなかったほどにね」

「あなたは前に、彼を愛していると話していた」

「ええ、本当に愛していたわ……まだ若くて純粋な心を持ち合わせていた頃はね。でもエルヴァートンには何度も、その心を傷つけるような仕打ちをされてきた。だから今ではわたしの心はひび割れ、いくつも裂け目が入っている。今わたしが感じているのは深い後悔の念だけよ」

セレーナは考えずにはいられなかった。いつかわたしも、自分がした取り引きを心から後悔する日が来るのだろうか？　実際、すでにわたしの心には小さなひび割れができている。これからの人生にエイデンが関わることがないせいで。

「あなたはあいつの元に戻らないほうがいい」エイデンは静かに口を開いた。「体が元どおりになるまで休んでくれ。どこかゆっくり滞在できる場所を探すから」

「でもジョンに知らせなければ」

「その件は俺がなんとかする。だから心配せず、今はぐっすり眠ってほしい」

「あなたって、なんていい子なの」

そう、わたしもよく知っている。エイデンは本当にありえないほど〝いい子〟なのだ。

ようやく伯爵夫人がまどろみ出すと、エイデンから目配せをされたため、彼のあとについて居間へ移った。

「そろそろ屋敷へ戻ったほうがいい」エイデンは低い声で言った。「もうすぐ夜明けだ」

「ええ。でも、わたしにはどうしても理解できないの。どうしてエルヴァートンはこれほど情け容赦のない仕打ちができるのかしら？　もし今夜ここへ来ていなかったら、あなたのお母様は死んでいたかもしれないのに。もしそうなったら彼女の死の真相は明かされないままだったはずよ」

「彼女は今、俺と一緒にいる。俺が彼女を守り続けるまでだ」

もちろん、エイデンなら言葉どおりに伯爵夫人を守り抜くだろう。彼にはそのために必要な能力がじゅうぶん備わっている。「いつエルヴァートンと直接対決するつもり？」

「夜だ。今回の一件の決着がつくまで、伯爵夫人はかくまい続けるつもりでいる」

「このすべてが終わったら、わたしたちの将来についても話し合える」

「レナ、俺たちに将来はない。絶対に」

「でもわたしには、あなたを簡単に捨てることなんてできないわ」

「エスコート役もなしに、たったひとりで社交生活を送るには、きみはあまりにまばゆすぎる女性だ」

「別の道があるかもしれない」

エイデンはかぶりを振った。「きみは立ち去ったほうがいい」

「それならせめて……最後のキスをして」

そんなことをすべきでないのは百も承知だったけれど、自分からエイデンの口に舌を差し入れたときはこのうえない喜びと痛みを感じた。これが最後のキスだとわかっているから。もう二度と彼の唇に唇を重ねることはないと知っているから。

やがてエイデンが体を離すと、セレーナは彼にそっと笑みを向け、彼の人生から歩き去った。そして、新たな人生に一歩を踏み出す。かつてはあれほど切望していたはずの人生へ。

23

エルヴァートン伯爵はグラスにスコッチを注ぐと、図書室の椅子にどっかりと座り、考え込んだ。昨夜遅く、行きつけのクラブに出かけているあいだに妻が馬車で出かけ、それきり戻ってこない。馬車と御者もだ。伯爵夫人がどこへ出かけたのか知る者は誰ひとりいない。

今日一日、自分が置かれたにっちもさっちもいかない状況についてあれこれ考え続けている。妻がいなくなったと通報して捜索させたほうがいいだろうか？　それとも誰かが妻の死を知らせにやってくるまで待つべきだろうか？　妻はもう死んでいるはずだ。濁った目にはもはや何も映っていないだろう。たぶん妻は馬車のなかで息絶え、恐ろしくなった御者は妻をこの屋敷に戻せずにおろおろしているのかもしれない。あるいは馬車以外の場所で死んで、いまだに発見されていないのかも。

ああ、ポリーを抱きたい。彼女とのセックスに溺れたい。だが売春婦に種を蒔いているところに自分の妻の訃報が届くというのは、さすがにまずいだろう。それならば、これからどういう嘘をつくか考え出すほうがいい。いかにうまく〝信じられない〟という演技をし、悲嘆に暮れているふりをするかを。妻がまだ生きている可能性はほとんどないが、万が一彼女がこの屋敷に戻ってきたら……今度はもっと直接的な手段に訴えなければ。どのみち心は決まっている。この一年以内に、ラシング公爵夫人セレーナ・シェフィールドを妻としてめとるのだ。


　エイデンはフィンの放牧場へ行き、事情を説明した。予想どおり、弟はためらいなく馬の支度を調え、ともにエルヴァートンの屋敷へやってきた。

　ふたりは屋敷の扉を叩くことさえしなかった。大股で屋敷のなかへ入り、出てきた執事に、伯爵に会いに来たと伝えただけだ。その場に執事を放ったらかしにし、正式に紹介されるのも待たず、ずかずかと通路を進んで図書室へ向かう。ふたりをこの世に生み出したろくでなしは、暖炉の脇にある椅子に座り、グラス片手に琥珀色の液体をすすっていた。

　エルヴァートンの全身から発せられているのは、これ以上ないほどのいらだちだ。「庶子はとっくの昔に人生から切り捨てた。おまえらになどわずらわされたくない。おまえたちは邪魔な存在なんだ」

「伯爵夫人も邪魔な存在になったのか？」エイデンが尋ねた。「だから彼女に毒を盛ったのか？」

伯爵は微動だにしない。息をしているのかどうかさえわからない。

「そんなことはしていない。ということは、妻は死んだのか？」

エイデンは前に飛び出すと、椅子の両方の肘かけをつかみ、伯爵が逃げられないようにした。「彼女はうちへやってきて、俺が一晩じゅう看病した。グレーヴス医師は、彼女がディナーのあいだに砒素を盛られたに違いないと言っている」

「だったら、辞めた使用人のしわざだろう。おおぜいくびにしているからな」

エイデンは伯爵の上着の前襟をつかむと、椅子から無理やり立ち上がらせた。弾みで、伯爵の手から滑り落ちたグラスが音を立てて床に砕け散る。「俺にはちゃんとわかっている。あんたのしわざだ」

伯爵はエイデンの手を振り払った。「証拠はあるのか？　わたしがやったという証拠などないはずだ」

「そう言うと思った。だが証拠がないからといって、正義の鉄槌が下されないというわけじゃない」

「わたしにもう一度触ってみろ。すぐにおまえを逮捕させるぞ。貴族に殴りかかるのは法律違反だ」

「俺たちがあんたの脅しなど気にすると思っているのか？　彼女は俺の母親なんだ」

「おまえをどこかへ捨ててくれと頼んできたのは妻のほうだ。そうすれば変わらずに贅沢な暮らしが続けられるからとな」

伯爵夫人から聞かされた話とは違う。だが俺は彼女から生まれてきたのだ。目の前にいるろくでなしよりも、伯爵夫人の言葉を信じたい。

「まったくいまいましい。あのトゥルーラヴという女は、おまえたちふたりを殺すべきだったんだ。あの女に償わせないといけないな」

エイデンは目にも留まらぬ速さでこぶしを繰り出していた。パンチが顔面の真ん中に命中し、伯爵はうしろによろめくと、床にどさりと倒れた。

フィンは伯爵の肩に腕を回してどうにか立たせたあと、すばやく父親の両腕を背中のうしろで組ませ、体の自由を奪った。

「いったい何を――」

エイデンはこぶしを伯爵のたるんだ腹に叩きつけた。筋肉と筋肉がぶつかり合う生々しい音も、そのあとに伯爵がもらしたうめきも、耳に心地よく響く。

「あんたの奥方は今、俺たちが保護している」ふたたびこぶしを見舞う音のあと、またしてもうめきが続いた。「彼女はあんたの元には戻らない」

あのあとエルヴァートン伯爵夫人のために、ミックのホテルに部屋を取った。彼女が落ち着けるほかの場所を探すまで、とりあえずあのホテルに泊まらせればいい。エイデンは上着を脱いで机の上に放り投げ、両肩を慣らすように前後に回した。

「おまえにそんな権利はない！」伯爵はどなった。顔がまだらに赤黒くなっている。

「俺たちには自分の大切なものを守る権利がある」

気づけばエイデンはもう一発、伯爵の腹にこぶしを見舞っていた。伯爵はその場にくずおれたが、フィンが彼の顎をつかみ、まっすぐに立たせた。

「おまえたちふたりとも……絞首台行きだぞ！」

「あんたが死ぬ姿を見るほうが先だ」

この男を殺すつもりなど毛頭なかったが、エイデンはそのあとも伯爵を痛めつけた。三回こぶしで殴りつけ、そのたびにあげるうめきを聞いてようやく満足した。あとずさり、フィンに向かってうなずくと、弟はすぐに伯爵の体から手を離した。エルヴァートンは投げ落とされたジャガイモ袋のように床にどさりと転がった。彼の顔は怒りのあまりどす黒くまだらになり、込み上げる憎しみで目玉が飛び出さんばかりになっている。空気さえそんな彼の周囲を避けているようで、伯爵は苦しげにあえいでいた。

エイデンは伯爵の前にしゃがんだ。「いいか。今後ラシング公爵夫人にも、あんたの奥方にも近づくな。当然ながら、あんたの愛人たちにも近づくのは許さない。俺たちはいつもあんたを近くから見張っている。警告に従え。さもないと、俺たちの立場をわからせるためにいつでもこうして訪ねてくるぞ」

「この――いまいましい――しょ――庶子……」エルヴァートンは口を開けたまま、片側にがっくりとこうべを垂れ、言葉にならない言葉をつぶやいた。

フィンがエイデンのかたわらにひざまずいた。「この悪魔、なんだか様子がおかしくないか？」

殴られたせいで、しばらく動けないのは当然だ。だが伯爵のこの反応は、どう見てもただごとではない。ぼんやりとした目ではるか遠くを見つめ、しかも焦点が合っていない。もはや意識がないように見える。

「卒中の可能性は？」エイデンは尋ねた。

「ああ、その可能性はある。もしそうだとしても、なんの哀れみも感じないが」

「俺もだ。こいつは今までほかの人たちに、自分とは比べものにならないほどつらい、地獄のような苦しみを味わわせてきたんだから」

グレーヴス医師は到着すると、伯爵の寝室で診察を開始した。エイデンはそのあいだにクラブへ戻って伯爵夫人に事のあらましを話し、彼女と一緒にエルヴァートン伯爵の邸宅へ戻ってきた。今エイデンとフィンは伯爵夫人と一緒に居間に腰かけ、医師の診断の結果を待っているところだ。

そのとき屋敷の正面玄関扉を叩きつける音が響き、全員が立ち上がるなか、居間に若い男がひとり駆け込んできた。紹介されるまでもなく、エイデンにはすぐに彼が誰かわかった。ワイス子爵だ。褐色の髪や濃い色の瞳、力強い顎の線はエルヴァートン伯爵にそっくりだった。

「母上」ワイスは伯爵夫人を抱きしめながら言った。「母上からの手紙を受け取って、すぐ行きつけのクラブからここへ駆けつけたんです。父上の具合は？」

仲がよさそうな母と息子の姿を見て、エイデンは軽い嫉妬を覚えた。だが彼らを羨むのが筋違いであることもわかっている。伯爵夫人は俺の母親ではない。俺の母さんはエティ・トゥルーラヴだ。とはいえ、母さんがいつもそうしてくれるように、伯爵夫人も喜んで俺を腕のなかへ迎え入れてくれるはずだと信じたい。

「今グレーヴス医師が診察しているところよ。早く結果が聞けるといいんだけれど」

ワイスはあとずさり、母親をじっと見つめた。「母上は大丈夫ですか？　あまりお元気そうには見えませんが」

「少し体調が優れなかったの。でももう大丈夫よ」

「きみの父上は、彼女を毒殺しようとしたんだ」エイデンはワイスに告げた。

「なんてことを……」ワイスは動転した様子だ。母親の様子をさらに観察しようとしている。「本当ですか？」

「ええ。証拠は何一つないけれど、残念ながらそのとおりみたい。わたしが毒を盛られたのはたしかよ。グレーヴス医師がはっきり証言しているの。ただし、犯人があなたの父親だという証明はできないけれどね。もしエイデンがいなかったら、わたしは今頃死んでいたわ」

「エイデン？」

「あなたのお兄様よ」伯爵夫人は優しい声で言うと、エイデンのほうを見た。

ワイスははっとしてエイデンを見ると、頭の先からつま先までまじまじと見つめた。視線が上下に移動する音まで聞こえてきそうなほど熱心なまなざしだ。

「僕が前に噂で聞いたことがある、父上の庶子のひとりですか？」

「それにわたしの子どものひとりでもあるのよ」伯爵夫人は静かな声で答えたが、そこにためらう様子はみじんも感じられない。少なくともエイデンにはそう思えた。彼女は事実をただ口にしているのだ。

伯爵夫人の嫡出子は母親に視線を戻すと、かすかに笑みを浮かべた。「だったら、僕が聞いたもう一つの噂も本当だったんですね」

エイデンはふと考えた。ワイスは突然現れた俺のことを脅威に感じているのだろうか？いや、そうは思えない。庶子として生まれた子どもは、相続を許されていないからだ。たとえその後、両親が結婚したとしても。父親からの遺産の相続が許されるのは、両親が正式な婚姻関係にあるあいだに生まれた子どもに限られる。ということはつまり、エルヴァートン伯爵の爵位と財産を相続する権利がワイスにあることに変わりはない。

伯爵夫人はうなずいた。「紹介するわ。こちらがミスター・エイデン・トゥルーラヴよ」

「トゥルーラヴ。最近誰もが口にしている名前だ。きみと知り合いになれて喜ぶべきなのか、ぞっとするべきなのか、僕にはわからない」

「ぞっとするほうが、あなたの身のためかもしれない」フィンが口を開き、ワイスの注目を引いた。

「きみはもうひとりの庶子だね。やはり父上にそっくりだ」ワイスはそう言うと母親を見た。「この人も母上の子どもなんですか?」

伯爵夫人は首を振って否定した。

「フィンは俺より六週間ほどあとに生まれたんだ」エイデンが説明する。

「あなたのお父様はいつだって精力的な人だったの」伯爵夫人の頬に赤みが戻っている。性的な話題を口にしているせいだろう。「昔から、彼が満足できないのは珍しいことではなかったわ……たったひとりの……女性だけでは」消え入りそうな声だ。顔色が真っ青になり、体がふらついている。

エイデンとワイスは同時に伯爵夫人に駆け寄り、彼女を長椅子に座らせた。

「ごめんなさい。思ったよりも体調が戻っていなかったようだわ」

「ほら、これを」フィンはテーブルの上に置いてあったデカンタから水を注ぎ、エイデンにグラスを手渡した。

エイデンはフィンからグラスを受け取ると、彼女の指をグラスにしっかりと巻きつけさせた。「さあ、これを飲んで。もっと水分をとる必要がある。グレーヴス医師からの忠告だ」

「それに、あなたからの忠告でもあるわね。あなたのお母様は、あなたたちを本当に立派に育て上げたんだわ」伯爵夫人はエイデンに言われたとおり、水をゆっくりと口に含んだ。

ワイスは彼女のかたわらに座り、空いたほうの手を取った。いかにも心配そうな目をしている。その態度を見れば、彼がこの母親を心から思いやっているのは明らかだ。

「どうして父上に毒を盛られたと気づいたとき、僕のところへやってこなかったんです?」

「最初は気づかなかったの。ただ悪いものを食べたのだと考えていたのよ。ちょうどエイデンと話をしに、彼のクラブへ向かっていたところだった。わたしの息子だと打ち明けるために……そうしたら、具合がどんどんひどくなって、結局エイデンがわたしを看病してくれたの」

「母上、ここにいてはいけません。僕の家に来てください。そうすれば安全です」ワイスはかぶりを振り、顎に力を込めた。「若くて美しい女性に目がくらんだせいで、父上が母上を捨てようとしているのではないかとずっと疑問を抱いていたんです。きっと相手はラシング公爵夫人でしょう。ラシング公爵が埋葬されたあの日、父上が公爵夫人のあとを追って庭園に出ていく姿を見かけました。ただ、あのときは父を信じたかった――きっと彼女を慰めに行ったのだろうと思いたかったんです。ただ、父上が彼女に何か不届きな提案をしていたとしても驚きはしません。あのとき、僕は父のあとを追うべきだったんです」

「あなたのお父様の振る舞いは、あなたの責任ではないわ。でも公爵夫人に関して言えば、あなたの意見が正しいのではないかと思っているの。わたしもあの日、夫が公爵夫人のあとを追っていくのを見ていたから。しかも、夫は欲望むき出しの目で彼女を見つめていたんだもの」

　エイデンはどうしようもない衝動を抑えるのに必死だった。今すぐ寝室へ駆け上がり、ベッドに寝ている伯爵を徹底的にぶちのめしたい。今回は容赦しない。あいつの息の根を止めてやる。伯爵がセレーナに近づいているのは知っているが、こうして詳しい話をふたたび聞かされると、激しい怒りがまたしてもわき起こってくる。

「あの人は前からよからぬことをしていたかもしれない」伯爵夫人はエイデンを見あげた。「それが、わたしが今まであの人に何も反論できなかったもう一つの理由よ。従順にさえしていれば、わたしももう少し長く生きのびることができるはずだから。ときどき思うこともあるの……夫はわたしと再婚するために、最初の奥様を始末してしまったのではないかって」

「ろくでなしめ（バスタード）」エルヴァートンの非嫡出子がふたりで低くうなる。

同時に、嫡出子も吐き捨てるように言った。「くそ野郎（ロッター）だ」

ワイスは立ち上がると、行きつ戻りつし始めた。興奮しているのは明らかだ。体の両脇でこぶしを握りしめている。「今後父に好き勝手させない方法を見つけなければ。そのためなら父を殺すことだって……」大きく一つうなずくと、彼は立ち止まり、その場にいる全員のほうを見た。「だがどうやら、父はこの現実世界から逃げ出そうとしているようだ。明らかに体調が悪く、瀕死（ひんし）の状態にある。ともかく、母上をこれ以上命の危険にさらすのを許すつもりはない」

エイデンは言った。「フィンと俺は、あいつが卒中発作を起こした姿を目撃した。あのときの様子からすると彼が今後、ふたたび混乱を巻き起こすとは思えない」

「そもそも、きみたちふたりはどうしてここにいたんだ？」ワイスは母のそばに戻りながら尋ねた。

エイデンは椅子に座ると、詳しい話をワイスに聞かせた。自分が伯爵を激しく痛めつけたことも含めてだ。

「僕もその場にいて、二、三発殴れたらよかったのに。エルヴァートン伯爵の息子と呼ばれることで、ずっと恥ずかしい思いをしながら生きてきたんだ。父は自分の愛人たちを臆面もなく見せびらかし、彼女たちに屋敷やドレス、安物の宝石を与えるために、湯水のように金を使ってきた。そのいっぽうで、自分が世に送り出した赤ん坊たちを容赦なく捨ててきたんだ」

「〝捨てた〟というのは少し厳しすぎる言葉じゃないかしら」伯爵夫人が言う。「だってあの人は、彼らのために温かい家庭を探してあげたんだもの。エイデンとフィンがいい例だわ」

ワイスがエイデンのほうを一瞥する。若者が心の内で葛藤しているのが、エイデンには手に取るようにわかった。はたしてワイスはどんな返事を返すのだろう？　愛するこの母親に、真実を隠そうとするだろうか？

「いいえ、母上。残念ながらこのふたりは例外だと言わざるを得ません。父上は酒に酔うと、ひときわ大声になります。まるで、自分の話をほかの人にもぜひ聞かせたいと言わんばかりに。父上が話し相手に、庶子はどう始末すべきか忠告しているのを耳にしたことも何度もあります。そうすればその子たちに二度と悩まされることもないからと自慢げに語っていました」

「でも、あの人はわたしに約束してくれたのよ」

「母上のためにあの父が認めた例外は、僕ひとりだけのはずです」

だがその苦々しい口調から察するに、父親から愛されたと考えていないのは明らかだ。

エイデンはつくづく思わずにはいられない。自分とフィンはエティ・トゥルーラヴに預けられてなんと幸せだったのだろうと。

「てっきり、あいつの世継ぎは華やかで幸せな人生を生きているんだろうと考えていたよ」フィンがぽつりと言う。

ワイスは鼻を鳴らした。「父上が僕に関心を寄せる機会なんてめったになかった。あるとすれば、それは僕の粗探しをするときか、期待はずれの息子だと文句を言うときだけだったんだ。父上はクリケットも、ヨットも、乗馬も、僕よりずっと上手だったし、射撃の腕前もはるかに上で、いつも自分と僕を比べていた。たまに僕が勝つと、父は怒り出し、僕の悪い点を探してけなそうとする。そうこうするうちに、もう父に気に入られようなんて思わなくなったんだ」

そのとき階段をおりてくる足音が聞こえて、憂鬱そうな表情のグレーヴス医師が居間に姿を現した。男性陣はすぐ立ち上がったが、レディ・エルヴァートンは座ったままだ。医師はソファに座ったままの伯爵夫人に近づき、手を取った。「恐れていたとおり、エルヴァートン卿はやはり脳卒中でした。しかもかなり深刻な病状です。ほぼ全身が麻痺しており、話す能力を失っている様子です。伯爵夫人、このままだと彼は寝たきりになるでしょう。今後、体の調子が劇的に回復する見込みはほとんどありません」

医師の不吉な言葉を予期していたかのように、伯爵夫人は無表情のままでうなずいた。

「あとどれくらい？　夫はどれくらい苦しむことになるのかしら？」

「今の時点では、なんとも言えません。数時間かもしれないし、数年間になるかもしれません」

薄情だとはわかっているが、エイデンは考えずにいられなかった。伯爵があと数年寝たきりの状態でいればいいのに。そうすれば、あいつはベッドで考え続けられるだろう――自分が取った行動により、これまでの人生でほかの人たちをどれだけ不幸にしてきたかを。

「治療法はないのか？」ワイスが尋ねる。

グレーヴスは子爵に視線を移した。「残念ながらありません、閣下。ただ、伯爵の面倒を見る看護婦を雇うことはできます。筋肉が萎縮しないよう手足を動かし続ければ、わずかではありますが、ふたたび自力で身動きできるようになる見込みもあります」

「いいえ」伯爵夫人は答えた。「看護婦を雇う必要はないわ。彼はわたしの夫よ。だからわたしが彼の面倒を見ます。体を洗ったり身ぎれいにしたりといった仕事は、夫の従者にやらせればいい。その分、従者のお給金を増やすようにするわ」

「寝たきりの患者さんの欲求に応えるには、並々ならぬ忍耐力が必要ですよ」医師は優しく彼女に話しかけた。

「これまでだっていつも、うちの夫の欲求に応えるには並々ならぬ忍耐力が必要だったわ」

「レディ・エルヴァートン――」

彼女は医師の手を軽く叩いた。「そんなに心配しないで、先生。夫の食べ物に砒素を仕込んだりしないわ。死期を早めるようなことをするつもりはないから」

医師はうなずいた。「その後のご気分はいかがですか?」

伯爵夫人は優しさと思いやりのあふれる笑みを浮かべた。その笑顔を見てエイデンはふと想像を巡らせた。もし生まれたときにこの女性の元に残ることが許されたら、彼女は子どもだった俺が何かやらかすたびに、こんな笑顔を向けてくれたのかもしれない。

「とても疲れているわ。でもわたしには面倒を見てくれる息子たちがいるから。だから、たとえ今後悲劇に直面することになっても、どうにか頑張れると思うの」

彼女の言葉を聞き、エイデンは二つのことに驚いた。一つ目は、伯爵夫人がこの一連の出来事を悲劇だとは考えていないこと。二つ目は、この自分を息子として堂々と認めたことだ。

グレーヴス医師は、伯爵夫人が誰のことを息子と言ったのか察したに違いない。あるいは先ほど伯爵夫人を介抱しているときに、彼女から告白されていたのかもしれない。いずれにせよ、医師はワイスとエイデンを見つめると立ち上がった。「それなら、彼らにあなたの看病はお任せして立ち去ることにします。必要があれば、いつでも呼んでください」

伯爵夫人は優美な物腰で立ち上がった。「ありがとう、グレーヴス先生。ジョン、彼をお見送りしてくれる?」

「わたしならひとりでも帰れます。お気遣いをありがとうございます、奥様」医師は短く会釈した。「それにそちらの紳士方も。これで失礼します」

医師はそう言い残し、部屋から出ていった。正面玄関が閉まるかすかな音が聞こえるまで、誰もその場から動こうとしなかった。大きな音を立てて扉を閉めなかったグレーヴス医師の態度には、これ以上彼らをわずらわせたくないという気遣いが感じられた。

ワイス卿は並べられたデカンタの前へ行き、無言のまま母にシェリー酒を注いだ。それからエイデンとフィンのために、ウィスキーをそれぞれのグラスに注いだ。「さあ、どうかゆっくりとくつろいでほしい」

ふたりは言われたとおり、腰をおろした。

ワイスも自分のグラスにウィスキーを注ぐと、深々とため息をつきながら椅子に座った。

「これで一件落着だな」

「あなたは今後、お父様の責任をすべて背負わなければいけなくなるわね」伯爵夫人が言う。

ワイスはほっそりした肩をすくめた。「そんなに心配することはありません。最近、父上からいろいろな仕事を引き継いでいたところです」そこでエイデンをじっと見つめる。

「父上に毎月多額の金を支払い続けていた庶子（バスタード）というのはきみか？」

ほとんどの人は庶子（バスタード）という言葉を苦々しげな表情で、吐き捨てるように口にするものだ。だがワイスは違う。まるでその言葉が名誉の印であるかのように、敬意を込めながら口にしている。

「ああ。数カ月前にフィンがその契約を終わらせる前までは金を払っていた」

ワイスは尊敬するようなまなざしをフィンに向け、うなずいた。「ということは、父の腕をへし折った庶子(バスタード)というのもきみなんだな？」

「ああ、そうだ」

「父は悲鳴をあげただろうか？」

「ああ。赤ん坊みたいに泣き叫んでいた」

「想像がつくよ」子爵はにやりとして、エイデンに注意を戻した。「どういう経緯で、父はきみから金を搾り取ることになったんだ？」

「フィンは馬泥棒の濡れ衣(ぬれぎぬ)を着せられ、逮捕されたことがある。警察当局は弟をオーストラリアへ流罪にしようとした。だが俺は、伯爵が当局に大きな影響力を持っているのを知っていて、やつに助けを求めたんだ。半分自分の血を引く息子が窮地に陥っていると知れば、やつも手助けしてくれるはずだと信じていた。俺が甘かったよ。伯爵からは、手助けする条件はただ一つ、俺の賭博場の収益の大半を毎月支払うことだと言われたんだ」

「ということは、礼金と引き換えに自由の身になれたんだな」

「違う」フィンは語気荒く答えた。「流罪にこそならなかったが、俺は五年間の刑務所暮らしに耐えなければならなかった」

ワイスは冷笑を浮かべた。「そう聞いても驚きはしない。僕たちの父親は最低限のことしかやらないので有名――」

「あいつは俺たちの父親じゃない」エイデンがさえぎった。

ワイスから見つめられたものの、エイデンはけっして目をそらそうとはしなかった。この若者の言動は伯爵のそれとあまり似ていない。彼が母親に見せている心からの優しさや忠誠心、献身的な態度が本質のように感じられる。

「そうだな。きっときみの言うとおりなんだろう」ワイスはウィスキーをあおった。「むしろ、そのほうがきみたちにとってはよかったはずだ。実の息子から金を奪おうとするような父親だからな。きみは今まで父にいくら支払った？　きみがつけている記録のほうが、父の記録よりもはるかに正確なはずだ。総額を教えてほしい。そうすれば全額をきみに返金する」

エイデンはフィンと視線を交わし合い、そのあと……母親を見た。これからは彼女のことを自然に〝母親〟と呼べるようになるだろう。しかも、育ての母エティに対して罪悪感を覚えることなく。

伯爵夫人はほっとした様子で、小さな笑みを浮かべている。息子たちのやりとりを楽しんでいるらしい。

エイデンはつぶやいた。「俺はてっきり、伯爵の財政状態が悪いのかと思っていた」

ワイスがにやりとする。「ああ、父はそうだ。だが僕は違う。うちの金庫がほとんど空っぽなことについて言い合いになるたびに、父はきみから奪った金の一部を僕に握らせて無理に従わせようとしていた。だから自分でも、金を管理することの難しさは昔からよくわかっていたんだ。それに反抗的な態度を取る僕を罰するために、父は手のかかる領地を僕に任せた。だがそのおかげで、硬貨を無駄に手放さないためにはどうすればいいかを学ぶことになった。父は僕が何をやっているかなんて気にかけてもいない。だから友人と一緒に投資をやっていても、まったく気づかれることはなかった。投資家として、僕たちは腕がいいほうなんだ」

　最後の言葉はごくさりげなかった。自慢げなところは一つもなく、淡々と事実を述べただけという印象だ。エイデンは自分がこの若者を好きになりかけているのに気づいた。

　ワイス卿はエイデンのほうへ身を乗り出した。「きみは、金を払えという父の要求に応じるべきじゃなかった。だって自分の息子を助けるのは、父の義務だからだ。僕はこれまで、父が十人以上もの庶子を作ったという噂に悩まされながら生きてきた。糞尿（ふんにょう）のようにロンドンじゅうに庶子をばらまいていると物笑いの種になっていたんだ。とても貴族のあいだで尊敬される伯爵とは言えない。だからこそ僕はよけいに、父とは違う、尊敬を集める男になりたいと思ってきた。僕は僕なりに代償を支払ってきたつもりだが、きみが父に支払った金を返さなければ落ち着けない。正直に言えば、少し前にきみの居場所を捜し出そうとしたこともある。だがきみが快く伯爵の嫡出子と会ってくれるかどうか自信がなかった」

「そのことに関して、きみはどうすることもできなかったはずだ。俺たちの誰ひとりとしてどうしようもできなかった。だが間違いなく、俺たちは自分に与えられた環境を最大限に活用して生きてきたと言える」エイデンは立ち上がった。「伯爵夫人、もうあなたが安全だとわかったので、フィンと俺はそろそろ失礼します」

「あなたたち全員がとうとう顔を合わせられて本当に嬉しい。あなたたちの絆がこれからも長く続くよう祈っているわ」

エイデンは子爵ににやりとした。「姉のジリーが〈人魚と一角獣〉という酒場を経営しているんだ。いつか必ず一緒に飲みに行こう」

「ああ、楽しみにしている」

エイデンは、この世に自分を産み落としてくれた女性に視線を戻した。「何か必要なことがあれば、いつでも知らせてほしい」

「近いうちにディナーに誘うわ」

「ああ、あなたとはもう他人じゃない。明日もあなたの様子を見にここへ立ち寄るつもりだ」

「ああ、エルヴァートンが手放した子どもたち全員の今の名前がわかりますように。エルヴァートンは知らないけれど、母親はお腹を痛めて産んだわが子のことを忘れたりしないものよ。ええ、絶対に」

「俺はおまえの弟が気に入った」フィンは言った。

ふたりは〈人魚と一角獣〉の奥にあるテーブルでビールを飲み続けている。まるで明日からイギリス全土で、ありとあらゆる種類のビールとエールが禁酒になるかのようないきおいで。ふたりは屋敷を立ち去る前に二階へ上がり、エルヴァートンの様子を見てきた。伯爵がベッドの上で力なく横たわっている姿を見たら、さぞ胸がすっとするだろう――エイデンはそう考えていた。だが実際にその姿を目の当たりにして感じたのは、悲しみだけだった。かつてないほど下劣で不愉快な人間だと思っていたはずなのだが。

「あの父親に育てられたのに、どうして子爵があれほどまともに育ったのか不思議だよ。今日はつくづく思い知らされた。あんなどうしようもないやつ（バガー）に育てられなくて、俺は本当によかったとね」

フィンはにやりとした。「それを言うなら〝くそ野郎（ロッター）〟だ」

エイデンは笑い声をあげた。こうして笑うと、重たい気分がすっと軽くなる。「そうだな、くそ野郎（ロッター）」

「俺たちの弟は、もうちょっと悪い遊びをする必要があるかもしれないな」

「それはおまえもだ。腹立たしいほど幸せそうな既婚者に見えるぞ」

「俺のそういう時代はもう終わったからな」

ふたりはしばし無言のまま酒を飲んだ。

「やつが卒中発作を起こしたのはおまえが殴ったせいじゃない」フィンはとうとう口にした。

「ああ。だが、きっと俺たちが姿を現したせいだ。あいつは怒りと憎悪で顔を真っ赤にしていた。よほど俺たちを忌み嫌っていたんだ」

「俺たちを見ると、自分の犯した罪を思い出すからだろう」

「あいつが自分の罪を気にかけていたとは思えない。ただ俺たちにわずらわされたくなかっただけだと思う。やつにとって、俺たちはそれほど不都合な存在だったんだ」

「俺たちを手放し、わが子として認知しないでいてくれて本当によかった。あいつは本物の卑劣漢だ。今後も絶対に関わりたくない」フィンはビールを一口飲んだ。「だがおまえの母親は――ちゃんとした人のようだな」

「だが彼女も若い頃に間違いを犯した」

「みんなそうだろう？」

「残念ながら、伯爵夫人はおまえの本当の母親が誰か知らなかったが」

「おまえやミックと同じで、俺は自分の出生なんて気にしたことがない」フィンはジョッキを空けると、テーブルを叩いた。「さあ、もう一杯飲むぞ。つき合ってくれるな?」

エイデンはちらりとあたりを見回した。「いや、俺にはやらなきゃいけないことがある」

「なら、彼女によろしく伝えてくれ」

エイデンはすっと目を細めた。「なあ、知ってるか? おまえといると、本当にいらいらさせられる」

フィンは大胆にもにやりとした。「兄弟ってのはそういうものだ」


レディ・エルヴァートンはベッドの端に座り、夫の頬に優しく指先を滑らせた。かつての日々が思い出される。この男を愛したせいで、実の父に背き、自分の家族に恥をかかせることになった。しかも、産んだばかりの三人の息子たちをこの手から奪うのを許してしまったのだ。エルヴァートンは昔から子どもに対して寛容ではなかった。もし世継ぎを作る必要がなかったら、子どもをひとりも産まなかった最初の妻で満足していたのではないだろうか?

「イエスのときは、まばたきを一回して」

彼はまばたきを一回した。

「ノーのときは、二回よ」

確認するように、目を二回ぱちぱちさせる。

「わたしが誰だかわかる？」

ぱちっ。

かつてキスの雨を降らせた夫の顎を手のひらで包み込んでみる。わたしが今よりもっと若くてほっそりしていた頃だ。当時はエルヴァートンもわたしのことを魅力的だと考えていてくれた。でもそのあと、彼はほかの女や愛人たちを平気でこの寝室に連れ込むようになった。壁を一枚隔てた部屋にいるわたしに聞こえるのを承知のうえで、まさにこのベッドで彼女たちに悦(よろこ)びの声をあげさせた。夫本人が相手の女性たちにそう求めたのだ。絶頂を迎えた彼女たちに大声で彼の名前を叫ばせることで、まるで神になったように感じていたのかもしれない。わたし自身、かつては数えきれないほどエルヴァートンの名前を叫んだものだ。たとえそうすることに気を取られ、最高の悦びの瞬間を逃すことになったとしても。

「わたしは今まであなたに庶子三人を託した。あなたは誰ひとりとしてわたしの手元に置いておくのを許さなかったけれど、あの子たちはたしかにあなたの血を引く息子たちだった。あなたもそのことはわかっていたんでしょう？」

ぱちっ。

伯爵夫人は頭を下げると、夫の額とこめかみ、最後に耳たぶの近くにキスをした。「でもわたしがあなたに授けた世継ぎは……あなたの血を引いていない」

もちろん真っ赤な嘘だ。でもこう言えば、エルヴァートンは拷問のような苦しみを味わうことになるだろう。体はまったく動かせなくても、頭の回転は鈍っていないのだから、そのことしか考えられなくなるはずだ。満足げな笑みを浮かべると、伯爵夫人はベッドから立ち上がり、夫を見おろした。

ぱちっ、ぱちっ、ぱちっ。

エルヴァートンは喉から絞り出すような声をあげている。

「気をつけてね、ダーリン」彼女はそっけなく警告した。「あなたはだってまた卒中発作を起こしたくないでしょう?」上掛けをそっと引っ張り上げると、夫の体を包み込んだ。「悪いけれど、これで失礼するわね。愛人を待たせてあるから」

夫の苦しげなうめき声を無視して、彼女は頭をぐっと上げながら軽い足取りで部屋から出た。全身に力が戻ってきたような気がする。自分の寝室へ戻ると、ナイトテーブルに置いてあった長編小説『分別と多感』を手に取り、椅子に横になった。青いリボンを挟んでおいたページを開く。

わたしはもう何年も、数えきれないほどたくさんの愛人と時を過ごしてきた――といっても、小説のなかに登場する人物ばかりだけれど。いちばんのお気に入りは『分別と多感』のブランドン大佐。今夜もこうして彼に相手をしてもらうつもりだ。

でもこの先はどうだろう? もしかすると、本物の愛人を作るかもしれない。そしてこの寝室で、夫が隣に寝ているのを知りながら、悦びの叫び声をあげるかもしれない。ええ、そうだわ。これまで夫にさんざん苦しめられてきたように、今度はわたしが彼を苦しめる番。

エイデンのクラブを訪れ、息子が提供しているありとあらゆる背徳を心ゆくまで楽しむのもいいかもしれない。もはや、夫の顔色をうかがいながら生きる必要なんてない。それに、夫以外のいかなる男性であっても、機嫌を損ねるのを気にしながら生きるのもごめんだ。これからは幸せと喜びをとことん追求することにしよう。今までの人生でほとんど味わうことができなかった、本物の幸せと喜びを。

真夜中を少し過ぎた頃、自分の寝室の扉が開かれ、エイデンが後ろ手に扉を閉めるのを見ても、セレーナはいっこうに驚かなかった。読みかけの本を脇に置いて、彼がやってきてくれたことに感謝する。今夜ここに来てくれることを心から望んでいた。

実の父親と直接対決したことで、エイデンは大きく動揺しているはずだ。

セレーナは上掛けをめくると、ベッドから抜け出し、こちらに向かってくる彼のほうへ駆け寄った。エイデンから両腕を体に巻きつけられ、強く引き寄せられたとき、自分でも彼のことを抱きしめていた。エイデンが長いため息を吐き出している。その体の緊張がほぐれていくのがわかった。

「ウィスキーを用意してあるの」セレーナはささやいた。彼がやってきたときのためにと、この寝室にボトルとグラスを用意していた。

「俺に必要なのはきみだけだ」

その一言を聞き、セレーナは痛いほどのときめきに思わず目をきつく閉じた。顔を上向けながら、エイデンが唇を重ねてくるのをひたすら待つ。今感じているのは燃え上がる炎のような情熱ではない。エイデンを癒してあげたいという切実な想いだけだ。レディ・エルヴァートンが自分の正体を明かしたときから、エイデンを慰めてあげたかった。ふたりの仲をもうおしまいにしようと言われたのに、どうしても彼に背を向ける気にはなれなかったのだ。昨夜のふたりは気持ちが高ぶるあまり、傷つけ合うようないさかいをしてしまった。でも、あのとき手厳しい言葉を投げかけられたにもかかわらず、きっとエイデンは自分の元へやってくるだろうとわかっていた。そしてわたし自身、そんな彼を喜んで迎えたいという気持ちを持ち続けていた。

セレーナはエイデンを抱きしめたまま、ヒップにマットレスが当たるまであとずさった。少しだけ体を離し、愛しい男性の顔を両手で挟み込んで、彼が三人の親たちから受け継いだ特徴をじっと見つめる。彫りの深い顔立ちとえくぼ、力強い顎、細く鋭い鼻、ふっくらとした唇、それに瞳の色は明らかに、エルヴァートン伯爵と伯爵夫人から受け継いだものだろう。だがエイデンの瞳に映る魂は、エティ・トゥルーラヴから受け継いだものにほかならない。

彼の瞳にはすぐに笑みが浮かぶ。初めて出会った夜、その楽しげな瞳の明るさが、わたしの魂をとらえて離さなかった。その内側からにじみ出るような光を抜きにしては、エイデンを語ることはできない。もちろん彼の瞳には、光だけではなく影も存在する。その複雑な色合いが、一筋縄ではいかない魅力を感じさせるのだ。

セレーナは両手をおろし、エイデンの上着の下に滑らせると、肩から上着を脱がせて床に落とした。クラヴァットを外し、ベストも脱がせる。その間エイデンは動こうとせず、セレーナが服を脱がす手伝いをするだけだった。

父親とのあいだに起きたことで一種のショック状態にあるのだろうか？　それとも、あんな言い争いをしたのに、どうしてわたしが自分を喜んで迎え入れようとしているのか、いぶかしがっている？

目の前に立つエイデンから服を完全に取り去ると、ナイトドレスのボタンを外して脱ぎ、彼の手を取ってベッドへ一緒に入るよううながした。

愛し合わなかったのはたった一晩なのに、すでに永遠にも等しい時間が過ぎたかのように感じられる。体にエイデンの体が重ねられたとき、セレーナは喜びのあまり、低い感謝の声をもらさずにはいられなかった。こうして彼を感じることこそ、自分が求めているすべてに思える。

エイデンの愛撫(あいぶ)はゆっくりとした官能的なものだった。体の至るところに唇を押し当てていく。まるであらゆるくぼみや曲線を記憶に刻みつけるかのように。これが最後の睦(むつ)み合いになることを覚悟し、なるべく急がずに、自分の魂というキャンバスに今夜の出来事をすべて描き残すかのように。これからもずっと、大切な誰かを描いた細密画のごとくその記憶をたどり、思い出せるようにするために……。

セレーナもお返しするように、エイデンの全身に唇を押し当てた。喉元から両肩へキスの雨を降らせつつ、指で背中を愛撫し、足の裏をふくらはぎに沿って滑らせる。

やがて欲望の証(あかし)を深く差し入れられたとき、セレーナの準備はこれ以上ないほど調っていた。エイデンは上体を起こし、セレーナの瞳をじっと見つめながら、ゆっくりと腰の動きを繰り返している。このまま一晩じゅうこの行為を続けて、使用人たちが目覚める前に寝室から抜け出す必要さえないかのように。

今言っておきたいことが多すぎる。今言ってはいけないことも多すぎる。

セレーナは上体を起こすと、汗がたまったエイデンの喉のくぼみを舌先でなめ、低いうなり声に満足感を覚えた。体を下のほうへずらし、両手両足をエイデンの体にしっかりと巻きつけ、彼のリズムに合わせてヒップを上下に揺り動かし始める。言葉では言い表せない悦びが全身に広まり、体のありとあらゆる部分がエイデンを求めて泣き叫んでいるかのよう。

体が燃え上がりそうになっても、その炎はなんとか体内にとどめておけると思っていた。でも炎は意志を持った生き物のように突然暴れ出し、あっという間にセレーナをのみ込んだ。舌に重ねられたエイデンの巧みな舌でいっそう興奮を高められ、甲高い叫び声をあげる。もう何も考えられない。

ふたりはいっきに快楽の波にのみ込まれ、全身を激しくわななかせた。

このうえない充足感と疲労を覚えながら、エイデンはベッドにあお向けに横たわっていた。かたわらにはセレーナがぴったりと寄り添い、エイデンの胸にゆっくりと指先を走らせている。

今夜ここへやってくるべきではなかった。だが、どうしても彼女に会いたかったのだ。俺は心からセレーナを必要としていた。大地が太陽を、夜空が星々を必要とするように。先ほどまではフィンと一緒に飲んでいた。普段の俺ならば、弟とああして過ごすだけで心を落ち着かせ、また前に進もうという意欲を奮い立たせられただろう。だが今夜はそれ以上のものが必要だった。セレーナを。

セレーナはエイデンが腹の上に休めていた手を持ち上げ、唇を押し当てた。「手の甲が傷ついているわ。エルヴァートンを殴ったのね」

「ああ、何回か」

「彼はもうあなたのお母様に手出ししないかしら？」

「今となっては、あいつにもう選択肢はない。あのあと卒中発作を起こしたんだ。フィンは、エルヴァートンが発作を起こしたのは俺がこぶしを見舞ったせいではなく、やつ自身の激しい怒りのせいだと言っているが」

　セレーナは肘を突いて体を起こし、エイデンの眉にほつれかかる前髪を撫でつけた。

「どんな具合なの？」

「動くこともしゃべることもできない寝たきりの状態だ。そんなあいつの前で、きみが俺の子どもを身ごもった、俺の息子は公爵になるんだと言ってやろうかと思ったよ。だが気づいたんだ。あいつがどう感じようと、もはや俺は気にならない。これまでずっと、もしじゅうぶんな成功をおさめたら、あいつが俺を息子として正式に認めてくれるかもしれないという希望を持っていた。でもあいつに注目されてもなんの意味もないとわかったんだ」

　セレーナはエイデンの両脚のあいだに片方の太ももをそっと割り込ませると、身を寄せてきた。「あなたにもわかっているはずよ。あなたはあの人とはまるで違う。あなたはエルヴァートンよりもずっといい人間だわ。彼とは比べものにならないほど正直だし、いつだってひたむきだし、はるかに思いやりがある」

　だが俺には爵位も名声もない。トゥルーラヴ家の者とつき合っても、英国社交界での地位が上がることはないのだ。公爵の妻となったジリーでさえ、いまだに貴族たちから受け入れられずにいる。セレーナが妹たちに貴族との結婚を望んでいるならば、その望みを叶えられる相手は俺ではない。

エイデンは手を下へ伸ばし、セレーナの下腹部に手を当てた。「赤ん坊の存在はもう感じられるのか?」

彼女はエイデンの手に手を重ねた。「もうすぐそうなるわ」

セレーナのお腹のなかで体をよじらせている赤ん坊の動きを感じられないことが、残念でならない。今まで子どもを持つことなど一度も考えたことがなかったのに、今はセレーナの体のなかで自分の赤ん坊がすくすくと育っていると考えるだけで、心がぽっと温かくなる。

「ねえエイデン。わたしたち、何もすぐに会うのをやめる必要はないと思うの」

「いいや、どのみち会うのをやめる必要があるなら、今そうするのがいちばんいい。俺は今夜ここへやってくるべきじゃなかった」エイデンは彼女から体を離すと、ベッドの上に起き上がり、弾みをつけて片側におりた。

セレーナが背中に指をはわせてくる。「でも今夜来てくれて嬉しかった」

もう一度ベッドのなかへ倒れ込み、セレーナを抱きたくてたまらない。でもだからこそ、今この場から立ち去らなければならないのだ。なぜなら、俺はいつだってセレーナをもう一度抱きたい、彼女ともっと話をしたいと考えているから。彼女をこの腕に抱きしめ、キスをしたいと切望しているから。

エイデンは服をつかむと、身につけ始めた。「その子が生まれたら知らせてくれるか？」

「それまでにわたしたちの道が交差することはないのね？」

エイデンはあえて振り返らず、背を向けたままでいた。振り返るまでもない。今彼女の瞳にやるせない悲しみが宿っているのは、見なくてもわかる。声の端々に聞き取れる。

「もしもわたしがお店を開いて――」

「やめるんだ、レナ」エイデンはゆっくりと振り向き、セレーナを見た。俺の心を見事に盗んでしまった、奇跡のような女性を。「このまま会い続ければ、別れがもっとつらくなるだけだ」

「今だってじゅうぶんつらいわ。ウィンスローがひねり出したこの愚かな計画に同意したときは、あなたの元からいつだって簡単に立ち去れると考えていた。まさか、あなたをこんなに愛するようになるなんて思いもしなかったの」

エイデンは思わず目をつぶった。〝あなたをこんなに愛するようになるなんて〟――今までほかの女からは言われたことのない言葉だ。その言葉が胸にぐっと迫り、驚きが体じゅうを駆けめぐっている。なんと圧倒的な言葉だろう。完全に気が動転している。息をすることさえままならない。

もし同じ言葉をセレーナに返したなら、俺にとって彼女がいかに大切な存在か告げたら、ふたりは完全に道を見失い、取り返しのつかないことになる。

セレーナにとって、俺は今までずっと秘密の存在だった。もし社交界の非難の目にさらされていたとしたら、彼女を愛するのはどれだけ難しかっただろう？　今となっては想像もつかない。

エイデンは目を開けた。

「闇に閉ざされた安全な世界で、そういう言葉を口にするのはたやすい。どんな人にも他人に知られずにこっそりとやりたいことがある。だから俺の商売は成功しているんだ。暗闇でなら公爵夫人も、誰に知られることなく荒くれ者と戯れることができるし、庶子だって公爵夫人を自分のものにできる。だが暗がりのなかではすばらしく思えていたことも、日の光にさらされたとたん、恐ろしい結果を招く危険性があるものだ。きみにはもっといい人生がふさわしい。大切にしている者たちに隠れてこそこそするよりも、もっとすてきな人生が」そう、彼女の妹たちにも堂々と誇れるような人生が。

エイデンは手を伸ばしてセレーナの顎を挟み込み、親指をふっくらとした唇に押し当てた。セレーナは体を隠そうとせず、神々を誘惑するニンフのごとき姿で座ったままだ。なんとそそられる姿だろう。だがありったけの自制心をかき集め、シルクのような滑らかな柔肌(やわはだ)へは手を伸ばさないようにした。

「おやすみ、愛しい人」

〝このままここに残りたい〟体のありとあらゆる部分がそう叫んでいる。それでもエイデンはセレーナの寝室から出た。自分の心だけを置き去りにして。

24

セレーナは庭園にある錬鉄製のベンチに腰かけ、コンスタンスとフローレンスがクロケットに興じる様子を眺めていた。庭じゅうに妹たちの甲高い叫び声と笑い声が響いている。かたわらでは、アリスが『鏡の国のアリス』を読んでいた。

エイデンが立ち去ってから一週間が経とうとしている。こうして妹たちと一緒に過ごしているにもかかわらず、常に寂しさを感じる一週間だった。毎晩眠りにつくときは枕を抱きしめ、エイデンの残り香を胸いっぱいに吸い込むようにしている。でもそうして吸い込むたびに、彼の香りは薄れていく。こうして時が過ぎゆくうち、エイデンの存在を思い出させてくれるのはお腹ですくすくと育っている子どもだけになる日がいつかやってくるのだろう。この彼からの贈り物には永遠に感謝し続けるはずだけれど、それでもエイデンが恋しい。彼を想うたびに胸が苦しくなる。

セレーナはアリスをちらりと見た。「あなたのことだから、もうとっくにその本は読み終えたのかと思っていたわ」

アリスはチェシャ猫のようににんまりすると、頭を傾けてセレーナのほうを見た。「ええ、もちろん読み終えたわ。もう一度読み返しているところなの。よかったらお姉様に貸してあげましょうか?」

セレーナはゆっくりと首を振った。アリスのような冒険はすでに体験済みだ。ほんの少し前まで、自分のいる現実世界とはまるで違う世界へ足を踏み入れていた。「いいえ、いいわ。ありがとう」

アリスは眉を少しひそめた。「最近お姉様はやけに悲しそうに見える。ラシングが亡くなった頃よりも、もっと悲しそうよ」

「きっと、現実の重さをしみじみ感じるようになったからね」

「それって、ラシングの子どもができなかった現実のこと?」

セレーナはまだ妊娠した事実を誰にも話していない。ひとたび話してしまえば、その時点でこの赤ん坊がラシングの子どもだと認めることになる――。

なぜ計画を実行して前に進むことがこんなにも難しいのだろう? できることならラシングに相談したい。夫なら絶対に〝そういう大事な問題はキットに意見を聞いたほうがいい〟と答えるとわかっていても。おそらく、キットに意見を求めるべきなのだろう。彼ならば、ラシングがこの嘘で妻を軽蔑するかどうかもわかるに違いない。

「まだそうと決まったわけではないわ」

アリスは本を閉じた。「ラシングが亡くなってから月のものは来たの？」

「いいえ。でもまだ来ないのは、ふさぎ込んでいるせいかもしれない」もちろんそうではないけれど。

「お医者様を訪ねたほうがいいわ」

アリスはいかにも心配そうな口調だ。赤ちゃんができたと打ち明けることで、そろそろ妹の心配を取り除くべきだろう。いいえ、アリスだけではなく、家族みんなが心配している。でも肝心の言葉がどうしても出てこない。口にしようとしても、喉の奥底で引っかかったままだ。でも数日前の夜、ウィンスローが屋敷を訪ねてきて妊娠したかと尋ねられたとき、否定はしなかった。兄にはしばらくのあいだ黙っていてほしいと頼んだけれど。

ウィンスローは不思議そうに尋ねた。〝なぜだ？　妊娠の噂が広まるのは早ければ早いほどいい。それだけ多くの人に、おまえの腹のなかの子はラシングの子どもだと信じさせることができるじゃないか〟

すでにウィンスローが、わたしが妊娠したという噂をロンドン界隈に広めている可能性もある。人びとの話題にのぼり、あちこちでささやかれるようになることこそ、妊娠を知らしめるいちばんの方法だろう。身ごもったとうっかり自分から口走るようなレディはいない。

「来週行ってみるわね」とりあえずアリスにはそう答えておいた。「そのあと、一緒にシエフィールド・ホールに戻りましょう」このままロンドンに滞在していても、喪中のせいでいかなる社交行事にも出席できない事実を妹たちに思い知らせるだけだ。

アリスは椅子から立ち上がった。「何かお姉様が楽しくなるようなことをしないと。ねえ、ファンシーの本屋さんに行きましょう。開店してから、あのお店がどうなったか確かめたくてうずうずしているの」

「アリス、わたしはまだ喪中の身よ」

「あら、わたしたち全員がそうでしょう？ そのせいで、こんなカラスみたいなドレスばかり着ているんだもの。でもあの本屋さんなら、知り合いの誰かに偶然会うことなんてないはず。それにお店にいるあいだはずっと暗い顔をしていればいいのよ。死とか戦争とか殺人がテーマの本しか見ないようにすればいい」

アリスの熱心さにセレーナは笑みを浮かべた。とはいえ、殺人に関する本を読む気にはなれない。つい最近、本当の殺人事件の目撃者になりかけたのだからなおさらだ。

喪中ゆえ社交の場に顔を出すことはないが、ときおり屋敷を訪ねてくる人びとはいる。そういった訪問客の話を聞くかぎり、エルヴァートン伯爵が妻を毒殺しようとした事実は噂話になっていないようだ。訪問客たちがもっぱら口にするのは、不幸にも伯爵が急に体調を崩し、そんな彼を伯爵夫人が献身的に介護しているという話題だ。あるレディはこっそりと、伯爵夫人が〈エリュシオン〉でワルツを踊っている姿を見たと教えてくれた。それを聞いたセレーナは心から嬉しくなった。伯爵夫人には幸せになってほしい。あのクラブの殿方たちの注目を集め、もっと彼らから甘やかされることを願っている。

「そうね、静かに目立たないように外出するなら、いいかもしれないわ」

アリスは椅子の上で飛び上がった。「みんなに知らせてくるわね」

コンスタンスとフローレンスのほうへ駆けていくアリスを見送ると、セレーナはベールつきのボンネットを取りに階上へ上がった。そう、外に出ることは、わたしのためにもなるはずだ。

帽子をピンで留めてレティキュールを手に取ったとき、ずっしりと重いのに驚いた。まだなかにエイデンの部屋の鍵が入っているのを思い出し、たちまち心が千々に乱れていく。この鍵を彼に返すべきだろうか？　それとも宝石箱にしまっておくべきだろうか？　信じられないほど幸せだった人生のひとときを思い出す記念品として、ときどき見返すことができるように。

でも、やはり自分のものではない鍵を持ち続けるわけにはいかない。小包にして送り返すこともできるが、結局自分で届けることにした。ささやかなお礼の品も添えたい。妹たちにはまた嘘をつくことになってしまったが、突然偏頭痛が起きたという理由で彼女たちを見送ったあと、お礼の品を求めに買い物に出かけた。

その晩、妹たちが寝静まり、青いドレスに袖を通して仮面をつけたとき、セレーナは懐かしさにほっとした。さらに馬車へ乗って〈エリュシオン〉へ向かい始めると、ことのほか穏やかな気分になれた。エイデンに近づくため、初めてあのクラブに馬車で向かったときは、緊張のせいでぴりぴりしていたものだ。でも今では、まるでわが家に帰るような心地よさを感じている。

〝わが家に帰る〞？　なんて愚かな考えだろう。でもエイデンといると、ありのままのわたしでいられるし、自分を深く理解してもらえていると感じられる。最初の頃、彼には打ち明けられない秘密を抱えていたときでさえもそうだった。しかも秘密が明らかになっても、エイデンは背を向けようとはしなかった。欠点も何もかもすべてひっくるめて、わたしを受け入れてくれたのだ。彼以外にそんな人がいるとは思えない。

馬車がクラブの前で停まり、御者の手を借りておりると、時間はかからないからここで待機するようにと命じた。

それから早足で玄関広間へ向かう。ここを通るたびに、この扉の向こうにいるエイデンにまた会えるのだと胸を弾ませていた日々がありありと思い出される。

受付の前で立ち止まり、顔なじみのアンジーに羽織りものを手渡した。「わたしがやってきたことは彼にないしょにしておいて」

アンジーは混乱したようにまばたきをし、眉をひそめながら答えた。「はい、仰せのままに」

セレーナは階段を上がりながら考えた。この階段をのぼるのもこれが最後になるだろう。心ではそうわかっているのに、体がほてり出している。憧れにも似た切ないうずきが全身に広がっていく。それでもなお、彼と一緒に過ごし、彼に優しく触れられたことを後悔なんてしていない。彼は、男と女が本当に求め合うと炎のような情熱が味わえることを教えてくれた。どの瞬間もわたしの宝物だ。

階段のてっぺんまで上がると、階下から見えないように通路の端を避けて進み、エイデンの私室の前へたどり着いた。レティキュールから鍵を取り出して扉を開け、敷居をまたぐと、あたりに漂うエイデンの匂いを胸いっぱいに吸い込んだ。その匂いが血液を通じて駆けめぐり、ふたたび全身を満たしていく。

窓際のテーブルにはランプが一つだけ灯されている。かつて白いリネンがかけられ、イチゴが飾られていたテーブルだ。暗闇が広がるなかでも、勝手知ったる場所ゆえ、まっすぐ寝室へたどり着くことができた。ベッドはきれいに整えられたままだ。突然、激しい衝動に襲われた。このベッドをくしゃくしゃにしたい――過去にふたりで何度もそうしたように。

セレーナは枕元に贈り物が入った箱を置いた。箱の中身は、今日の午後に買い求めた良質の革手袋だ。箱の上に彼の鍵をそっと重ねて置く。この部屋に戻ってきて枕に頭をもたせようとしたとき、エイデンはこの鍵と贈り物に気づくだろう。今から数時間もしないうちに。

やるべきことを終え、もはやここにいる理由は何もない。でもすぐに出ていこうとはせず、あたりを見回した。こうしていると、すでに脳裏に刻みつけられている思い出が鮮やかによみがえってくる。エイデンを拘束したあの夜、クラヴァットが置かれていた書き物机。女性たちに望まない妊娠をさせないために、彼が避妊道具を保管していたベッド脇の机の引き出し。自分の母親の看病をするエイデンの姿を見守っていたとき、わたしが腰かけていた椅子。ここにあるすべてのものが、彼の人生でなんらかの役割を果たしている。不必要ながらくたや、飾るためだけの小間物は一つもない。それに、エイデンにわたしを思い出させるものも。

屋根裏部屋に彼が保管している数枚の絵画を除いて。

もしかして贈り物の手袋は持ち帰ったほうがいいだろうか？　悩んだけれど、結局そのままにしておくことにした。

寝室を出ながら暖炉の上を一瞥したとき、足が止まった。先ほどこの部屋に入ってきたときには、贈り物と鍵を届けることばかり考えていたせいで何も気づかなかった。

胸の高鳴りを感じながらテーブルへ近づき、ランプを高く掲げてみる。ほのかな明かりに照らし出されたのは、炉棚の上に掲げられた、金箔張りの額縁に入れられた絵画だ。ゆっくりと一歩ずつ近づくたびに、胸が締めつけられ、うまく息ができなくなっていく。絵の背景に神秘的なタッチで不鮮明に描かれているのはシェフィールド・ホールだ。その場所まで至る一本道の途中に、絵のメインとなるモチーフが描かれていた。シェフィールド・ホールめがけて、道を歩いている一組の男女。彼らのあいだには小さな男の子が描かれ、ふたりともその子と手をつないでいる。男性のほうは、ほかのふたりに比べてあいまいに描かれていた。まるでそこに存在していないかのように。

男女ふたりはこちらに背中を向け、横顔もわずかしか描かれていない。だが、手をつないでいる男の子を彼らが愛おしげに見おろしているのはよくわかる。間違いない。これはわたしとエイデンだ。この絵に描かれているのは、わたしたちふたりにとって絶対に存在しえない世界にほかならない。

セレーナの目から涙があふれてきた。

エイデンは記憶を頼りに絵を描くと話していた。ファンシーの本屋では、彼が絵を描くときに豊かな想像力も駆使できるのだと気づかされた。そして今、また新たに知った。エイデンは自分の夢の世界も絵に表現することができるのだと。

そして、彼の夢がわたしの夢とまったく同じであることも。

驚くべき人物が賭博場に入ってきた瞬間、その場の空気ががらりと変わった。部屋のあちこちから悲鳴に近い、はっと息をのむ声があがっている。

彼女がここへやってきた。エイデンはすぐにそう気づいた。だがそれは、突然室内が息苦しくなったせいでも、ほうぼうから息をのむ声があがったせいでもない。戸口に背中を向けて、突然カードの数が数えられなくなった伯爵夫人の様子に目を光らせていてさえも、ゲーム室に颯爽と現れたのが何者かすぐにわかった。突然うなじの毛が逆立ったのだ。まるで彼女が手を伸ばしてきて、華奢な指先でたどったかのように。

背筋を伸ばし、振り返る。やはり直感は当たっていた。その姿を目の当たりにして、全身のありとあらゆる細胞が喜びにうずいている。なんて美しい姿だろう。驚くべき神々しさだ。しかも――。

仮面をつけていない。

セレーナが顔を隠さないままクラブに入ってきたことに気づくまで、少し時間がかかった。そして今、彼女は早足でフロアを回り始め――。

いや、彼女はフロアを回り始めたのではない。こちらに向かってきている。まっすぐ俺のほうへ。

セレーナの青い瞳には決然たる光が宿っている。形のいい唇の端をわずかに持ち上げながら、優美な足取りで近づいてくる。すぐそばにやってきても、歩く速さをまったく緩めようとはしない。

セレーナはエイデンに手を伸ばすと、まったくためらいもせずつま先立ち、キスをした。この男性の唇はわたしだけのものだと宣言するかのように。

そう、元々そうだったのだ。

後先を考えもせずエイデンはセレーナを抱きしめ、彼女の体をさらに引き寄せた。たちまち、自分の世界があるべき場所に戻ったように感じられた。この一週間、眠れない夜が続いていた。毎日ベッドで寝返りばかり打っていた。セレーナのことが恋しくてしかたがなかった。彼女に会いに行かないようにするには、ありったけの理性をかき集めなければならなかった。そうしなければ〝こんなふうに一生きみに会えないのは、ゆっくりと生殺しにされているのも同然だ〟と、彼女に真情を吐露してしまいそうだったのだ。

セレーナは頭をそらせると、エイデンの視線を受け止めた。その瞳に宿る炎を見た瞬間、その場にくずおれそうになる。

「愛しているわ」セレーナははっきりと口にした。

さまざまな感情がいっきに込み上げてきて、エイデンは思わず目を閉じた。

「最初の計画どおりにすることなんてできない。お腹の赤ちゃんがラシングの子どもだと偽るなんて無理だわ。わたしが望んでいるのはわたしたちの息子――あるいは娘――なんだもの。あなたの庇護（ひご）のもと、ふたりでその子を育てていきたい。それに、あなたに知ってほしいの。あなたは本当にすばらしい男性だということを」

周囲からじっと見つめられ、みなが聞き耳を立てているのはわかっている。この話し合いをするために、セレーナを別の場所へ連れていくべきだということも。それなのにエイデンはしばし呆然と口を開けたまま、彼女を見つめることしかできずにいた。ようやく両手でそっと彼女の頬を包み込み、口を開く。「レナ、俺はきみに何も与えられ——」

「あなたがわたしに与えられないものなんてどうでもいい。あなたがわたしに何を与えられるか、わたしにはちゃんとわかっているから。それが、受け取るのにふさわしい以上の、じゅうぶんすぎるほどのもので、わたしの望みよりはるかにすばらしいものだとわかっているから。きっと、わたしたちの子どもにとってもじゅうぶんなものになるはずだわ」セレーナは光り輝くような美しい笑みを浮かべた。「あなたもわたしを愛しているとわかったの。部屋にあった絵を見たのよ。あの絵の背景を小さな家に描き直して、わたしを世界一幸せな女にして」

エイデンはひざまずくと、セレーナの腹部に唇を押し当てた。ふたりの子どもが育っている大切な場所だ。

「俺のすべてをかけてきみを愛する」セレーナを見あげ、宣言した。「俺と結婚してくれるか？」

あちこちからあがる無数のため息のなか、セレーナは涙を浮かべながらにっこりと笑った。「ええ。あなたに結婚の楽しさを教えてあげるのが、今から楽しみ」

エイデンは笑い声をもらすと立ち上がり、セレーナを腕のなかに抱きしめると、彼女の体をすくい上げた。周囲から声援や拍手があがり、みなが応援するような笑みを浮かべている。

「その楽しさを今すぐ教えてもらおう。そうできない理由はないはずだ」

「ええ、そんな理由はどこにもないわ」セレーナは一も二もなく同意した。

「本当にびっくりだわ」小さなダイニングルームにいきおいよく入ってくるなり、コンスタンスが言った。あとからフローレンスとアリスも入ってくる。「いつもなら、お姉様はわたしたちと一緒に朝食を食べないのに」

「あなたたちに聞いてほしいことがあるの」セレーナは答えた。妹たちがゴシップ誌の記事を目にする前に、自分の口から言いたい。だからこうして階下におりて、彼女たちを待っていたのだ。

「なんだか重大発表みたいね」フローレンスが眉をくねくねと動かして、セレーナの隣に座った。コンスタンスはフローレンスの正面の席に、アリスはセレーナの反対隣へ腰をおろした。

セレーナは口を開いた。「これから起きるいろいろな変化について話したいの」

「それならば教えてちょうだい」コンスタンスがふざけて命令口調で答えるなか、従者がセレーナたちの前にソーセージと卵料理の皿を置いた。

そのとたん、セレーナは吐き気を催した。料理人には、わたしの分の卵料理はしばらくいらないと伝える必要があるだろう。

「どこから話したらいいかわからなくて」

「いつだって最初から始めるのがいちばんうまくいくわ」フローレンスが言う。

「そうね。あなたの言うとおりだわ。実は――」

「ロンドンじゅう、おまえがあのろくでなしのトゥルーラヴにキスしたという噂でもちきりだぞ！」兄ウィンスローがものすごいいきおいで部屋に入ってくると、テーブルの直前で急停止し、セレーナをにらみつけた。

「あら、それが何か？　相手がこれから結婚しようとしている男性なら、キスなんて当然のことだわ」

「ほらね、思ってたとおり！」アリスが得意げに叫んだ。

セレーナは驚きとともに、ふたごたちがポケットから一ポンド紙幣を取り出し、アリスの手に渡すのを見つめた。「いったいどういうこと？」

コンスタンスは目玉をぐるりと回した。「昨日の午後、わたしたちだけで本屋に行ったとき、アリスから賭けをしようって言われたの。ミスター・トゥルーラヴはお姉様にただならぬ関心を寄せている。あのふたりが一年以内に結婚するかどうか賭けようって」

セレーナは耳を疑いつつ、いちばん年下の妹をじっと見つめた。

アリスは肩をすくめた。「もしふたりが恋愛小説を読んでいたら、わたしの賭けに応じるなんていうまねはしなかったはずよ。だって彼がお姉様を見つめる目つきときたら、ヒロインに熱烈に恋したヒーローの描写そっくりなんだもの。初めてファンシーの本屋を訪ねたとき、わたしはすぐに気づいたわ」

「それをよくずっと隠し通せたわね」

「どんな恋愛小説でもヒロインは結局、彼を愛する気持ちに自分で気づかなければならないものよ」

「そんなおとぎ話はどうでもいい」ウィンスローはいらだったように言うと、椅子を引いて座った。「妊娠したばかりだというのに、あの男に対する気持ちを明かすなんて軽はずみとしか言いようがない。いくらおまえが赤ん坊は公爵の子どもだと言っても、女王に疑いを持たれるだろう」

「セレーナ、赤ちゃんができたの？」コンスタンスが尋ねる。

セレーナはどうしても笑みを抑えることができなかった。まだ平らなお腹を守るように片手を当てる。「ええ、そうなの。でも、お腹にいるのはエイデン・トゥルーラヴの赤ちゃんよ。ラシングの子どもではないの」

ウィンスローは、セレーナから胸に槍（やり）を突き刺されたかのような苦しげな表情を浮かべた。「それはこの子たちに打ち明けるべきじゃなかったのに。真実を知る者が少ないほど――」

「すでに今朝、公爵の事務弁護士ミスター・ベックウィズ宛てに、ありのままの事実を記した手紙を送ったわ。わたしがラシングの世継ぎを身ごもっている可能性は一つもないと、女王陛下に届け出てほしいとお願いしたの」

「なんだって？　おまえは頭がどうかしてしまったのか？」

「わたしはずっと嘘をついたまま生きていくつもりはない。まったくの別人を父親だと信じ込ませて自分の子どもを育てるなんてごめんだわ」セレーナは妹たちをちらりと見た。「それが、今朝わたしがこうしてここにやってきた理由なの。あなたたちみんなを心から愛しているわ。エイデンとわたしで、あなたたちが良縁に恵まれるようできるかぎりのことをするつもり。でも正直に言えば、三人とも自分たちの力で、信じられないほどすばらしい男性をつかまえられるはずだと信じているの。あなたたちの本当のよさに気づいて求婚してくれる、思慮深い男性をね。だってあなたたちにはそれぞれ、そういうすてきなお相手を惹きつける魅力がじゅうぶんにあると思うから」

「もしわたしたちの幸せのために、お姉様が自分の幸せを犠牲にするようなことがあれば、わたしたち、絶対にお姉様を許さなかったはずよ」アリスが言う。

セレーナは手を伸ばし、いちばん下の妹の手を握りしめた。「本当にありがとう。今回自分の望みを優先させたことに、ちょっと罪悪感を覚えているのは事実よ。それに不思議な感じもしてる。だって自分の望みを優先させたことなんて、これまで一度もなかったから。でもこうすることで、あなたたちはさらにすてきなレディたちになってくれるはずだわ」

「お姉様にふさわしいのは、ミスター・トゥルーラヴみたいな目で見つめてくれる男性よ。ラシングのことは大好きだったけれど、彼は一度もお姉様を〝この腕に抱きしめることができなければ俺は死んでしまう〟って目つきで見たことがなかったもの。ただもうひとり、そんな目つきでお姉様を見ていた男性はいたわ。キットリッジ卿よ」

「キットが？　いいえ、アリス、さすがにそれはあなたの思い違いよ」

「いいえ、思い違いじゃない。あれはクリスマスだった。お姉様とラシングがピアノで連弾をしているとき、キットリッジ卿がお姉様のことをうっとりするような目つきでじっと見つめていたの。お姉様が気づいていなかったなんてびっくりだわ」

「まあ」なんだかぴんと来ない。ただ言われてみれば、それ以外の瞬間に思い当たる節がないわけでも――セレーナはよけいな考えを振り払った。あとで考えればいいことだ。

「いずれにせよ、あなたたちには自分の将来について不安を感じてほしくないの。当然ながら、法律にのっとって、ハートフォードシャーにある寡婦用住宅はエイデンのものになる。でもあなたたちもあそこで一緒に暮らすことにエイデンも同意してくれているの。ロンドンにやってきたときは、ウィンスローの屋敷に滞在すればいいわ。あの家のほうが大きいし、広々としているから。でもそうしたければ、いつでもわたしたちの家に泊まってちょうだいね。わたしたち、あなたたち三人のために積み立てを始めるつもりよ。わたしが自分の信託から受け取るお金を均等に分けて、あなたたちの信託へ預金するの。あなたたちの花嫁持参金に当てられるようにね」

「今後のことについて、ずいぶんといろいろ考えていたようだな」ウィンスローが言う。

「僕に一言の相談もなしに」

「お兄様にはすべて、今日の午後話すつもりでいたの。もしお兄様が賢明な人なら、わたしの決断を受け入れ、エイデンを家族の一員として喜んで迎え入れてくれるはずよ。そうすれば、今後お兄様の財政状態を改善するためにはどうすればいいか、エイデンから忠告を受けることもできるわ」

ウィンスローは深いため息をついた。「自分が何をあきらめようとしているか、おまえは本当の意味でまだ理解していないようだな」

「あら、お兄様、わたしがどれほど多くのものを手にしようとしているか、お兄様は本当の意味でまだ理解していないようね」

「きみは一大スキャンダルを巻き起こしたね」キットリッジは言った。

よく晴れた午後だ。すでに春爛漫(はるらんまん)の季節を迎えている。あれからセレーナが子爵にぜひ会いたいという手紙を送ったところ、貴族たちが外出を楽しむこの時間に、ハイドパークを散歩するのはどうかという返事が返ってきたのだ。その返事を読み、セレーナは心の底からありがたく思った。子爵はそうすることでロンドンの人びとに、自分はセレーナを応援するという意思を示したかったのだろう。実際こうして公園をそぞろ歩いていても、すれ違う人たちは非難するような目でにらみつけてくる。あからさまに目をそらす者もいた。今日も喪服をまとってはいるものの、セレーナの最近の言動が服喪期間にふさわしくないと思われているのは明らかだ。

「ええ、自分でもそう思う。でも、ほんの少しだけれど社交界に抵抗したわたしを見て、きっとラシングなら拍手してくれているはずだわ」

キットリッジは肘のくぼみにかけられたセレーナの手に手を重ねた。「間違いない」

「とはいえ、今後についてどうすればいいのかわからないこともあるの。もしよければ、あなたの知恵を借りたいと思って」

「ああ。僕にできることならなんでも手伝うよ、セレーナ」

「実は、生前にラシングが買った夫婦用の墓地のことで悩んでいるの。わたしはエイデンを心から愛しているし、そばからかたときも離れたくない。ずっと彼のかたわらで眠っていたいの。毎晩眠るときも、永遠の眠りにつくときも。あなたが今後結婚するかもしれないのはわかっているけれど――」

「いや、僕は誰とも結婚するつもりはない」キットはきっぱり言いきった。

「でも、あなたには世継ぎが必要なはずよ」

「相続人候補が自分以外に誰もいなかったラシングとは違って、僕には爵位と財産を相続してくれる第二候補の弟がいる。しかも弟はすでに結婚していて、息子もひとりもうけている。もし弟が僕に代わってすべて受け継げば、うちの家系は安泰だ」

キットリッジの話を聞き、セレーナは確信した。大丈夫。わたしはこれから正しいことをしようとしている。

「もしそうなら、アビンドン・パークにあるラシングのお墓の、隣の区画の購入を考えてみてくれないかしら？　本来ならわたしが入るための区画だけれど、亡くなる前にラシングから、妻としての義務感であの墓地に入る必要はないと言われたの。でも彼をあそこでひとりぼっちにはしたくない。あなたたちふたりはあんなに仲がよかったから――」

「いくらで？」

「一シリングはどうかしら」

キットリッジは足を止めてセレーナに向き直ると、優しい目になった。「セレーナ、いくらなんでもそれは安すぎる。ラシングはあの墓地を購入するために大枚をはたいたはずだ」

「ええ。でも間違っているかもしれないけれど、ラシングがいちばん幸せそうにしていたのは、あなたがそばにいるときだったように思えてならないの。いつだってそう感じていた。一度なんて、もし法律さえ許せば、ラシングはわたしではなくあなたと結婚したかったんじゃないかと考えたこともあるのよ」

キットリッジはふいに視線を落とし、磨かれたブーツを見おろした。そしてふたたび視線を上げてセレーナをじっと見つめた。「僕は……彼のことを愛していた」

「ああ……ラシングにあなたという存在がいてくれて本当によかった。彼は、愛されるのがどういう感じか知っていたのね。そうわかって心の底から嬉しいの。わたしはラシングのことを気にかけていたし、愛情も感じていた。でも本当の意味で彼を愛していたわけではなかったから」

「貴族のなかで、愛のために結婚をする夫婦はほとんどいない。ラシングは長子として常々、世継ぎを作るという義務を果たさなければならないと感じていた。何しろ、幼い頃から義務を果たすことがすべてだと口すっぱく教え込まれてきたんだ。きみとの結婚を決断したラシングを責めることなんてできなかった。むしろ、彼に対する尊敬の念が深まったほどなんだ。だがラシングはいつも、きみを不幸にしてしまったのではないかと心配していた」

「それはお互いさまだわ。ふたりとも義務感から結婚をしたんだもの。実際、わたしたちは結婚という制度をうまく利用したんだと思う」

「前にも話したが、結婚してからラシングがきみを裏切ったことは一度もない。僕たちは単なる友情を超えた関係で結ばれていたが、それ以上先に進むことはなかったんだ。きみにはいつも本当に感謝していた。きみたち夫婦の人生に邪魔者の僕を関わらせてくれて、きみたちの冒険旅行にも一緒に連れていってくれたことをね」

「あなたを邪魔だなんて思ったことは一度もないわ。ねえ、キット、あなたたちがどんなにつらかったか、わたしには想像もつかない。あなたとラシングはお互いを大切に思っていたのに、その事実を世間に明かすことができなかったのね。わたしもエイデンとつき合っていることや、彼を愛していることを秘密にし続けてきたけれど、そのあいだほど深い絶望を覚えたことはなかった。今後も社交界がわたしたちのことを完全に受け入れてくれるとは思えないし、きっといろいろな試練が待っているはずだけれど、少なくともわたしとエイデンは試練に一緒に立ち向かっていける。あなたとラシングがそういう機会を持てなかったことが残念でならないの」

「社交界の面々も、男同士で愛し合っている貴族たちを絞首刑にすることはないだろう。だが投獄する可能性は否めない。僕らはふたりとも、そうなりたくなかったんだ」

それでも、ふたりは社交界という檻(おり)のなかに閉じ込められていたも同然だ。自分を解放し、ありのままの姿でいることをけっして許されなかったのだから。

「あなたとラシングの秘密は絶対に守るわ。墓地のことについていろいろ尋ねてくる人もいるだろうけれど、彼らには関係のないことだもの。あなたがあの墓地の区画を買い取ってくれたら本当に助かる」

「ラシングはきみを愛していたんだよ」

「でも、彼がわたしに欲望を感じたことは一度もなかった」

キットリッジはかぶりを振った。「彼なりに必死に努力していたんだ。世継ぎをもうけるためにね」

「ラシングのことが恋しいわ。あの人はわたしが今まで出会ったなかでいちばん心優しい男性だったから」セレーナはふたたび子爵の肘のくぼみに手をかけ、ふたりは歩き出した。

「わたしたちの結婚式に来てくれる？」

「もちろんだ。英国貴族の噂のまとになるはずの一大イベントを見逃したりしないさ」

結婚式はささやかに行われた。家族と友人だけが出席する、ごく内輪の式だった。結局のところセレーナはまだ喪中なのだ。これ以上ラシングの体面を傷つけることをするつもりはない。そうでなくても〈エリュシオン〉でのキスの一件で、すでにじゅうぶんすぎるほど亡き夫の名誉を傷つけているのだから。とはいえ、ああすることで、こちらの主張を世間に知らしめる必要があった。〝エイデン・トゥルーラヴと一緒にいるところを見られても、わたしは全然恥ずかしくなんてない〟と。

そして今日、晴れてトゥルーラヴという姓になれてよかったと心から思える。

「さあ、ここへおいで、ミセス・トゥルーラヴ」

エイデンが巨大なベッドの脇に立っている。シャツにズボンしか身につけていない。ここは〈トゥルーラヴ・ホテル〉の広々としたグランドスイートだ。室内は信じられないほど設備が整い、快適なことこのうえない。〝ふたりが夫婦として最初の夜を迎える場所は自分のクラブではなく、このホテルにしたい。レナには特別な思い出を与えてあげたいから〟――それがエイデンの考えだった。とはいえ、セレーナはひそかにこう考えている。どんな夜も、彼と一緒なら特別な夜にならないはずがない、と。

エイデンはそばにやってきた妻を両腕のなかに引き寄せ、うなじに顔を埋めると軽く歯を立て始めた。思わず柔らかなあえぎ声をあげてしまう。

「きみの兄さんは俺を渋々受け入れた様子だったな」今度はうなじの反対側にキスの雨を降らせながら、セレーナの興奮を高めていく。

「それはきっとウィンスローが、自分の帳簿をあなたやあなたのきょうだいたちに調べられて、収入を増やす方法をあれこれ指示されたからだと思うの。それに、あなたは自分の賭博場で兄をじゅうぶん怖がらせたわ。だから無駄な抵抗をするよりも、あなたを受け入れるほうが賢明だと考えたんでしょう」

エイデンは低く含み笑いをした。その吐息がセレーナの耳元をくすぐる。「きっときみの妹たちは良縁に恵まれるはずだよ、レナ。俺が保証する」

「わたしが願っているのは、あの子たちが人生においていろいろな選択肢を持てるようになることなの。わたし自身が持つことを許されなかった選択肢をね。あなたの姉妹が、女性でも立派に自立できるし、思いどおりの人生を生きられるんだと身をもって示してくれたことは、妹たちにとっていい刺激になったはずよ。あの子たちもやがて自分のことを認めてくれる相手を見つけると思うけれど、同時に自分自身の幸せも見つけるに違いないわ。ただ、今は妹たちのことは忘れて、あなたを幸せにすることだけに集中したい」

「だったら、今すぐ服を脱いでほしい。ベッドできみと一緒にいるときが、俺はいちばん幸せなんだ」

エピローグ

八年後

エイデンは胸壁にもたれ、庭園にいる息子を見おろした。セレーナの当初の計画が成功していたら、今頃は公爵となっていたはずの息子だ。その息子と一緒にいるのは、長男が誕生してから数年後に続けて生まれた、ふたりの娘たちだ。太陽が沈もうとする夕暮れどき、三人は天使像のまわりで楽しげに遊んでいる。ここシェフィールド・ホールが売りに出されたとき、それを見事に買い取ったのはエイデンだった。ワイスから返金された大金と、商売と投資の大成功によって得た収益を合わせたら、この不動産を買い取れるだけのじゅうぶんな金額になったのだ。

結婚後、エイデンはキャンバリー伯爵が自分の領地を立て直す手助けもしてきた。そのおかげで、今では義兄の領地も収益を上げられるようになり、かつての栄光を取り戻している。

キャンバリー伯爵とエイデン、セレーナは、自分たちの信託預金を合わせ、ふたごの妹たちのために巨額の花嫁持参金を用意した。今はふたりとも、恋愛結婚をしたすてきな相手と幸せに暮らしている。アリスは恋愛よりも本への興味が尽きず、ハートフォードシャーにあるセレーナの屋敷で暮らしながら恋愛小説を執筆し、かなりの成功をおさめている。どうやら、世の中の誰もが幸せな物語を必要としているらしい。

エルヴァートン伯爵は発作を起こしてから病に苦しめられたが、三年後に息を引き取った。その間に、英国貴族たちの伯爵夫人への尊敬の念は高まるいっぽうだった。長引く闘病生活のなか、彼女が献身的に夫を支え続けたからだ。今では伯爵夫人もひんぱんに〈エリュシオン〉を訪れている。最近では年下の恋人もできた。

新たに爵位を引き継いだエルヴァートン伯爵は、領主としても紳士としても、先代に比べてはるかにすばらしいという評判だ。ときおり彼は〈人魚と一角獣〉でエイデンとフィンと落ち合い、ビールで乾杯をしている。過去の話もたまにはするが、もっぱら口にするのはこれからの話だ。今後の投資や事業計画についてアドバイスし合っている。

扉が開く音が聞こえ、エイデンは音のしたほうを一瞥(いちべつ)して、妻に笑みを向けた。

「きっとここだと思ってやってきたの」セレーナはセクシーな足取りで、ゆっくりとエイデンに近づいてきた。あるいは、あえてゆっくり歩こうとしているのかもしれない。何しろ、今彼女のお腹には四番目の子どもが宿っていて、もういつ生まれてもおかしくない状態なのだ。体重が増えたことでセレーナの足元は少しおぼつかなくなっていて、自分でもそのことを気にしている。

セレーナが近くへやってくると、エイデンは彼女を引き寄せ、背後から両腕を巻きつけた。妻の腹部に両手を当てると、なかから赤ん坊が蹴っている感触が伝わってきた。「ここから見える景色は俺のお気に入りなんだ」セレーナのこめかみにキスをする。「いちばんのお気に入りはきみだけどね」

セレーナは明るい笑い声を立てた。「もうあれから何年も経っているのに、あなたはまだそんな戯れを言うのね」

「だが俺が戯れを言う相手はきみだけだ。今までも、これからもずっと」

体の向きを変えて首に両腕を巻きつけてきた妻の唇に、甘い口づけをする。セレーナとは何度キスをしても飽きることがない。

下にいる子どもたちの無邪気な笑い声が聞こえ、エイデンの心はいっそう満たされた。

思えば、自分もあの父親のようになるのではないかと、いつだって恐れていた。だが伯爵とは違い、俺の心をとらえて離さない女はただひとりだけだ。

まったく、世界じゅうどこを探しても、俺ほど幸せな人間はいない。その最愛の女性の心を、こうしてつかむことができたのだから。

訳者あとがき

読者のみなさま、お待たせいたしました。『公爵家の籠の鳥』『公爵と裏通りの姫君』『路地裏の伯爵令嬢』に続く、シリーズ四作目をお届けします。庶子であるトゥルーラヴ家のきょうだいたちが、逆境にもまれながらも不屈の精神を発揮し、運命の相手を見つけ出すこのシリーズには、それぞれ実に個性豊かな主人公が登場します。本作品の主人公は、トゥルーラヴ家のなかでも、いちばんの遊び人のように思えるエイデンです。

エイデンは頭を抱えていました。といっても、仕事のことで悩んでいたわけではありません。彼が前から所有している賭博場〈ケルベロス・クラブ〉も、弟フィンから譲り受けた〈エリュシオン〉も、どちらも経営は順調です。特に〈エリュシオン〉は、貴族のレディたちがありとあらゆる悪い遊びを楽しめる、知る人ぞ知る秘密のクラブとして高い人気を誇っています。問題は、少し前に〈エリュシオン〉を訪れた仮面姿の女性のことが頭から離れないこと。その女性がクラブに足を踏み入れた瞬間から、エイデンは彼女が気になってしかたがありませんでした。いつもの彼らしくないことです。これまでも数えきれないほどの女性たちと浮き名を流し、楽しい時間を過ごしてきたエイデンですが、彼女たちを本気で好きになったことはありません。庶子として生まれたうえ、賭博場経営という人には誇れない仕事をしていることもあり、自分には恋愛したり、結婚したり、子どもを作ったりすることは無理だろうと考えているからです。ところが、ある夜突然クラブにやってきた仮面姿の女性は一見高慢そうに見えるのに、どこか悲しげではかない雰囲気を漂わせています。元来〝大切な人たちや弱い者を守りたい〟という気持ちが人一倍強いエイデン。その女性を守ってあげたいという保護本能をかき立てられてしまいます。しかも知り合ったばかりだというのに、あろうことか、その謎めいた女性はエイデンに〝このクラブにやってきたのは、あなたとベッドをともにするためだ〟と言い出したのです……。

本書を訳していて特に印象的だったのは、〝within these walls〟という表現があちらこちらに見られたことです。誰の人生にも、個人の力だけではどうにもならないことが起きるものです。そういったままならない状況に陥り、壁のなかに閉じ込められたような閉塞感を覚えたことがある方なら、それがどんな感じかよくおわかりになるはずです。本書のヒーローもヒロインも、それ以外の登場人物たちも、自分の手ではどうすることもできない運命に翻弄され、どこにも出口のないような思いにさいなまれています。そういった生きづらさを抱えたヒーローやヒロインたちの微妙な感情の揺れを、著者ロレイン・ヒースは小さなエピソードを積み重ねながら、切々と表現しています。最終的に、ヒーローとヒロインが自分の人生にどんな決断を下すのか、最後の最後まで目が離せません。

早くも本国では二〇二〇年三月に、本作に続くシリーズ五作目『The Earl Takes a Fancy』が刊行されています。この作品の主人公は、トゥルーラヴ家の末っ子として、きょうだい全員から可愛がられているファンシー。本書では、本好きが高じて本屋を開業した彼女ですが、次作ではとうとう社交界デビューを果たすことになります。はたして、彼女を一流の花嫁学校に通わせた兄ミックの思惑どおり、ファンシーは貴族の男性の心を射止め、妻の座を勝ち取ることができるのでしょうか？　トゥルーラヴ家のなかでもいちばん純真でまっすぐな性格に思えるファンシーが、どのようなお相手と巡り会い、どんな恋愛をするのか、ロマンティックな展開にご期待ください。

逆風にもめげず、唇を引き結んで前を向こうとするトゥルーラヴ家のきょうだいたちのひたむきな姿には胸を打たれます。どうかこのエイデンの物語によって、読者のみなさまの心が少しでも明るく元気になりますように。

二〇二一年二月

さとう史緒

訳者紹介　さとう史緒

成蹊大学文学部英米文学科卒。企業にて社長秘書等を務めたのち、翻訳の道へ。小説からビジネス書、アーティストのファンブックまで、幅広いジャンルの翻訳に携わる。ジョアンナ・リンジー『ハイランドの侯爵の花嫁』(mirabooks) など訳書多数。

午前零時の公爵夫人

2021年2月15日発行　第1刷

著者　ロレイン・ヒース
訳者　さとう史緒
発行人　鈴木幸辰
発行所　株式会社ハーパーコリンズ・ジャパン
東京都千代田区大手町1-5-1
03-6269-2883 (営業)
0570-008091 (読者サービス係)

印刷・製本　中央精版印刷株式会社

ISBN978-4-596-91844-4